AF304077

Gisela B. Schmidt ist 1984 in Ravensburg geboren und aufgewachsen. Nachdem sie sich im Kindergartenalter das Lesen selbst beigebracht hatte, waren Bücher aus ihrem Leben nicht mehr wegzudenken. Ihre schriftstellerische Kreativität lebte sie zunächst nur zum privaten Vergnügen aus, entschied sich 2020 dann aber für eine Veröffentlichung.

Von Psychothrillern über Familiengeheimnisromane bis Cosy Crime fühlt sich die Autorin in allen Genres wohl, die von Spannung und gesellschaftlichen Abgründen leben.

GISELA B. SCHMIDT

Die
Kinder
der
Seerosenvilla

Erstausgabe Juni 2024

Copyright © 2024 dp Verlag, ein Imprint der
dp DIGITAL PUBLISHERS GmbH
Made in Stuttgart with ♥
Alle Rechte vorbehalten

Die Kinder der Seerosenvilla

ISBN 978-3-98778-813-0
E-Book-ISBN 978-3-98778-621-1

Covergestaltung: Anne Gebhardt
Umschlaggestaltung: ARTC.ore Design
unter Verwendung von Motiven von
shutterstock.com: © Jasper HYPERLINK, © T.Den_Team,
© Tatiana53, © JuliusKielaitis, © beluHYPERLINK
stock.adobe.com: © HildaWeges, © edb3_16
Lektorat: Astrid Rahlfs
Satz: dp DIGITAL PUBLISHERS GmbH
Druck und Bindung: Books on Demand GmbH, Norderstedt

Das Werk darf – auch teilweise – nur mit
Genehmigung des Verlages wiedergegeben werden.

Sämtliche Personen und Ereignisse dieses Werks sind frei
erfunden. Etwaige Ähnlichkeiten mit real existierenden Personen,
ob lebend oder tot, wären rein zufällig.

*Für Johanna und Georg, Rosalie und Viola
Geschwister sind dafür da, dass sie füreinander da sind.
Ich liebe euch.*

Prolog

Seerosenvilla, September 2023

Wie ein schwarzes Tuch breitete sich die Nacht über dem Grundstück der Villa Gleißner aus. Das Geräusch des Streichholzes, das grob angerissen wurde, durchbrach die Stille für einen Moment, bevor der kleine Feuerschein einen Lichtkegel in die Dunkelheit brannte. In derselben Sekunde wurde künstliches Licht in der Villa angeknipst und erhellte ein Fenster im ersten Stock. Erschrocken ließ die Gestalt das eben entzündete Streichholz ins Gras fallen und trat die Flamme aus. Wie konnte das sein? Warum brannte Licht in der Villa? Hanna Gleißner war tot. Wer trieb in diesem verfluchten Haus sein Unwesen?

Hinter der Fensterscheibe zeichnete sich der Schatten einer jungen Frau ab, die mit langsamen Schritten ans Fenster trat. Hastig verbarg sich der Eindringling in den Büschen.

Das Fenster wurde aufgerissen. „Hallo? Ist da jemand?", rief die junge Frau aus dem Fenster. Durch das dichte Gestrüpp war sie nur ansatzweise zu erkennen: klein, blond und jung. Der Geist von Hanna?

„Tom, bist du das?", durchbrach der Ruf der Fremden erneut die Stille.

Eine männliche Gestalt wurde sichtbar und umarmte die Rufende von hinten. „Nein, mein Schatz, ich bin hier. Bestimmt nur eine Katze in den Büschen. Komm, mach das Fenster zu, es wird kalt."

Kalt. Es war kalt. Und es würde kalt bleiben. Die dunkle Gestalt drückte sich tiefer ins Gebüsch. Das Feuer, das sie hatte legen wollen, musste warten. Die Villa Gleißner sollte brennen. Aber nicht heute. Einige Minuten wartete sie, bis sie sicher war, dass das junge Paar seine unruhigen Blicke nicht mehr suchend durch den Garten schweifen ließ. Dann holte sie tief Luft und rannte durch die Dunkelheit davon.

1

Behaglich kuschelte sich Emilia an ihren Ehemann und sah den Flammen des Kaminfeuers bei ihrem flackernden Tanz zu. Tom fühlte sich gut an: groß, stark und unfassbar gemütlich. Schon zu Beginn ihrer Beziehung hatten sie darüber gefeixt, dass Emilias Kopf perfekt in die Kuhle unterhalb seines Schlüsselbeins passte. Seither war dies ihr Lieblingsplatz zum Entspannen. Besonders in Situationen wie dieser, wenn sie gemeinsam im Schein des Kaminfeuers auf dem Sofa saßen und die Villa in nächtliche Ruhe gehüllt lag. Emilias Mutter Erika saß im Schaukelstuhl, in ihren Armen döste Ellis, die erst vor zwei Monaten das Licht der Welt erblickt hatte. Die frisch gebackene Großmutter konnte gar nicht genug von dem kleinen Würmchen bekommen. Emilia schmunzelte. Ihr Leben hatte eine neue Form der Gemütlichkeit erreicht.

Das laute Knacken eines Holzscheits ließ sie jäh zusammenzucken. Funken stoben in die Luft, verglühten dort und schwebten sachte als Ascheflöckchen herab.

Tom lachte kurz auf, zog sie näher an sich und küsste sie aufs Haar. „Du bist aber auch schreckhaft."

Beeindruckt deutete Emilia auf die kleine Ellis, die unbekümmert weiterschlummerte. „Unsere Tochter hat diese Eigenschaft jedenfalls nicht geerbt. Sie hat nicht einmal gezuckt."

Auch Erika betrachtete den schlafenden Säugling auf ihrem Schoß und strich ihm zärtlich über das Köpfchen. „Ach, unsere kleine Prinzessin ist ja erst acht Wochen alt. Die weiß noch nichts vom Ärger der Welt."

Das stimmte allerdings. Das Einzige, wofür Ellis sich interessierte, war die Brust der Mutter, eine trockene Windel und die Wärme eines menschlichen Körpers, wenn sie einschlafen wollte. Wohlig seufzend kuschelte sich Emilia noch etwas enger an Tom und betrachtete das niedliche Großmutter-Enkelin-Duo. Wärme breitete sich in ihrem Inneren aus und verschmolz mit der des Kaminfeuers zu einem fast unwirklichen Gemisch aus Liebe. Das Bewusstsein, dass man Glück nicht festhalten konnte, war in Momenten, in denen sich alles so richtig anfühlte, seltsam schmerzlich.

In Tom hatte Emilia die Liebe ihres Lebens gefunden. Von Anfang an hatte zwischen ihnen alles gepasst. Auf den ersten Blick hatte er ihr gefallen, damals, 2019, als sie unverhofft in Edelsbrunn und in seinem Gasthaus aufgetaucht war. Er hatte sie für eine verrückte Geisterjägerin gehalten, die in der Villa Gleißner nach übersinnlichen Phänomenen suchen wollte. Wie oft hatten sie inzwischen über den Irrtum gelacht. Und nun, vier Jahre später, war sie nicht nur mit ihm verheiratet und Mutter der kleinen Ellis, sondern auch stolze Besitzerin der Villa. Keine Sekunde bereuten sie, hier eingezogen zu sein, auch wenn dem Haus bei den Menschen im Dorf noch immer der Ruf einer Spukvilla anhaftete. Wer wollte es den Edelsbrunnern verdenken? Fast ein

Jahrhundert lang hatten sie in dem Glauben gelebt, dass sich in der Villa grausame Dinge zugetragen hatten, und das stimmte ja auch. Zwar nicht vollständig den Gerüchten entsprechend, aber das machte die Taten der Familie nicht weniger schrecklich. Kein Wunder, dass sich die Gleißners aus dem Dorfleben vollständig zurückgezogen hatten. Lediglich um die Kinder der Seerosenvilla tat es Emilia leid. Ihnen hätte sie ein schöneres Leben gewünscht. Die älteste Tochter, Hanna, hatte ein einsames Dasein in dieser Villa gefristet und das Haus mangels Erben bei ihrem Tod vor vier Jahren der Stadt Edelsbrunn vermacht. Traurig, dass manche Leben einfach so vergingen – in Einsamkeit, Traurigkeit und ohne etwas zu hinterlassen. Nein, das stimmte so nicht. Immerhin hatte Hanna Gleißner der Welt diese wundervolle Villa hinterlassen, die trotz aller Spukgeschichten ein zauberhaftes Zuhause bot und optisch einem kleinen Schloss ähnelte. Emilia und Tom hatten sich fest vorgenommen, dem Haus eine zweite Chance zu geben. Es mit Leben zu erfüllen, mit Kinderlachen und Familienglück. Und mit der kleinen Ellis hatte die Einlösung dieses Versprechens bereits begonnen. Dass nun auch Emilias Mutter Erika mit in die Villa eingezogen war, war ein zusätzlicher Bonus. Nicht nur, weil die Fünfundsechzigjährige die kleine Familie mit ihrer tatkräftigen Art wunderbar ergänzte, sondern auch, weil sie außer ihnen keine weitere Familie mehr hatte. Einsamkeit – freiwillige oder unfreiwillige – konnte ganze Menschenleben auffressen.

Emilia hob den Blick und betrachtete Toms Gesicht, der sie noch immer fest im Arm hielt. Seine Augen bewegten sich beim Lesen hin und her. Als spürte er ihren

Blick, ließ er das Buch in seiner Hand sinken und wandte sich ihr zu. „Was ist?"

„Ach nichts." Leicht neigte sie den Kopf und seufzte. „Ich bin nur glücklich."

Sein Lächeln bewies, dass sie mit diesem Gefühl nicht allein war. Im darauffolgenden Kuss lag all jene Innigkeit, die ihre Beziehung von Anfang an geprägt hatte.

Erika grinste. „Soll ich euch allein lassen, ihr zwei Turteltäubchen? Ich kann Ellis auch in ihr Bett bringen. Es ist ohnehin schon spät." Vorsichtig wand sie das Handgelenk mit der Armbanduhr unter dem Baby hervor und warf einen Blick darauf. „O nein, viel zu spät!", korrigierte sie sich. „Schon nach Mitternacht. Ich muss dringend ins Bett. Warum habt ihr auch so einen behaglichen Kamin, das gehört doch verboten."

„Du kannst gern davor einschlafen", schlug Emilia vor.

Erika wehrte sofort ab. „Und dann fällt mir das Kind vom Schoß! So weit kommt es noch, nein, nein. Ich gehe in mein Bett. Soll ich die Kleine in ihr eigenes Bettchen legen oder dir geben?"

„Du kannst sie mir geben, sie will demnächst eh wieder gestillt werden." Emilia streckte die Arme aus, damit Erika ihr die Kleine hineinlegen konnte.

Die übergab das Enkelkind an seine Mutter. Dann hielt sie inne und betrachtete die junge Familie. „Ich bin stolz auf euch. Stolz und wahnsinnig froh, dass ihr euer Glück gefunden habt, habe ich euch das schon mal gesagt?"

Emilia und Tom grinsten gleichermaßen. „Jeden Tag", sagte Emilia zärtlich. „Gute Nacht, Mama. Wir gehen auch gleich schlafen."

Kaum dass sie zur Tür hinaus war, fing Ellis an zu quäken. Vorsichtig legte Emilia den Winzling an ihre Brust, woraufhin nur noch ein zufriedenes Schmatzen zu hören war.

„Ich sollte mich auch hinlegen", sagte Tom leise, klappte sein Buch zu und erhob sich.

„Du hast doch morgen frei."

„Schon, aber ich wollte eigentlich früh aufstehen und im Haus noch ein paar Reparaturen vornehmen. Nichts Schlimmes, keine Angst, nur ein paar Kleinigkeiten, die in den vergangenen Monaten liegengeblieben sind. Soll ich noch auf dich warten?"

„Nein, geh ruhig schon hoch. Hierbei kannst du mir eh nicht helfen." Sie deutete auf die saugende Ellis. „Wir kommen gleich nach. Vielleicht sind vier Stunden Schlaf drin, bevor sie wieder Hunger hat."

„Ganz schön anstrengend, so ein kleines Baby." Tom hob die Hand, um Ellis zu streicheln, zog sie aber dann zurück, um sie nicht beim Trinken zu stören.

„Anstrengend schon, aber so süß. Ich will noch ganz viele davon, Tom."

„Dein Wunsch ist mir Befehl, mein Schatz." Vorsichtig küsste er Emilia auf die Wange und verließ dann ebenfalls den Raum.

Mit der nuckelnden Ellis und einem inneren Glücksgefühl blieb Emilia zurück. Was für ein Geschenk, so ein Leben führen zu dürfen. Andere Menschen hatten so viel Pech und mussten so vieles erleiden und erdulden in ihrem Leben, dass sie sich manchmal für ihr Glück fast schämte. Dabei war ihr durchaus bewusst, dass es anderen im Umkehrschluss nicht besser ginge, wenn sie darauf verzichtete. Das Unglück anderer

Menschen war nicht von ihrem Glück abhängig. Trotzdem war es zeitweise eigenartig, so viel davon zu haben.

Von der einen auf die andere Sekunde wich dieses Gefühl einem beklemmenden. Die Temperatur im Raum schien drastisch zu sinken, obwohl das Feuer im Kamin nach wie vor loderte. Gänsehaut breitete sich auf Emilias Armen aus. Noch während sie fröstelte, beschleunigte sich ihr Herzschlag. Ellis gab unzufriedene Geräusche von sich. Spürte sie es auch? Dieses Gefühl einer unbestimmten Bedrohung, die einen mit tausend Augen aus allen Richtungen beobachtete?

Langsam atmete Emilia ein und aus. Die Einsamkeit, es war bestimmt nur die Einsamkeit, die sie so seltsam empfinden ließ. Es spukte nicht in diesem Haus, es spukte überhaupt nirgends. Geister gab es nicht, das war Unsinn. Es war nur die plötzliche Stille, die unheimlich war, Einsamkeit und Hormone. Sie musste sich beruhigen.

Das Gefühl ließ sich nicht weg argumentieren. Der Raum wurde immer enger und die Luft immer dünner. Kohlenmonoxid, zwang sich Emilia zu einem logischen Gedankengang. Vielleicht stimmte etwas mit dem Feuer nicht. Doch, alles bestens. Es loderte gleichmäßig und behaglich weiter. Ihr Blick wanderte durch den Raum und blieb am Fenster hängen. Da! Ein Schatten! Da war was. Augen?

„Tom?" Hoffentlich war er noch in Hörweite. „Tom! Komm schnell, bitte!"

Sie hörte hastige Schritte die Treppe herabstürmen. Dann erschien er, die Zahnbürste noch in der Hand.

Mit einem schnellen Blick auf die trinkende Ellis vergewisserte er sich, dass mit dem Kind alles in Ordnung war.

„Was ist los?", fragte er alarmiert.

„Da! Am Fenster!" Ihre Stimme klang dünn. „Da war jemand."

Mit einem Satz war Tom dort und riss es auf. Gefährlich weit beugte er sich hinaus, während Emilias Herz schneller und schneller schlug.

„Und?", flüsterte sie.

„Ich kann niemanden erkennen. Es ist aber auch stockduster. Ich geh schnell hinaus und sehe nach." Schon setzte er sich mit schnellen Schritten in Bewegung.

„Nein, bleib hier!"

Abrupt hielt er in der Bewegung inne. „Schatz, wenn da jemand auf unserem Grundstück herumrennt, will ich wissen, wer das ist und was er hier zu suchen hat."

„Und ich will, dass mein Mann nicht mitten in der Nacht den Helden spielt und sich in Gefahr bringt. Du bist jetzt Vater, Tom. Es ist deine Verantwortung, darauf zu achten, dass dir nichts passiert."

„Ach komm, da passiert doch nichts. Ich nehme eine Taschenlampe mit und von mir aus ein Messer."

„Tom, du hast keine Ahnung, wie man sich mit einem Messer verteidigt. Wenn das ein Verbrecher ist, nimmt er es dir ab und ersticht dich. Bleib bitte einfach hier drin und schließ alle Türen und Fenster ab. In jedem billigen Horrorfilm lernt man, dass man nicht allein in die Dunkelheit rennt."

„Das ist unser Garten, kein Horrorfilm."

„Dann lass nicht zu, dass es einer wird. Schließ einfach die dämlichen Türen ab, sei so gut."

„Die Türen sind abgeschlossen."

„Na also. Dann lass uns ins Bett gehen und morgen früh nachsehen. Bitte. In der Dunkelheit ist mir das echt zu gefährlich."

Mit einem widerwilligen Brummen gab Tom nach, ließ es sich aber nicht nehmen, mit der Taschenlampe aus jedem einzelnen Fenster zu leuchten. Zu ihrer beider Erleichterung war auch weiterhin niemand zu sehen.

Vorläufig beruhigt legten sie sich schlafen, doch schon nach wenigen Minuten nahm Emilia die kleine Ellis aus ihrem Beistellbettchen und legte sie zwischen sich und Tom ins Ehebett.

2

Villa Gleißner, 1947

„Ich mag nicht", murrte Lea und drehte immer wieder den Kopf zur Seite, sodass es der dreizehnjährigen Hanna nahezu unmöglich war, die strengen Zöpfe zu Ende zu flechten.

„Bitte halt doch endlich still", wies sie die kleine Schwester zurecht.

„Ich will aber nicht diese doofen Zöpfe. Die tun mir am Kopf weh."

„Das ist doch Unsinn, Lea."

„Außerdem sehen sie total blöd aus. Ich will meine Haare offen tragen."

„Was du willst, zählt hier leider nicht", tröstete Hanna und nahm zum wiederholten Mal das Flechtwerk auf. „Bitte, Lea. Du weißt genau, dass Papa nur diese Zöpfe duldet. Möchtest du eine Tracht Prügel riskieren?"

Endlich hielt Lea still. Die Erinnerung an die Schläge von vergangener Woche war noch zu frisch. Da hatte sie sich geweigert, den vom Vater so geliebten Hitlergruß vor dem Essen zu erwidern. Der Krieg war seit zwei Jahren vorbei, Hitler war tot, und längst waren neue Zeiten in Deutschland angebrochen. In Deutschland, nicht hier in der Villa. Hier war nichts von Bedeu-

tung außer dem Willen des Hausherrn, Heinrich Gleißner, ihrem Vater, und dieser führte, ungeachtet jeglicher Realität, seine glühende Verehrung für Hitler und
alles, was mit dem nationalsozialistischen Gedankengut zusammenhing, weiter – im Verborgenen, versteht
sich. Nach Kriegsende hatte eine für die kleinen Kinder
nicht immer einfach zu verstehende Umkehrung der
Verhältnisse stattgefunden. Was zuvor als vorbildlich
gegolten hatte, war nun verboten, was gut gewesen
war, war nun böse, was böse war, gut. Die Nationalsozialisten, die zuvor als Helden hatten verehrt werden
müssen, sollten nun verachtet werden und aus dem Leben und Alltag verschwinden. Gedankengut, das ihnen
regelrecht eingeprügelt worden war, musste aus den
Köpfen gelöscht werden, da es plötzlich falsch war.
Hanna seufzte. Natürlich war es das. Es war schon immer falsch gewesen. Auch wenn es ihr lange Zeit normal erschienen war, dass sie die Ermordung von Menschen gutheißen sollte, nur weil sie anderen Glaubens
waren, eine Behinderung hatten oder auf irgendeine
sonstige Art nicht ins System passten. Im Nachhinein
war das nicht mehr zu rechtfertigen. Die Hanna, die
sich dem System gehorsam und eifrig gefügt hatte, war
ihr heute zuwider, obwohl sie sie niemals vollständig
vergessen konnte. Wie eine unsichtbare Hülle aus Vor-
würfen klebten die alten Überzeugungen an ihr, mo-
derten und gammelten und waren doch nicht abzu-
streifen. Zwar hatte sie begriffen, was für ein Irrsinn
der Nationalsozialismus mit seinen Ideen gewesen
war, doch der Gehorsam, mit dem sie zwangsweise aufgewachsen war, haftete unwiderruflich an ihrer Per-
sönlichkeit. Umso schlimmer, dass der Vater weiterhin

an diesem schrecklichen Gedankengut festhielt, wo doch der Rest der Welt längst zur Vernunft gekommen war. Hanna hatte keine Wahl. Mit ihren dreizehn Jahren hatte sie ausgiebig erfahren und erlebt, wozu ihr Vater fähig war. Die einzige Möglichkeit, die ihr und ihren Geschwistern blieb, wenn sie ein einigermaßen passables Leben führen wollten, bestand darin, sich seiner Herrschaft zu beugen und seinen Willen zu befolgen. Alles andere war gefährlich. Selbstverständlich funktionierte dieses Leben nur innerhalb der Villa. Außerhalb fand ein ganz anderes statt, von dem die siebenjährige Lea und ihr nur ein Jahr jüngerer Bruder Heinz bisher nichts mitbekommen hatten. Jahrelang waren sie vom echten Leben abgeschirmt worden, zuerst durch die Mutter, dann durch Hanna. Lea und Heinz hatten ihre Kindheit bisher in der Villa verbracht wie in einer Festung. Jetzt jedoch war er da, der Tag, vor dem sich Hanna so sehr gefürchtet hatte: Leas erster Schultag. Nun konnte sie noch so sehr große Schwester, Beschützerin und Aufpasserin sein, sie vermochte nicht länger zu verhindern, dass die unschuldige Lea mit der realen Welt in Berührung kommen würde. Hoffentlich ging das alles gut.

Hanna befestigte das letzte Zopfgummi und beendete ihr Flechtwerk mit einem tiefen Seufzer. Liebevoll drehte sie die kleine Schwester an den Schultern zu sich um, lächelte sie an und sah ihr tief in die Augen. „Na siehst du, mein Schatz, war doch gar nicht schlimm. Du siehst zauberhaft aus. Auch mit den Zöpfen."

Lea bemühte sich sichtlich, zurückzulächeln, konnte aber ihren Unmut nicht verbergen und produzierte infolgedessen eine seltsame Grimasse. Hanna musste lachen, gab der Schwester einen Kuss auf die Stirn und nahm sie fest in den Arm. „Und denk daran, mein Schatz: Nichts, was in der Villa geschieht, darf in die Außenwelt dringen. Und nichts, was in der Außenwelt geschieht, darf umgekehrt in die Villa gelangen. Draußen und hier, das sind zwei verschiedene Welten. Es ist ein Spiel, verstehst du? Du musst die Spielregeln einhalten, sonst verlierst du. Die Welten müssen immer getrennt bleiben, sonst bricht alles zusammen. Dann haben wir vielleicht kein Zuhause mehr, oder Papa wird uns sehr wehtun, das willst du doch nicht, oder?"

Lea schüttelte den Kopf.

„Du wirst dich an die Spielregeln halten, oder mein Schatz?", bohrte Hanna nach. Die Sache war zu wichtig, um sich mit einer einfachen Geste zufriedenzugeben.

„Ich versuche es."

„Versuchen reicht nicht, mein Liebes." Erneut küsste sie die Siebenjährige auf die Stirn. Dann schob sie sie eine Armeslänge von sich und sah sie eindringlich an. „Du musst es versprechen, Lea. Sonst habe ich keine ruhige Minute mehr."

„Ich versuche ja, es zu versprechen, aber ich bin mir nicht sicher, dass ich es kann."

„Du kannst es. Du kannst alles, was du willst. Du bist so ein starkes Kind. Du kannst es, Lea."

Ihre Schwester nickte. Hanna wusste, dass es keinen Sinn hatte, weiter zu drängen oder sie zu einer Lüge zu zwingen. Sie konnte nur hoffen, dass Leas Bemühen ausreichen würde, um das Schlimmste zu verhindern.

Noch einmal umarmte sie das kleine Mädchen und drückte es fest an sich. Wie absurd das Leben in der Villa war, fiel nur ihr als Ältester auf, weil die Geschwister damals zu klein gewesen waren, als die Mutter noch gelebt hatte. Als draußen die Nationalsozialisten an der Macht gewesen waren, Krieg geherrscht hatte und die Villa schon einmal wie eine Parallelwelt gewesen war. Damals hatte die Mutter verboten, dass irgendetwas von Politik oder Krieg in das Gebäude drang. Sie hatte darauf bestanden, dass das Leben hier weiterging wie vor der Machtergreifung Hitlers. Und nun? Nun gestaltete sich das Leben draußen wie vor diesem Zeitpunkt, aber ihr Vater hielt krampfhaft an den Zuständen fest, die im Dritten Reich geherrscht hatten. Es war grotesk. Beide Eltern waren realitätsfremd und lebten in ihrer eigenen Welt, nur dass diese gegensätzlicher nicht hätte sein können. Es tat weh, diese Ironie zu begreifen.

Noch immer steckte die Erinnerung wie ein Stachel in Hannas Herz. Zum Glück war es ihr nach dem Tod der Mutter vor zwei Jahren überraschend leichtgefallen, die Mutterrolle für die beiden kleineren Geschwister zu übernehmen. Wobei Lea und Heinz es ihr auch ziemlich einfach gemacht hatten. Heute wusste Hanna, dass sie schon immer mehr eine Art zweite Mutter als eine große Schwester für die Kinder gewesen war. Im ersten Moment hatte der Gedanke sie erschreckt, inzwischen war sie froh darum, denn auf diese Weise konnte sie ihnen die fehlende Mutter zumindest notdürftig ersetzen. Wie gern hätte auch sie selbst jemanden gehabt, der sich um sie kümmerte. Doch das

Schicksal hatte viele Menschen noch viel mehr gebeutelt als sie. Es stand ihr nicht zu, darüber zu klagen. Sie hatte zwei Geschwister, einen Vater und ein Zuhause. Auch wenn das Leben nicht leicht war, so war es doch eines in Sicherheit und Gesundheit, was nicht alle Menschen von sich behaupten konnten. Manchen hatte der Krieg alles genommen. Man musste dankbar sein.

Sie zwang sich zu einem Lächeln und klatschte in die Hände. „So, und nun lass uns frühstücken, mein Schulkind."

Leas Lächeln zeigte ihr, dass auch ihre Schwester stolz auf den nächsten Lebensabschnitt war.

Wenig später standen sie in Reih und Glied vor dem Frühstückstisch, als der Vater mit großen Schritten den Raum betrat. Bei jedem Schritt gaben seine Militärstiefel einen dumpfen Schlag von sich.

„Heil Hitler!", rief Heinrich und reckte die Hand mit entsprechender Geste in die Luft.

„Heil Hitler", antworteten die Kinder gehorsam. Erleichtert atmete Hanna auf. Diesmal hatte Lea den Gruß nicht verweigert.

3

Die Morgensonne strahlte durch die Fensterfront und tauchte die Küche in gleißend goldenes Licht. Während die Arbeitsflächen wie eh und je umlaufend an drei Wänden angebracht waren, hatten Tom und Emilia schon vor drei Jahren die große Kücheninsel aus der Mitte des Raumes entfernt und statt ihrer einen Esstisch mit Stühlen platziert. Das Frühstücken direkt in der Küche war unkomplizierter und auch gemütlicher als in dem überdimensionierten Essbereich der Seerosenvilla.

Die Seerosenvilla. Sie selbst hatten den Namen für das alte Haus gewählt, in der Hoffnung, dass er im Dorf die ursprüngliche Bezeichnung als Geistervilla ablösen würde. Der neue Name war auf den alten Seerosenteich zurückzuführen, der zu Zeiten der Familie Gleißner im hinteren Bereich des Gartens gelegen hatte. Die Erinnerung daran, dass in ihm ein Mensch sein Leben gelassen hatte, sollte wachgehalten werden. Dennoch hatten Tom und Emilia den Teich aus emotionalen Gründen zuschütten lassen, nach dem Kauf der Villa aber einen ganz ähnlichen auf der Ostseite des Hauses angelegt. Von den Küchenfenstern aus war er wunderbar zu sehen. Gedankenversunken ließ Emilia ihren Blick über die Wasseroberfläche gleiten. Die Seerosen, die sie darin angesiedelt hatten, gediehen prächtig. Kein Name hätte besser zu diesem Haus passen können als Seerosenvilla. Das Wachsen, Gedeihen und Vergehen und erst recht die Tatsache, dass die Wurzeln der Rosen bis tief hinab auf einen nicht sichtbaren Grund reichten, schienen geradezu symbolisch für das Leben der Familie Gleißner zu stehen, die vor ihnen hier gewohnt hatte. Immer hatten die Menschen nur die Oberfläche des Lebens mitbekommen, das hier stattfand. Die Villa lag abgelegen, und die Gleißners hatten sich nahezu vollständig aus dem Dorfleben zurückgezogen. Welche Tragödien sich im Inneren dieser Wände abgespielt hatten, hatte Emilia erst vor vier Jahren aus zufällig gefundenen Dokumenten der letzten Besitzerin Hanna Gleißner erfahren. Sie machte sich nichts vor: Viele Menschen aus dem Dorf vertraten noch immer die Meinung, dass die Villa abgerissen werden sollte, um die Erinnerung an die Familie vollständig aus der Geschichte Edelsbrunns zu tilgen. Emilia war da anderer Ansicht. Erinnerung war nicht an Mauersteine gebunden. Der Abriss dieser wunderschönen Villa würde nicht das Geringste an der Vergangenheit ändern. Darüber hinaus war sie als Urenkelin von Elfie Gleißner selbst deren Nachfahrin und fühlte sich verpflichtet, die Vergangenheit der Familie zu bewahren.

Die Seerosenvilla war architektonisch ein außergewöhnliches Gebäude. Als Immobilienmaklerin konnte sie das einschätzen. Nun lag es an ihr, die Edelsbrunner davon zu überzeugen, dass es in der Villa weder spukte noch ein Fluch auf ihr lastete. Der Anfang hierfür war gemacht. Tom und sie hatten sogar schon Gäste in der

Villa empfangen, die sich bei einem gemeinsamen Abendessen von der Harmlosigkeit des Anwesens hatten überzeugen können und ihnen nun dabei halfen, die Meinung der Dorfbewohner zum Positiven zu beeinflussen. Gut, dass Tom in Edelsbrunn so beliebt und noch dazu Besitzer des Gasthauses *Krone* war, einem beliebten Umschlagplatz für Klatsch und Tratsch aller Art. Wenn sich eine Meinung alteingesessener Bürger überhaupt ändern ließ, dann am ehesten in diesem Gasthaus.

„Der Teich ist wunderschön geworden", sagte Erika, als sie Emilias Blick in den Garten bemerkte. „Möchtest du noch Tee?"

„Ja, danke." Mit der freien Hand streckte Emilia ihrer Mutter die leere Tasse entgegen, im anderen Arm hielt sie Ellis. „Ich bin sehr glücklich hier."

Erika bestrich ein Brot mit Butter und Erdbeermarmelade und legte es auf Emilias Teller. Die grinste. So sehr Erika sich auch Mühe gab, ihre Tochter als erwachsene Frau wahrzunehmen – beim Frühstück hörte der Spaß auf. Da konnte sie vom traditionellen Erdbeerbrot nicht ablassen. Von Kindesbeinen an war es Emilias Lieblingsfrühstück. Herzhaft biss sie hinein.

In diesem Moment betrat Tom die Küche. Sich den Schlaf aus den Augen reibend, hielt er in der Bewegung inne. „Meine Güte, da denkt man, man sei der Erste, der sich aus dem Bett quält, und dann seid ihr schon fast mit dem Frühstück fertig. Ihr schleicht ja durchs Haus wie Gespenster." In seinem von der Sommersonne gebräunten Gesicht leuchteten seine blauen Augen noch intensiver als sonst.

Während er erst Emilia, dann Ellis einen Kuss gab und sich danach an den Tisch setzte, schenkte Erika ihm eine Tasse Kaffee ein. Er nickte ihr dankbar zu. „Seit wann seid ihr denn auf den Beinen?"

Emilia zuckte mit den Achseln. „Seit einer Stunde, schätze ich. Ellis hat mich wach gequengelt."

Toms Blick wanderte fragend zu seiner Schwiegermutter.

Diese nickte zustimmend. „Mich auch. Ich bin zwar jetzt Oma, aber wenn man einmal Mutter war, dann hat man wohl ein so feines Gehör für Babynöte, dass jeglicher Schlaf dahinter zurückstehen muss."

„Verrückt", antwortete Tom. „Ich habe geschlafen, als wäre ich selbst das Baby."

Emilia legte das Brot auf dem Teller ab. „Du bist ein Phänomen. Seit diesem unheimlichen Vorfall gestern Abend schrecke ich bei jedem Geräusch hoch. Von Tiefschlaf wage ich nicht mal zu träumen."

Erika runzelte die Stirn. „Welcher unheimliche Vorfall denn?"

„Meine Frau meint, gestern Abend sei jemand ums Haus geschlichen."

„Das meine ich nicht nur, da war jemand", protestierte Emilia. Möglichst präzise schilderte sie die Ereignisse des vergangenen Abends, dessen bedrückende Atmosphäre ihr noch immer in den Gliedern steckte.

Mit fortschreitender Erzählung wurde Erika blasser. „Der Geist von Elfie Gleißner ...", hauchte sie. „Vielleicht treibt er hier noch immer sein Unwesen. Ich habe euch gleich gesagt, dass die Atmosphäre in diesem Haus unheimlich ist. Ich habe es euch gesagt."

Tom schüttelte den Kopf. „Ach Unsinn, Erika, hier spukt es ganz sicher nicht. Es ist ein altes Gebäude, umgeben von viel Natur, selbstverständlich gibt es hier manchmal Geräusche und Bewegungen draußen und auch hier drin knackt und knirscht es manchmal, das ist doch normal. Vielleicht war das gestern Abend ein Tier. Eine Fledermaus, die vorübergeflogen ist.“

„Eine Fledermaus, echt jetzt?“ Grinsend verschränkte Emilia die Arme vor der Brust. „Ich muss zugeben, ich bin gerade ziemlich hormongesteuert, und meine Gefühle entsprechen nicht immer den objektiven Fakten, aber ich verwechsle doch keine Fledermaus mit einem Menschen, ich bitte dich.“

„Das ist gar nicht so absurd, wie du denkst“, wandte Tom ein. „In der Nacht wirken Größenverhältnisse oft verfälscht. Im entsprechenden Licht kann eine Fledermaus Schatten werfen, die um ein Vielfaches größer sind als ihr realer Körper. Was glaubst du denn, wie diese ganzen Vampirmythen entstanden sind? Außerdem hast du die Bewegung doch nur aus dem Augenwinkel gesehen, oder?“

„Das schon“, gab Emilia zu. „Trotzdem bin ich mir sicher, dass der Schatten für ein Tier viel zu groß war.“

„Es würde mich sehr wundern“, erwiderte Tom. „Wer soll denn nachts auf unserem Grundstück herumschleichen? Noch dazu, wo die meisten Menschen immer noch Angst vor der Villa und ihrem angeblichen Fluch haben. Aber...“, als er Emilias empörten Gesichtsausdruck sah, hob er ergeben die Hände, „... natürlich werde ich sofort nachsehen, ob ich etwas finden kann. Willst du mitkommen?“

„Auf jeden Fall.“

„Dann gib her die kleine Maus." Erika streckte die
Arme aus. Ellis ließ sich problemlos übergeben und kuschelte sich friedlich in die Arme der stolzen Großmutter.

Als sie aus der Villa traten, war Emilias Angst bereits
ihrem Entdeckungsdrang gewichen. Sofort widmete
sie ihre Aufmerksamkeit der Stelle unter dem Wohnzimmerfenster, wo sie gestern den Schatten wahrgenommen zu haben glaubte. Der Rasen war noch feucht
von der Nacht, die Regentropfen glitzerten an den Gras-
halmen.

„Hier, sieh mal." Sie wies auf den Boden. „Hier ist doch
alles total plattgedrückt, oder täusche ich mich?"

„Hm, könnte von einer Katze oder einem Marder sein,
der herumgeschlichen ist."

Emilia bückte sich und durchkämmte mit ihren Fingern den Rasen. Dann stoppte sie und hielt die Gras-
halme mit beiden Händen auseinander. Vom Regen des
vergangenen Tages war der Untergrund matschig.

„Der Marder müsste verdammt große Füße haben. Ist
das nicht eher deine Schuhgröße?", fragte sie schnippisch.

Durch die grünen Halme zeichnete sich brauner
Schlamm ab und in diesem, ganz fein und mit dem blo-
ßen Auge kaum erkennbar, der zarte Abdruck eines
Profils.

Tom schüttelte den Kopf. „Von mir stammt der nicht.
Ich war dort hinten beim Ahorn zugange. An dieser
Stelle hier zuletzt vergangene Woche, zum Rasen mä-
hen. Seltsam. Zeig mal her." Er ging in die Hocke und
begutachtete den Abdruck genauer.

„Ich war auch nicht hier in letzter Zeit", fügte Emilia hinzu. „Und Mama sicherlich auch nicht. Also ... wem gehört dieser Schuhabdruck?"

Mit spitzen Fingern zog Tom einen kleinen Gegenstand aus dem Gras und hob ihn in die Luft. „Ergänzungsfrage: Wem gehört dieser Zigarettenstummel?"

„Igitt, fass das nicht an."

„Ich wasche mir nachher die Hände. Aber den nehmen wir mit. Beweismittel."

„Sie glauben mir also endlich, dass da jemand war und mich beobachtet hat, Herr Kommissar?"

„Ich denke, die Hinweise sind eindeutig. Aber wer? Wer sollte abends auf unserem Grundstück ..." Nachdenklich zog Tom die Augenbrauen zusammen.

„Wir rufen die Polizei. Die sollen die Spurensicherung schicken", schlug Emilia vor.

„Die Spurensicherung?" Tom lachte und erhob sich aus seiner hockenden Position, den Stummel noch immer in der Hand. „Also Schatz, manchmal bist du echt zum Schießen. Die Polizei schickt doch keine Spurensicherung wegen eines Fußabdrucks und eines Zigarettenstummels."

„Müssen sie aber. Schließlich war jemand auf unserem Grundstück und hat mich beobachtet. Ich möchte das gerne anzeigen."

„Schatz, die lachen sich kaputt. Theoretisch hätte das jeder sein können."

Trotzig stemmte Emilia die Hände in die Hüften. „Von uns raucht doch gar keiner."

„Der Postbote schon. Wer sagt, dass Abdruck und Stummel nicht von ihm stammen?"

„Unter dem Wohnzimmerfenster?"

Tom hob die Schultern. „Ich halte es auch für unwahrscheinlich, aber die Polizei kann nur von Fakten
ausgehen. Glaub mir, die würden nur ermitteln, wenn
jemand eingebrochen hätte oder jemand angegriffen
worden wäre. Ich habe eine bessere Idee.“

„Und die wäre?“

„Ich informiere mich gleich heute über Sicherheitssysteme. Vielleicht sollten wir ohnehin Kameras und
eine Alarmanlage installieren. Ich kann mir schon vorstellen, dass die Villa anziehend auf Diebe und Einbrecher wirkt. Nicht auf Edelsbrunner, aber offensichtlich
auf irgendjemanden, der versucht, die Lage auszuspähen. Wir sichern uns ab. Da haben wir mehr davon und
das auch noch auf Dauer.“

Emilia seufzte. „Grundsätzlich finde ich die Idee gut.“

„Aber?“

„Aber irgendwie möchte ich nicht, dass der Anblick
dieser wunderschönen Villa von Kameras und Alarmlichtern verschandelt wird. Das sieht doch bescheuert
aus.“

„Ist doch egal, wie es aussieht. Hauptsache sicher.“

Missmutig brummte Emilia. Im Grundsatz hatte Tom
recht, aber die Villa optisch verschandelt zu wissen,
war keine schöne Vorstellung.

„Ach komm schon, es gibt inzwischen bestimmt auch
ganz winzige Geräte. Ich mache mich heute schlau und
zeige dir dann eine Auswahl, bevor ich bestelle, okay?“

„Na gut. Danke.“

Sie küssten sich und gingen dann Hand in Hand zurück in die Villa.

„Und?“, fragte Erika, die gerade mit dem Abwasch beschäftigt war.

„Keine Gespenster", erklärte Emilia trocken. „Dafür ein Fußabdruck und der Zigarettenstummel, den Tom gerade in das Tütchen packt. Da war wirklich jemand."

„Ach du lieber Himmel!" Erika war aufrichtig entsetzt. „Wir müssen die Polizei rufen."

Lässiger als sie sich fühlte, winkte Emilia ab. „Haben wir schon geklärt. Tom baut die Villa in einen Hochsicherheitstrakt um." Sie ignorierte den skeptischen Blick ihrer Mutter und erwiderte den Kuss, den Tom ihr auf die Lippen drückte. „Ach ... und apropos Umbau. In meiner vergangenen schlaflosen Nacht habe ich mir was überlegt. Ich würde gern ein Kinderzimmer für Ellis im ersten Stock umbauen. Am liebsten das erste rechts, das ohnehin schon aussieht wie ein Mädchenzimmer. Ich glaube, das könnte man superhübsch herrichten, und es wäre nicht so weit vom Wohnzimmer entfernt."

Erika legte den Kopf schief. „Findest du wirklich, dass du dich schon handwerklich betätigen solltest? Du hast vor acht Wochen ein Kind geboren. Vielleicht solltest du deinen Körper lieber noch ein wenig schonen."

„Und vielleicht solltest du deinen mütterlichen Beschützerinstinkt lieber etwas zurückschrauben." Emilia lachte. „Keine Angst, ich habe nicht vor, Möbel zu schleppen oder Bretter zu sägen. Ich dachte eher daran, mich mit der Planung zu beschäftigen und meinem herzallerliebsten Ehemann dann mitzuteilen, was er umbauen darf." Sie grinste. „Vielleicht ein neuer Fußboden und ein paar hübsche Prinzessinnenmöbel. Ich muss den Raum mal eine Weile auf mich wirken lassen."

In gespielter Empörung fuchtelte Tom theatralisch durch die Luft. „Ach, jetzt darf ich doch wieder hier herumwerkeln?“

Emilia gab ihm ein spitzes Küsschen auf die Wange. „Ja.“ Und ein weiteres. „Weil du der beste Ehemann und Papa bist.“ Und noch eins. „Und so talentiert und so hübsch und so begabt und so …“

Tom lachte. „Und so leicht mit Küssen rumzukriegen“, ergänzte er fröhlich.

„Genau“, bestätigte Emilia.

„Na dann los.“ Lachend deutete er auf die Tür. „Verkünstele du dich im Kinderzimmer, derweil beschäftige ich mich mit unserem Sicherheitssystem.“

„Und ich mache einen hübschen Herbstspaziergang mit unserem Prinzesschen hier?“, fragte Erika.

„Wenn du magst, gern“, gab Emilia zurück.

Ihre Mutter nickte und hängte das Geschirrtuch an den Haken. Mit dem Abwasch war sie ohnehin fertig.

Bevor sie die Küche verließ, bedachte Emilia ihre drei Herzensmenschen mit kurzen, dankbaren Blicken, und sofort breitete sich in ihrem Inneren wieder das Gefühl aus, das sie immer wieder hatte, seit sie im Ort Edelsbrunn angekommen war: Glück.

Das Gefühl blieb bei ihr, als sie den hellen Raum betrat, der zu Zeiten der Familie Gleißner wohl auch ein Kinderzimmer gewesen war. Bisher hatten sie dem ungefähr achtzehn Quadratmeter großen Raum kaum Beachtung geschenkt, da sie der Renovierung des Wohnbereichs und der Küche den Vorrang gegeben hatten. Die Substanz der Villa war gut, sonst hätten sie den Kauf erst gar nicht getätigt, aber es war doch einiges an Aufwand nötig, um das alte Gemäuer auf den neuesten

Stand der Technik und der energetischen Sanierung zu bringen. Seit Ellis ihre Familie bereicherte, geisterte zudem die Vorstellung von einem gemütlichen Kinderzimmer durch ihre Gedanken. Zwar würde die Kleine noch einige Monate im Elternschlafzimmer bleiben, aber so ein Umbau dauerte ja auch ein Weilchen, und anschließend brauchten die neuen Materialien noch Zeit, um ihre Schadstoffe auszudünsten, bevor man ein Baby darin schlafen lassen konnte. Wozu also warten?

Emilia ließ ihren Blick durch den hellen Raum wandern. Die Wände konnten einen neuen Anstrich vertragen. Sie ging zum Fenster und betastete die Vorhänge. Hübsch waren sie, weiß und wallend, und irgendjemand hatte damit begonnen, kleine rosarote Blümchen in den Stoff zu sticken. Ungleichmäßig verteilten sie sich über das Gewebe, waren also ganz sicher Handarbeit. Vielleicht hatte sogar eines der Gleißner-Kinder die Vorhänge auf diese einzigartige Weise verziert. Sie passten in dieses Zimmer und sollten hier bleiben, lediglich ein Waschgang wäre vonnöten. Bei den Dielen genügten wohl ein Schliff und eine neue Lasur, vorausgesetzt dass das Holz materialtechnisch noch intakt war.

Prüfend beging Emilia den Fußboden. Es gab nichts zu beanstanden. Lediglich an einer Stelle knarzte es entsetzlich. Unpraktisch für einen Raum, in dem ein Baby schlafen sollte, aber bestimmt konnte man die Stelle erneuern, sofern die Ursache für das Geräusch kein Holzwurm war. Emilia kniete sich auf den Boden, ballte die Hand zu einer Faust und klopfte das verdächtige Dielenbrett ab. Sie kannte sich mit Geräuschen am Bau nicht besonders gut aus, da normalerweise Tom der handwerklich Begabte war, aber als ihre Fingerknöchel auf das Holz trafen, empfand sie den entstehenden Klang intuitiv als hohl. Ihr Herz pochte. War es möglich …

Angespannt klopfte sie auf die Dielen, die rings an der knarzenden angrenzten. Der Klang war dumpfer. Wieder klopfte sie auf die hohle Stelle. Konnte das sein? Ein Hohlraum? Hier, mitten im Kinderzimmer? Ihr Chef von Immobilien-Plaschke hatte damals von Geld gesprochen, das noch irgendwo in der Villa Gleißner versteckt sein sollte, aber bis jetzt hatten sie nichts dergleichen gefunden. Was, wenn zumindest dieses Gerücht über das alte Haus der Wahrheit entsprach?

„Tom!", brüllte Emilia. Das Adrenalin des Abenteuers hatte längst von ihr Besitz ergriffen.

Mit beunruhigtem Gesichtsausdruck erschien er im Türrahmen. „Was ist passiert? Hast du dich verletzt?"

„Ganz im Gegenteil, ich würde gern jemanden verletzen. Besser gesagt etwas. Könntest du mir vielleicht helfen, diese Diele hier aus dem Fußboden zu stemmen?"

4

Villa Gleißner, 1950

Mitten in der Bewegung hielt Hanna inne. Zu laut. Lea sang viel zu laut. Und dazu noch ein Lied mit englischem Text! Sie musste bei ihr sein, bevor der Vater es hörte.

Schnell ließ Hanna Tasse und Lappen ins Spülbecken fallen und wischte sich bereits im Lauf die schaumbeschmierten Hände an der Küchenschürze ab. Immer zwei Stufen auf einmal nehmend, sprang sie die Treppe hinauf. Dass Lea sich aber auch nicht zusammenreißen konnte. Mit ihren gerade mal zehn Jahren benahm sie sich, als steckte sie schon mitten in der Pubertät. Dabei hätte ein solch provokantes Verhalten eher Hanna zugestanden, die gestern immerhin ihren sechzehnten Geburtstag gefeiert hatte. Sie hatte nie pubertiert. Provokationen jeglicher Art waren ihr fremd, sie war von klein auf daran gewöhnt, gehorsam zu sein. Damit war sie in den vergangenen sechzehn Jahren gut durchs Leben gekommen, aber die kleine Schwester stellte sie mit ihrer wilden Art immer wieder vor Herausforderungen.

Hanna riss die Tür des gemeinsamen Kinderzimmers auf. Im Kopf hatte sie bereits die ersten Worte für eine Standpauke zurechtgelegt, da blieb ihr die Luft weg.

Ihre Augen mussten ihr einen Streich spielen. Das konnte nicht sein! Und selbst wenn es sein konnte, dann durfte es nicht sein. Mehrfach blinzelte sie, in der Hoffnung, das Bild vor ihren Augen erwies sich als Täuschung, doch letztendlich begriff sie entsetzt die Realität der Szene. Hastig schloss sie die Tür hinter sich und stürzte zu Leas Bett. Ihre Arme waren gerade lang genug, um das Bild an der Wand dahinter zu erreichen und abzureißen. Sofort verstummte der Gesang.

„Hey, spinnst du? Was soll denn das? Das ist meins!" Mit einem Ruck setzte sich Lea in ihrem Bett auf und streckte den Arm aus, um ihrer Schwester das Diebesgut wieder zu entreißen.

Die zog schnell die Hand weg und presste das Bild an sich. „Spinnst *du*?", gab sie atemlos zurück. Die kalte Angst hatte sie mehr Atem gekostet als ein Dauerlauf. „Was soll denn das? Was ist das, wo hast du das her? Bist du verrückt geworden?"

„Es ist äußerst unhöflich, mehrere Fragen auf einmal zu stellen, ohne dem anderen eine Möglichkeit zu geben, sie zu beantworten", gab Lea trotzig zurück.

„Okay." Hanna holte tief Luft, atmete langsam aus und dann wieder ein. Sie musste ruhig bleiben. Mit Schimpfen würde sie bei ihrer Schwester nichts erreichen. „Was ist das, Lea?"

„Ein Foto von Marylin Monroe."

„Woher hast du das?"

„Von Sue, sie ist eine neue Mitschülerin. Ihr Vater ist amerikanischer Soldat und hat es mitgebracht. Sie hat es mir geschenkt. Es gehört mir, gib es sofort zurück." Lea ließ den Arm nach vorn schnellen, aber die große

Schwester drehte sich so schnell weg, dass sie nur Luft erhaschte.

Hanna löste das Bild, das sie noch immer an ihren Körper gepresst hielt, von sich und betrachtete es. Eine blonde Frau war darauf zu sehen. Sie war hübsch, zugegeben. Vermutlich ein Filmstar oder etwas in der Art. Entsprechend waren auch Aufmachung und Pose, mit der sie sich auf dem Foto präsentierte. Eine Darstellung von Weiblichkeit, die den Vater zweifellos zur Weißglut bringen würde. Was hatte Lea sich nur dabei gedacht, dieses Foto an die Wand zu kleben? War sie verrückt geworden? Niemals würde der Vater ein Bild solcher Art in seinem Haus dulden, schon gar nicht, wenn es vom Feind stammte, als den er die Amerikaner noch immer betrachtete. Eines Tages, so predigte Heinrich Gleißner beharrlich, würden die Nationalsozialisten wieder an die Macht kommen. Und dann würden sie all jene bestrafen, die sich von ihnen abgewandt hätten und all jene belohnen, die die Ideale der NSDAP weiter in Ehren hielten, auch wenn das nur im Verborgenen gelang. Bis dahin würde er die Werte und Gedanken in der Villa Gleißner aufrechterhalten und sie würden sehen, es werde sich auszahlen.

Niemand außer ihm glaubte daran. Nicht Lea, nicht Hanna, ja noch nicht einmal Vaters Liebling, der kleine Heinz. Trotzdem bestand Heinrich darauf, und solange sie alle mit ihm in der Villa lebten, war es besser, ihm keinen Grund zu geben, an ihrer Loyalität zu zweifeln. Was sonst geschah, hatten sie alle in den vergangenen fünf Jahren seit Kriegsende zu spüren bekommen. Manche weniger, Lea mehr. Dieses Foto hätte lediglich zu einer neuen Eskalation geführt, so viel war sicher.

Hanna seufzte tief, setzte sich auf Leas Bettkante und gab ihr das Foto zurück.

„Lea, mein Schatz", sagte sie dann zärtlich. „Du weißt genau, dass du ein solches Bild hier nicht aufhängen kannst."

Die kleine Schwester schmollte. „Sue hat mir das Foto geschenkt. Ich bin die Erste in unserer Klasse, die ein Bild von Marylin Monroe hat. Außer ihr natürlich. Weißt du eigentlich, wie interessant mich das macht?"

„Du brauchst keinen Gegenstand, um dich interessant zu machen, Lea. Du bist ein tolles Mädchen. Weil du klug bist und ein großes Herz hast. Und außerdem bist du viel hübscher als diese Marileen."

„Marylin."

„Meinetwegen. Marilyn."

Mit verträumtem Ausdruck betrachtete Lea das Foto in ihrer Hand. „Wenn ich erwachsen bin, will ich auch mal ein Fotomodel werden. Oder noch besser, ein Filmstar. Ich will nach Amerika gehen und furchtbar berühmt werden. Und alle Menschen wollen dann Fotos von mir machen und jubeln mir zu, wenn sie mich irgendwo sehen. Glaubst du, ich schaffe das, Hanna?"

„Natürlich, mein Schatz. Du schaffst alles, was du willst." Zärtlich strich sie über das weiche blonde Haar, das Lea in ihrem Zimmer wieder offen trug.

„Das sagst du immer."

„Weil es stimmt."

„Und glaubst du auch, dass ich hübsch genug dafür bin?"

„Aber natürlich. Du bist das hübscheste Mädchen, das ich kenne."

„Das sagst du nur, weil du meine große Schwester bist.“

„Nein, mein Schatz, das sage ich, weil es stimmt. Du warst schon als Baby wunderschön. Ich habe noch nie so ein bezauberndes Kind gesehen wie dich.“

Lea strahlte zufrieden. „Dann schaffe ich es. Dann werde ich Model und Schauspielerin und ganz bestimmt berühmter als Marylin Monroe.“

„Ganz bestimmt, mein Schatz. Wenn du erwachsen bist. Aber bis dahin wirst du dich schön den Regeln dieses Hauses fügen, nicht wahr? Wir wollen doch nicht wieder Ärger mit Papa riskieren.“

„Wer will keinen Ärger mit mir riskieren?“

Mit einem Ruck wandten beide Mädchen den Kopf zur Tür, da war der Vater auch schon auf dem Weg zu ihnen. Hanna sprang auf und versuchte, den Blick auf Lea zu verdecken, während diese panisch versuchte, das Marylin-Foto unter ihr Kopfkissen zu schieben, doch es war zu spät. Der Vater hatte es bemerkt. Bedrohlich langsam trat er zum Bett, schob Hanna grob zur Seite und blieb genau vor Lea stehen. Wortlos streckte er die Hand aus. Sie sah ihn an, bewegte sich aber nicht.

„Das Foto!“, donnerte Heinrich.

Lea bewegte sich noch immer nicht. Auch Hanna war wie erstarrt vor Angst. Da wandte sich der Vater an sie.

„Das Foto“, wiederholte er mit bedrohlicher Stimme und streckte Hanna die geöffnete Handfläche entgegen.

Diese zögerte nicht. Mit rascher Geste griff sie unter das Kopfkissen und zog das Objekt des Anstoßes hervor. Ihre Hände zitterten, und das Blut rauschte in ihren Ohren, als sie es in des Vaters ausgestreckte Hand übergab. Er warf einen stummen Blick darauf. Anschließend riss er es kommentarlos in Fetzen und ließ diese achtlos zu Boden rieseln.

„Hinaus!", schrie er Hanna an, bevor er den Gürtel aus seiner Hose zog.

Während Hanna auf dem Flur kauerte und sich die Faust in den Mund presste, hallten Leas Schreie durch die Gänge der Villa. Tränen strömten über Hannas Gesicht. Sie hatte ihre Schwester nicht beschützt. Wie sie Valentina nicht beschützt hatte. Sie war eine Versagerin. Die schlechteste Schwester der Welt. Sie selbst hätte die Schläge verdient, nicht Lea.

Eine gefühlte Ewigkeit später öffnete sich die Tür und Heinrich Gleißner trat heraus. Sein Gesicht war rot vor Wut, auf seiner Stirn glänzte der Schweiß.

Schnell sprang Hanna auf die Füße und wischte sich notdürftig die Tränen aus dem Gesicht, da spürte sie auch schon die schallende Ohrfeige auf ihrer Wange. Sie widerstand dem Drang, nach der brennenden Haut zu tasten und stand still, aufrecht, mit geradem Blick, wie der Vater es erwartete.

„Sieh zu, dass du dieses Balg in den Griff bekommst", befahl er. Dann ging er an ihr vorbei, als sei nichts gewesen.

So schnell sie konnte, stürmte Hanna zurück ins Zimmer. Auf dem Bett lag Lea bäuchlings. Sie weinte nicht mehr, aber ihr Gesicht war tränennass und in ihren Augen funkelte der Hass. „Ich werde keinen Tag länger hierbleiben!", fauchte sie, während sie versuchte, sich aufzurichten, doch ihre Beine gehorchten nicht. „Dieser Mann ist vollkommen irre.“

Hanna ergriff ihren Arm und half ihr aus dem Bett. „Dieser Mann ist unser Vater, Lea.“

„Dieser Mann ist gar nichts! Er ist ein verrückter Tyrann, der an irgendwelchen idiotischen Parolen festhält und keine Ahnung vom Leben hat. Ich hasse ihn!“

„Psst!“ Schnell hielt Hanna ihrer kleinen Schwester den Mund zu. Für eine Zehnjährige hatte sie die Sache erstaunlich gut auf den Punkt gebracht. „Pass auf, dass er dich nicht hört, sonst bekommst du gleich die nächste Tracht Prügel“, warnte sie.

„Wenigstens hat er noch nie mein Gesicht erwischt.“ Lea deutete auf Hannas Wange, die sich deutlich gerötet hatte. „Tut es sehr weh?“

Die Ältere schüttelte den Kopf. „Bestimmt nicht so sehr wie dein Hintern.“

„Ich hasse ihn! Dieser Mann gehört hinter Gitter. Und ich lasse das auch nicht länger mit mir machen.“

„Da haben wir leider keine andere Wahl, mein Schatz. Ihm gehört das Haus, er hat das Sagen. Bis du erwachsen bist, wirst du mit ihm zurechtkommen müssen.“

„Muss ich gar nicht.“ Trotzig verschränkte Lea die Arme vor der Brust. „Ich lasse mir das nicht mehr gefallen. Ich ziehe aus.“ Mit wenigen Schritten war sie bei der kleinen Kommode und begann damit, einzelne Kleidungsstücke herauszureißen und in ihrer Schultasche zu verstauen.

„Aber Schatz, wo willst du denn hin?“

„Keine Ahnung. Zu irgendeiner Verwandten. Einer Tante, einem Onkel, Großeltern ... Hauptsache weg von hier.“

„Wir haben gar keine Verwandten.“

Abrupt hielt Lea im Packen inne und sah ihre Schwester aus großen Augen an. „Wie meinst du das? Wir müssen doch irgendwelche Tanten und Onkel haben?“

„Nicht dass ich wüsste.“

„Und Großeltern?“

Hanna zuckte mit den Achseln.

Wie eine Marionette, der man die Fäden durchtrennt, fiel Lea in sich zusammen und kniete als Häufchen Elend vor der kleinen Kommode, in der Hand noch einen Pullover haltend.

Beim Anblick der Verzweiflung in ihren Augen krampfte sich Hannas Herz zusammen.

„Dann meinst du, ich muss hierbleiben?“

„Zumindest bis du einundzwanzig bist.“

„Du bist in fünf Jahren schon erwachsen. Gehst du dann fort?“

„Das werden wir sehen.“ Hanna trat zu ihr und nahm die kleine Schwester vorsichtig in den Arm.

„Bitte geh nicht. Lass mich nicht hier allein zurück, Hanna, bitte, das überlebe ich nicht.“

Hanna schluckte trocken. „Ich werde dich niemals allein lassen, mein Schatz. Ich bleibe bei dir. Und ich passe auf dich auf. Das verspreche ich dir.“

5

Seerosenvilla, September 2023

Emilia knetete aufgeregt ihre Finger, als Tom das Stemmeisen an der Diele ansetzte.

„Soll ich wirklich?", fragte er und hielt in der Bewegung inne.

Genau dieselbe Frage hatte Emilia sich gestellt, während Tom das Werkzeug geholt hatte. Ganz wohl war ihr nicht bei der Sache. Wenn etwas unter den Dielen versteckt war, dann hatte jemand Gründe dafür gehabt, es verschwinden zu lassen. Nach dem, was sie bisher vom Leben der Familie Gleißner enthüllt hatten, mussten sie auf alles gefasst sein. Andererseits kannte sie sich gut genug, um zu wissen, dass die Geheimnisse ihr keine Ruhe lassen würden, wenn sie ihnen nicht auf den Grund ging.

Mit einem hastigen Nicken bestätigte sie das Vorhaben. Das Geheimnis des Hohlraums musste gelüftet werden. Jetzt sofort. Was mochte darunter versteckt sein? Das Geld der Familie Gleißner? Alte Briefe? Schmuck? Es musste etwas Besonderes sein. Schließlich hatten sie alte Fotos und sogar das Tagebuch der jungen Hanna Gleißner in einem schlichten Karton im Keller gefunden. Was immer hier verborgen lag, es musste eine Sensation wert sein. Bitte nur keine Leiche, betete sie inständig, wissend, dass man eine solche bestimmt riechen würde.

Es knarzte und knackte, als Tom die Diele hochstemmte. Dann hielt er mitten in der Bewegung inne, sah Emilia an und lachte. „Du zappelst herum wie ein kleines Kind."

„Und gleich werde ich heulen, wie ein solches, wenn du nicht sofort aufmachst. Los jetzt!" Mit einer scheuchenden Handbewegung trieb sie ihn zum Weitermachen an.

„Ich mach ja schon." Er feixte, konnte aber nicht verbergen, dass er ebenso neugierig geworden war. Mit einem letzten Ruck hebelte er die Diele aus der ebenen Fläche. Sie löste sich so leicht, dass das Stemmeisen etwas zu hoch in die Luft schnellte und Tom durch den unerwarteten Ruck rückwärts taumelte. Zum Glück fand er sein Gleichgewicht rasch wieder.

Mit einem Satz stürmte Emilia zu der entstandenen Öffnung und kniete sich davor. Mit einem Gemisch aus Triumph und Rührung stellte sie fest, dass sie mit ihrer Vermutung voll ins Schwarze getroffen hatte. In der Bodenvertiefung vor ihr lagen ein Stapel Zeichnungen, gefaltete Blätter und ein paar Fotos. Vorsichtig nahm sie den Stapel mit den Fotos heraus. Wie bei einem Geschenk war ein breites rotes Stoffband darum gebunden. Die Frau auf dem obersten Foto erkannte Emilia sofort.

„Schau mal, Tom", sagte sie andächtig. „Vielleicht ist das eine der ersten Autogrammkarten von Marilyn Monroe."

Er kniete sich ihr gegenüber und nahm das Bild, das sie ihm reichte. „Schade nur, dass es so kaputt ist. Sonst wäre es vielleicht sogar wertvoll."

„Für den Besitzer war es anscheinend wertvoll. Sieh mal, die vielen feinen Risskanten. Es muss komplett zerfetzt gewesen sein. Aber irgendwer hat sich die Mühe gemacht, die einzelnen Teile wieder zusammenzukleben. Wahnsinn. Eine echte Präzisionsarbeit." So wie er war, legte Emilia den Stapel neben sich und nahm einen weißen Umschlag aus dem Bodenversteck.

„Das versteckte Geld der Gleißners", spottete Tom, während Emilia ein weißes Blatt Papier aus dem Umschlag zog und entfaltete.

Mein Stern,
der Gedanke an dich tut weh. So schrecklich weh. Warum willst du nicht mit mir zusammen sein? Ich kann und werde das nicht akzeptieren, mein Stern. Ich bin mir sicher, ich habe nicht überlebt, um mein Leben lang unglücklich zu sein. Ich habe mein Glück verdient. Und mein Glück bist nun einmal du. Das musst du doch verstehen. Ohne dich kann ich niemals glücklich werden. Es ist mir vollkommen egal, wie wir leben. Und wo wir leben. Hauptsache, wir können zusammen sein. Lass uns zusammen verschwinden. Ich bitte dich. Nein, ich flehe dich an. Ohne dich hat mein Leben keinen Sinn. Zieh dich nicht zurück. Verlass mich nicht. Verstoße mich nicht. Ich weiß, dass du mich auch liebst, ich weiß es einfach. Mach uns nicht unglücklich, bitte nicht. Triff dich noch einmal mit mir. Sieh mir in die Augen und sag mir, dass du mich nicht liebst. Dann werde ich es akzeptieren und dich in Ruhe lassen. Aber ich bin mir sicher, dass du das nicht kannst. Weil du mich liebst. Und

das weißt du genauso gut wie ich. Triff dich mit mir. Ein letztes Mal. Bitte.
In ewiger Liebe und für immer Dein.

„O Gott." Erschrocken ließ Emilia den Brief sinken und Tom, der ihr beim Lesen über die Schulter gesehen hatte, stieß einen leisen Pfiff aus.

„Da scheint aber jemand ganz schön unglücklich verliebt gewesen zu sein."

„Das kannst du laut sagen", murmelte Emilia. „Das ist ja schon fast gruselig. Es hört sich bedrohlich an, oder bilde ich mir das ein?"

„Nein, ich finde auch, dass das nicht ganz normal klingt", pflichtete Tom ihr bei. „Der junge Mann scheint vollkommen verzweifelt."

„Oder die junge Frau."

Fragend sah er sie an. Emilia wies auf die verschnörkelte Tintenschrift. „Na, wir wissen weder, an wen, noch von wem der Brief ist. Mein Stern. Das könnte jeder sein. Und der Verfasser bleibt namenlos."

„Das stimmt allerdings. Wer kommt denn infrage?"

„Hm ..." Emilia tippte mit ihrem Zeigefinger gegen die Unterlippe. „Lass mal überlegen. Leider stehen weder Ort noch Datum auf dem Brief, aber da wir ihn hier in der Villa gefunden haben, nehme ich mal an, dass er an eines der drei Kinder adressiert war, also Hanna, Lea oder Heinz."

„Oder von einem der drei Kinder geschrieben und dann nicht abgeschickt wurde. Kennt man doch. Wenn man einen glühenden Liebesbrief verfasst und sich dann doch nicht traut, ihn abzuschicken."

„Ach, sprichst du da aus Erfahrung?“ Neckisch grinste Emilia ihren Ehemann an.

Der errötete leicht. „Mag sein, dass ich in meinem jugendlichen Übermut möglicherweise und ganz eventuell den einen oder anderen Brief verfasst und nicht abgeschickt habe.“

„O la la, das ist ja eine ganz neue Seite an dir. Gibt es diese romantischen Geistesergüsse denn noch?“

Tom präsentierte seine Handflächen. „Wenn es sie gäbe, wären sie mir heute furchtbar peinlich. Ich habe sie verbrannt.“

„Schade. Ich hätte gerne etwas Peinliches von dir gelesen.“

„Mit Verlaub, junge Frau.“ Lehrerhaft hob er den Zeigefinger.

„Nein, ohne Verlaub, ich fände das höchst interessant. Wir sind doch verheiratet. Und ich liebe dich so sehr, dass in meinen Augen nichts von dir peinlich sein könnte. Schon gar nicht, wenn es um deine Gefühle geht.“

„Na, diese Briefe hier gibt es ja zum Glück noch“, lenkte Tom schnell ab und zog ein kleines gefaltetes Blatt Papier aus der Vertiefung.

Emilia schluckte den Köder großzügig, nahm ihm den Zettel aus der Hand und entfaltete ihn.

Danke für die letzte Nacht, Babe. Du bist etwas Besonderes.

Auf der Suche nach einer genaueren Erklärung für diese Worte drehte sie das Blatt in den Händen, doch es stand nur der eine Satz darauf.

„Da hat mir der emotionale Brief aber besser gefallen", fasste Emilia ihre Enttäuschung in Worte.

„Ach hier seid ihr." Mit der leise meckernden Ellis auf dem Arm betrat Erika das Kinderzimmer. „Die kleine Prinzessin hat Hunger."

Emilia stand auf und nahm ihre Tochter entgegen. „Na, mein kleines Knüpselchen. Du machst ja Sachen. Du kannst doch nicht schon wieder Hunger haben. Bist du etwa ein kleiner Vielfraß, mein Schatz?"

„Ehrlich gesagt will ich mich da nicht festlegen", lenkte Erika ein. „Vielleicht vermisst sie auch einfach ihre Mama. Auf jeden Fall ist sie gerade etwas unruhig, und ich dachte, wir sollten ihr lieber Sicherheit vermitteln. Sie ist ja noch sehr klein."

„Auf jeden Fall. Danke, Mama." Emilia nahm ihrer Mutter Ellis ab und küsste sie auf die Stirn. Sofort schmiegte ihre Tochter sich an sie und wurde ruhig.

Erika wies auf das herausgestemmte Dielenbrett. „Was macht ihr denn da? Habt ihr etwa doch schon mit der Renovierung begonnen?"

„Gewissermaßen. Wir haben einen Hohlraum unter den Dielen gefunden. Schau mal." Emilia zeigte auf die bereits herausgenommenen Dinge. „Mit Briefen, Fotos, Postkarten ..."

„Und dem hier." Mit spitzen Fingern zog Tom eine durchsichtige Tüte aus dem Hohlraum, in der sich ein weißes Pulver befand. „Was ist das denn?"

„Kokain?", schlug Emilia halb im Scherz vor.

„Wäre ehrlich gesagt auch mein erster Gedanke gewesen", gab Tom zu. „Aber etwas in mir möchte lieber glauben, dass es Mehl ist."

„Und Mehl würde man unter den Dielen verstecken, weil …?"

„Okay, vermutlich sind es Drogen." Tom öffnete das Tütchen, tunkte seine Fingerkuppe hinein und berührte sie anschließend mit der Zungenspitze. „Bäh, das ist ja widerlich."

„Und?"

„Also ich habe keine Ahnung, wie Kokain schmeckt, aber Mehl ist es auf keinen Fall."

„Müssen wir das zur Polizei bringen?"

Die fragenden Blicke von Erika und Tom genügten. Emilia lachte. „Okay, wir lassen es einfach verschwinden. Ich nehme mal an, dass keiner von euch beiden es konsumieren will, oder?"

Beide schüttelten den Kopf.

„Verkaufen?" Grinsend schwenkte Emilia das kleine Tütchen durch die Luft.

Während Erika eine Sekunde lang schockiert wirkte, prustete Tom los. Er kannte seine Frau gut genug, um die Frage auch nur eine Sekunde lang ernst zu nehmen.

„Dann lasst doch mal sehen, was wir hier noch so haben." Emilia legte die Pulvertüte zur Seite, griff mit beiden Händen in den Hohlraum und holte die Stapel mit den Blättern heraus. „Sollen wir aufteilen, und jeder liest einen Teil, oder wie machen wir das?"

Tom ging in Abwehrhaltung. „Nein, nein, lass mal lieber. Ich möchte das bitte nicht lesen. Vermutlich sind es alles Liebesbriefe, wie der erste."

„Das hoffe ich doch. Willst du nicht wissen, was das für eine Liebesgeschichte war, wessen und vor allem wie sie ausging?"

Vehement schüttelte er den Kopf. „Nein, auf keinen Fall. Du kannst es mir gern zusammenfassen, wenn es harmlos ist. Aber nach dem Fund des letzten schriftlichen Dokuments haben wir eine Leiche entdeckt, falls du dich erinnerst. Ich lege keinen Wert darauf, diese gruselige Aktion zu wiederholen."

Es stimmte. Damals hatten sie Hannas Tagebuch gefunden, und aufgrund der darin enthaltenen Hinweise das jahrzehntealte Skelett. Nein, auch Emilia legte keinerlei Wert auf eine vergleichbare Entdeckung. Trotzdem würde sie die Dielenbriefe lesen und zwar jeden einzelnen.

„Und du, Mama?", fragte sie in Erikas Richtung.

„Auf gar keinen Fall." Auch ihre Mutter hob schützend die Hände vor den Körper. „Das sind doch alles sehr private Unterlagen dieser Gleißners. Nicht dass wir doch noch einen ihrer Geister heraufbeschwören, wenn wir in ihren Geheimnissen herumschnüffeln. Wenn du mich fragst, sollten wir das alles hier besser verbrennen und diese armen Geschöpfe in Frieden ruhen lassen."

„Kommt ja gar nicht in die Tüte." Empört presste Emilia einen Stapel an sich. „Von mir aus können sie gerne in Frieden ruhen, da hat ja niemand was gegen. Trotzdem will ich wissen, was sich in diesem Haus abgespielt hat. Übrigens sind das auch nicht „diese Gleißners" Mama, genau genommen bist du auch eine von ihnen, auch wenn wir das all die Jahre über nicht wussten."

Erikas Gesichtsausdruck wurde finster. „Bin ich nicht. Ich bin eine Sandberg und Punkt."

„Tut mir leid." Emilia wusste genau, dass es unfair war, die Verwandtschafts-Karte gegen ihre Mutter auszuspielen, auf die sie seit jeher abwehrend reagierte. Andererseits machte sie allein die Vorstellung, die Geheimnisse der Gleißner-Kinder zu verbrennen, wütend. Für gewöhnlich respektierte Emilia die Gefühle ihrer Mutter und brachte das Thema gar nicht erst zur Sprache, trotzdem erwartete sie von ihr auch ein gewisses Maß an Verständnis für ihr Interesse an der Familiengeschichte. Vielleicht auch deshalb, weil den Gleißners so oft Unrecht getan wurde. Nach dem, was sie bisher herausgefunden hatten, beruhte das, was man ihnen bisher vorgeworfen hatte, auf Halbwahrheiten, um die Gerüchte gesponnen worden waren. Zumindest hatten sie keine Kinder an die Nazis verkauft, wie es über Jahrzehnte hinweg behauptet worden war. Dass Hanna Gleißner im Wissen um diesen Ruf alle Schmähungen und Leiden bis an ihr Lebensende ertragen hatte, war grausam, und weckte in Emilia immer wieder den Drang, sie irgendwie zu trösten oder die Familie in Schutz zu nehmen. Leider vergebene Liebesmüh, da Hanna selbst im Frühjahr 2019 verstorben war.

„Tut mir auch leid", entschuldigte sich Erika kleinlaut. „Ich weiß nicht, warum ich bei diesem Thema so empfindlich reagiere. Ich finde es selbst überzogen, aber irgendwie habe ich das Gefühl, das Eingeständnis, dass wir genetisch betrachtet zu den Gleißners gehören, nimmt mir mein bisheriges Leben weg oder macht es zu einer Lüge."

„Aber das ist doch Unsinn, Mama." Schnell trat Emilia zu ihrer Mutter und legte ihr die Hand auf die Schulter.

„Was wir über die Gleißners und ihr Leben herausfinden, hat doch nichts mit uns zu tun. Zumindest nicht damit, was wir aus unserem Leben machen. Das bleibt ganz allein uns überlassen. Frag mal Josef. Ich finde es einfach spannend, die Geschichte dieser Familie zu erforschen. Gerade weil sie so geheimnisvoll ist und niemand aus dem Dorf Genaueres über sie weiß. Trotzdem bleibt es ihre Geschichte, nicht deine. Aber da sie untrennbar mit diesem Haus verbunden ist, für das wir uns nun einmal entschieden haben, interessiert es mich brennend, was hier los war. Kannst du das ein bisschen verstehen?“

Erika legte ihre Hand auf die ihrer Tochter und drückte sie sanft. „Natürlich, mein Schatz. Dennoch finde ich die Atmosphäre hier nach wie vor eigenartig, geradezu unheimlich. Und die Tatsache, dass hier anscheinend noch mehr Geheimnisse im Untergrund lauern, macht dieses Gefühl nicht gerade besser.“

„Das verstehe ich. Belassen wir es doch dabei. Ich schnüffle noch ein bisschen in der Vergangenheit herum und du und Tom regelt unser Leben in der Gegenwart, okay?“

Alle drei lachten. Dann verließen Tom und Erika den Raum. Beide suchten auf ihre Weise Abstand zur Geschichte der Gleißners.

Emilia hingegen blieb mit Ellis zurück. Wenn Erika in sie hineinsehen könnte, dann wüsste sie, dass ihr auch nicht wohl dabei war, in den Geheimnissen der Familie herumzustochern. Es stimmte schon, in den Räumen der Villa schwebte eine eigenartige Atmosphäre. Etwas lag noch in der Luft, und die Tatsache, dass sie gestern Abend von etwas oder jemandem beobachtet worden waren, machte es nicht gerade besser. Trotzdem ließ ihr die Neugier keine andere Wahl, als weiter in den Briefen zu lesen. Mit dem Kind auf dem Arm gestaltete sich das schwierig, aber wenn Ellis ihre Nähe brauchte, dann würde sie sie ihr geben. Ihr kleines Knüpselchen würde immer an erster Stelle stehen. Das hatte sie bei der ersten Berührung dieses winzigen Wunders gewusst.

Fest hielt sie Ellis im linken Arm, während sie mit dem rechten den nächsten Brief herausfischte.

Mein Stern,

bestimmt eine halbe Stunde lang habe ich nun auf deinen Brief geweint. Es bricht mir das Herz, aber meine Tränen haben die Tinte so verschmiert, dass man die Schrift kaum noch lesen kann. Dabei möchte ich es wieder und wieder und immer wieder lesen. Das ist das schönste Geschenk, das ich je in meinem Leben bekommen habe. Wir werden Eltern. Ich fasse es nicht. Wir werden ein Kind haben. Unser Kind. Ich schreibe es, und doch fühlt es sich so unwirklich an. Noch nie habe ich so ein tiefes Glück empfunden. Nun endlich begreife ich den Sinn meines Lebens. Bei allen Wirren, allem Leid und allem Unglück, das Gott mich erdulden ließ. Wir bekommen ein Kind. Mach dir keine Gedanken wegen deines Alters. Du bist jung, ja. Aber ich werde für uns sorgen. Ich habe Geld. Sehr viel Geld. Meine Familie ist reich, ich muss es nur erst besorgen. Es liegt in Amerika. Aber ich werde es holen. Oder wir gehen gemeinsam dorthin. Ja, lass uns gemeinsam verschwinden. Das willst du doch schon lange, habe ich recht? Dann lass es uns endlich wahr machen. Nimm deine Geschwister mit. Sie können uns begleiten. Und dann lass uns endlich ein neues Leben

beginnen. Für unser Kind. Bitte. Ich liebe dich so sehr. Und ich werde dich zum glücklichsten Menschen der Welt machen, das verspreche ich dir. So wie du mich zum glücklichsten Menschen der Welt machst. Endlich hat mein Leben einen Sinn. Ich danke dir. Ich danke Gott. Ich danke allen Mächten, die sich dies eine Mal auf meine, auf unsere Seite geschlagen haben. Ich bin so glücklich. Bis bald, mein Stern. Ich liebe dich. Ich liebe dich so sehr.
D.

Als Emilia den Brief sinken ließ, spürte sie ein leichtes Schwindelgefühl. Während des Lesens hatte sie viel zu schnell geatmet. Auch jetzt noch klopfte ihr Herz, als sei der Brief an sie gerichtet gewesen. Die Leidenschaft des Schreibers war unverkennbar. Ein Kind. Eine der Gleißner-Schwestern musste schwanger gewesen sein. Also war der Brief definitiv an Hanna oder Lea gerichtet. Lea. Es musste Lea sein. Hanna hatte bis zu ihrem Tod in der Villa Gleißner gelebt. Allein. Von einem Kind hatte niemand etwas gesagt. Allerdings war deren Schwester, soweit sie wusste, im Alter von zwanzig Jahren verstorben. Hatte sie zuvor ein Kind zur Welt gebracht, war das möglich? Biologisch sicherlich, aber in der damaligen Zeit? Sie musste unbedingt Tom fragen, schließlich lebte er seit seiner Geburt in Edelsbrunn. Vielleicht hatte es auch darüber Gerüchte gegeben, die zumindest einen Ansatzpunkt boten.

Oder Josef ... ja richtig. Josef Katz war ein alteingesessener Edelsbrunner. Da er inzwischen stramm auf die neunzig zuging, war er ein Zeitzeuge und könnte sogar noch mitbekommen haben, ob ein Kind in der Familie

Gleißner geboren worden war. Sie musste ihn unbedingt fragen. Bestimmt war er in der *Krone*, seiner Stammkneipe und zugleich dem Gasthaus, das Tom von seinem verstorbenen Vater geerbt hatte. Dort hatte Emilia ihn und auch Josef vor vier Jahren zum ersten Mal getroffen, auf der Suche nach einem Fremdenzimmer für die Nacht. Verrückt, wie das Leben spielte ...

Plötzlich fühlte Emilia sich wie erdrückt. Die Luft roch alt und stickig. Die Wände schienen näher beieinander als noch vor wenigen Minuten. Gleichmäßig atmete sie, verspürte aber weiterhin den Drang, dieses Zimmer zu verlassen. War sie zu tief in die Privatsphäre der Toten eingedrungen?

Entschlossen marschierte sie ins Schlafzimmer, nahm den großen Einkaufskorb aus dem Schrank und ging zurück ins Kinderzimmer. Dort verstaute sie alle Fundstücke aus dem Hohlraum unter den Dielen im Korb. Sie würde sie mit hinunter in den Garten nehmen, dann konnte sie Ellis währenddessen in den Kinderwagen legen, damit sie auch noch etwas frische Luft abbekam. Josef würde sie gleich eine Nachricht schreiben. Vielleicht hatte er ja Lust, später auf einen Kaffee vorbeizukommen. Als rüstiger Rentner auf der Höhe der Zeit war er selbstverständlich im Besitz eines Smartphones. Wenn man von jemandem lernen konnte, wie man mit Humor alterte, dann von ihm. Hoffentlich hatte er Zeit für sie und war nicht mit einer seiner Liebschaften zugange, der alte Casanova ...

Es klingelte. Wenn das jetzt Josef war, dann ging es hier in der Villa wirklich nicht mit rechten Dingen zu.

Mit dem Korb über dem linken und Ellis auf dem rechten Arm trat Emilia zum Treppenabsatz. Tom war schneller gewesen und hatte die Tür bereits geöffnet.

„Hallo, mein Name ist Cora Martens, ich komme wegen des Vorstellungsgesprächs", sagte eine weibliche Stimme.

„Vorstellungsgespräch?"

So schnell es ihr mit Kind und Korb möglich war, stieg Emilia die Treppe hinunter. „Ja, ja, kommen Sie nur herein. Schön, dass Sie es einrichten konnten", sagte sie freundlich und quittierte Toms irritierten Gesichtsausdruck mit einem verständnisheischenden Lächeln. „Ich habe die Vorstellungsrunde für die Haushälterinnenstelle auf heute angesetzt. Habe ich wohl vergessen, dir zu sagen. Tut mir leid. Stilldemenz."

Cora Martens lachte fröhlich auf. „Oh, das kenne ich gut. Machen Sie sich keine Sorgen, das wird wieder."

Emilia stimmte in das ansteckende Lachen ein und betrachtete die Bewerberin. Sie trug die schwarzen Haare zu einem akkuraten Bob frisiert, der die ungewöhnliche Blässe ihrer Haut leuchten ließ. Bekleidet war sie mit einer dunklen Jeans und einer hellen Bluse. Generell nicht außergewöhnlich, aber an ihrer schlanken Figur wirkte das Outfit wie Haute Couture. Wäre die Frau nicht bereits Ende vierzig, hätte Emilia genau überlegt, ob sie Tom eine solche Schönheit vor die Nase setzen wollte. Der stand betont lässig im Flur und neigte sich nun leicht zu seiner Frau.

„Möchtest du das Vorstellungsgespräch im Flur führen, oder wollen wir Frau Martens ins Wohnzimmer bitten?"

„O nein, bitte entschuldigen Sie vielmals, kommen Sie doch herein, Frau Martens."

„Vielen Dank. Soll ich Ihnen vielleicht etwas abnehmen?"

„Den Korb gerne, danke, das ist lieb."

Gerade als die Bewerberin ihr mit dem Korb in der Hand ins Wohnzimmer folgen wollte, klingelte es erneut.

„Ah, das wird die andere Dame sein, die sich gemeldet hat", bemerkte Emilia leichthin und öffnete. Die zweite Bewerberin war das genaue Gegenteil von Frau Martens. Sie war jung, circa Anfang zwanzig, und stellte sich als Liana Stoll vor. Ihre Finger zitterten leicht, als sie Emilia eine schwarze Bewerbungsmappe überreichte. Auch als beide Bewerberinnen wenig später nebeneinander auf dem Sofa saßen, trat die Gegensätzlichkeit der beiden deutlich zutage. Während die mit blonden Engelslocken gesegnete Liana Stoll unruhig auf ihrem Platz hin und her rutschte und unablässig ihre Finger knetete, strahlte Cora Martens eine tiefe Ruhe aus.

Emilia nahm sich vor, beiden eine faire Chance zu geben. Als sie vor zwei Wochen die Anzeige in der Zeitung veröffentlicht hatte, war sie von mehr Rückmeldungen ausgegangen. Überraschend hatten sich lediglich drei Frauen gemeldet. Die dritte hatte ihre Bewerbung jedoch widerrufen, als Emilia ihr am Telefon erklärt hatte, dass sie in der ehemaligen Gleißner-Villa lebten.

„Schön, dass Sie gekommen sind und sich für die Stelle interessieren", begann sie freundlich. „Wie in der Anzeige beschrieben, suchen wir jemanden, der uns im Haushalt und eventuell auch mit unserer Tochter Ellis ein wenig unterstützen kann. Sie sehen ja, dass es sich um ein sehr großes Haus handelt und da ich gerne schnell wieder in meinen Beruf einsteigen würde, benötige ich jemanden, der tatkräftig und flexibel mithelfen kann. Nach unserer Vorstellungen würden wir Haushaltsaufgaben wie Reinigung, Wäsche und Aufräumen an Sie übertragen und der Jackpot wäre natürlich, wenn wir Sie gleichzeitig als Babysitterin einsetzen könnten. Welche Erfahrungen bringen Sie denn mit?"

Frau Stoll rang nach Worten und wurde noch unruhiger. Von der Seite warf Frau Martens ihr einen beruhigenden Blick zu und legte ihr dann die Hand auf die Schulter.

„Dann fange ich mal an", bot sie ruhig an. „Ich habe drei Kinder, alle erwachsen. Die Jüngste ist vor zwei Monaten zum Studieren ausgezogen. Da ich mich so allein im Haus etwas überflüssig fühle, möchte ich meine Zeit gerne sinnvoll nutzen. Als Haushälterin habe ich bisher noch nicht gearbeitet, aber als dreifache Mutter und jahrelange Hausfrau fühle ich mich den von Ihnen benannten Aufgaben vollumfänglich gewachsen." Sie bedachte Ellis mit einem liebevollen Blick und lächelte dann wieder Emilia an. „Ich bin verantwortungsbewusst, habe keinerlei Hemmungen, Windeln zu wechseln oder Erbrochenes aufzuwischen. Der vorsichtige Umgang mit Ihrem Eigentum ist eine Selbstverständlichkeit. Ich bin zuverlässig, hundertprozentig flexibel, da ungebunden, und werde Haus und Kinder behandeln, als wären es meine eigenen, darauf können Sie sich jederzeit verlassen. Es geht mir schlichtweg darum, meine Lebenszeit sinnvoll zu füllen und was könnte da schöner sein, als einer jungen Familie unter die Arme zu greifen?"

„Puh, wow", ächzte Frau Stoll. Ihr Atem ging vor Nervosität etwas keuchend. „Also da kann ich natürlich nicht mithalten. Ich will ganz ehrlich sein, Frau Krone, ich suche eigentlich eine Stelle, um das Wartesemester bis zum Medizinstudium zu überbrücken. Kinder habe ich noch keine, ich bin ja erst neunzehn, und ich wohne bei meinen Eltern. Aber ich bin ebenfalls sehr flexibel und zudem überaus fleißig. Den Haushalt kann ich Ihnen schnell und zuverlässig erledigen und was Ihr süßes Baby anbelangt, bin ich gern bereit, alles zu lernen, was notwendig ist, damit Sie mich auch als Babysitterin einsetzen können."

„Was ist denn hier los?" Im Türrahmen stand Erika, die Arme verschränkt, und zwischen ihren Augenbrauen hatte sich eine steile Falte gebildet. „Tom sagt, du führst hier ein Bewerbungsgespräch für eine Haushaltshilfe?"

„Stimmt. Darf ich vorstellen: Cora Martens und Liana Stoll. Frau Martens, Frau Stoll, das ist meine Mutter, Erika Sandberg. Sie lebt ebenfalls hier im Haus."

„Freut mich sehr", sagte Frau Martens und nickte leicht in Erikas Richtung, von der sie im Gegenzug skeptisch gemustert wurde.

„Wir brauchen keine Haushaltshilfe", lehnte Erika ab, „nicht solange ich hier bin."

„Entschuldigen Sie mich bitte einen Moment." Emilia erhob sich und schob ihre Mutter aus dem Wohnzimmer bis in die Küche. Noch immer hielt diese die Arme vor der Brust verschränkt und schmollte.

„Mama, ich will nicht, dass du hier die Haushaltshilfe gibst. Du bist meine Mutter und Ellis‘ Oma. Du sollst hier mit uns leben, dich wohlfühlen. Und nicht den Haushalt schmeißen, sondern glücklich sein.“

„Ich bin glücklich. Ich bekomme das locker hin. Als ob ich mit Bügeln, Waschen und Putzen überfordert wäre ... also wirklich!“

„Komm, jetzt schmoll doch nicht. Ich bin mir sicher, dass du das alles hinbekommen würdest. Aber ich fände es schade. In ein paar Monaten werde ich wieder in Teilzeit arbeiten gehen und dann will ich nicht, dass du dich allein um den Haushalt und Ellis kümmern musst.“

„Aber dafür bin ich doch da.“

„Nein, dafür bist du eben nicht da. Du bist dafür da, Oma zu sein. Die Zeit mit Ellis und uns zu genießen. Nicht, um das Haus zu putzen.“

„Das macht mir aber nichts aus.“

„Ich weiß, aber mir. Ich hätte immer ein schlechtes Gewissen. Lass es dir bei uns doch einfach gutgehen. Du hast dein Leben lang hart gearbeitet, jetzt ist die Zeit, um zu genießen. Spiel mit Ellis. Mach Ausflüge. Erleb was. Und gönn jemand anderem das Geld, das er für den Haushaltsjob von uns bekommt.“

„Hm. So ganz zufrieden bin ich damit nicht.“

„Wir können es doch wenigstens ausprobieren.“

„Okay. Probezeit.“

„Gut. Bitte komm nicht mit ins Wohnzimmer. Die Damen sollen nicht spüren, dass du gegen sie bist.“

„Okay, dann genieße ich jetzt mein Leben und gehe shoppen.“

Emilia jauchzte. „Eine super Idee. Viel Spaß.“

„Nimm die Blonde.“

„Was?“

„Na, die Jüngere. Die Dunkelhaarige ist unheimlich.“

„Frau Martens bringt viel mehr Erfahrung mit. Sie ist flexibel, zuverlässig und ungebunden. Sie ist genau das, was wir suchen.“

„Sie ist gruselig.“

„Weil sie schwarze Haare hat?“

„Nein, weil sie zum Fürchten ist.“

Emilia lachte. „Ach Mama, du findest alles zum Fürchten. Vor dem Haus hast du auch Angst.“

„Ja, weil es gruselig ist.“

„Also, bevor dieses kindische Gespräch sich jetzt noch mehr im Kreis dreht, gehe ich wieder zurück zu den beiden. Ich habe sie ohnehin zu lange warten lassen.“

„Nimm die Blonde.“

6

Villa Gleißner, 1953

Als Hanna erwachte, fiel es ihr schwer, die lauten Stimmen zuzuordnen. Sie brauchte einen Moment, um sich zu orientieren. Sie lag in ihrem Bett. Draußen war es dunkle Nacht, lediglich der Mond warf seinen Schimmer durchs Fenster und ließ die Schatten der Bäume gruselige Bilder auf den Boden zeichnen. Aus dem Erdgeschoss drangen Stimmen zu ihr herauf. Laute Stimmen, aufgebracht, wütend, aggressiv. Panik durchzog sie wie eine Klinge, die ihr jemand in den Magen rammte und einmal drehte. Sofort fühlte sie sich an den Moment erinnert, als sie den Streit zwischen der Mutter und Valentina gehört hatte. Auch damals hatte sie in ihrem Zimmer gesessen und gelauscht. Und damals war der Streit fürchterlich ausgegangen.

Mutter war tot. Valentina war tot. Die Stimmen gehörten Lea und Vater.

Mit einem Satz sprang Hanna aus dem Bett und rannte die Treppe hinunter. Noch im Lauf hörte sie das Klatschen einer Ohrfeige, das die Schreie für einen Moment verstummen ließ. In diesem Moment erreichte sie den Türrahmen und versteinerte. Vater und Lea standen sich gegenüber wie zwei Boxer im Ring. Kurz hielt Lea sich die linke Wange. Beide Wangen waren gerötet, ob vor Wut oder von Ohrfeigen war nicht genau zu sagen. Allerdings musste der Vater mit dem Handrücken zugeschlagen haben, falls Leas rechte Wange davon glühte, denn seit dem Krieg fehlte ihm der linke Unterarm bis zum Ellenbogen. Innerlich schämte sich Hanna, dass sie überhaupt zu solch einer nüchternen Einschätzung des Geschehens fähig war, während ihre kleine Schwester sich in einer absoluten Notsituation befand. Die Dreizehnjährige stemmte gerade beide Hände in die Hüften und funkelte den Vater wütend an. Für ihr Alter war sie erstaunlich groß, weshalb sie sich fast auf Augenhöhe mit ihm befand.

„Schlag mich nie wieder, hast du gehört, nie wieder!", brüllte sie. „Ich bin nicht mehr das kleine Mädchen, das man nach Lust und Laune vermöbeln kann. Mir reicht es jetzt!"

Heinrich fixierte sie. In seinem Blick lag eine Aggressivität, die beinahe an Hass grenzte. Gleich würde er wieder zuschlagen, da war sich Hanna sicher. Zu ihrem Erstaunen hielt er an sich. Für einen Moment schien er überraschend verunsichert.

„Ich mache mit dir, was ich will", sagte er dann ruhig.

Die Kälte in seiner Stimme ließ Hanna frösteln. Vater hasste Lea. Er hasste sie seit ihrer Geburt. Es war kein Geheimnis, dass er sich seit jeher einen Sohn gewünscht hatte, einen Stammhalter. Erst mit Heinz hatte er ihn bekommen. Hanna als die Erstgeborene hatte er geduldet. Valentina hatte er akzeptiert, weil sie ihm sehr ähnlich gesehen hatte. Aber Lea war ihm von

Anfang an ein Dorn im Auge gewesen, und ihre selbstbewusste Art trug nicht gerade dazu bei, die Wogen zwischen ihnen gering zu halten.

„Wenn du mich noch einmal schlägst, mir noch einmal wehtust oder mich sonst auf irgendeine Weise demütigst, dann werde ich hinausgehen und der ganzen Welt erzählen, dass du ein Nazi bist. Dass du schon immer ein dreckiger Nazi warst und immer einer bleiben wirst, hast du mich verstanden?"

Heinrich lachte. „Für wen hältst du dich eigentlich, du kleines Miststück? Bildest du dir wirklich ein, dass dir irgendjemand glauben wird?" Er trat einen Schritt auf sie zu.

Instinktiv duckte sich Hanna im Flur, aber Lea blieb eisern stehen. Heinrich riss wütend die Arme in die Luft. Als würde ihm jetzt erst bewusst, dass sein linker Unterarm nicht mehr da war, erstarrte er kurz und blickte den Stumpf verwundert an. Dann fasste er sich, holte mit dem Fuß aus und versetzte Lea einen so heftigen Tritt in den Bauch, dass sie rückwärts taumelte und erst Halt fand, als sie mit dem Rücken gegen die Wand prallte. Wie in Zeitlupe nahm Hanna wahr, wie Leas Gesicht zunächst alle Farbe verlor und sich dann in Wut verzerrte. Vor ihren Augen verwandelte sich die kleine Schwester in eine Furie, stieß sich mit den Händen von der Wand ab, rannte auf den Vater zu und rammte ihm wie ein wildgewordener Stier mit aller Kraft den Kopf in den Bauch. Mit einem dumpfen Geräusch entwich die Luft aus Heinrichs Körper. Fassungslos betrachtete er seine jüngste Tochter, als könnte er nicht glauben, was eben geschehen war. Dann langte er mit der rechten Hand hinter sich und bekam prompt den Griff eines

Messers zu fassen. Mit schreckgeweiteten Augen sah Hanna, wie sich seine Finger um den Griff klammerten, während seine Augen weiterhin Lea fixierten, die über ihre eigene Courage verwundert schien.

„Nein, nicht!", brüllte Hanna und stürmte ins Zimmer. Genau vor Heinrich blieb sie stehen und sah ihm tief in die Augen. „Bitte nicht", flehte sie und es gelang ihr, ihrer Stimme einen fast unerträglich sanften Klang zu verleihen. „Bitte, bitte nicht. Vater, Lea ist doch noch ein Kind. Sie ist noch ein Kind. Sie wollte das nicht. Ich werde mit ihr sprechen. Es kommt nie wieder vor. Bitte nicht."

Als erwachte er aus einer Trance wandte Heinrich seinen Blick von Lea ab und sah in Hannas tränennasse Augen. Etwas in ihm brach. Hanna … seine Älteste … seine gute Tochter. Auf sie hatte er sich immer verlassen können. Was würde er nur ohne seine Hanna tun? Er erhob die Hand und verspürte einen Stich in seinem Herzen, als sie kurz zusammenzuckte. Dann strich er ihr sanft über die Wange und küsste sie auf das Haar. „Mach mir einen Doppelten", sagte er freundlich.

„Lea kann gehen?", fragte sie vorsichtig.

„Lea kann gehen", bestätigte er und nickte.

Erleichtert trat Hanna zu ihrer Schwester und zog sie am Arm aus dem Zimmer. Hoffentlich hatte sie kapiert, wie knapp die Situation eben gewesen war. Dummes Kind. Warum musste sie den Vater auch immer wieder provozieren? Sie war zu wild. Lea war einfach zu wild. Das würde kein gutes Ende nehmen …

7

Seerosenvilla, September 2023

Lächelnd schob Emilia den Kinderwagen neben die kleine Gartenbank, die sie zur Hochzeit geschenkt bekommen hatten, und setzte sich. Das Bewerbungsgespräch hatte sein erwartetes Ende darin gefunden, dass sie mit Cora Martens ab sofort eine bezahlte Probezeit von einem Monat vereinbart hatte. Liana Stoll war enttäuscht, aber zugleich intelligent genug gewesen, um die Entscheidung nachvollziehen zu können.

Während Emilia sich im Garten dem Inhalt des Korbs widmen wollte, war Frau Martens bereits dabei, die beiden Bäder zu reinigen. Sie hatte selbst angeboten, direkt anzufangen. Allein dies bestärkte Emilia in der Richtigkeit ihrer Entscheidung und Erika würde sich schon an sie gewöhnen. Sie konnte ja die Probezeit damit verbringen, die tatkräftige Frau zu beobachten. Emilia schmunzelte.

Schon nach wenigen Schritten an der frischen Luft war Ellis satt und zufrieden eingeschlafen. Kaum vorstellbar, dass ein Baby so unkompliziert sein konnte. Sie hatte sich die Mutterschaft weit anstrengender vorgestellt. Ihre Tochter machte es ihr sehr leicht, wobei Erika nicht müde wurde, zu betonen, dass sich das ganz schnell ändern konnte. Ihrer Erinnerung zufolge war auch Emilia in den ersten Wochen als Baby überraschend pflegeleicht gewesen und dann, im Alter von einigen Monaten, aktiver und fordernder geworden. Noch gab sich Ellis damit zufrieden, dass sie gestillt, gewickelt und herumgetragen wurde.

Gerade als Emilia den Korb auf der Bank abgestellt hatte, piepte ihr Handy. „Dieser Frechdachs", schmunzelte sie, als sie Josefs Abfuhr in Form der WhatsApp Nachricht las. Er sei beschäftigt, ließ er sie wissen. So bald als möglich würde er aber vorbeikommen und ihren Dielenfund in Augenschein nehmen. *Beschäftigt.* War ja klar, was das bedeutete. Er beglückte wohl gerade eine seiner Damenbekanntschaften mit seiner Anwesenheit oder auch sonstigen Aktivitäten. Na ja, es sei ihm gegönnt. Wer mit knapp neunzig noch so lebenslustig war, der sollte seinen Spaß ruhig genießen. Wer hätte es mehr verdient als Josef, der in seiner vom Krieg geprägten Kindheit und Jugend schon so viel Elend erlebt hatte. Nun gut, dann würde sie sich die übrigen Fundstücke erst einmal allein ansehen.

Behutsam, als könnte das alte Papier zwischen ihren Fingern zu Staub zerfallen, nahm sie den Stapel mit den Bildern aus dem Korb. Ihre Finger zitterten leicht, als sie die rote Schleife löste. Vorsichtig legte sie sie neben sich und widmete sich den Bildern. Es handelte sich um unzählige Fotos und Autogrammkarten von Schauspielern, Musikern und Stars der Fünfziger Jahre, darunter James Dean, Humphrey Bogart, aber auch Jane Mansfield, Grace Kelly und Sophia Loren. Zumindest waren das die Bilder, zu denen ihr sofort die Namen einfielen. Leinwandgrößen, Stars, deren Gesichter einem auch heute noch begegneten. Sie mussten zu einer Zeit versteckt worden sein, als es noch kein Internet gegeben hatte und Bilder wie Informationen noch nicht mit einem Klick zugänglich gewesen waren. Heute standen die Bibliotheken voll mit Biografien über diese Weltstars.

Die Betrachtung der einzelnen Bilder fühlte sich an wie ein Tauchgang in der Vergangenheit. Zwischen den Abbildungen der berühmten Schauspielerinnen und Models befand sich eine größere Anzahl unbekannter Gesichter. Leider war auch auf den Rückseiten keinerlei Notiz oder Hinweis darauf, um wen es sich handeln könnte. Vermutlich aufstrebende Sternchen, die den letzten Weg zum großen Star dann doch nicht geschafft hatten, bei den Jugendlichen aber bekannt genug waren, um auf Fotos verewigt und bewundert zu werden. Zu dumm, dass Josef nicht hier war. Vielleicht erinnerte er sich noch an das eine oder andere Gesicht aus seiner Jugend. Bisher brillierte der rüstige Rentner durch einen hellwachen Verstand und ein ausgezeichnetes Erinnerungsvermögen, mit dem Emilias Geduld im Moment leider nicht mitzuhalten vermochte.

Seufzend legte sie die Fotos zurück in den Korb und nahm weitere Gegenstände heraus, die zwischen den Briefen versteckt worden waren. Eine rote Schleife, die zwar keinen materiellen, bestimmt aber emotionalen Wert hatte und dessen Geheimnis ihre Besitzerin mit ins Grab genommen hatte. Daneben befand sich eine feingliedrige silberne Halskette mit einem Anhänger in Herzform, schlicht aber schön. Emilias Augen leuchteten, als sie einen kleinen Ring zu fassen bekam. Auf der Suche nach einer Gravur drehte sie ihn zwischen den

Fingern, doch auf dem reinen, glänzenden Silber war nichts zu erkennen. Schade. Sie hatte sich mehr erhofft. Blieben nur die Briefe. Davon gab es außer den bisher gelesenen noch weitere. Emilia öffnete einen Umschlag, entfaltete das Papier und fluchte leise. Die Tinte war derart verschmiert, dass lediglich einzelne Wörter zu erkennen waren, denen sie weder einen Zusammenhang noch einen Sinn entnehmen konnte. Das durfte doch nicht wahr sein! Endlich war sie auf Geheimnisse gestoßen, und dann waren sie auf die banalste Art und Weise zerstört, die man sich vorstellen konnte. Jemand musste Wasser darüber verschüttet haben. Das Papier war an manchen Stellen ganz rau und faserig. Mist. Verärgert nahm sie einen weiteren Brief heraus, doch bereits der Umschlag verriet das Elend. Auch er war nass geworden und die Tinte der Worte, die einmal so wichtig gewesen waren, zu blauen Schlieren verschmiert. Emilia kämpfte gegen die Tränen. Zugegeben, seit ihrer Schwangerschaft war sie oft etwas überempfindlich, was emotionale Themen anbelangte, aber allein der Gedanke daran, dass Gedanken und Gefühle, die jemandem so wichtig gewesen waren, für immer unwiederbringlich verloren waren, deprimierte sie. Diese Worte mochten jemandem die Welt bedeutet haben und so etwas Banales wie Wasser hatte sie für immer ausgelöscht.

Traurig starrte Emilia auf den Seerosenteich. Wem mochten die Zeilen gehört haben? Hanna? Lea? Oder Heinz? Oder hatte gar Valentina die Briefe aufgehoben? Nein, das konnte nicht sein. Sie war bei ihrem Tod noch ein kleines Mädchen gewesen. Bestimmt hatte sie noch gar nicht schreiben können. Zu dumm, dass Hanna

Gleißner der Stadt gemeinsam mit der Villa nicht auch so etwas wie ihre Memoiren hinterlassen hatte. Das Tagebuch aus ihrer Kindheit hatte Emilia vor vier Jahren gefunden, aber die Aufzeichnungen endeten noch in Hannas ersten Schuljahren. Was danach in der Villa geschehen war, wusste niemand. Oder sollte es niemand wissen? Hatte Hanna absichtlich keine Informationen hinterlassen? In ihrem Testament hatte sie geschrieben, dass sie es für das Beste hielte, wenn die Edelsbrunner sie und ihre Familie für immer vergäßen. Aber war das wirklich das Beste? Selbst wenn, Emilia kam nicht gegen das Gefühl an, dass sich in diesem Haus tiefe Geheimnisse verbargen. Geheimnisse, die die Atmosphäre der Seerosenvilla prägten und durch die Luft schwebten wie der Geruch ätherischer Öle. Sie würde erst zur Ruhe kommen, wenn sie diese gelüftet hatte, dessen war sie gewiss. Als sei es eine Art innerer Zwang, eine Aufgabe, der Vergangenheit Beachtung zu verschaffen.

Ob sie an das Schicksal glaube, hatte Josef sie einmal gefragt. Sie war sich nicht sicher gewesen. Nun war sie es. Dass es sie nach Edelsbrunn verschlagen hatte, wo sich die Vergangenheit ihrer Familie verbarg und wo sie die Liebe ihres Lebens kennengelernt hatte, dass sie mit dem Verkauf der Villa beauftragt worden war, in der sich das dunkelste Geheimnis ihrer Familie verborgen hatte, und dass sie nun hier lebte und die Briefe unter den Dielen gefunden hatte, das konnte doch alles kein Zufall sein. Nein, das Schicksal hatte ihr die Aufgabe zugedacht, das Geheimnis der Familie Gleißner zu enthüllen. Und genau das würde sie tun. Aber sie brauchte Hilfe. Wenn nur Josef bald auftauchte.

Sie warf einen raschen Blick in den Wagen. Ellis schlummerte noch immer selig. Wenn all ihre Kinder so brav würden, dann wollte sie in der Tat eine ganze Fußballmannschaft davon.

Kurzentschlossen klemmte sie sich den Korb unter den Arm und schob den Kinderwagen zurück in die Villa. Routiniert platzierte sie das Babyphone daneben und ging in das kleine Büro, das Tom sich im ersten Stock eingerichtet hatte, um die Abrechnungen für das Restaurant zu erledigen.

Sie klappte den Laptop auf und öffnete den Internet Explorer. Während sie den Namen Gleißner in die Suchmaske eintippte, spürte sie, wie jegliche Vernunft einem unbändigen Entdeckerdrang wich. Sie durfte nicht zu viel erwarten, sich keine unnötigen Hoffnungen machen, dessen war sie sich voll und ganz bewusst. Leider bestätigte das Suchergebnis ihre Befürchtungen. Unter den ersten Treffern war nichts über die Familie zu finden. Unwirsch klickte sie sich einige Seiten weiter.

Da, tatsächlich!

Seniorin vermacht Millionenvilla der eigenen Stadt.

So lautete die Schlagzeile. Lediglich in der Beschreibung darunter war der Name Hanna Gleißner gelb hervorgehoben. Schnell klickte Emilia ihn an.

Der Artikel begann mit der als unfassbar deklarierten Tatsache, dass sie die Familienvilla der Stadt vermacht hatte. Dass sie ihr übriges Vermögen an die Kinderkrebsstiftung vererbt hatte, wurde mit keinem Wort erwähnt. Stattdessen erging sich der Autor des Artikels in einem Loblied auf die Stadt Edelsbrunn. Der Journalist schien aus Hannas großzügiger Tat lediglich die Erkenntnis abzuleiten, dass die Bürger ihre Stadt über alles liebten. Was für ein Unsinn. Über die Hintergründe und Absichten oder gar über das Leben der Hanna Gleißner und ihrer Familie schwieg er sich vollständig aus. Fast war Emilia versucht, eine spontane Klarstellung zu verfassen, aber das wäre wohl nicht einmal gedruckt worden, da das Veröffentlichungsdatum des Artikels bereits vier Jahre zurücklag.

Seufzend scrollte sie durch die anderen Headlines, aber nichts deutete auch nur ansatzweise auf die von ihr gesuchte Familie Gleißner hin. Logisch, als diese hier gelebt hatte, hatte es noch gar kein Internet gegeben.

Enttäuscht stützte Emilia den Kopf in die Hände und starrte auf den Bildschirm. Sollte sie es dabei bewenden lassen, dass das Schicksal der Gleißner-Kinder sich auf ein paar mit zerflossener Tinte behafteten Briefe beschränkte? Oder sollte sie nach einer anderen Möglichkeit suchen? Ein Stadtarchiv vielleicht? Fand man dort nicht auch alte Zeitungen? Vielleicht waren darin irgendwelche Informationen zu finden. Allerdings würde es ewig dauern, diese zu sichten.

„Frau Krone?"

Emilia fuhr herum. Frau Martens hob die Hände, in der linken noch einen Putzlappen haltend.

„O Entschuldigung, ich wollte Sie nicht erschrecken. Ich habe nur gehört, dass jemand hier im Raum ist und wollte Bescheid geben, dass ich mit den Bädern fertig bin."

„So schnell?"

„Sie dürfen gern kontrollieren, wenn Sie mögen."

Kurz überlegte Emilia. Kaum vorstellbar, dass jemand so rasant putzen konnte. Andererseits widerstrebte es ihr, wie ein Kontrolleur die Arbeit zu begutachten. Was, wenn sie nicht zufrieden war? Nein, das würde sie lieber nachher in Ruhe machen.

„Schon gut, ich vertraue Ihnen."

„Es ist kein Problem für mich, aber ich möchte natürlich nicht bei Ihrer Arbeit stören."

„Nein, nein, das ist keine Arbeit. Ich recherchiere nur." Emilia drehte den Bürostuhl so, dass sie Frau Martens gegenübersaß. „Sagen Sie, Frau Martens, was wissen Sie über die Familie Gleißner?"

Kaum merklich und nur für den Bruchteil einer Sekunde wich Cora Martens ihrem Blick aus. „Och, nur das Übliche. Gerüchte. Ich gebe nichts darauf."

„Das ist gut. Wussten Sie, dass viele Menschen sich aufgrund dieser Gerüchte nicht trauen würden, hier zu arbeiten?"

„Ach, die spinnen alle. Machen Sie sich keine Gedanken, Frau Krone. Wenn die Villa verflucht wäre, dann hätten Sie das bestimmt bemerkt." Sie lachte, aber es wirkte ein wenig gequält.

Emilia tat ihr den Gefallen und lachte mit. „Frau Martens, Sie haben doch drei Kinder. Wo hätten diese etwas vor Ihnen versteckt?"

„Das weiß ich nicht, sonst hätte ich es gefunden." Wieder lachte sie ein wenig verhalten. „Doch, Moment, meine Mittlere hat mal versucht, einen heimlich gekauften Hamster unter dem Bett zu verstecken. Der Geruch hat ihn sofort verraten."

Scharf sog Emilia die Luft ein. Was war, wenn …

„Frau Martens, ich danke Ihnen und wünsche Ihnen einen schönen Tag. Sehen wir uns morgen früh um acht, um alles Weitere für die Woche abzusprechen?“

„Sehr gern. Dann bis morgen.“

„Bis morgen. Und vielen Dank.“

Sie erhob sich und komplimentierte die eifrige Frau aus dem Haus. Auf einmal konnte es ihr gar nicht schnell genug gehen.

Dann folgte sie ihrer plötzlichen Eingebung wie ferngesteuert ins alte Kinderzimmer.

Aufgeregt kniete sie sich vor dem Bett nieder und schob sich dann bäuchlings darunter, sodass sie mit ihren Händen den Boden unterhalb des Lattenrosts abtasten konnte. Mit den Fingerknöcheln klopfte sie auf die einzelnen Dielen. Als sie das hohle Geräusch wahrnahm, konnte sie ihr Glück kaum fassen. Ihr Instinkt hatte wieder einmal recht behalten.

„Tom!“, rief sie und schlug sich direkt darauf die Hand vor den Mund. Ellis jetzt zu wecken, würde die Entdeckung auf einen späteren Zeitpunkt verschieben. Aber bis sie Tom finden würde, war die Kleine bestimmt schon von selbst aufgewacht. Was hatte er nochmal vorgehabt? Kameras bestellen? Sie hatte es vergessen. War auch egal. Alles war egal, angesichts der Tatsache, dass hier ein neues Geheimnis unter den Dielen schlummerte. Mit aller Kraft begann sie, das Bettgestell wegzuschieben.

8

Villa Gleißner, 1954

Lange hatte Hanna überlegt, wie sie Lea mit den Fotos konfrontieren sollte. Doch auch nach zwei Tagen quälender Gedanken und innerer Kämpfe war ihr keine bessere Lösung eingefallen, als ihre kleine Schwester direkt danach zu fragen. *Kleine Schwester.* Fast wehmütig hallte der Ausdruck in ihrem Herzen nach. Vierzehn Jahre alt war Lea inzwischen und als diese Bilder vorgestern aus ihrer Schultasche gefallen waren, war Hanna schlagartig bewusst geworden, dass die kleine Schwester ganz und gar nicht mehr klein war. Dabei hatte sie lediglich das Schulheft herausnehmen wollen, um Leas Rechenaufgaben zu kontrollieren. Statt des Übungsheftes hatte sie überrascht einen Stapel Bilder in der Hand gehalten, die das Unaussprechliche zeigten. Schockiert hatte Hanna die Bilder eingesteckt, als könnte sie Leas Tat dadurch ungeschehen machen, doch das Wissen darum brannte in ihrer Seele. Insgeheim hatte sie gehofft, dass ihre Schwester die verschwundenen Bilder selbst zur Sprache brächte, doch sie schien deren Verlust noch nicht einmal bemerkt zu haben. Kaum vorstellbar angesichts dessen, was sie zeigten. Nicht nur einmal war Hanna versucht gewesen, sie zu verbrennen oder in der Tiefe des Seerosenteiches zu versenken, aber sie brachte es nicht über sich. Sie musste von Lea selbst hören, was das sollte. Nur von ihr. Sonst würde sie nie wieder Ruhe finden.

Endlich betrat ihre Schwester das Kinderzimmer. Für die Konfrontation hatte Hanna bewusst die Zeit gewählt, in der der Vater seinen Mittagschlaf hielt. Es war die einzige Phase des Tages, in der sie sich unterhalten konnten, ohne befürchten zu müssen, dass er ihre Gespräche belauschte und bei Missfallen bestrafte.

Lea lächelte. Sie sah viel älter aus als die vierzehn Jahre, die sie in Wahrheit zählte. Ihre blauen Augen leuchteten in einem makellosen Gesicht, das auch ohne jegliches Make-up wie ein wertvolles Gemälde wirkte. Das blonde Haar war zu ordentlichen Zöpfen geflochten, wie immer, wenn sich Lea in der Villa aufhielt, doch Hanna stand deutlich vor Augen, wie seidig und glänzend es ihr über die Schultern fiel, wenn man es nicht so streng bändigte. Eine natürliche Schönheit, das war der Inbegriff dessen, was Lea darstellte. Und vermutlich die Ursache, die zu den Fotos geführt hatte, die Hanna ihrer kleinen Schwester nun mit ernster Miene entgegenstreckte.

In Leas Gesicht zeichnete sich Erstaunen ab, das sich sekundenschnell in Trotz wandelte. Mit einer gespielt gleichgültigen Handbewegung nahm sie der überraschten Hanna die Fotos aus der Hand. Dann ging sie wortlos zum Bett, kroch darunter und hob das lose Dielenbrett an.

„Was sind das für Fotos?", fragte Hanna so freundlich wie möglich. Es durfte nicht zum Streit kommen, denn so schön, wie die kleine Schwester war, so stur war sie auch.

„Das sind meine Fotos. Sind gut geworden, oder?"

„Definitiv", gab Hanna zu. „Aber warum machst du solche Bilder?"

„Ich habe dir doch erzählt, dass ich Schauspielerin werden will. Oder zumindest Model."

Das hatte sie. Seit Jahren lag Lea ihr damit in den Ohren. Trotzdem hatte Hanna nicht damit gerechnet, jemals Bilder in der Hand halten zu müssen, auf denen ihre kleine Schwester derart anzüglich posierte. Auf einem der Bilder trug sie ein weit ausgestelltes schwarzes Kleid. Das wäre an sich nicht schlimm, wenn sie sich dabei nicht kokett nach vorn beugen würde, sodass das weit ausgeschnittene Dekolleté tiefe Einblicke bot. Zu tiefe Einblicke. Zwar waren ihre Brüste gerade noch bedeckt, aber die Ansätze waren deutlich zu erkennen. Und im Vergleich mit den anderen war dieses Bild noch harmlos.

Hannas Beschützerinstinkt arbeitete auf Hochtouren. Das schlimmste Foto war eines, bei dem ihre Schwester einzig mit einem Spitzen-BH und einem schwarzen Petticoat bekleidet war. Ihr linker Fuß, auf dem sie stand, balancierte gekonnt in einem schwarzen Stöckelschuh, während sie den anderen am Riemchen über den Zeigefinger gehängt hatte und aufreizend durch die Luft schwenkte. Den Zeigefinger der anderen Hand hatte sie im Mund und biss in verführerischer Geste darauf, sodass ihre perfekten Zähne zur Geltung kamen. Das allein hätte genügt, um Hanna einen Schock zu versetzen, aber der Blick, den Lea aufgelegt hatte, war derart aufreizend, dass ihr der Atem stockte.

Niemals durfte jemand diese Bilder zu Gesicht bekommen. Unter keinen Umständen!

„Wer hat diese Bilder gemacht, Lea?", fragte Hanna und zwang sich, ruhig zu bleiben. Wenn sie Antworten wollte, durfte sie sie auf keinen Fall kritisieren.

„Sei ehrlich, sind sie nicht wunderschön? Ich sehe doch aus wie ein echter Filmstar." Strahlend entschied sich Lea dagegen, die Diele zu verschließen und nahm stattdessen das Foto mit dem Petticoat wieder heraus. Verträumt betrachtete sie sich selbst auf dem Werk.

Unfähig zu einer Antwort nickte Hanna nur und schluckte trocken. Dann räusperte sie sich vorsichtig. „Lea, wer hat diese Bilder gemacht? Ein Freund von dir?"

„Sozusagen." Dem Mädchen stieg die Röte ins Gesicht. „Wolfgang ist mein Agent. Er nimmt mich in seine Kartei auf und sorgt dafür, dass ich passende Jobs bekomme. Er wird mich innerhalb kürzester Zeit berühmt machen."

„Dein ... er wird dich ..." Hanna schnappte nach Luft, dann riss sie sich schnell zusammen. Jetzt bloß nicht aufbrausend werden, auch wenn in ihrem Inneren ein Orkan tobte. Stattdessen trat sie zu Lea und setzte sich neben sie auf den Boden.

„Lea. Schatz. Erzähl mir, was da passiert ist. Wer ist dieser Wolfgang? Woher kennst du ihn? Und wie hat er dich dazu gebracht, dich halbnackt fotografieren zu lassen?"

Lea seufzte genervt und fuchtelte dann wie eine Diva mit den Händen in der Luft herum. „Du brauchst gar kein Verständnis zu heucheln, es war mir schon klar, dass du das nicht gut findest, Hanna."

Kurz überlegte die Ältere. Dann entschloss sie sich zur Ehrlichkeit. Alles andere hätte Lea durchschaut. „Natürlich finde ich es nicht gut, solche Bilder von meiner Schwester zu finden."

„Aber warum nicht? Sie sind schön geworden. Ich sehe darauf aus wie ein Star, findest du nicht?"

„Absolut", bestätigte Hanna. „Aber du bist eben keiner, Lea. Du bist ja noch nicht einmal erwachsen, du bist vierzehn."

„Fast fünfzehn."

„Das ist immer noch sechs Jahre entfernt von erwachsen. Du bist wunderschön, Lea, aber dass dieser fremde Mann dich so sieht, finde ich nicht nur unangemessen, sondern beängstigend. Dass er sich überhaupt für dich interessiert und dir so einen Unsinn erzählt, das kann nichts Gutes bedeuten, Lea. Niemand wird über Nacht zum Star, schon gar nicht in deinem Alter. Viel wahrscheinlicher ist, dass er dich ausnutzen will und weiß Gott was mit dir vorhat."

Trotzig verschränkte Lea die Arme vor der Brust und sah ihre große Schwester herausfordernd an. „Ach. Dann erzähl doch mal. Was soll Wolfgang denn von mir wollen, hm? Du kennst ihn ja nicht einmal."

Lea wusste genau, dass Hanna diese Frage unangenehm war. Für ihre zwanzig Jahre war die große Schwester ungewöhnlich verklemmt. Sie hatte noch nie mit einem Jungen angebändelt, geschweige denn sich einem Mann so präsentiert, wie sie es getan hatte.

„Er wird dir die Sterne vom Himmel herunterlügen, Lea. Er wird dich so lange beschwatzen und dir schmeicheln, bis du ihm vertraust. Er wird dich küssen und anfassen wollen oder noch Schlimmeres."

„Aber ich vertraue Wolfgang. Dass er mich mal küsst, ist in dieser Branche völlig normal. Da gehen alle sehr unbefangen miteinander um. Und natürlich muss er mich auch mal anfassen, wenn er mir zeigen will, wie ich mich richtig in eine Pose werfen soll, das bleibt nicht aus. Aber das ist doch kein Problem. Das gehört nun mal dazu, wenn man ein Star werden will.“

„Sind das deine Worte oder seine?“

„Das ist so üblich.“

„Das ist so …“ Nun stand Hanna trotz ausnehmend guter Selbstbeherrschung kurz vor der Explosion. Allein der Gedanke daran, dass sich jemand an der kleinen, unschuldigen Lea vergreifen könnte, machte sie fuchsteufelswild. Sie stand auf und erhob den Zeigefinger. „Ich verbiete dir, dich je wieder mit diesem Wolfgang zu treffen!“, polterte sie.

Lea warf lediglich einen trotzigen Blick zurück. „Ach. Und wie willst du das verhindern? Nur weil du bald einundzwanzig und ach so erwachsen bist, brauchst du dich überhaupt nicht so aufzuspielen. Ich bin viel reifer als du, und das weißt du genau. Tu nicht immer so, als wärst du meine Mutter.“

Rums, das hatte gesessen.

Hanna rang um eine Erwiderung, brachte aber kein einziges Wort über die Lippen.

„Du bist bald einundzwanzig“, sagte Lea traurig. „Dann wirst du von hier weggehen. Das weiß ich genau. Du wärst ja blöd, wenn du hierbleiben würdest.“

„Ich werde nicht weggehen, Lea. Ich lasse euch hier nicht allein.“ Mit Tränen in den Augen setzte sich Hanna wieder neben ihre Schwester und umarmte sie fest. Auch wenn sie es nicht war, fühlte sie sich doch wie eine Mutter.

„Doch, doch." Lea nickte traurig, als wollte sie ihre eigene Aussage bestätigen. „Du wirst weggehen. Und dann sind Heinz und ich hier allein. Und du weißt genau, dass das böse ausgehen wird. Deshalb muss ich zusehen, dass ich hier rauskomme. Als Model oder Schauspielerin kann ich reisen. Ich werde die ganze Welt sehen. Und Vater niemals wieder."

„Du kannst nicht fort, Lea. Niemand lässt ein Kind ohne Begleitung reisen. Dieser Wolfgang muss verrückt sein, wenn er dir das versprochen hat."

„Wolfgang wird mich bald mitnehmen. Er hat schon einige gute Angebote", sagte Lea achselzuckend.

„Lea, das wird Vater niemals erlauben." Hanna riss ängstlich die Augen auf.

„Das muss er gar nicht." Wieder zuckte sie mit den Schultern, diesmal gleichgültig. „Die Auftraggeber denken, ich sei volljährig. In meinen Model-Unterlagen bin ich einundzwanzig."

9

Seerosenvilla, September 2023

Zärtlich strich Emilia über die Blätter in ihrer Hand. Sie hatte recht behalten. Unter dem Bett war eine weitere Diele lose. Ein zweites Versteck für die Geheimnisse der Gleißner-Kinder. Wie viele mochte es davon noch geben?

Weil es ihr nicht gelungen war, das Bett zu verrücken, war sie der Einfachheit halber darunter gekrochen und hatte die lose Diele im Nu gefunden. Nun lag sie bäuchlings unter dem Bett und betrachtete die Blätter. Es waren einzelne Zeilen. Der optischen Form nach handelte es sich um Gedanken oder Gedichte. Daneben hatte ein Stapel Fotos gelegen, auf denen eine Frau in verschiedenen Kostümen und Kleidern abgebildet war, vermutlich ein weiterer Filmstar, den die Kinder verehrt hatten.

Sie ließ die Fotos liegen und widmete sich dem Geschriebenen.

Gefangen in meinem eigenen Dasein,
kein Ausweg,
wie in einem Labyrinth,
bei dem jemand den Zugang verschloss.
Zu entkommen, bedeutet fliegen zu lernen.

Doch wie fliegt man mit gestutzten Flügeln?
Die Freiheit in mir wird elendig zugrunde gehen.

Das klang traurig. Viel zu traurig, wenn man bedachte, dass ein Kind oder Teenager diese Zeilen verfasst hatte.

Bedrückt nahm Emilia das nächste Blatt heraus.

Sehen und nicht gesehen werden,
begreifen und nicht handeln können,
wütend sein und nicht sein dürfen,
kein Widerstand.
Gehorsam.
Gutes Kind.
Falsches Kind.

Die Zeilen hallten in Emilias Kopf, als werfe die Schädelplatte ein Echo. Ein falsches Kind. Was musste geschehen, dass ein Kind sich falsch fühlte? Nicht wagte, sich gegen das zu wehren, was ihm offensichtlich falsch erschien? Aus den Tagebucheinträgen von Hanna, die sie vor Jahren entdeckt hatten, hatte sie eine Ahnung davon bekommen, wie das Leben in der Villa Gleißner gewesen sein musste. Offensichtlich hatten alle die Tyrannei des Vaters erlebt, aber wie aus diesen Zeilen hervorging, auch nicht gewagt, sich zu widersetzen. Ein falsches Kind. Was mochte damit gemeint sein? Dass Jugendliche sich oft fremd im eigenen Körper fühlten, war nicht ungewöhnlich, aber diese Zeilen gingen deutlich über eine reine Pubertätskrise hinaus.

Nachdenklich drehte und wendete Emilia die Blätter in ihrer Hand. Im Prinzip war es egal, welches der drei

Kinder die Gedichte verfasst hatte, aber der Gedanke, dass es Heinz gewesen sein könnte, führte ihr die gesamte Brutalität dieser Situation vor Augen. Genau genommen war er ein falsches Kind gewesen. Hatte er es gewusst? Hatte er es gespürt, und diese Gedichte zeugten vom Versuch, mit seinen diffusen Emotionen umzugehen? Oder stammten die Zeilen doch von Hanna oder Lea? Wie gern hätte sie den oder die Verfasserin fest in den Arm genommen. Gesagt, dass alles wieder in Ordnung kommen würde, dass man irgendwann erwachsen und Herr über sein Leben war, ganz egal, was die Eltern bisher vorgeschrieben hatten. Dass Freiheit Segen und Fluch zugleich war, weil sie bedeutete, das Leben selbst gestalten zu können, aber auch zu müssen.

Na toll. Nun wurde sie selbst schon so melancholisch wie der Verfasser der Gedichte. Nicht dass das noch abfärbte.

Neben den beiden gelesenen Gedichten gab es noch weitere, das konnte sie zweifelsfrei erkennen, als sie das dünne Papier wie ein Daumenkino durch ihre Finger gleiten ließ. Sie würde die Person nicht mehr umarmen und trösten können, dennoch fühlte sie sich verantwortlich, wenigstens den Versuch zu unternehmen, die Gedanken dieses jungen Menschen nachvollziehen zu können, der sich so unverstanden gefühlt hatte.

Gerade wollte sie das nächste Gedicht lesen, da erregte ein schwarzer Rand auf einem weiteren Papier, das etwas abseits der Gedichte gelegen hatte, ihre Aufmerksamkeit. Ein schmerzhafter Stich fuhr ihr durchs Herz, als sich der flüchtige Blick intensivierte und bestätigte, was sie in der ersten Sekunde wahrgenommen hatte: Es handelte sich um eine Todesanzeige.

Im Kopf rechnete Emilia nach. 1960, da war Lea gerade zwanzig Jahre alt gewesen. Für damalige Verhält-
nissen noch nicht einmal volljährig. Was mochte passiert sein, dass sie so früh verstorben war? Im Dorf
hatte sie das Gerücht gehört, sie habe sich das Leben genommen, aber getratscht wurde ja viel. Sie brauchte
Gewissheit.

Gerade als sie die Anzeige zur Seite legen wollte, löste
sich ein weiteres Blatt, das an der Todesanzeige gehaf-
tet hatte. Es wäre nicht überraschend, wenn Tränen die
beiden Blätter miteinander verbunden hätten, denn
auch beim zweiten handelte es sich um eine Traueranzeige.

Tränen schossen Emilia in die Augen. So schnell
nacheinander. Nicht mal ein Jahr nach Leas Tod war
auch Heinz gestorben. Die arme Hanna. Wie sollte ein
Kind den Tod beider Geschwister verkraften? Nein,
kein Kind, eine junge Frau, die niemanden hatte außer

ihre Geschwister und einen alternden Vater. Wie brutal konnte das Leben sein? Emilia versuchte erst gar nicht, die Tränen aufzuhalten, die ihr über die Wangen rannen.

„Also die Begrüßung hätte ich mir etwas freundlicher vorgestellt."

Abrupt fuhr Emilia herum und sah in das faltige Antlitz von Josef Katz. Kaum hatte sie ihm das Gesicht zugewandt, konnte sie gerade noch einen kurzen Blick auf sein verschmitztes Lächeln erhaschen, bevor sein Ausdruck tiefer Besorgnis wich. Mit wenigen Schritten war er bei ihr und nahm sie herzhaft in den Arm. „O je, Kind, was ist denn passiert? Hast du dich mit Tom gestritten?"

Schnell schüttelte Emilia den Kopf und löste sich aus der gut gemeinten Umarmung. Dankbar nahm sie das Taschentuch an, das er ihr entgegenstreckte, wischte sich die Tränen aus dem Gesicht und putzte sich geräuschvoll die Nase. Dann lächelte sie.

„Mit Tom ist alles in Ordnung. Ich habe die Todesanzeigen von Lea und Heinz gefunden."

„Und das hat dich so mitgenommen? Ach, du bist ein liebes Mädchen." Erneut zog er sie an sich und umarmte sie. „Du wusstest doch längst, dass sie tot sind."

Emilia zuckte zaghaft mit den Schultern, als könnte dies ihre Tränen entschuldigen. „Aber das so schwarz auf weiß zu sehen, ist doch nochmal was anderes. Außerdem tut mir Hanna so schrecklich leid. Wie schlimm muss es sein, innerhalb kurzer Zeit zwei Geschwister zu verlieren?"

„Das werden wir hoffentlich nie erfahren."

„Stimmt." Traurig senkte Emilia den Kopf. Dann zwang sie sich zu einem Lächeln und sah wieder auf. „Wie bist du denn überhaupt hereingekommen? Ich habe dich gar nicht klingeln hören."

„Erika hat mich kommen sehen und geöffnet."

„Mama? Ich dachte, die wollte shoppen gehen."

„Also wenn es kein Geist war, dann ist sie hier."

Emilia brummte. Das sah ihr ähnlich. Vermutlich hatte sie die Shoppingtour nur vorgeschoben, um die neue Haushaltshilfe ungestört ausspionieren zu können.

„Tut mir leid, dass die Begrüßung nicht deinen Erwartungen entsprach. Versuchen wir es noch mal." Sie straffte die Schultern und schenkte Josef ihr freundlichstes Lächeln. „Hallo, Josef. Schön, dass du gekommen bist. Ich freue mich, dich zu sehen."

„Das ist lieb von dir." Dankbar nahm er ihre rechte Hand und drückte sie leicht. „Allerdings habe ich nicht *diese* Begrüßung gemeint. Ich war eher irritiert von dem Schriftzug am Eingangstor."

„Was für ein Schriftzug?" Emilia kniff die Augenbrauen zusammen. Das große Tor, das den Eingang zum Grundstück markierte, bestand aus riesigen Eisenstäben. Dass es einen Schriftzug haben sollte, war ihr neu. Hatte Tom ein neues Tor anfertigen lassen, ohne ihr Bescheid zu geben?

„Du hast keine Ahnung, was ich meine, oder?", interpretierte Josef ihren Gesichtsausdruck. „Komm mit, dann weißt du es." Emilia warf einen kontrollierenden Blick auf das Babyphone, dann folgte sie ihrem alten Freund in Richtung Eingangstor. Schon von Weitem konnte sie die rote Schrift erkennen, mit der in großen

Buchstaben an dieser Stelle auf den Boden geschrieben worden war. Trotzdem konnte sie es nicht glauben. Mit einer Mischung aus Wut und Überraschung lief sie darauf zu und stellte sich davor. Jeder, der das Grundstück betrat, sah zweifellos zuerst diesen einen Satz, der mit leuchtend roten Buchstaben auf dem Boden geschrieben stand:

Verschwinde aus meinem Haus!

Erschrocken schlug sich Emilia die Hand vor den Mund. „Das habe ich nicht geschrieben. Das kommt nicht von mir."

„Okay." Josef nickte verstehend. „Ich dachte, vielleicht ist das eine neue Idee von deiner Mutter, um die Geister der Gleißners fernzuhalten. Bei meinem Besuch vergangene Woche war sie noch der Überzeugung, dass es in der Villa spukt."

„Ist sie immer noch. Aber dir muss ich ja wohl kaum erzählen, dass das Humbug ist." Die Augen nachdenklich auf die roten Buchstaben gerichtet, tippte sich Emilia an die Unterlippe. Dann lachte sie erleichtert auf und schlug sich mit der flachen Hand an die Stirn. „Ach so! Josef, ich glaube, es gibt eine viel banalere Erklärung für dieses Kunstwerk. Tom."

„Tom?" Josef runzelte die Stirn. „Hat er neuerdings etwas gegen mich?"

Glucksend schlug Emilia dem alten Herrn auf den Rücken. „Keine Angst", versicherte sie. „Tom hat garantiert kein Problem mit dir. Aber gestern Abend ist jemand um unser Haus geschlichen. Vielleicht wollte mein werter Herr Gemahl dieser Person eine eindeutige Nachricht hinterlassen und ist dabei ein bisschen übers Ziel hinausgeschossen. Süß, so unbeherrscht kenne ich ihn gar nicht, da ist wohl sein Beschützerinstinkt mit ihm durchgegangen. Aber außergewöhnliche Situationen erfordern außergewöhnliche Maßnahmen. Komm erst mal mit rein. Kann ich dir vielleicht einen Kaffee anbieten?"

„Ein Schnäpschen tät ich nehmen, wenn's keine Umstände macht", erwiderte der betagte Mann mit spitzbübischem Grinsen.

Wenig später wurden sie von Tom und Erika in der Villa in Empfang genommen. Zu ihrer Überraschung hielt Emilias Mutter bereits ein Gläschen Schnaps in der Hand, das sie dem sichtlich erfreuten Josef reichte. Sie hatte die beiden den Weg heraufkommen sehen und kannte den alten Herrn inzwischen gut genug, um seine Getränkevorlieben zu kennen. Der nickte dankbar und stürzte die klare Flüssigkeit in einem Zug hinunter.

„Na, Shoppingtour schon beendet?", stichelte Emilia, aber Erika ging gar nicht darauf ein.

„Im Internet gibt's mehr Auswahl", bemerkte sie leichthin.

Emilia ließ es dabei bewenden, trat auf Tom zu und tippte ihm mit ernster Miene auf die Brust. „Deinen Beschützerinstinkt in allen Ehren, aber so was kannst du nicht bringen. Das erschreckt doch jeden, der unser Grundstück betritt. Josef hat noch vergleichsweise gute Nerven, aber wie es um den Humor der Postboten bestellt ist, weiß ich nicht genau. Oder stell dir mal vor, die alte Hannelore geht zufällig hier vorüber. Die erschreckt sich doch zu Tode. Das musst du wieder wegmachen, Tom."

„Also ich finde die Aktion lustig, mein Junge, genau mein Humor." Kumpelhaft schlug Josef Tom auf die Schulter und gab dann Erika das Gläschen zurück.

Tom betrachtete seine Frau ein paar Sekunden lang. Seine Augen kniff er mal zusammen, dann entspannte er sie wieder, gerade so, als wüsste er nicht so recht, was er mit ihr anfangen sollte. Schließlich hob er ergeben die Hände. „Ich bemühe mich redlich, nachzuvollziehen, was du mir sagen willst, Schatz, aber ich verstehe kein Wort. Was soll ich wegmachen?"

„Na den Schriftzug draußen am Tor."

„Was für einen Schriftzug? An unserem Tor?"

„Er stammt nicht von dir?"

Irritiert schüttelte er den Kopf. „Ich habe keine Ahnung, wovon du sprichst."

Emilia spürte, wie ihr eine klamme Kälte die Beine hinaufkroch und sie einhüllte wie einen lebendigen Eiswürfel. „Verschwinde aus meinem Haus", hauchte sie mehr, als dass sie es aussprach. „Was soll denn das sonst bedeuten?"

„Steht das dort?"

Stumm nickte sie. „Ich dachte, du hättest das geschrieben, um den Eindringling von gestern abzuschrecken. Aber wenn du es nicht warst, dann ..."

Aschfahl geworden öffnete Erika den Garderobenschrank und griff nach ihrer leichten Sommerjacke. „Ich muss hier raus", kommentierte sie ihr Handeln, da die anderen sie fragend anblicken. Dann streckte sie den Zeigefinger aus und deutete nacheinander auf jeden der Anwesenden. „Und ihr solltet auch nicht hierbleiben. *Verschwinde aus meinem Haus.* Ist doch klar, wer das geschrieben hat: Elfie Gleißner. Sie beobachtet uns. Die ganze Zeit schon. Ich sagte doch, ich spüre ihre Anwesenheit. Ich habe es euch gesagt. Sie betrachtet die Seerosenvilla nach wie vor als ihr Haus und hält uns für Eindringlinge. Ich wusste gleich, dass sich hier Geister herumtreiben. Ich kann sie spüren."

„Geister rauchen nicht und werfen ihre Zigarettenstummel ins Gras, Mama", versuchte Emilia ihre Mutter zu beruhigen, musste sich aber eingestehen, dass ihr selbst auch nicht mehr ganz wohl bei der Sache war. So aufgebracht und verängstigt hatte sie ihre Mutter bisher noch nicht erlebt. Im Allgemeinen war Erika Sandberg eine Frau, die Probleme anpackte. Eine Art, die notwendig gewesen war, um sich und einen kleinen Säugling damals durchzubringen, als ihr Verlobter sie noch vor der Hochzeit wegen einer anderen hatte sitzen lassen. Von Kindesbeinen an hatte Emilia zu dieser Frau aufgesehen, die vor nichts und niemandem Angst und sich ein glückliches Leben für sie beide erkämpft hatte. Nun hatte sich ihre Achillesferse doch offenbart: Geister. Ihre Mutter hatte panische Angst vor allem Übernatürlichen.

„Wer kommt mit mir?", fragte sie nun, indem sie ihrer Stimme einen resoluten Klang zu verleihen versuchte. Offensichtlich hatte sie ihren Durchsetzungswillen schneller wiedergefunden als ihre innere Ruhe.

Beschwichtigend stellte Emilia ihre Handflächen senkrecht, als wolle sie ein wildes Pferd zähmen und nicht ihre Mutter davon abhalten, in ihrer Angst vor übersinnlichen Wesen aus der Villa zu fliehen. Sämtliches gutes Zureden von Tom, Emilia und sogar Josef half nichts. Erika würde keine Sekunde länger in einer Villa bleiben, aus der ein verrückt gewordener Geist sie zu vertreiben versuchte, daran ließ sie keinen Zweifel. Der erlösende Vorschlag kam von Tom.

„Ihr könnt ja heute im Gasthaus essen. Ich schreibe Sandra eine Nachricht, dass sie einen Tisch für vier Personen freihalten soll. Ihr geht direkt los, ich mache die Schmiererei weg und komme nach, okay?"

Emilia warf ihrem Mann einen dankbaren Blick zu. Sie wusste schon, warum sie ihn geheiratet hatte. Sie würde es jederzeit wieder tun. Auch Erika bedachte ihren Schwiegersohn mit einem dankbaren Blick und war in wenigen Schritten draußen auf der Treppe.

10

Villa Gleißner, 1955

Lea klopfte fest an die Zimmertür ihres kleinen Bruders.

„Komm rein, Lea", ertönte seine Stimme aus dem Inneren.

Sie lächelte. Immer wieder staunte sie über seine Fähigkeit, andere Personen anhand ihrer Geräusche zu unterscheiden. Dabei war es egal, ob es sich um Schritte, ein Anklopfen an seiner Zimmertür, das Schließen einer Schublade oder die Art des Umblätterns einer Buchseite handelte, Heinz konnte blind jedes Geräusch der jeweiligen Schwester oder seinem Vater zuordnen – mit hundertprozentiger Trefferquote. Sein außergewöhnliches Wahrnehmungsvermögen war ein Talent, mit dem er früher oder später große Berühmtheit erlangen würde, da war sich Lea ganz sicher. Leider wusste sie nicht, bei welchem Beruf man sich mit diesem Talent gewinnbringend hervortun könnte, und auch Heinz war bezüglich seiner Interessen vollkommen ratlos. Vieles reizte die Neugier des Vierzehnjährigen. Das stellte Lea auch jetzt wieder fest, als sie sein Zimmer betrat. Auf dem kleinen Schränkchen lag ein auseinandergebautes Radio, unvollendete Zeichnungen prangten an den Kinderzimmerwänden, und auf dem Boden stapelten sich verschiedenste Zeitschriften zu technischen, elektronischen oder mechanischen Innovationen. Eine Zeit lang hatte er sich für den Bau von Flugzeugen interessiert, wenige Wochen später für die Funktion von Dampfmaschinen aller Art. Kurz darauf hatte er eine fast krankhafte Faszination für Web- und Strickmuster entwickelt, deren klare Präzision er in Gemälde mit Ölfarben zu bannen versucht hatte. Aktuell saß er an seinem Schreibtisch über ein Blatt Papier gebeugt. Garantiert schrieb er an einem seiner melancholischen Gedichte, die tiefe Blicke in die verletzliche Seele eines jungen Mannes eröffneten, der von sich selbst sagte, sein Leben fühle sich falsch an. Wie oft hatten die drei Geschwister schon über den Sinn des Lebens diskutiert. Meist waren die Gespräche irgendwann so philosophisch geworden, dass Lea nichts mehr verstanden, aber mit Bewunderung dem Gespräch von Hanna und Heinz gelauscht hatte, ihrem Bruder, der nur ein Jahr jünger war als sie selbst. Dem kleinen, großen Heinz, der ihr manchmal nahe war wie ein Zwillingsbruder und dann wieder fremd, als träfen sie sich zum ersten Mal. So sehr Lea ihn liebte, so sehr hatte sie das Gefühl, ihn niemals vollkommen verstehen zu können. Genauso wenig wie ihre große Schwester Hanna. Diese war ihr nicht nur durch die sechs Jahre Altersunterschied ferner als Heinz, sondern tat und sagte auch Dinge, mit denen Lea schlichtweg nichts anfangen konnte.

„Du kannst ruhig sprechen", sagte Heinz plötzlich, ohne von seinem Papier aufzusehen. „Ich muss ohnehin warten, bis die Gedanken kommen, und heute wollen sie irgendwie nicht. Sie haben sich in der Luft verknotet, irgendwo kurz vor meinem Kopf, und schaffen es nicht ins Innere meines Gehirns."

Lea verzog das Gesicht. „Du bist wirklich ein komischer Typ, weißt du das?"

Bisher hatte sie an Ort und Stelle neben der Zimmertür verharrt, um ihn nicht in seinem Gedankengang zu stören, nun ging sie zu seinem Bett und setzte sich lässig darauf. Erstaunt spürte sie etwas Hartes unter der Bettdecke, schlug sie zurück und zog den Fund hervor. „Ein Buch über Politik? Du weißt schon, dass du dafür Prügel von Vater kassierst?"

„Was glaubst du, warum ich es versteckt habe, Schwesterlein?" Eilig stand er auf, nahm es ihr aus der Hand und stopfte es in seinen Kleiderschrank zwischen die Hosen.

„Hat dir schon mal jemand gesagt, dass du seltsam bist?" Lea ließ sich rücklings fallen und räkelte sich lasziv.

Heinz zog eine Augenbraue nach oben. „Ja, du. Jeden Tag. Aber das macht es nicht besser. Lass bitte diese Posen, Lea, es ist komisch, wenn du das machst."

„Ach, zu aufreizend? Du bist mein Bruder, du Idiot." Lachend warf sie ein Kissen nach ihm, das er in blitzschneller Reaktion auffing.

„Eben deshalb will ich so was nicht sehen", konterte er und feuerte das Kissen mit Schwung zurück. Im letzten Moment wehrte Lea den Treffer ab.

„Hey, nicht ins Gesicht, das ist mein Kapital", protestierte sie und begann albern zu kichern.

„Wenigstens weißt du, was du mit deinem Leben anfangen willst." Traurig senkte Heinz den Kopf und deutete auf das Chaos aus Gegenständen, Heften und Entwürfen in seinem Zimmer. „Ich beneide dich, Lea. Für dich war von Anfang an klar, dass du Model und Schauspielerin werden willst. Und wie es aussieht, wirst du das auch schaffen. Mir ist zwar noch immer nicht klar, wie du die Lüge über dein Alter die nächsten sechs Jahre bis zu deiner Volljährigkeit weiterhin vertuschen willst, aber bisher ist dir das ja auch gelungen. Du versuchst wenigstens, deine Träume zu leben. Und du machst es gut. Ich hasse zwar den Gedanken, dass andere Menschen solche Fotos von dir sehen, aber ich habe die neuen Shoots gesehen und sie sind wirklich unglaublich. Wenn du nicht meine Schwester wärst, hätte ich mich sofort in dich verliebt, das kannst du mir glauben."

„Die Shoots? Woher hast du denn dieses Wort?" Lea lachte, aber Heinz zuckte nur mit den Achseln.

„Kam mir so in den Sinn. Keine Ahnung, wie man das in deiner Branche nennt, ist mir auch egal. Wichtig ist, dass du weißt, was du tust. Du hast etwas gefunden, für das du sowohl Interesse als auch Talent hast. Das ist ein Geschenk, Lea. Es ist genau das, was ich mir so wünsche. Aber ich fürchte, ich werde es niemals finden. Im Gegensatz zu dir habe ich Interesse an allem und Talent für gar nichts." Traurig setzte er sich auf seinen Stuhl, betrachtete das angefangene Gedicht und zerriss es dann in kleine Fetzen, die er mit großer Geste in den Mülleimer rieseln ließ.

Erschrocken stand Lea auf. Ihr Herz brannte beim Anblick des geliebten Bruders und seines Weltschmerzes. Sie hatte schon viele traurige Menschen gesehen. Traurige, frustrierte, enttäuschte und auch verzweifelte Menschen. Das, was sie bei ihrem Bruder sah, war intensiver. Es war eine Traurigkeit, die jede Zelle seines Körpers auszufüllen schien, eine, die seine Gedanken ebenso umschloss wie seinen Körper und seine Wahrnehmungen, eine, die tiefer ging als alles, was sie bisher erlebt hatte und die ihr fast das Herz zerriss. Wie gern würde sie ihm helfen. Würde ihm ein wenig von ihrer Lebenslust und ihrem Lebenswillen abgeben. Doch wie oft hatte sie das bereits versucht und war gescheitert. Wenn Heinz von dieser extremen, allumfassenden Traurigkeit ergriffen wurde, dann schien es, als würde die Welt sich mit einem Mal tiefschwarz färben. Alles Positive wich diesem dichten, dunklen Nebel, der sich in ihm und um ihn herum ausbreitete, unaufhaltsam und undurchdringlich.

Noch schlimmer, als nicht helfen zu können, war die Tatsache, dass sie seine Zustände nicht einmal verstehen konnte. Das Leben war wunderbar. Zugegeben es gab diese Tage, die man am liebsten aus dem Gedächtnis löschen würde. Es gab Dinge, die man besser nicht getan hätte und Menschen, denen man lieber nie begegnet wäre. Es gab Schläge, die man lieber nie gespürt hätte. Aber alles in allem war das Leben wunderbar. Es hatte alles zu bieten, wenn man nur lernte, sich durch all die schlimmen Erfahrungen hindurch zu schlängeln, sie beiseitezuschieben und die Augen für die schönen Seiten des Lebens zu öffnen. Nein, nicht nur die Augen, sondern auch die Arme, mit beiden Händen hineinzugreifen und sich zu bedienen. Das Leben war wie ein Trödelmarkt. Wie die Stände aufgebaut waren und was sie anboten, wusste man erst, wenn man einmal komplett durchgegangen war. Und an welchem Stand, in welchen Kisten, unter welchem Plunder sich die kostbaren Schätze verbargen, das konnte man eben nur dann herausfinden, wenn man mit beiden Händen hineingriff, den Kram zur Seite schob und bereit war, über das Gefundene zu staunen und sich darüber zu freuen, dass man es entdeckt hatte. Und dann brauchte es natürlich noch den Mut, es zu kaufen. Es mitzunehmen und notfalls auch mehr dafür zu geben, als man ursprünglich bereit gewesen war. Das, und da war sich Lea ganz sicher, das war der einzige Weg zu einem glücklichen und erfüllten Leben. Einmal hatte sie Heinz diese Theorie erklärt. Sie hatte gehofft, ihn dadurch motivieren zu können, sein Leben in die Hand zu nehmen. Die Traurigkeit beiseitezuschieben und nach den guten Dingen im Leben zu suchen. Aber anstatt sich davon überzeugen zu lassen, war er noch trauriger geworden und hatte leise gebrummt, dass Lea eindeutig mehr Talent für Poesie habe als er. Von da an hatte sie weitere Motivationsversuche dieser Art lieber unterlassen. Stattdessen pflegte sie ihn nur in den Arm zu nehmen und lange schweigend festzuhalten, wenn seine Traurigkeit übermächtig zu werden drohte.

So auch diesmal. Zärtlich umfasste sie ihn und nahm erleichtert wahr, mit welcher Hingabe er es geschehen ließ. In diesen Momenten inniger Umarmung waren sie sich so nah. Wenn sie keine Geschwister wären, dann wäre Heinz ihre erste große Liebe, da war sich Lea sicher. Vehement verscheuchte sie den Gedanken. So etwas durfte sie nicht denken. Nicht über ihren eigenen Bruder. Aber vermutlich war es nur eine tiefe Form der Geschwisterliebe. Hoffte sie zumindest.

11

Gasthaus Krone, Edelsbrunn, September 2023

Emilia hatte Erikas Reaktion auf die Drohschrift im ersten Moment für überzogen gehalten, liebte sie aber zu sehr, um sie mit ihrer Angst allein zu lassen. Daher verkniff sie sich jeglichen Kommentar und begleitete sie stattdessen ins Gasthaus. Ihre Mutter glaubte nun mal an Geister. Na und? Es gab Menschen, die viel schlimmere Marotten an den Tag legten. Angst war nichts, worüber man sich lustig machen sollte. Jeder Mensch hatte seine Ängste, die manchmal aus der Erfahrung heraus begründet, manchmal undefinierbar waren. Manche waren berechtigt, andere genauso – auf ihre Weise. Emilia hatte nicht gewusst, dass es eine so existenzielle Angst um einen anderen Menschen geben konnte wie jene, die sie empfand, seit Ellis in ihrem Leben war. Außerdem war es tatsächlich nicht schlecht, mal aus der Villa herauszukommen.

Der Gastraum der *Krone* war bis auf den letzten Platz besetzt und erst jetzt, als Emilia sich wieder unter anderen Menschen befand, wurde ihr bewusst, dass sie die Villa seit Ellis' Geburt nicht mehr verlassen hatte. Spaziergänge hatte sie in dem weitläufigen Garten unternommen, der die Seerosenvilla umgab. Ansonsten war sie vollkommen damit zufrieden gewesen, sich mit ihrer kleinen Familie in der Villa aufzuhalten.

Nun, da ihr der Gedanke bewusst wurde, erinnerte sie dieses Verhalten erschreckend an Elfie Gleißner, die erste Hausherrin der Villa. Auch sie hatte sich nach der Geburt ihres ersten Kindes vollkommen in der Villa zurückgezogen und sich regelrecht von der Außenwelt abgeschottet, wie Josef einmal erzählt hatte. Und Elfies älteste Tochter Hanna hatte bis zu ihrem eigenen Lebensende ebenfalls vollkommen allein in der Villa gelebt, hatte sogar die Einkäufe von einer Frau aus dem Dorf besorgen lassen, um nicht aus dem Haus gehen zu müssen. Lediglich einigen Gruppen von Geisterjägern hatte sie Zutritt zur Villa gewährt, um ihr Einkommen aufzubessern. Zwei Hausherrinnen und die Villa als selbstgewähltes Gefängnis. Aus anderen Gründen, aber mit demselben Effekt. Und nun? Emilia war die nächste Hausherrin der Seerosenvilla. Drohte ihr dasselbe Schicksal? Vielleicht lag es gar nicht an den Frauen, sondern am Haus. Bisher war Emilia die Eigenartigkeit ihres Verhaltens nicht bewusst gewesen, aber objektiv betrachtet verhielt sie sich nicht anders als Elfie oder Hanna Gleißner. Was hatte die Seerosenvilla nur an sich, dass man sich in ihr der vollkommenen Einsamkeit hingab und auch noch damit zufrieden war? Bestand darin der Fluch des alten Gemäuers? Plötzlich wurde ihr schrecklich kalt.

„Fünf Euro für deine Gedanken", sagte Erika laut und rüttelte sanft am Griff des Kinderwagens, in dem Ellis selig schlummerte. „Du grübelst. Das sehe ich genau. Denkst du darüber nach, wie du mich davon überzeugen sollst, dass es keine Geister gibt? Die Mühe kannst du dir sparen, mein Schatz. Ich weiß, dass es sie gibt. Ich spüre sie. Und ich gehe nicht mehr in die Seerosenvilla zurück, bis du mir eine vernünftige Erklärung für diese seltsamen Ereignisse liefern kannst."

„Keine Erziehungsversuche", versprach Emilia. „Ich habe nur über die Villa an sich nachgedacht. Ich weiß schon, dass ich dich von deinem Gespensterglauben nicht abbringen kann. Muss ich auch nicht. Du bist meine Mutter und erwachsen. Ich respektiere das, auch wenn ich manchmal darüber lache. Tut mir leid."

„Ist doch kein Problem, mein Schatz. Ich hoffe, du bist mir nicht böse."

„Natürlich nicht." Emilia schüttelte den Kopf und schnitt ein Stück von ihrem Schnitzel ab. Vor lauter Grübelei war es inzwischen kalt geworden. Ein Blick auf die Teller der anderen zeigte ihr, dass Erika und Josef bereits aufgegessen hatten. „Trotzdem denke ich, dass es eine ganz logische Erklärung für das alles gibt. Wir müssen sie nur finden."

Erika seufzte. „Es passt mir zwar nicht, aber in dieser Hinsicht kann ich dich auch verstehen."

Nichts anderes hatte Emilia erwartet. Ihre Mutter war der verständnisvollste Mensch, den sie kannte. Es war beinahe unmöglich, sich mit ihr zu streiten, weil ihre Toleranz nahezu grenzenlos war. Nicht einmal in ihrer Pubertät hatte sie die Chance gehabt, ihre Mutter mit blödsinnigen Diskussionen und Provokationen in den Wahnsinn zu treiben. Erika hatte die Wut und die Entwicklung ihrer Tochter stets verstanden. Emilia wollte unbedingt so werden wie sie.

„Du willst aber nicht zurück in die Heimat, wenn du nicht mehr in die Villa mitkommst, oder?", fragte Emilia. „Wir freuen uns so, dass du da bist, das wäre unendlich schade. Außerdem hast du dein Haus doch vermietet. Da kannst du bestimmt nicht unterkommen."

„Nein, natürlich bleibe ich hier. Ich möchte doch in eurer Nähe sein. Wenn nur diese unheimliche Villa nicht wäre. Aber ich komme schon ..." Sie sprach nicht weiter, sondern sah irritiert zu Josef.

Als wären sie nicht im Gasthaus *Krone*, sondern in der Schule, hatte er seine Hand gehoben und begonnen, mit den Fingern zu schnippen. Amüsiert nahmen Emilia und Erika sein seltsames Gebaren zur Kenntnis.

Sich der Aufmerksamkeit bewusst, nahm er nun seine Hand herunter und klopfte sich stolz damit auf die Brust. „Ihr kennt mich doch, meine Damen. Allzeit eine gute Idee parat. Wenn du willst, liebe Erika, kannst du gern bis auf Weiteres bei mir einziehen. Meine Wohnung ist nicht besonders groß, aber dafür gemütlich. Und selbstverständlich würde ich für die Zeit unseres Zusammenlebens die Nächte auf der Couch verbringen. Vorerst." Er zwinkerte anzüglich.

Erika lachte schrill auf. „Das ist wirklich ein nettes Angebot, mein lieber Josef." Gerührt legte sie eine Hand aufs Herz. „Trotzdem denke ich, dass das keine gute Idee wäre. Wir wissen doch alle, dass du gerne Damenbekanntschaften hast, und diese möchtest du vielleicht auch mit nach Hause bringen, oder? Wären die Guten nicht überaus pikiert, wenn du mit einer Frau zusammenlebtest?"

„Und dein Bett sogar von dieser belegt ist?", fügte E-
milia hinzu und hielt sich ob dieser Vorstellung albern
kichernd die Hand vor den Mund.

Überrascht deutete Josef auf Erika. „Ehrlich gesagt
hatte ich gehofft, dass *du* meine Damenbekanntschaft
sein könntest. Dann bräuchte ich keine weiteren."

Erika und Emilia blieb der Mund offen stehen. Für
vier Sekunden schien die Zeit stillzustehen. Dann
nahm Erika einen tiefen Schluck von ihrer Apfel-
schorle und sah ihn ernst an. „Also Josef, ich weiß nicht,
was ich sagen soll ... Ich mag dich gern. Sehr. Ja wirklich, glaub mir. Aber doch nicht *so* gern. Also nicht auf
diese Weise. Ich kann ... also ich würde ... ich meine, ich
muss, also..."

„Reingelegt!", platzte Josef heraus und klatschte sich
die Handflächen auf die Oberschenkel. Dabei lachte er
schallend los, ohne Rücksicht darauf zu nehmen, dass
die Leute an den Nebentischen bereits zu starren begannen, um in Erfahrung zu bringen, was diesen fast
neunzigjährigen Mann so erheiterte. „Eure Gesichter
müsstet ihr mal sehen!", brüllte er und konnte gar nicht
mehr an sich halten, so sehr hatte er sich inzwischen in
seinen Lachanfall hineingesteigert.

Nun ließen sich auch Erika und Emilia davon anste-
cken. Wie hatten sie auch nur für eine Sekunde glauben können, dass Josef, dieser herzensgute alte Lebens-
künstler, Erika in eine kompromittierende Situation
bringen könnte? Vermutlich hatte die Welt noch nie
zuvor einen so freundlichen und gütigen Mann gesehen wie eben diesen Josef Katz, der ihnen nun prustend
und lachend gegenübersaß und sich gar nicht mehr
einkriegte.

Um sie herum hatten einige Menschen ebenfalls zu lachen begonnen, einfach nur deshalb, weil es ansteckend war.

Es tat gut, fühlte sich befreiend an, als würde das laute und herzliche Gelächter die Sorgen und düsteren Gedanken in die hintersten Winkel ihrer Herzen verbannen. Vielleicht war Lachen ein unsichtbarer Schutzwall gegen Sorgen und negative Gedanken. Eventuell sollte man immer, wenn man in Probleme geriet, in Gelächter ausbrechen, damit sich die Sorgen darin auflösen konnten.

„Ich wollte dich ehrlich nicht anbaggern", erklärte Josef, als er genügend Luft geschnappt hatte. Für einen Neunundachtzigjährigen war er erstaunlich gut in Form. Das lag vielleicht auch an seiner Lebensfreude, denn Emilia spürte bereits nach diesem Intermezzo ihre Bauchmuskeln schmerzen.

„Das Angebot meine ich trotzdem ernst", fuhr er fort. „Du kannst gern vorerst in meiner Wohnung bleiben. Wenn du willst, kannst du sie auch vorübergehend übernehmen, und ich komme zwischenzeitlich woanders unter."

„Wo denn?", fragte Erika ehrlich erstaunt. Aber er ließ sich davon nicht aus der Ruhe bringen. „Ach glaub mir, ich habe da verschiedene Möglichkeiten, wo ich unterkriechen könnte."

Daran hatte Emilia nicht den geringsten Zweifel. Obwohl Josef seinen Ruf als Dorfcasanova von Edelsbrunn seit Jahrzehnten innehatte und diesem auch gerecht wurde, liebten ihn die Damen unterschiedlichsten Alters heiß und innig. Manche körperlich, manche emotional. Auch sie selbst konnte gar nicht anders.

„Das ist ein so nettes Angebot“, sagte Erika gerührt. „Aber ich fürchte, ich muss ablehnen. Das wäre mir nicht recht.“

Eine spontane Idee zündete in Emilias Kopf. „Bleib doch einfach hier in der *Krone*, Mama.“ Sie machte eine ausschweifende Handbewegung. „Es muss doch einen Vorteil haben, wenn der Schwiegersohn ein Gasthaus besitzt. Wir schauen kurz im Belegungsplan vorne am Tresen nach, ob ein Zimmer frei ist, und lassen es von Sandra reservieren.“

„Das ist genial. Dass ich da nicht selbst drauf gekommen bin.“ Erika strahlte über das ganze Gesicht. „Eine perfekte Lösung. Ich muss niemandem zur Last fallen, muss mir aber keine Bleibe suchen und bin trotzdem in eurer Nähe. Nicht dass du mich falsch verstehst. Am Tag komme ich euch gern besuchen, ich muss ja meine kleine Prinzessin sehen. Aber in der Nacht halte ich es in diesem Spukschloss nicht aus.“

„Wir Edelsbrunner bevorzugen die Bezeichnung Geistervilla“, konterte Emilia trocken, woraufhin Josef ein erneuter Lachanfall drohte.

„Egal, wie man es nennt, es ist gruselig“, beharrte Erika. „Danke, dass du es mir nicht übelnimmst.“

„Ach, woher denn.“ Emilia bedachte ihre Mutter mit einem liebevollen Blick. Dann zog sie einen Stapel Fotos aus der Tasche. „Aber da ich nun dein Problem gelöst habe, fände ich es super, wenn du meines lösen könntest.“

„Oh, ich wusste gar nicht, dass du ein Problem hast. Abgesehen von der Drohbotschaft auf dem Pflaster.“

„Kein echtes Problem, mehr eine Frage", beruhigte E-milia sie schnell. „Ich habe diesen Stapel mit Fotos unter der Diele im Kinderzimmer gefunden. Du weißt schon, in dem, das ich für Ellis renovieren will. Und ich weiß bei der Hälfte der Fotos nicht, wer das ist. Das ist wie gesagt kein echtes Problem, vielleicht ist es auch vollkommen unwichtig, aber mein Instinkt sagt mir, dass noch ein Geheimnis in der Seerosenvilla verborgen ist. Vielleicht haben diese Fotos etwas damit zu tun, vielleicht auch nicht. Aber jede Information, die ich darüber bekommen kann, ist kostbar und deshalb ..."

„Meine Güte, kannst du ausschweifende Reden halten. Jetzt gib schon her." Ungeduldig griff Erika nach dem Stapel mit den Bildern. Sie hob das erste hoch und drehte die Vorderseite in Emilias Richtung. „Das ist James Dean." Sie legte das Foto beiseite, schnappte das nächste und hob es ebenfalls in Emilias Richtung. „Und das ist Sophia Loren. Sag mal, habe ich bei deiner Erziehung irgendwas falsch gemacht?"

Emilia lachte. „Nein, nein, die hätte ich auch erkannt, keine Sorge. Genauso wie Marylin Monroe, Humphrey Bogart, Jane Mansfield und Grace Kelly. Aber da sind noch so viele andere Bilder dabei. Die kenne ich nicht, du möglicherweise schon. Sie waren ja bestimmt genauso bekannt wie die andern auch."

In diesem Moment schrie Erika schrill auf. „O mein Gott, das ist Lolo Geist! Ich fasse es nicht! Mutter hat sie regelrecht verehrt, als ich noch ein junges Mädchen war." Verzückt drückte sie das Foto an ihre Brust. „Ich glaube, ich habe nie wieder einen Menschen gesehen, der so schön war wie sie. Deine Großmutter hatte alles von ihr: Fotos, Poster, Fankarten. Ich muss mal nachschauen. Liegt bestimmt alles noch im Dachboden von Omas Haus. Ach Mist, das ist ja vermietet. Egal. Das sind nette Leute, die lassen uns bestimmt rein, um Fanartikel vom Dachboden zu holen. Lolo Geist, ich fasse es nicht. Jetzt wird mir deine Seerosenvilla doch wieder sympathisch. Wer Fan von Lolo Geist war, der kann kein schlechter Mensch gewesen sein."

Schmunzelnd nahm Emilia das Bild entgegen, das ihre Mutter ihr reichte und verstand sofort. Von dem kleinen Foto strahlte ihr eine Schönheit entgegen, die ihresgleichen suchte. Als sie die Bilder zuvor durchgeblättert hatte, war ihr das gar nicht so aufgefallen. Nun, da sie von der Begeisterung ihrer Mutter angesteckt wurde, erkannte auch sie die einzigartige Ausstrahlung der jungen Frau, die über das alte Foto hinaus in die Wirklichkeit hineinzureichen schien. Makellose Haut, endlos lange blonde Haare und eine zarte Figur zogen den Betrachter nur auf den ersten Blick in den Bann. Auf den zweiten Blick war es genau dieser: ihr Blick, mit dem sie aus dem Foto heraus direkt in Emilias Seele zu sehen schien. Durchdringend, aber nicht aufdringlich. Anziehend, aber nicht aufreizend. Fordernd und zugleich schüchtern. Tatsächlich war Emilia solch einem Blick nie zuvor begegnet und konnte sich erst wieder von dem Bild losreißen, als Erika ihr das Foto aus der Hand nahm.

„Kann ich das behalten?", fragte sie.

Emilia nickte, obwohl sie am liebsten verneint hätte. Mit einem tiefen Seufzer atmete sie sich in die Wirklichkeit zurück. „Erkennst du noch andere Personen auf den Bildern? Also mit Namen, meine ich?"

Ein Foto nach dem anderen wurde von Erika sorgfältig begutachtet. Auf dem Tisch hatte sie kleine Häufchen gebildet, auf denen sie die verschiedenen Personen sortiert hatte. Zu spät hatte sie sich die Frage gestellt, ob es mit der originalen Reihenfolge eine besondere Bewandtnis hatte. Sie würde sich nicht rekonstruieren lassen. Stattdessen trat nun deutlich zu Tage, dass derjenige, der die Bilder versteckt hatte, ein großer Fan von Sophia Loren, Marylin Monroe und Lolo Geist gewesen sein musste. Die Stapel jener waren mit Abstand am größten. Weitere Bilder konnte Erika ebenfalls mit Namen benennen: Theo Breitfuß, Lina Lay, Marisha Shelley. Bei anderen wiederum behauptete sie, diese noch nie gesehen zu haben. Eine junge Frau mit langen pechschwarzen Haaren, die Emilia ein wenig an Schneewittchen erinnerte, meinte sie wiederzuerkennen, aber sie konnte sich beim besten Willen nicht an den Namen erinnern.

Etwas ernüchtert verließen Emilia und Erika nach drei Stunden das Gasthaus. Schade, dass ihre Mutter nicht mehr zu den Bildern zu sagen gewusst hatte. Es wäre eine heiße Spur für ein Geheimnis gewesen. Geheimnisse hatten oft mit Bildern zu tun. Aber vielleicht handelte es sich bei diesen nur um die Sammelleidenschaft eines jungen Mädchens.

Während die Frauen die Fotos betrachtet und Erika in Erinnerungen an ihre Jugend schwelgend eine Geschichte nach der anderen ausgepackt hatte, hatte Josef zwischenzeitlich eine alte Bekannte am Tresen entdeckt und sich augenzwinkernd abgesetzt. Bei der Identifikation der Bilder hatte er nicht weiterhelfen können. Dafür hatte er versprochen, sich bezüglich einer Schwangerschaft im Hause Gleißner einmal umzuhören. Es war schwer zu akzeptieren, dass weder hinter den Fotos noch in den Briefen ein Geheimnis verborgen sein sollte.

Dank Sandra, der flotten Kellnerin, war jetzt auch ein Zimmer in der *Krone* reserviert. Erika musste lediglich noch ein paar Sachen aus der Villa holen. Auf dem Rückweg war sie noch immer so in ihre Erzählungen vertieft, dass sie nicht zu bemerken schien, wie sich Emilia immer wieder umdrehte, von einem düsteren Gefühl geleitet, dass sie nicht nur zu zweit zur Villa zurückgingen.

12

Villa Gleißner, 1956

Verwirrt richtete sich Hanna in ihrem Bett auf und blinzelte ein paarmal in die Dunkelheit. Zum Glück hatte die Kopfschmerztablette, die sie vor dem Schlafengehen eingenommen hatte, gewirkt. Zwar fühlte es sich an, als habe ihr während des Schlafs jemand den Schädel mit Watte ausgestopft, aber zumindest tat es nicht mehr weh. Eigentlich hätte sie tief und fest durchschlafen müssen. Irritiert ließ sie den Blick durch den Raum schweifen, auf der Suche nach der Ursache für das abrupte Ende ihres Schlafes. Zu ihrem Leidwesen wurde sie schnell fündig.

Lea hatte das Fenster von draußen aufgestoßen und schwang gerade ihr rechtes Bein durch den Rahmen. Unnötig zu fragen, wo sie herkam. Das offene Haar war zerzaust und hing ihr in wilden Strähnen herunter. Sie trug lediglich ein enges schwarzes Abendkleid, das viel zu tief ausgeschnitten war und das junge Mädchen in eine elegante Dame verwandelte. Kaum zu glauben, dass sie erst sechzehn war. Und noch weniger war es zu fassen, dass der Schwindel über ihr Alter noch immer nicht aufgeflogen war. Niemals hätte Hanna es für möglich gehalten, dass sich ihre Schwester so hartnäckig in dieser Modebranche halten würde, sonst hätte sie diese Dummheiten viel strenger unterbunden. Es wäre zwar ein Kampf geworden, denn Lea ließ sich niemals etwas sagen, aber zumindest hätte Hanna mehr Anstrengung in den Versuch gelegt und die kleine Schwester nicht einfach gewähren lassen, in der Hoffnung, dass ihre Identitätslüge von allein auffliegen würde. Auf ihren gefälschten Papieren war Lea zweiundzwanzig, ein Jahr älter als Hanna in Wirklichkeit, und zu allem Übel sah sie optisch tatsächlich aus wie die Ältere. Während Hanna noch immer über das Gesicht eines kleinen Mädchens verfügte, wirkte Lea wie eine reife, erwachsene Dame.

Lautes Poltern ertönte, gefolgt von einem leisen Fluch. „Verdammt, mein Schuh", schimpfte Lea und sah hinab.

Sofort sprang Hanna aus dem Bett, lief zum Fenster und packte sie am Arm. „Vergiss den Schuh, du Verrückte, komm rein, schnell. Das war so laut, ich wette, in ein paar Sekunden steht Vater hier im Zimmer."

Erschrocken riss Lea die Augen auf, schwang das zweite Bein ins Zimmer, verschloss das Fenster, stürmte wie sie war ins Bett und zog sich die Decke über den Kopf. Keine Sekunde zu früh, denn schon wurde die Zimmertür aufgestoßen und Heinrich erschien im Rahmen. Obwohl es bereits nach Mitternacht war, wirkte er hellwach.

„Was war das für ein Geräusch?", fragte er harsch. So sprach kein Vater, der besorgt war. So sprach ein Offizier, der Meldung von einem Soldaten verlangte.

Instinktiv straffte sich Hannas Oberkörper. Noch immer stand sie am Fenster und musste sich nun blitzschnell eine Erklärung dafür einfallen lassen.

„Ich habe es auch gehört. Es war ein dumpfer Schlag am Fenster", erklärte sie langsam. „Ich glaube, da ist ein Vogel gegen die Scheibe geknallt. Ich wollte gerade nachsehen, aber er ist wohl weggeflogen."

„Natürliche Auslese", brummte Heinrich. „Vögel, die so dumm sind, gegen Scheiben zu fliegen, haben es nicht verdient, zu leben. Was riecht hier so komisch?"

Jetzt roch Hanna es auch. Und im Gegensatz zu ihrem Vater wusste sie ganz genau, was das war. Leas Parfum, das sie immer dann auftrug, wenn sie bei ihren nächtlichen Model-Partys unterwegs war.

„Ich wollte ein neues Waschmittel ausprobieren", log Hanna schnell. Vorher wollte ich aber testen, ob einer von uns darauf allergisch reagiert und habe eine Probe angerührt. Leider bin ich gestolpert und die Mischung ist auf Leas Bett gelandet."

„Wirf das Zeug weg und wasch morgen das Bettzeug", befahl der Vater streng. „Es stinkt wie billiges Frauenparfum."

„Gleich morgen entsorge ich es. Es tut mir leid. Es war ein Missgeschick."

„Hm", brummte er nur. „Geh wieder ins Bett und vergiss diesen dummen Vogel."

„Ja, Vater."

Zu ihrer großen Erleichterung ging er hinaus, ohne nach Lea zu sehen und vor allem ohne an ihr Bett zu treten und sich von der Wahrheit der Waschmittel-Behauptung zu überzeugen.

Kaum dass er den Raum verlassen hatte, schlug Lea die Decke zurück und holte tief Luft. „Puh, Gott sei Dank. Nein, Hanna sei Dank. Das war verdammt knapp."

„Und verdammt riskant, Lea. Wieder einmal. Was glaubst du eigentlich, wie oft ich noch für dich lügen kann? Mach diesem Unsinn endlich ein Ende, und benimm dich wie ein normales Mädchen deines Alters. Hör auf, dich mitten in der Nacht auf irgendwelchen Partys herumzutreiben. Du rennst noch in dein Unglück."

„Ach Hanna. Meine süße, vernünftige Hanna." Lea stand auf, trat zu ihrer großen Schwester und umarmte sie fest. Dann gab sie ihr einen Kuss auf die Wange, tanzte zurück zu ihrer Seite des Zimmers und schälte sich aus dem schicken Abendkleid. „Du verstehst das einfach nicht", sagte sie dabei. „Ich bin anders als du. Ich könnte niemals hierbleiben. Du bist seit einem Jahr volljährig und könntest längst von hier verschwunden sein. Frei sein. Dein eigenes Leben führen, anstatt dich diesem Idioten unterzuordnen, der sich unser Vater nennt. Wenn ich du wäre, wäre ich längst weg. Ich verstehe einfach nicht, warum du dir das antust."

„Und ich verstehe einfach nicht, warum du dieses Risiko eingehst, Lea. Warum wartest du nicht, bis du volljährig bist, dann kannst du hier raus und tun und lassen, was du willst."

„Fünf Jahre, Hanna!", rief Lea und schlug sich dann schnell die Hand vor den Mund. „Das sind noch fünf verdammte Jahre", wiederholte sie, diesmal im Flüsterton, aber nicht weniger eindringlich. „Das würde ich niemals aushalten. Außerdem hat meine Karriere bereits begonnen. Ich habe ein paar famose Vertragsangebote, Hanna. Die Kunden lieben mich. Gerade dass ich so jung aussehe, verschafft mir gegenüber der Konkurrenz einen riesigen Vorteil."

„Einen unfairen wohlbemerkt."

„Ach, du wieder mit deiner falschen Moral."

Hanna kannte den vorwurfsvollen Tonfall ihrer Schwester. Es war nicht das erste Mal, dass sie ihr falsche Moralvorstellungen vorwarf, und jedes Mal traf es sie bis ins Mark. Weil Lea recht hatte. Sich aus Angst dem Vater und seinen Werten unterzuordnen, war heuchlerisch und dumm. Dennoch war es die einzige Möglichkeit. Was hätte sie tun sollen? Sich ihre Geschwister schnappen und mit ihnen irgendwo in die weite Welt fliehen? Das wäre einer Entführung gleichgekommen, und außerdem konnte sie den Vater nicht allein zurücklassen. So schrecklich er auch war, so hilflos war er zugleich. Wie sollte er sich ohne Hanna ernähren, den Haushalt führen oder gar die Wäsche waschen? Das alles hatte sie nach dem Tod ihrer Mutter übernommen. Der Vater wusste nicht einmal, wo der nächste Tante-Emma-Laden war, er hatte lediglich die Aufgabe, Geld nach Hause zu bringen, um alles andere kümmerte sich seine älteste Tochter. Sie wusste, dass ihr Verschwinden seinen Untergang bedeuten würde. Auf der anderen Seite brach es ihr das Herz, Lea so leiden zu sehen. Heinz kam einigermaßen mit dem Vater zurecht, schlichtweg deshalb, weil er sein Liebling war, aber was Lea tat, war ein Drahtseilakt.

„Du musst zumindest damit aufhören, mitten in der Nacht durchs Fenster zu klettern", versuchte Hanna erneut an deren Vernunft zu appellieren. „Eines Tages fällst du hinunter und brichst dir alle Knochen. Dann hast du nicht nur das Problem, Vater diese Situation erklären zu müssen, sondern bist unter Umständen auch noch so verunstaltet, dass das ohnehin das Ende deiner Karriere bedeutet."

„Willst du mir Angst machen?" Lea kicherte leise. „Keine Sorge, den Schuh hole ich morgen, noch bevor Vater aufwacht. Und selbst wenn ... ein Absturz aus dem ersten Stock kann so gefährlich nicht sein. Und die Rankgitter überprüfe ich regelmäßig, die sind genauso sicher und fest wie eine Leiter. Glaub mir, ich gehe da keinerlei Risiko ein."

„Es ist trotzdem gefährlich, Lea."

Die kleine Schwester hatte sich inzwischen umgezogen, zuckte gleichgültig mit den Schultern und schlüpfte dann unter ihre Bettdecke. „Dann ist es mir das Risiko wert", sagte sie ernst. „Gute Nacht, meine liebste Hanna."

„Gute Nacht, verrückte kleine Schwester."

Als tiefe Atemzüge verrieten, dass Lea eingeschlafen war, konnte auch Hanna die Augen endlich wieder schließen.

13

„Was bist du denn so unruhig?", fragte Erika, als sie die Villa erreichten und Emilia sich erneut umwandte. „Nicht nur, dass du rennst, als wären wir auf der Flucht, du brauchst auch gar nicht zu vertuschen versuchen, dass du dich in einem fort umdrehst. Werden wir verfolgt?"

„Ich hoffe nicht." Die Mühe, Erika länger etwas vorzuspielen war ohnehin vergebens. „Ich weiß auch nicht … ich habe das dumme Gefühl, dass ich beobachtet werde. Schon seitdem wir im Gasthaus waren. Aber ich sehe niemanden, der mir verdächtig erscheint. Genau genommen sehe ich gar keinen."

Mit einer Hand öffnete sie das schwere Eisentor, das zum Grundstück der Seerosenvilla führte, und warf erneut einen Blick über die Schulter. Die Straßen waren vollkommen leer. Fast gespenstisch. Allerdings verirrte sich generell selten jemand in die Nähe der Villa. Der vermeintliche Gleißner-Fluch zog sich wie ein unsichtbarer Bannkreis um das Grundstück. Seit Tom und Emilia hier lebten, waren immerhin ein paar Edelsbrunner bereit, ihre Abneigung gegenüber dem hübschen Anwesen einzuschränken. Als heiterer Gastwirt erfreute sich Tom im Dorf enormer Beliebtheit, und auch

Emilia hatte innerhalb der Dorfgemeinschaft aufgrund ihrer herzlichen Art schnell Anschluss gefunden. Dennoch wurden ihre Einladungen nach wie vor meist ausgeschlagen. Teils aus fadenscheinigen und offensichtlich vorgeschobenen Gründen, teils offen und ehrlich aus Angst, von dem Fluch ereilt zu werden.

Emilia ließ ihren Blick über den Boden gleiten, wo vor wenigen Stunden noch die Drohbotschaft geprangt hatte. „Na wenigstens das hat Tom wegbekommen", sagte sie erleichtert. „Ich hatte schon befürchtet, wir müssten hier neues Pflaster verlegen."

„Ich wünschte, er könnte es auch aus meinem Gedächtnis schrubben", wandte Erika ein und rieb sich trotz der noch warmen Spätsommerluft fröstelnd die Oberarme. „Diese Schrift hat sich in meine Erinnerung eingebrannt wie ein Foto."

„In meine auch", gab Emilia zu. „Ich kann mir immer noch nicht vorstellen, wer so etwas macht." Sie schob den Kinderwagen am Briefkasten vorbei, der außen an der Mauer angebracht war, und wollte gerade das Tor passieren, da fiel ihr eine kleine weiße Ecke im Schlitz auf. Sie stutzte. Die Post hatte sie heute Morgen schon reingeholt, und der Briefträger kam gewiss nur einmal am Tag. Herr Bauer war nicht gerade für seinen Diensteifer bekannt. Sicherlich würde er sich mit seinem klapprigen Postfahrrad nicht zweimal hier heraus quälen, wenn es nicht wirklich wichtig war. Vielleicht eine Eilzustellung. Emilia machte sich gar nicht erst die Mühe, den Briefkastenschlüssel hervorzukramen, sondern hob die Klappe leicht an und zog an der kleinen weißen Ecke des Umschlags. Stirnrunzelnd öffnete sie den Brief und nahm ein weißes Blatt Papier heraus.

Hinter ihr stieß Erika einen schrillen Schrei aus. Auch Emilia lief es beim Anblick der dunkelroten verschmierten Schrift kalt den Rücken hinunter.

„Bitte sag mir, dass das kein echtes Blut ist", hauchte Erika und trat einen Schritt zurück, als ginge von dem Stück Papier eine reale Gefahr aus.

„Ich glaube nicht. Oder besser, ich hoffe nicht", wisperte Emilia. „Es sieht verdammt echt aus."

„Verschwindet aus meinem Haus, sonst wird ein Unglück geschehen!"

Ein waschechter Drohbrief, geschrieben mit Blut oder etwas, das diesem zum Verwechseln ähnlich sah. Wie gruselig.

Als erwachte sie aus einer Starre, hastete Erika los. „Ich packe jetzt sofort meine Sachen und ziehe ins Gasthaus, bis ihr diesen Geist losgeworden seid. Ich lasse mich doch nicht verfluchen."

„Mama!", sagte Emilia laut und versuchte, ihre Mutter am Ärmel zurückzuhalten. „Geister würden weder Botschaften auf dem Boden hinterlassen noch Briefe in den Briefkasten stecken. Glaubst du nicht, dass ein Geist eher Gegenstände verrücken oder Glühbirnen explodieren lassen würde? Ein übersinnliches Wesen braucht doch keine Farbe, um Drohbotschaften zu verfassen. Das ist bestimmt nur irgendein Verrückter, der uns Angst einjagen will, warum auch immer."

„Dann bleibe ich eben im Gasthaus, bis dieser Verrückte hinter Gittern sitzt", schimpfte Erika weiter und marschierte aufgebracht an ihr vorbei in Richtung Villa.

Emilia blieb zurück und betrachtete den neuen Fund. Überraschenderweise war der Brief weniger erschreckend als die Schrift zuvor auf dem Boden. Gab es bei Drohbotschaften so etwas wie einen Gewöhnungseffekt? Oder lag es daran, dass dieser Brief schon zu theatralisch wirkte, um ihn noch ernst zu nehmen? Hätte sie ihn nur wenige Wochen später im Oktober gefunden, hätte sie ihn für einen Halloweenstreich gehalten und ihn kurzerhand in den Mülleimer befördert. Nun aber hielt sie das Schriftstück in den Händen und wusste nicht recht weiter.

Tom. Zuerst musste sie ihn Tom zeigen, und dann vermutlich der Polizei. Irgendjemand musste wissen, was nun zu tun war. Irgendjemand würde in der Lage sein, einen rationalen Gedanken zu fassen.

Emilia verschloss das Tor hinter sich und machte sich auf den Weg zum Haus. Ihr war schwindelig und schlecht. Was war hier nur los?

14

Villa Gleißner, 1956

Als sich die Tür öffnete, blieb Hannas Herz für eine Sekunde stehen. Dann begriff sie, dass es nur Lea war, die überraschend früh nach Hause gekommen war. Hanna hatte weder die Haustür noch die Treppenstufen gehört, so vertieft war sie in ihrem Tun.

„Was hast du denn vor?"

Natürlich hatte Lea sofort bemerkt, dass etwas anders war. Mist. Hanna fluchte innerlich. Sie hätte sich mehr Mühe geben müssen.

Erstaunt riss Lea die Augen auf. „Das gibt es doch nicht." Schon trat sie näher und erhob ihre kleine Stupsnase schnuppernd in die Luft. Dann grinste sie breit und griff anschließend nach Hannas Mantel, den die im letzten Moment vor dem Körper geschlossen hatte. Hanna ließ zu, dass Lea ihn öffnete, das bunte Sommerkleid an ihr entdeckte und einen leisen Pfiff ausstieß.

„Hanna." Trotz ihrer Schauspielkünste gelang es Lea nicht, ihre Verwunderung zu verbergen. „Heute gar kein farbloser Haushaltskittel? Sag mal, hast du etwa ein Date? Willst du dich mit einem Mann treffen?" Bei jeder Frage rückte ihr Gesicht ein wenig näher.

Hanna spürte, wie sie errötete. Hitze stieg ihr in den Kopf und breitete sich dann in ihrem gesamten Körper aus.

„Hanna!", rief Lea laut und fiel ihr dann lachend um den Hals. „Oh ich freue mich so sehr für dich, meine große, verklemmte Schwester. Ein Mann, ein echter Mann, endlich. Sag schon, woher kennt ihr euch? Seit wann kennt ihr euch? Habt ihr euch schon öfter getroffen? Ist er die große Liebe? Ach, meine Hanna, und das alles wolltest du vor mir verstecken, du böses, böses Mädchen. Los, erzähl mir alles." Euphorisch griff sie nach Hannas Händen und schleuderte die große Schwester einmal im Kreis.

Leas überschwängliche Reaktion brachte selbst Hanna zum Lachen, aber das ließ Lea natürlich nicht als Ausrede gelten. So lange bohrte und fragte sie, bis sie schließlich bereitwillig Auskunft über den jungen Mann gab, der ihr Leben und ihre Gefühlswelt in den vergangenen Wochen so vollkommen auf den Kopf gestellt hatte.

Ja, sie hatten sich schon öfter getroffen. Es war ihr selbst ein Rätsel, dass sie bislang nicht aufgeflogen waren. Strahlend erzählte Hanna, wie sie Daniel kennengelernt hatte – ganz zufällig, beim Rückweg vom wöchentlichen Nahrungsmitteleinkauf. Sie war den Weg durch den Park gegangen, weil sie sich angewöhnt hatte, auf dem Rückweg immer ein paar Minuten ganz für sich zu haben. Dann setzte sie sich kurz auf die kleine Bank am See und sah den Enten zu, ließ ihre Gedanken schweifen und fühlte sich ein paar Minuten lang vollkommen glücklich und frei, bevor sie sich wie-

der den strengen Regeln und Zwängen in der Villa un-
terordnen musste. An einem dieser Tage, vor ziemlich
genau drei Monaten, hatte sie gerade den Parkweg
überqueren wollen, um zu dem kleinen Bänkchen zu
gelangen, als sie plötzlich einen heftigen Schmerz im
Oberarm spürte und eine Sekunde später unsanft auf
dem Hintern landete. Der Einkaufskorb fiel ihr beim
Sturz aus der Hand, und sein Inhalt verteilte sich großzügig auf dem staubigen Boden.

„Hey, komm zurück, du Rüpel, du hast gerade eine
Frau angefahren", hörte sie eine laute Stimme rufen.

Da sah sie auch den Jungen auf dem Fahrrad, der sich
rasend schnell entfernte. Anstatt zurückzukommen
und ihr aufzuhelfen, trat er nur noch fester in die Pedale. Hanna ärgerte sich nicht über ihn. Sie wunderte
sich vielmehr, dass er so unbekümmert weiterfuhr und
sie wie selbstverständlich auf dem Boden liegen ließ.
Soweit sie beurteilen konnte, war sie zwar unverletzt,
aber der Schreck war ihr durch alle Glieder gefahren.
Der junge Bursche hätte ihr zumindest aufhelfen oder
sich entschuldigen können. Stattdessen bot sich ihr
nun ein anderer Arm, was nicht weniger überraschend
war als der davonbrausende Bengel.

„Darf ich Ihnen aufhelfen? Sind Sie verletzt?"
Wie in Trance nahm sie wahr, dass die samtweiche
Stimme zu dem Arm vor ihrer Nase gehörte. Langsam
hob sie den Kopf und blickte in ein Paar dunkle Augen,
so schwarz, dass man die Iris kaum von der Pupille unterscheiden konnte. Gütig war das erste Wort, was
Hanna beim Anblick dieser Augen durch den Kopf
schoss. Erst auf den zweiten Blick nahm sie die Tiefe
wahr, die sie bargen, und die sie immer weiter in ein

dunkles Geheimnis hineinzusaugen schienen, je länger sie sie betrachtete.

„Kommen Sie, setzten Sie sich. Sie stehen bestimmt unter Schock.“

Willenlos ließ Hanna sich von dem Fremden auf die Beine ziehen und zu der Bank führen, die ohnehin ihr Ziel gewesen war. Erschöpft, als hätte sie nicht einen Unfall, sondern einen Dauerlauf hinter sich, ließ sie sich auf der grün gestrichenen Sitzfläche nieder. Der hilfsbereite Mann hatte sich wieder entfernt und damit begonnen, ihre Einkäufe aufzusammeln und in den Korb zurückzulegen. Erschrocken fuhr sie hoch. Wie peinlich, dass ein fremder Mann das für sie tat, doch er bemerkte ihren Schrecken und trat schnell zu ihr, den Korb in einer Hand, die andere beschwichtigend erhoben.

„Sie bleiben sitzen, bis Sie wieder ein wenig Farbe im Gesicht haben. Nicht dass Sie mir hier noch umkippen. Eine Härteprobe des Bodenbelags haben Sie ja bereits genommen. Das gibt bestimmt ein paar blaue Flecken.“

Hanna errötete. Allein dass dieser hübsche junge Mann sich vorstellen könnte, wie ihr Körper aussah, war ihr unsagbar peinlich. Er hingegen lächelte ihr aufmunternd zu und strahlte dabei eine Würde aus, die die Vorstellung, er könnte unsittliche Gedanken haben, geradezu absurd wirken ließ. Er war ungewöhnlich groß, an die zwei Meter. Vielleicht war das auch der Grund dafür, dass sein Körper im Verhältnis schrecklich dünn wirkte. Die braunen Haare waren zu einem akkuraten Kurzhaarschnitt gestutzt, und seine Lippen waren von einer Form, als hätte sie ein Künstler in einem Schwung gemalt. Wie gern hätte sie diese berührt.

Hanna spürte Hitze in ihrem Kopf aufsteigen. Sie sollte nicht solche Gedanken haben. Was war bloß los mit ihr?

„Schön, dass Sie wieder etwas Farbe bekommen", missdeutete der Fremde ihren neuen Teint. „Ich fürchte, ich habe mich noch gar nicht vorgestellt. Daniel Goldstein."

„Und ich fürchte, ich habe mich noch nicht einmal bei Ihnen bedankt", antwortete Hanna und senkte verschüchtert den Kopf. Der Versuch, sich von seinen Augen loszureißen, scheiterte kläglich, sie hielten ihren Blick gefangen wie Magneten. Erstaunt spürte sie, wie ihre Knie weich wurden und ihr Herz seinen Rhythmus beschleunigte. Etwas Derartiges hatte sie noch nie zuvor empfunden, und für den Moment hatte sie nicht die geringste Ahnung, was dieses Gefühl bedeutete, geschweige denn, wie sie damit umgehen sollte. Daniel Goldstein machte es mit seinen weichen, warmen Augen nicht gerade besser. Am liebsten hätte sie ihn darum gebeten, seinen Blick endlich von ihr abzuwenden und weiterzugehen, sie allein hier zurückzulassen, damit ihr Kopf und ihr Herz wieder zur Vernunft kommen konnten. Gleichzeitig wünschte sie sich nichts mehr, als dass die Zeit einfach stehenbliebe und sie für immer und ewig in diese Iriden blicken durfte.

„Brauchen Sie etwas? Soll ich Ihnen vielleicht etwas zu trinken besorgen?" Aus seinem Blick sprach liebevolle Fürsorge.

Nie zuvor war Hanna von einem Menschen so betrachtet worden. O Gott! Sie verharrte schon ewig so an Ort und Stelle und hatte noch nicht einen vernünftigen Satz hervorgebracht. Er musste sie für furchtbar dumm halten. Die reine Höflichkeit hielt ihn davon ab, weiterzugehen.

„Nein, vielen Dank, Sie haben bereits genug für mich getan. Ich bitte Sie aufrichtig um Verzeihung, dass ich Ihnen solche Unannehmlichkeiten bereite. Ich halte Sie schon viel zu lange auf. Sie haben doch gewiss Besseres mit Ihrer Zeit anzufangen, als eine törichte Frau zu versorgen, der es an gar nichts fehlt.“

„Wenn ich eine törichte Frau sähe, würde ich über diese Frage nachdenken.“ In gespieltem Ernst legte er sich einen Zeigefinger an die Nase. „Ich sehe hier jedoch lediglich eine junge Dame, die von einem unachtsamen Bengel verletzt wurde und den Schock erst einmal verdauen muss. Ich schätze mich glücklich, Ihnen in dieser Situation beistehen zu dürfen. Nun, und was meine Zeit anbelangt: Ich hatte eben nichts weiter vor, als den Enten ein wenig beim Schwimmen zuzusehen. Das entspannt ungemein, wissen Sie?“

„Oh, dann wären wir uns ohnehin hier begegnet.“ Das plötzliche Strahlen ließ Hannas Gesicht wieder jünger wirken. „Ich wollte auch gerade die Enten beobachten“, erläuterte sie und errötete erneut.

„Nun, dann trifft es sich doch wunderbar, dass wir uns getroffen haben. Unter welchen Umständen auch immer. Menschen, die gern Enten beobachten, sind mir immer eine liebenswürdige Gesellschaft. Doch für eines müssen Sie sich wirklich entschuldigen.“

Hanna erstarrte. Was hatte sie getan? Welchen Fehler hatte sie in ihrer Einfältigkeit begangen?

Daniel Goldstein zwinkerte ihr zu. „Sie haben mir noch immer nicht Ihren Namen genannt. Ich rechne es Ihrem Schock wegen des Unfalls zu, ansonsten müsste ich davon ausgehen, dass Sie entweder sehr unhöflich sind oder kein Interesse an einer weiteren Unterhaltung haben."

„Hanna Gleißner." Ihre Stimme überschlug sich fast, so laut rief sie ihren Namen heraus.

Er lachte.

Na toll, jetzt hatte sie sich endgültig lächerlich gemacht.

Er schien das ganz anders zu sehen. „Wunderbar. Hanna Gleißner", sagte er sanft. „Dann möchte ich Ihnen, liebe Hanna, meinerseits meinen Dank für Ihre überaus angenehme Gesellschaft aussprechen. Besteht vielleicht die Möglichkeit, dass wir unsere Begegnung wiederholen könnten? Ohne den unseligen Fahrradunfall, versteht sich. Ich würde gern mehr über Sie erfahren, Fräulein Gleißner."

In diesem Moment spürte Hanna, dass sie ihren Seelenverwandten gefunden hatte. Den Einen. Den Wunderbaren, von dem die Mädchen in der Schule immer geschwärmt hatten. Sie hatten so viel darüber gesprochen und sie, die unscheinbare Hanna, war diejenige, die ihn gefunden hatte. Sie hätte platzen mögen vor Glück.

Seit diesem Tag trafen sie sich regelmäßig. Erst einmal pro Woche, wenn Hanna ihre Einkäufe erledigte, bald mehrmals in der Woche und zeitweise sogar täglich.

Als Hanna Lea nun von diesen Treffen berichtete, geriet diese vollkommen aus dem Häuschen und schalt sich mehrfach dafür, dass sie das hatte übersehen können. Ihre große Schwester war verliebt. Hatte sich sogar mehrfach mit einem Mann getroffen. Und sie war vollkommen ahnungslos gewesen. Das Leben war doch immer wieder für eine Überraschung gut.

„Deckst du mich, wenn ich gleich fort bin und Vater früher zurückkommen sollte?"

Lea grinste breit. „Nichts lieber als das, Schwesterherz. Endlich kann ich mich revanchieren. Ach, du ahnst ja gar nicht, wie sehr ich mich für dich freue." Ihre glänzenden Augen verrieten, dass sie es ernst meinte.

In diesem Augenblick bereute Hanna, die Schwester nicht schon früher eingeweiht zu haben. Sie hatte ihr so viel zu erzählen.

15

Seerosenvilla, September 2023

Emilia stieg die Stufen zur Villa hinauf. In der Hand hielt sie noch immer den Zettel und betrachtete nach wie vor die Drohbotschaft, als könnte sie sie nur für real halten, wenn sie sie vor Augen hatte. Zu spät bemerkte sie ihre Mutter, die im selben Moment aus dem Haus stürmte, ihrerseits einen Koffer in der Hand, und vor lauter Elan nicht mehr in der Lage, rechtzeitig zu bremsen. Im Versuch, sich gegenseitig auszuweichen, prallten die beiden Frauen grob zusammen.

Emilia rieb sich den schmerzenden Oberarm. „Autsch, Mama, was ist denn in dich gefahren?", schimpfte sie.

„Keine Sekunde bleibe ich länger in diesem Spukhaus", zeterte Erika. Den kleinen Koffer hatte sie beim Zusammenprall fallenlassen und fuchtelte nun in dramatischer Geste durch die Luft. „Mit Übersinnlichem will ich nichts zu tun haben. Da wird man ja verrückt."

„Erika, so beruhige dich doch", erklang Toms Stimme, noch bevor er im Flur zu sehen war. Instinktiv wollte Emilia ihn zur Begrüßung küssen, aber Erika stand genau zwischen ihnen und versperrte dadurch unabsichtlich den Weg. Mit dem Zeigefinger deutete sie hinter sich.

„Hier, frag doch deinen Mann", forderte sie schnippisch. Ihre Angst vor Geistern in allen Ehren, aber diese Reaktion war nun wirklich übertrieben.

„Jetzt beruhige dich doch, Mama." Emilias beschwichtigender Tonfall entlockte Erika leider nur ein verächtliches Schnauben. „Ich verwette meinen Hintern darauf, dass dieser Drohbrief menschlichen Ursprungs ist. Genauso wie die Botschaft auf den Fliesen am Eingangstor. Ich verspreche dir, ich informiere die Polizei und die wird dem Spuk bestimmt ein Ende setzen." Es war nicht ihre Absicht gewesen, dieses zweideutige Wort zu verwenden.

Erika runzelte trotzdem die Stirn. „Es ist ein Spuk. Eindeutig, da hast du den Nagel auf den Kopf getroffen. Etwas oder jemand möchte um jeden Preis verhindern, dass wir in diesem Haus bleiben. Dieses Haus will Einsamkeit. Die Geister dieser verrückten Gleißner-Familie wollen keine Menschen hier wohnen haben. Und ich bin mir sicher, sie werden nicht eher ruhen, bis sie uns vertrieben haben ... mit welchen Mitteln auch immer. Jetzt versuchen sie uns noch Angst einzujagen, aber was, wenn wir nicht freiwillig gehen? Ich weiß nicht, ob sie dann gewalttätig werden. Das Risiko will ich nicht eingehen. Und ihr solltet das auch nicht. Denkt an Ellis. Denkt an euer Kind. Wollt ihr wirklich riskieren, dass ihr etwas zustößt? Nur weil ihr an dieser Spukvilla festhaltet? Das kann nicht euer Ernst sein! Nein wirklich, da kann ich euch so gar nicht verstehen. Es gibt auch noch andere schöne Häuser. Ihr solltet die Seerosenvilla wieder verkaufen. Werdet sie los, bevor sie euch loswird. Ihr hättet sie niemals kaufen sollen. Ich verstehe einfach nicht ..."

„Mama!“ Die ganze Zeit über hatte Emilia der emotionalen Rede ihrer Mutter gelauscht, aber nun musste sie sie dringend unterbrechen. Sie liebte ihre Mutter und respektierte jedwede emotionalen Anwandlungen. Auch wenn sie diesmal eher unglaublicher Natur waren. Gerade deshalb war sie aber nicht bereit, zuzulassen, dass Erika sich so in ihre Gefühle hineinsteigerte.

„Mama, ich bin mir ziemlich sicher, es spukt nicht“, versuchte sie etwas Ruhe in die Angelegenheit zu bringen. „Es gibt keine Geister. Keiner von uns hat je einen gesehen. Viel wahrscheinlicher ist es, dass es für alle im ersten Moment unheimlichen Vorgänge und Erscheinungen eine logische Erklärung gibt, wir müssen sie nur finden.“

Erika stemmte die Hände in die Hüften und prustete siegesgewiss. Schwungvoll drehte sie sich zu Tom um. „Zeig ihr das Foto“, verlangte sie und wies auf Emilia.

Diese kniff fragend die Augenbrauen zusammen. Tom zuckte mit den Schultern.

„Zeig ihr das Foto“, wiederholte Erika.

Emilia seufzte. Sie kannte die Sturheit ihrer Mutter nur zu gut, schließlich hatte sie sie geerbt. Sie seufzte.

„Um was für ein Foto geht es denn?“

Die Hilflosigkeit war Tom an der Nasenspitze abzulesen. „Nur ein Foto von den Gleißner-Schwestern.“

„Falsch. Ein Foto von Hanna Gleißner, Arm in Arm mit Lolo Geist“, korrigierte Erika und stach dazu in belehrender Geste mit dem Zeigefinger in die Luft.

Tom schüttelte den Kopf. „Ich bin mir ziemlich sicher, dass das Hanna und Lea Gleißner sind.“

„Unter Garantie ist die Rechte Lolo Geist. Mutter war jahrzehntelang Fan von dieser Frau. Glaub mir, ich würde sie auch mit zerzauster Frisur im Nachthemd erkennen. Die Frau neben Hanna Gleißner ist zwar ungeschminkt, aber das ist zweifellos Lolo Geist."

„Zeig mir doch mal das Bild", forderte Emilia ruhig. Wenn Sie Dampf aus der Situation nehmen wollte, musste sie am richtigen Ventil drehen.

Erika machte den Weg frei, sodass sie endlich ins Haus eintreten konnte. Noch ein flüchtiger Begrüßungskuss für Tom, dann folgte sie ihm ins Wohnzimmer. Zu ihrer Überraschung ging auch Erika wieder mit hinein, nur wenige Minuten, nachdem sie verkündet hatte, das Spukhaus nie wieder betreten zu wollen. Vielleicht wollte sie nur ihren Triumph auskosten, der allerdings nicht eintreten würde, weil es nun mal keine Geister gab. Emilia verkniff sich sowohl das Grinsen als auch einen naheliegenden Kommentar und konzentrierte sich auf Tom, der einen Stapel Bilder vom Tisch nahm und ihr reichte.

Bereits der erste flüchtige Blick auf besagte Fotografie ließ ihr den Atem stocken.

„Ich glaub', ich spinne", entfuhr es ihr.

Die Linke der abgebildeten Frauen war auf jeden Fall Hanna Gleißner. In den vergangenen vier Jahren hatte Emilia genügend Bilder von ihr in verschiedenen Phasen ihres Lebens gesehen, um zu hundert Prozent sicher zu sein. Die junge Dame neben ihr kannte sie von den Bildern, die sie eben mit ihrer Mutter durchgesehen hatte. Das war eindeutig Lolo Geist. Sie trug sogar dasselbe Kleid wie auf einem der Bilder in ihrer ... die Bilder!

Wortlos griff Emilia in ihre Handtasche und holte den Stapel mit den alten Fotos heraus. Mit flinken Fingern blätterte sie bis zu der Autogrammkarte, auf der Lolo Geist dasselbe Kleid trug wie hier.

„Ha!", triumphierte Erika, nahm ihrer Tochter die alte Abbildung aus den Händen und hielt sie Tom unter die Nase. „Siehst du? Hab' ich doch die ganze Zeit gesagt. Das hier ist Lolo Geist."

Tom nahm das Bild entgegen und betrachtete es genau. Dann hielt er es neben das andere, das noch immer auf der Tischplatte lag, und verglich beide miteinander, obwohl das unnötig war. Die Abbildungen ließen keinen Zweifel.

„Aber das kann nicht sein", flüsterte Tom. Dann drehte er das Foto, auf dem Lolo Geist Arm in Arm mit Hanna dargestellt war, um und deutete auf eine kleine Schrift.

Hanna und Lea, Sommer 1956. Ich liebe dich für immer, Schwesterherz.

Nun war es an Erika, irritiert dreinzublicken. „Aber das kann nicht sein", stammelte sie. „Das ist Lolo Geist."

„Nein, das ist Lea Gleißner", sagte Tom ebenso leise. „Ist es möglich, dass sich zwei Fremde so ähnlich sehen?" Ungläubig verglich er die beiden Frauen auf den Fotos. Dann hob er den Blick und sah erst zu Erika und dann zu Emilia. „Oder sind es vielleicht Zwillinge und Elfie Gleißner hat eines der Mädchen weggegeben? Genau wie deine Großmutter damals."

Emilia griff nach den Stücken und hielt sie wieder nebeneinander. Dann schüttelte sie den Kopf. „Das glaube ich nicht. Ich vermute eher, dass ihr *beide* recht habt“, sagte sie. „Das ist die gleiche Frau mit zwei verschiedenen Namen. Lea Gleißner ist Lolo Geist.“

16

Villa Gleißner, 1956

„Ich bin nachher mit Daniel im Park verabredet. Meinst du, du kannst mir noch mal ein Alibi verschaffen?", fragte Hanna, während sie sich vor dem kleinen Kommodenspiegel die Haare zurechtmachte.

„Klar, das ist überhaupt kein Problem." Lea kicherte. „Du wirst es nicht glauben, aber heute ist der perfekte Zeitpunkt. Ich habe eine Fünf in Mathematik geschrieben. Und die Lehrerin hat um ein Gespräch mit einem Erziehungsberechtigten gebeten." Sie verdrehte die Augen. „Falls Vater fragt, habe ich die Vorladung sogar schriftlich."

„Eine Fünf?" Vor Schreck ließ Hanna die Haarsträhnen fallen, die sie eben so sorgfältig zurechtgedreht hatte, sprang von ihrem Stuhl auf und wandte sich schockiert zu Lea um. „Wie kannst du denn eine Fünf schreiben, Lea? Du bist so schlau, und du kannst Mathematik, ich habe selbst mit dir geübt! Das hätte im schlimmsten Fall eine Zwei werden dürfen. Was ist denn schiefgelaufen? Haben wir das falsche Thema wiederholt, oder wie?"

„Ich bin während der Prüfung eingeschlafen."

„Du bist …" Nun legte Hanna auch die Haarbürste ab,
stand auf und begann, in Ermangelung passender
Worte, mit den Händen in der Luft zu wedeln.

„Du brauchst gar nichts zu sagen, ich kenne deine
Standpauke auswendig", fuhr Lea schnell dazwischen,
bevor Hanna ihre Gedanken sammeln konnte. Dann
warf sich die Jüngere in eine Pose, die Hanna exakt
nachbildete, sodass sie sich fühlte, als blickte sie in ein
optisch differentes Spiegelbild. Oberlehrerhaft erhob
Lea ihren Zeigefinger, rümpfte die Nase und legte los:
„Lea, wie oft habe ich dir schon gesagt, dass du dir nicht
die Nächte um die Ohren schlagen sollst! Dieses Mo-
deln wird dich eines Tages noch deine Zukunft kosten.
Dann hast du keinen Schulabschluss und bist auf diese
Menschen angewiesen, die dich nur auf deine Schönheit reduzieren. Aber, Lea, Schönheit vergeht, Verstand
bleibt, das musst du doch endlich mal begreifen. Die
werden dich eines Tages fallen lassen wie eine heiße
Kartoffel, und dann bist du gerade mal am Anfang deines Lebens. Mit dreißig ist die Karriere eines Models
für gewöhnlich beendet, und was hast du dann vor? Du
musst doch an deine Zukunft denken, Lea, du bist so ein
schlaues Mädchen, du musst doch mehr aus dir machen, als nur deinen Körper zu präsentieren. Ich begreife einfach nicht, warum das nicht in deinen Schädel will."
Hanna lachte. Auch wenn die Vorstellung geradezu
grotesk war, hatte Lea ihren Tonfall und ihre Wortwahl
perfekt getroffen. Bei allem Übel musste sie das schau-
spielerische Talent ihrer Schwester neidlos anerken-
nen.

„Ich hätte es selbst nicht besser sagen können", gab
sie zu. Dann wurde sie wieder ernst. „Trotzdem, Lea.
Anscheinend ist das doch alles besser in deinen Schädel
reingegangen, als ich gedacht hatte. Warum wehrst du
dich dann mit allen Mitteln dagegen, das umzusetzen?"

„Weil ich meine Zukunft im Film sehe, warum will
das denn nicht in *deinen* Schädel rein? Du bist auch
schlau, Hanna. Verstehst du nicht, dass ich einfach andere Prioritäten setze als du? Das Leben kann so schnell
vorbei sein. Wenn ich morgen sterbe, dann habe ich
doch wenigstens Spaß gehabt. Ich war auf Partys, ich
habe Kokain probiert, Champagner, Männer, ich habe
gelebt, geliebt und gefeiert. Ich hatte wilden..."

„Halt!", rief Hanna laut und hielt sich die Ohren zu.
„Das will ich alles gar nicht wissen."

„Weil du Angst hast, dass du neidisch wirst, Hanna.
Weil du weißt, dass ich recht habe. Du verschwendest
dein Leben hier in der Villa. Ich weiß nicht, warum du
nicht von hier abhaust. Du bist zweiundzwanzig, du
kannst tun und lassen, was du willst. Warum gehst du
nicht einfach?"

„Weil ich anders bin als du, Lea. Vernünftig."

„Ja, genau. Viel zu vernünftig. Und deshalb habe ich
meiner Lehrerin auch gesagt, dass du zum Gespräch
kommen wirst und nicht Vater."

Rums! Mit wenigen Worten hatte Lea die Zielrichtung
des Gesprächs in komplett andere Bahnen gelenkt.

„Aber das geht doch nicht. Er ist der Erziehungsbe-
rechtigte. Ich bin zwar volljährig, aber doch nur deine
Schwester. Ich bin nicht deine Mutter, Lea."

„Ach, jetzt auf einmal."

Für einen kurzen Moment herrschte Schweigen. Sie wussten beide, dass Hanna sich selbst in der Mutterrolle fühlte.

Es war Lea, die das Schweigen brach.

„Es ist für alle besser, wenn du hingehst, glaub mir. Meine Lehrerin weiß genau, dass Vater sich nicht für mich interessiert und du dich um alles kümmerst, was mit meinen Schulangelegenheiten zu tun hat. Wer war denn an meinem ersten Schultag dabei und hat mich in die Klasse begleitet? Vater? Nein, das warst du, Hanna. Du hast mir die Pausenbrote gemacht, als ich klein war, du hast dich von Anfang an darum gekümmert, dass ich meine Hausaufgaben mache und mein Unterrichtsmaterial dabeihabe. Du bist darüber informiert, wie es läuft und welche Noten ich habe. Das weiß Frau Seelger genauso gut wie wir beide. Glaub mir, Vater weiß noch nicht mal, auf welche Schule ich überhaupt gehe. Er unterschreibt die Zeugnisse und das war's. Frau Seelger wird nicht überrascht, sondern hoch erfreut sein, wenn nicht er kommt, sondern du. Und Vater wird auch froh sein, wenn er nicht hin muss, sondern du ihm das abnimmst, das weißt du genau."

Hanna seufzte. „Und wann soll das Gespräch stattfinden?"

„Heute. Ich habe nur leider vergessen, es zu sagen."

„Heute? Vergessen? Lea!"

„Genaugenommen in einer halben Stunde. Aber ich dachte mir, Frau Seelger wird schon nicht gleich hier anrufen, wenn keiner auftaucht, und bis morgen hätte ich mir schon eine hübsche Geschichte ausgedacht."

„Lea!"

„Sag nicht einfach Lea. Geh hin und sieh es als das, was es ist: die beste Möglichkeit für alle. Frau Seelger ist froh, dass sie mit dir und nicht mit Vater sprechen muss, Vater ist froh, dass er sich nicht um mich kümmern muss, ich bin froh, dass Frau Seelger nicht herausfindet, was mein Vater für ein schrecklicher Mensch ist, und du hast ein wunderbares Alibi, um dich mit Daniel zu treffen."

„Wenn ich zu diesem Gespräch muss, dann werde ich das Treffen mit Daniel wohl eher versäumen."

„Nein, wirst du nicht. Das Gespräch in der Schule wird nur fünf Minuten dauern. Du wirst Frau Seelger sagen, du hättest ausführlich mit mir gesprochen, ich sei zur Vernunft gekommen, es täte mir leid und kommt nicht wieder vor. Und ich verspreche dir, ich schreibe in der nächsten Mathearbeit eine Eins. Danach triffst du dich für den Rest des Tages mit Daniel und Vater wird glauben, das Gespräch in der Schule habe so lange gedauert. Alle sind glücklich und zufrieden, Ende der Geschichte, bitte setzen, Eins mit Sternchen."

Wider Willen musste Hanna lachen. „Und wenn ich doch zu spät zum Treffen komme?"

„Wird trotzdem nichts passieren, weil ich an deiner Stelle pünktlich im Park sein und Daniel darüber informieren werde, dass du kommen wirst, dich aber meinetwegen verspätest. Auf diese Weise kann ich ihn auch kennenlernen. Ich sage ja: Die beste Möglichkeit für alle. Jeder gewinnt. Es ist perfekt. Perfekt, perfekt, perfekt, das musst sogar du zugeben." Lea ergriff Hannas Hände und schleuderte die Schwester wild im Kreis.

Hanna entzog ihr ihre Hände, blieb stehen und griff sich in ihre Frisur, um den Sitz nach dieser wilden Geste zu prüfen. „Ich weiß nicht, ob es mir so recht ist, wenn du Daniel kennenlernst."

„Aber noch schlimmer wäre es, wenn er denkt, du hättest ihn versetzt, oder?"

„Allerdings."

„Na dann, auf in den Park." Statt das Zimmer zu verlassen, trat Lea zu Hanna. Diese dachte im ersten Moment, sie wollte sie umarmen, wurde aber dann von der kleinen Schwester auf den Stuhl vor dem Kommodenspiegel gedrückt.

„So", sagte Lea resolut. „Und jetzt kümmern wir uns erst einmal um deine Haare. So kannst du dem Mann deines Herzens auf keinen Fall unter die Augen treten."

Im Spiegel begegneten sich ihre Blicke. Hannas Herz wurde weich. Vielleicht war es an der Zeit, zu akzeptieren, dass die kleine Lea mit ihren sechzehn Jahren längst erwachsener geworden war als sie selbst. Auch wenn sie das nicht wahrhaben wollte.

17

Nachdem Emilia ihre Mutter davon hatte überzeugen können, dass die Fotos nichts mit Spuk, sondern mit menschlichem Betrug zu tun haben mussten, hatte sich Erika schließlich doch dazu durchgerungen, zu bleiben und gemeinsam mit den anderen nach weiteren Informationen zu suchen. Noch immer beschäftigte sie der Verdacht, dass Lea Gleißner und Lolo Geist ein und dieselbe Person sein sollten, doch eine andere Erklärung, die in irgendeiner Weise nachvollziehbar gewesen wäre, gab es für diesen Vorfall nicht.

Seither durchforsteten sie das Internet nach Lolo Geist, die von Edith Sandberg so verehrt worden war. Aber wie bei vielen Dingen, die sich vor dem Zeitalter des Internets zugetragen hatten, gab es auch hier kaum etwas zu finden. Nicht gerade dienlich war dabei der Nachname Geist. Aufgrund dessen wurden immer wieder Seiten über Geister, Geisterfahrungen und Spuk angezeigt. Vermutlich auch deshalb, weil die gute Erika seit ihrer Überzeugung, es spuke in der Seerosenvilla, eifrig auf solchen Seiten unterwegs gewesen war und mit ihrem Suchverlauf entsprechende Cookies aktiviert hatte. Schließlich hatten sie aufgegeben. Lolo

Geist war offensichtlich genau das, was ihr Name besagte. Ein Geist. Kein echter, aber trotzdem nicht greifbar.

Inzwischen war es Abend geworden. Anstatt zu kochen, hatte Tom angeboten, Essen aus dem Gasthaus zu holen, dem die anderen beiden freudig zugestimmt hatten. Seit Tom Familienvater war und die Villa mit Renovierungsarbeiten nebenher noch auf einen modernen Standard zu bringen versuchte, hatte er einen zusätzlichen Koch in der *Krone* angestellt. Er selbst managte das Gasthaus weitgehend, kümmerte sich aber nicht mehr um die handfesten Dinge. Sobald Emilia eine Haushaltshilfe eingestellt hatte, wollte er selbst wieder im Gasthaus aktiver sein. Glücklicherweise hatte Cora Martens einen vielversprechenden ersten Eindruck hinterlassen. Tom verstand den Wunsch seiner Frau, recht bald wieder in Teilzeit als Maklerin arbeiten zu wollen. Der Immobilienmarkt war ein schnelllebiges Geschäft und Emilia hatte Talent. Für das ausschließliche Hausfrauen- oder Mutterdasein war sie nicht geschaffen. Sicherlich gab es Frauen, die diese Rolle mit Bravour ausfüllten, aber er hatte bereits in der Schwangerschaft bemerkt, dass ihr die Arbeit, die sie so sehr liebte, fehlte. Mit der Zeit würde sich alles einspielen. Schwierigkeiten waren immer einzukalkulieren, aber im Endeffekt ging es doch darum, dass alle glücklich waren. Mit dem Konzept der Kleinfamilie plus Großmutter und Haushaltshilfe schien das Konzept gut aufzugehen. Und wer wusste schon, ob aus der Kleinfamilie nicht bald schon eine Großfamilie werden konnte. Platz bot die Villa ausreichend.

Für den Moment genossen sie allerdings die Wärme des Kaminfeuers und aßen ausnahmsweise Pizza auf dem Fußboden vor dem Fernseher. Genau genommen saßen Erika und Emilia auf dem Boden, weil es einer ihrer Mutter-Tochter-Traditionen entsprach, die sie seit Jahrzehnten pflegten. Als sie noch zusammengewohnt hatten, hatten sie das einmal im Monat getan. Tom akzeptierte die Tradition, weigerte sich aber hartnäckig, auf dem Boden zu essen. Zudem bestand er auf die Verwendung von Servietten und Besteck. Ellis war den Nachmittag über recht aktiv gewesen und nach einem ausgiebigen Spaziergang an der frischen Luft bereits in ihren Nachtschlafmodus übergegangen.

Nach den anstrengenden Recherchen, die sich als konzentrationsintensiv aber ergebnislos herausstellten, hatte Erika dafür plädiert, sich zur Ablenkung von dem gesamten Familiengeheimnis- und Spukthema einen harmlosen Fernsehfilm anzusehen. Der Mutter zuliebe hatte Emilia sofort zugestimmt, wohl wissend, dass es ihr kaum gelingen würde, ihre Gedanken auf einen Film zu konzentrieren, wenn die Wirklichkeit spannender war als jeder Krimi.

Auch Tom gab nur vor, den Film mitzuschauen und tippte parallel dazu irgendetwas auf seinem Handy. Emilia nahm das mit schweigender Belustigung zur Kenntnis. Bestimmt recherchierte er weiter. Er war nicht der Typ, der sich mit einem einfachen *Das werden wir wohl nie herausfinden* zufriedengab. Wenn er erst einmal eine Fährte aufgenommen hatte, dann konnte er sich wie ein Jagdhund darin verbeißen. Diese Eigenschaft hatte Emilia von Anfang an an ihm fasziniert.

Trotz seiner Sanftmut war er kein Weichei, sondern hatte in jeder Situation den notwendigen Biss.

„Hier, ich hab was!", schrie er auf einmal laut, sodass Emilia zusammenzuckte und Erika sich stoßweise keuchend ans Herz fasste.

„Tschuldigung", bat er kleinlaut. „Aber ich habe hier tatsächlich etwas gefunden. Der Name Lolo Geist wird im Internet erwähnt. Zugegeben, auf einer Fanseite aus den Neunzigern und erst auf Seite zweiundfünfzig der Google Treffer zum Thema Mode in den Fünfzigern, aber immerhin."

„Zeig her", forderte Emilia, und weil Tom ihr das Handy nicht reichte, stand sie kurzerhand auf und setzte sich neben ihn aufs Sofa.

„Hier", sagte er. „Da steht, Lolo Geist sei eine aufstrebende Schönheit gewesen, die leider Anfang der Sechziger, noch vor dem Höhepunkt ihrer Karriere, an einer Überdosis Kokain verstarb. Sie hatte der Modewelt nichts hinterlassen als einen Hauch ihrer Schönheit. Keine Macht den Drogen."

Nachdenklich legte Emilia ihren Zeigefinger an die Unterlippe und tippte darauf. „Könnte passen. Laut Lea Gleißners Todesanzeige ist sie 1960 verstorben. Allerdings stand da nicht, woran."

„Was ich nicht verwunderlich finde, wenn Kokain die Ursache war", wandte Erika vom Fußboden aus ein. „Ich würde in der Todesanzeige meiner Tochter auch nicht schreiben, dass sie ein Junkie ist."

„Entschuldige mal bitte, ich bin auch keiner!"

Lachend griff Erika nach einem weiteren Stück Pizza. „Nein, das war auch nur hypothetisch gemeint. Faktisch möchte ich mir niemals Gedanken darüber machen, dass du überhaupt jemals sterben könntest. Oder möchtest du über den Tod deiner Tochter nachdenken?"

Gänsehaut überzog Emilias Arme. Wie brutal musste es für einen Menschen sein, sein Kind zu verlieren. Die Natur hatte es schon ganz gut eingerichtet, dass die Eltern die Welt vor den Kindern verließen. Alles andere war grausam.

„Stell dir mal vor …", begann Erika und schluckte schnell noch den Bissen hinunter, bevor sie weitersprach. „Stell dir mal vor, wenn Lea Gleißner auch noch jung gestorben ist, dann hat Heinrich Gleißner drei Kinder und seine Frau verloren. Das ist ja unaussprechlich grausam."

„Psst", machte Emilia und legte einen Zeigefinger auf ihre Lippen.

Erika verdrehte kurz die Augen. „Ich weiß, dass du so was nicht hören willst, aber …"

„Nein, psst, da war was." Emilia sah ihre Mutter eindringlich an, die sofort stocksteif wurde und keinen Mucks mehr von sich gab. Auch Tom horchte in die Stille.

Ein kalter Septemberwind fegte um das Haus und rüttelte an den Läden, aber das Klappern war es nicht gewesen, das Emilias Aufmerksamkeit erregt hatte. Es war schwer zu beschreiben, doch es war dasselbe Gefühl wie am vergangenen Abend. Sie fühlte sich beobachtet … von allen Seiten gleichzeitig. Noch schlimmer als dieses Gefühl war jedoch die lähmende Angst, die von ihren Gliedern Besitz ergriff und jegliche Reaktion verhinderte. Als würde sie von einer unsichtbaren

Macht auf das Sofa gedrückt, klebte sie am Polster, unfähig, sich auch nur ein winziges Stück aufzurichten. *Elfies Geist*, schoss es ihr durch den Kopf, obwohl sie gleichzeitig wusste, dass das Unsinn war.

Mit klopfendem Herzen sah sie, wie Tom sich erhob, das Licht ausschaltete und lässig in Richtung Fenster schlenderte. Zunächst tat er, als wollte er gemütlich daran vorübergehen, aber im letzten Moment stoppte er abrupt, drehte sich ruckartig zur Scheibe und starrte durch das Glas.

Angespannt wartete Emilia auf irgendeinen Hinweis darauf, ob draußen etwas zu sehen war, aber er verharrte regungslos, das Gesicht zwischen beiden Handflächen ans Fenster gepresst. Schließlich hielt sie es nicht mehr aus und trat neben ihn. Sie umrahmte ihr Gesicht ebenfalls mit den Handflächen, um ihre Augen vor der Helligkeit des Kaminfeuers abzuschirmen und besser in die Dunkelheit sehen zu können, die nahezu schwarz über dem Garten lag. Wo war nur der Vollmond, wenn man ihn brauchte? Bei Vollmond war der Garten hell erleuchtet und hatte fast etwas Romantisches an sich. So aber erschien alles schwarz in schwarz, lediglich Nuancen von Umrissen waren zu erkennen. Der Vorteil der Seerosenvilla, weit entfernt von der Straße in der Mitte des Grundstücks erbaut worden zu sein, wurde nun zum Nachteil, denn nicht einmal das Licht der Straßenlaternen warf seinen Schein bis hier herein. Allmählich wurden die Umrisse dennoch schärfer. Ihre Augen gewöhnten sich an die Dunkelheit. Da, was war das dort hinten?

„Tom“, flüsterte sie. „Da hat sich etwas bewegt.“
„Wo?“

„Da hinten. Bei den Buchen."

Die nächsten zwei Sekunden dehnten sich ins scheinbar Unermessliche. Dann riss sich Tom mit einem Ruck vom Fenster los und begann zu rennen. Ohne auch nur eine Sekunde zu überlegen, setzte Emilia ihm nach.

Sie liebte den riesigen Garten, der die Villa wie ein kleiner Park umgab. Unzählige Stunden hatten sie von Frühjahr bis Sommer mit seiner Pflege verbracht.

Mit schlafwandlerischer Sicherheit sprinteten beide durch die Dunkelheit, über knirschenden Kies, zwischen den Ästen der alten Bäume und Büsche hindurch, ohne auch nur ein einziges Mal zu stolpern oder ins Straucheln zu geraten. Tom war deutlich schneller. Schon nach wenigen Metern bemerkte Emilia, wie sich der Abstand zwischen ihnen vergrößerte. Sie konnte ihn trotzdem gut ausmachen. Sein weißes Hemd leuchtete in der Dunkelheit. Ganz im Gegensatz zu der schwarzen Silhouette, die sich gerade noch so in der Dunkelheit abzeichnete. Längst hatte die Gestalt ihre Verfolger bemerkt und preschte durch die Dunkelheit davon. Blieb zu hoffen, dass die Vertrautheit mit dem eigenen Garten ihnen zum Vorteil gereichte. Emilia spürte, wie ihre Lungen zu brennen begannen. Die Schwangerschaft hatte ihren Körper stärker beeinträchtigt, als sie gedacht hatte. Ihre Kondition würde bald an ihre Grenzen kommen. Tom war sportlich. Hoffentlich gelang es ihm, die Person zu erreichen, die sich für einen Fremden unfassbar schnell durch das unbekannte Gelände bewegte.

Vielleicht sollte sie lieber andersherum laufen. Wenn die Gestalt die Villa umrundete, um wieder zum Tor zu gelangen, konnte sie ihr vielleicht von der anderen

Seite her den Weg abschneiden. Keuchend wendete E-
milia um hundertachtzig Grad, bündelte ihre letzten
Reserven und rannte in die Richtung, aus der sie gekommen war. Die Luft wurde langsam knapp, ihr Herz
pumpte, als wäre sie seit einer Stunde joggen, kleine
Schwindelsternchen begannen, vor ihren Augen zu
tanzen. Auf einmal prallte sie gegen etwas Hartes. Noch
im Versuch, zu erkennen, was das war, ging sie tau-
melnd zu Boden und spürte nur, wie jemand sie im letzten Moment am Arm packte. Sie sah auf, blickte in die
Augen eines Mannes, den sie noch nie zuvor in ihrem
Leben gesehen hatte, und fing wie von Sinnen an zu
schreien.

18

Villa Gleißner, 1956

Nervös und doch voller Vorfreude saß Hanna auf der kleinen Bank im Park und knetete ihre Finger. Ihr Blick ruhte auf den Enten, die in aller Seelenruhe ihre Bahnen zogen. Noch nie zuvor hatte sie ein so reines, tiefes Glück empfunden wie seit dem Moment, in dem sie Daniel zum ersten Mal in die Augen gesehen hatte. Es fühlte sich an, als hätte ein Blick sie durch ein unsichtbares Band miteinander verwoben. Bei ihren Treffen spürte sie diese Verbundenheit am intensivsten. Aber auch, wenn sie weit entfernt von ihm allein in der Villa Gleißner saß, genügte ein Gedanke an ihn und sie fühlte sich im so nah, als läge sie in seinen Armen. Sie spürte Daniel und seine Liebe um sich, an sich und in sich, unabhängig davon, wie nah oder fern sie einander waren. Manchmal fragte sie sich, ob es überhaupt erlaubt war, so für einen Mann zu empfinden, oder ob irgendetwas mit ihr nicht stimmte. Dann versuchte sie, die Gefühle für ihn zu unterdrücken, zumindest das brennende Verlangen zu ignorieren, das jede Faser ihres Körpers nach einer Berührung schreien ließ. Wenn er sie dann berührte, zärtlich ihre Hand nahm, ihr über die Wange streichelte oder sie gar im Park in den Arm nahm und festhielt, explodierte ein Feuerwerk der Gefühle in ihr, das brannte und funkte und doch nicht verglühte. Wenn die Berührung sich löste, ließ sie eine Glut in ihrem Inneren zurück, die bis zum nächsten Treffen weiterloderte, bis zur nächsten unschuldigen Berührung, die zugleich so verheißungsvoll war.

Hanna wusste, dass Lea schon viele Männer in ihrem Leben kennengelernt hatte, obwohl sie sechs Jahre jünger war. Ihr war auch bekannt, dass Lea gern mit den Gefühlen der Männer spielte, ihre weiblichen Reize einsetzte, um das zu bekommen, was sie wollte. Oft genug hatte sie mit ihrer Schwester darüber gestritten, sie am Ende aber doch nicht von ihrer Überzeugung abbringen können. Lea war der Meinung, dass Männer ihre Macht in allen Lebenslagen ausspielten, dass sie sich nahmen, was sie wollten und wann sie es wollten und dazu alle Mittel einsetzten, die ihnen zur Verfügung standen. Warum also sollten Frauen nicht dasselbe tun? Mit den Mitteln, die ihnen zur Verfügung standen, und das waren nun einmal Körper, Intellekt und Reize. Lea hatte regelrecht damit geprahlt, Männern alles abluchsen zu können, was sie wollte, nur indem sie mit ihnen spielte. Ein gefährliches Spiel, wie Hanna ihr immer wieder vergeblich zu verdeutlichen versuchte. Nicht nur, dass ihre Schwester als zweiundzwanzigjährige Lolo Geist innerhalb dieser Kreise verkehrte, dort waren auch nicht gerade die Menschen anzutreffen, die sich einer besonderen Moral oder einem tieferen Ehrgefühl verpflichtet fühlten. Ach, wie sehr sorgte sich Hanna um ihre kleine Schwester, und wie sehr schlug Lea alle Bedenken in den Wind. Möglicherweise hielt Hanna diese Gesellschaft auch deshalb für so gefährlich, weil sie sich darin nicht auskannte. Unter Umständen war alles ganz harmlos. Lea schien sich mit Leichtigkeit auf diesem gesellschaftlichen Parkett bewegen zu können. Vielleicht machte sie sich zu viele Sorgen. Insgeheim wusste sie genau, dass sie mit diesen Gedanken bloß versuchte, sich selbst zu beruhigen. Blieb zu hoffen, dass Lea niemals ernsthaft in Gefahr geraten würde. Und dass sie sich durch diese unmoralischen Menschen nicht zu Dingen überreden ließ, die nicht gut für sie waren. Mehr als gutes Zureden stand nicht in Hannas Macht. Sie war die große Schwester, sie hatte keine Handhabe gegen die Jüngere. Vater hätte sie, aber eher hätte sich Hanna kopfüber von einer Brücke gestürzt, als die kleine Schwester an den Vater zu verraten. Was dieser mit ihr anstellen würde, wenn er von ihrem Doppelleben erfuhr, wollte sie sich lieber nicht ausmalen.

„Entschuldige die Verspätung, mein Stern."

Da war er endlich. Es gab nur einen, der mit dieser samtweichen Stimme gesegnet war. Strahlend erhob sich Hanna von der Bank und schmiegte sich in seine ausgebreiteten Arme. Sofort war es da: das Gefühl, angekommen zu sein.

Kurz berührte Daniel ihr Haar mit seinen Lippen. Insgeheim wünschte sie sich, er hätte statt ihres Haars ihren Mund vorgezogen, aber solche Gedanken musste sie aus ihrem Herzen verdrängen. Daniel war ein Ehrenmann. Niemals hätte er etwas Unschickliches getan oder sie in der Öffentlichkeit in eine unangenehme Situation gebracht. Stets war er darauf bedacht, zu berücksichtigen, wie es ihr ging, wie sie sich fühlte und was ihr angenehm war. Dabei gelang es ihm, kleinste Zeichen richtig zu deuten, was auf Hanna eine ungeheure Faszination ausübte. Sie konnte ihn nicht halb so gut lesen wie er sie.

Nach einer ganzen Weile in schweigender Umarmung lockerte er seine Berührung. Erst allmählich kam Hanna wieder in der Realität an, der sie für einen Moment entschwebt war. Lächelnd hob sie den Kopf.

„Mein Stern?", fragte sie. Erst jetzt wurde ihr gewahr, dass er sie nicht mit ihrem Namen begrüßt hatte, sondern mit diesem Kosewort. „Was soll das bedeuten?"

„Ich habe lange nach einem passenden Kosenamen für dich gesucht", sagte er und erwiderte ihr Lächeln. „Gefällt er dir?"

Hanna nickte. „Ich könnte mir keinen Schöneren vorstellen. Aber er ist etwas ungewöhnlich."

„Nein, er ist besonders." Sanft strich er ihr mit den Fingerkuppen über die Wange. „So wie du."

„Aber Sterne gibt es doch so viele am Himmel." Hanna gab sich Mühe, ihre Verwunderung nicht wie Enttäuschung oder gar wie einen Vorwurf klingen zu lassen.

Sein sanfter Blick blieb bestehen. „Da hast du recht. Aber dich, mein Sternchen, gibt es nur einmal. Die Bedeutung ist wohlüberlegt. Soll ich sie dir erklären?"

„Das wäre wunderbar", strahlte Hanna. „Wollen wir dazu ein Stück durch den Park gehen?"

„Sehr gern."

Sie hätte nicht fragen müssen. Wäre sie einfach losgegangen, wäre er ihr gefolgt. Warum sie sich da so sicher war, wusste Gott allein, aber sie spürte, dass Daniel immer an ihrer Seite bleiben würde, und sie wollte nichts mehr, wünschte sich nichts sehnlicher, als dass sie immer zusammen sein könnten.

Sie gingen schweigend ein paar Schritte. Dann setzte Daniel zu seiner Erklärung an. „Du bist nicht irgendein Stern, Hanna. Du bist wie der erste, den Gott erschaffen hat. Erinnerst du dich an die Erschaffung der Welt, von der ich dir erzählt habe?“

„Natürlich. Am Anfang war die Welt wüst und leer. Nur Gott, der Ewige, war schon da. Als er die Welt erschuf, schied er zunächst das Licht von der Dunkelheit.“

„Genau.“ Die Freude in seiner Stimme machte Hanna stolz. Sie war ohne jeden Sinn für Gott oder die Religion aufgewachsen und erzogen worden. In einer Gesellschaft, in der Hitler als Führer regierte und von ihrem Vater wie eine Gottheit verehrt wurde, war kein Platz für den wahren Gott, jenen, den Daniel verehrte und der sein Leben lang schützend die Hand über ihn gehalten hatte, wie er ihr immer wieder versicherte.

Daniel blieb stehen und wandte sich ihr zu. Instinktiv tat sie es ihm gleich. Er ergriff ihre Hände und sah ihr tief in die Augen. „Gott schied das Licht von der Finsternis, und das war der Beginn der Welt und allen Lebens, Hanna. Genau das bedeutest du für mich. Du bist wie ein Stern, der in der Schwärze meines Lebens aufging und mir zeigte, dass es auch Licht gibt. Bevor ich dich traf, war mein Leben Dunkelheit. Und nun nehme ich zum ersten Mal nach vielen Jahren wahr, dass es Licht gibt. Du machst den Unterschied. Deshalb nenne ich dich meinen Stern. Kein Name könnte besser passen, findest du nicht?“

Unfähig zu einer Antwort schluckte Hanna gegen den festen Kloß an, der ihren Hals blockierte. In ihren Augen brannten Tränen.

„Du weinst", stellte Daniel traurig fest. „Ich habe mir geschworen, dich niemals zum Weinen zu bringen. Was habe ich getan?"

„Ich weine vor Glück", presste sie hervor. Dann schüttelte sie den Kopf. „Nein, das stimmt nicht ganz. Ich bin auch traurig. Darüber, dass dir dein bisheriges Leben dunkel erschien. Meines war auch nicht gerade einfach, aber dennoch würde ich sagen, dass es Licht und Schatten gab. Ich habe Schlimmes erlebt, aber auch Glücksmomente. Was macht dich so traurig, dass du dein Leben nur als dunkel empfunden hast?"

„Ich bin Jude, Hanna."

Hanna schluckte. In ihrem Inneren zerbarst etwas, während sich zugleich ein dicker Kloß in ihrem Hals bildete. Daniel war Jude! Einer von den Menschen, die sie laut Vater zu hassen verpflichtet war. Einer jener Menschen, die laut Heinrich kein Lebensrecht hatten. Einer, der den Feind des deutschen Volkes darstellte. Ein Angehöriger jener, die Hanna durch ihr Blut angeblich zu hassen verpflichtet war ... bis zum Tod. Aber sie liebte ihn. So sehr, wie sie es niemals für möglich gehalten hätte.

Daniel war Jude. Die Tatsache war so blass wie ein Nebelschwaden. Es war nur ein Hauch, nur ein Wort ohne Bedeutung. Er war Jude. Na gut. Genauso war er Mensch, Mann, Liebe, Gefühl, Wärme, Zuhause, Glück. Daniel war Daniel. Daneben verblasste jedes andere Wort in Bedeutungslosigkeit.

Dennoch überkam sie zugleich Panik. Sie wollte ihr Leben mit ihm verbringen. Wie sollte sie seine Identität vor dem Vater verbergen? Wie sollte sie dessen Überzeugungen wiederum vor Daniel geheim halten?

Sollte es bedeuten, dass ihre Chance auf Glück mit diesem einen Wort dahin war? Jude?

„Ich weiß nicht, ob du eine Ahnung davon hast, was es bedeutet, Jude zu sein, Hanna", missdeutete Daniel ihren verwirrten Blick.

Zum ersten Mal gelang es ihm nicht, ihre Regung zu entschlüsseln. Wie auch? Er wusste einiges über ihre Familie. Oft hatte sie ihm von Lea erzählt, die so unbekümmert und neugierig durchs Leben ging. Er hatte sie so gern kennenlernen wollen. Der unglückselige Tag, an dem sie ihre Schwester hatte vorschicken müssen, um das Gespräch bei deren Lehrerin wahrzunehmen, hatte ihm den Wunsch erfüllt. Hanna wäre es lieber gewesen, sie hätte die beiden einander vorstellen können, aber die Begegnung war aus der Not geboren und so hatte sie im Gespräch mit Leas Lehrerin gesessen und große Mühe gehabt, sich auf die Ausführungen der engagierten Frau zu konzentrieren, weil sie sich immer wieder ausgemalt hatte, dass Lea und Daniel nun das erste Mal aufeinandertreffen würden. Der Tag stand ihr in der Erinnerung so präsent vor Augen, als wäre es gestern gewesen. Als das Gespräch in der Schule beendet war, hatte sie sich so in den Gedanken hineingesteigert, wie das unverhoffte Treffen wohl verlaufen sein könnte, dass sie regelrecht Angst davor hatte, zu den beiden zu stoßen. Zu sehr hatte sie befürchtet, Daniel könnte sich in Lea verliebt haben. In Hannas Vorstellung gab es gar keine andere Möglichkeit, denn Lea war nicht nur sechs Jahre jünger, sondern auch schöner, witziger, redegewandter und liebreizender als sie selbst es mit größter Mühe je sein könnte. Im Gegensatz zu ihr war Hanna nicht mehr als eine graue Maus. Natürlich würde Daniel sich sofort in Lea verlieben und die mit ihr begonnene Beziehung beenden. Wie hatte sie nur so blöd sein können, das zuzulassen? Immer mehr hatte sie sich in ihre Verlustängste hineingesteigert, und als sie endlich im Park ankam und die beiden nebeneinander auf der kleinen Bank sitzen sah, erwartete sie schon fast, dass sie sich gleich küssen würden. Aber das war nicht der Fall gewesen. Stattdessen hatte Lea sie fest umarmt und sie dazu beglückwünscht, einen so netten jungen Herrn wie Daniel gefunden zu haben. Dann war sie gegangen und Hanna hatte Daniel wieder für sich ganz allein gehabt. Ihren Daniel, der sie sofort fest umarmt hatte. Er war also bei ihr geblieben, hatte sie Lea vorgezogen, obwohl sie der kleinen Schwester in nichts das Wasser reichen konnte. Allein diese Tatsache hatte Hanna so sehr fasziniert, dass sie sich gleich noch ein wenig mehr in ihn verliebte. So sehr, dass sie ihm sogar von Valentina erzählt hatte. Von jener Schwester, die sie in Kindertagen verloren hatte und für deren Tod sie sich nach wie vor verantwortlich fühlte. Sie liebte Daniel so sehr, dass sie ihm auch von der Gewalt des Vaters erzählt hatte. Sie verriet ihm ihre Sorgen und Ängste, genauso wie die Hoffnung darauf, eines Tages ein ganz normales Leben führen zu können. Nur eines hatte sie ihm nicht erzählt: dass die Werte des Nationalsozialismus aufgrund der Gesinnung des Vaters nach wie vor in der Villa hochgehalten wurden. Sie hatte es ihm verschwiegen, weil nichts davon nach außen dringen durfte, um dem Vater nicht zu schaden. Und im gleichen Moment, in dem sie in seine traurigen Augen sah, fragte sie sich, warum ihr dessen Ruf wichtiger war, als dem Mann, den sie liebte, die Wahrheit zu sagen.

„Meine kleine, liebe, unschuldige Hanna", sagte Daniel zärtlich und strich ihr erneut über die Wange.

Die Berührung brannte auf ihrer Haut. Daniel war Jude. Wie konnte jemand ihm den Tod wünschen? Demselben Menschen, der die Freundlichkeit und Liebe in Person war. Der sie seinen Stern nannte. Wie sollte sie reagieren? Was sollte sie tun? Was sagen?

„Warst du im ..." Sie schluckte schwer. Das schreckliche Wort war in den vergangenen Jahren so oft gefallen und doch wollte es ihr nicht über die Lippen. Allein der Gedanke daran, dass Daniel Bekanntschaft mit diesem Grauen gemacht haben könnte, machte die Buchstaben in ihrer Anordnung unaussprechlich. Trotzdem musste sie die Frage stellen. Sie musste wissen, was er erlebt und erlitten hatte. Ob es je eine Möglichkeit zur Vergebung für das gäbe, was er durchgemacht hatte ... nur deshalb, weil er Jude war?

Daniel benötigte das Wort nicht, um die Frage zu verstehen. „Das war ich", antwortete er ernst. Er führte sie wortlos zu einer Bank, und jetzt war Hanna froh, sitzen zu können. Zu sehr befürchtete sie, dass ihr das Gespräch den Boden unter den Füßen wegziehen könnte.

„Ich war im Konzentrationslager." Er sprach es aus, doch auch ihm fiel es sichtlich schwer. „Genauso wie meine Familie. Nur dass ich der Einzige war, der es lebend wieder verlassen hat."

Traurig senkte Hanna den Kopf. Ihre Augen füllten sich mit Tränen. Es war ihr, als spürte sie den gesamten Schmerz dieser Welt. Ihr Herz krampfte sich zusammen, als schlösse jemand seine Faust darum und drückte immer fester zu. Nicht mehr lange, dann würde ihr die Luft wegbleiben.

Fast beiläufig registrierte sie die zarte Berührung am Kinn, mit der Daniel ihr Gesicht wieder anhob.

„Hanna, mein Stern, was ist mit dir? Soll ich einen Arzt rufen?"

Sie schüttelte den Kopf.

„Du bist ganz blass. Ich werde dir etwas zu trinken besorgen."

Er erhob sich.

Mit einer Geschwindigkeit, die Hanna überraschte, schnellte ihre Hand nach vorn und zog ihn am Arm zurück auf die Bank. „Nein, bitte bleib", hauchte sie. „Bitte bleib und halt mich fest. Ich kann nur atmen, wenn du bei mir bist."

Obwohl die Umarmung ihr fast sämtliche Luft aus dem Brustkorb presste, hatte sie das Gefühl, zum ersten Mal seit Minuten wieder Sauerstoff in den Lungen zu spüren. Endlich fand sie die Kraft, ihm ihr Gesicht zuzuwenden. In seinen Augen erkannte sie Besorgnis.

„Ich kann den Gedanken nicht ertragen, dass du leidest", sagte sie leise. Und dann explodierte die Welt in ihr, als sie seine weichen Lippen auf ihren spürte. Hatte sie eben noch geglaubt, ersticken zu müssen, so fühlte sie sich nun wie eine Ertrinkende, die von einem Strom des Glücks mitgerissen, herumgewirbelt, hinuntergedrückt und in die Höhe geschleudert wurde, ohne auch nur die geringste Kontrolle über ihren Körper oder ihre

Sinne zu haben. Noch nie zuvor hatte sie eine Berührung so intensiv wahrgenommen wie diese. Nichts war mehr wichtig, nichts mehr existent, außer der Stelle auf ihren Lippen, an der sie mit ihm zu einer Einheit verschmolz, die viel mehr umfasste als Haut. Sie ergab sich vollkommen dem Strudel aus Glück. Als sich seine Lippen von ihren lösten, hinterließen sie an der Stelle der Berührung eine Kälte, als hätte sie jemand vereist.

„Es tut mir leid, mein Stern", sagte er leise und strich ihr mit dem Zeigefinger über die Wange. „Es überkam mich einfach, ich hätte mich von meinen Gefühlen nicht überwältigen lassen dürfen. Ich hoffe, du bist mir nicht böse. Ich hatte niemals die Absicht, dich in der Öffentlichkeit in Verruf zu bringen und werde selbstverständlich zu meiner Handlung stehen."

„Ach Daniel." Plötzlich musste Hanna schrecklich lachen und konnte fast nicht mehr damit aufhören, auch wenn sein verdutztes Gesicht ihr sagte, dass ihre Reaktion vollkommen unangemessen und verstörend auf ihn wirkte.

Endlich erlangte sie ihre Selbstkontrolle zurück. „Daniel, mein liebster Daniel, manchmal redest du einfach zu viel. Du hättest lieber deine Lippen auf meinen lassen sollen. Meinetwegen bis zum Tod. Mit diesem Gefühl aus der Welt zu scheiden, wäre mein Glück." Erschrocken schlug sie sich die Hand vor den Mund. „O Gott, ich bin so dumm, bitte verzeih mir." Wie konnte sie gegenüber einem Menschen vom Sterben sprechen, der nur knapp dem Tod entronnen war und seine gesamte Familie verloren hatte. Sie hätte sich ohrfeigen mögen.

Daniel lächelte sie an. Sein Blick war voller Liebe. „Wir haben uns offenbar nichts zu vergeben, außer die Tatsache, dass wir ständig denken, aneinander Fehler zu begehen", sagte er und lächelte einfach weiter.

Hanna konnte nicht anders, als seinen Ausdruck zu spiegeln. Dann wurde sie ernst. „Möchtest du mir deinen Schmerz anvertrauen?", fragte sie zaghaft.

„Das möchte ich", antwortete Daniel.

Schließlich begann er zu erzählen. Davon, wie er mit seiner gesamten Familie abgeholt worden war. Vollkommen überraschend waren die Soldaten in ihre Wohnung eingedrungen, hatten sie mitgenommen, als sei es das Selbstverständlichste der Welt. Keine Erklärung war nötig gewesen, keine Rechtfertigung. Beide Seiten wussten, wie es ausgehen würde und doch hatte keiner gewagt, etwas anderes zu tun, als die Rolle zu erfüllen, die ihm vom Leben zugedacht war. Sein Vater hatte flüsternd gebetet, seine Mutter leise geweint, aber niemand hatte aktiv Widerstand geleistet. Auch nicht die Menschen auf der Straße, die die Szene beobachtet hatten – Menschen, die seit Jahren ihre Nachbarn waren, und zu denen sie ein gutes Verhältnis pflegten. Wussten sie nicht, was vor sich ging? Wollten sie es nicht verhindern oder wagten sie es nicht? Er hatte es nicht einschätzen können. Sie, die so wunderbare Menschen waren, verwandelten sich in Anwesenheit der Machthaber in stumme Zeugen. Masken, ohne Willen und ohne Worte. Nicht einer hatte sich verabschiedet oder eine Frage gestellt. Es war, als sei die ganze Szene erstarrt und nur er und seine Familie bewegten sich, alle anderen waren zu Standbildern geworden. Vielleicht hatte er das auch nur im Schock so wahrgenommen, das vermochte er nicht mehr zu sagen. Doch er erinnerte sich, dass von der stummen Akzeptanz der Menschen mehr Gewalt ausgegangen war als von den Männern, die sie grob auf die Ladefläche eines alten Transporters stießen. Sie waren die Letzten aus dem Viertel, die abgeholt worden waren, eine Tatsache, die sie dem Beruf des Vaters verdankt hatten, der als Arzt vielen Menschen hier geholfen hatte und trotz des Verbots auch den Verwundeten half, die von der Front zurückkehrten und, in ihren Wohnungen nur notdürftig behandelt, große Schmerzen litten. Eben deshalb war es für Daniel vollkommen unverständlich gewesen, dass sich niemand gegen die Deportation der Familie wehrte. Sie brauchten doch den Vater. Brauchten sein kundiges Auge, seinen Rat und sein Geschick bei der Behandlung der Wunden. Wie hatten sie nur zulassen können, dass man ihn einfach mitnahm?

„Eine solche Hilflosigkeit, wie ich sie in diesen Minuten empfand, will ich nie wieder spüren." Die Erinnerung verlieh seinen Augen einen traurigen Glanz. „Im Lager habe ich viele Dinge gesehen und erlebt. Dinge, die so schlimm sind, dass ich sie niemals für möglich gehalten hätte. Ich hätte nicht gedacht, dass Menschen sich gegenseitig so etwas antun können. Auch jetzt, da es vorbei ist, fällt es mir schwer zu glauben, und doch ist es geschehen. Während dieser gesamten Zeit habe ich mich hilflos gefühlt. Vollkommen handlungsunfähig, genauso wie jene, die uns bei der Deportation angestarrt hatten. Auf einmal begriff ich. Ich wusste, dass die kleinste Regung, die kleinste Auffälligkeit, meinen Tod hätte bedeuten können. Ich funktionierte nur. Wie ein perfektes Rädchen in einer Maschine, das genau das tat, was ihm gesagt wurde, um nicht negativ aufzufallen, um nicht entfernt zu werden. Und weißt du, was das Schlimmste war?"

Hanna schwieg. Die Bedeutung des Wortes *schlimm* hatte sich in den vergangenen Minuten grundlegend gewandelt.

„Das Schlimmste ist, dass das auf beiden Seiten so war", vervollständigte Daniel seine Erklärung. Auch sie haben funktioniert. Auch sie haben Befehle ausgeführt, getan, was sie tun mussten, um nicht aufzufallen. Auch sie hatten Angst, entfernt zu werden, wenn sie sich den Anweisungen widersetzten: der Aufseher, der mir morgens den ersten Schlag versetzte, der junge Mann mit den dunklen traurigen Augen, der die Menschen, die nicht mehr konnten, wegführte. Heute weiß ich, warum sie ihn Todesengel nannten. Damals habe ich nur gesehen, dass er mit dem, was sein Auftrag war, unglücklich war, ihn aber dennoch erfüllte. Nie werde ich seine Augen vergessen, als er einen alten Rabbiner wegführen sollte, der sich kaum noch auf den Beinen halten konnte. Der alte Mann sah dem Todesengel in die Augen, liebevoll, ohne jeglichen Hass und sagte: ‚Ich vergebe dir'. Ich habe die Fassungslosigkeit in den Augen des Aufsehers gesehen. Den traurigen Glanz in seinen Augen. Und trotzdem hat er den Rabbiner weggebracht. Wir wissen beide wohin. Ich glaube nicht, dass es ihm Spaß machte, uns leiden zu sehen und doch hat er so viele von uns in den Tod geführt. Wir alle litten und hätten zu gerne rebelliert. Aber wir haben es bleiben lassen. Aus Angst. Eine schreckliche Angst auf beiden Seiten. Nicht bei allen natürlich. Viele quälten und töteten aus blankem Hass und tiefster Überzeugung. Aber es gab auch die anderen: die mit den traurigen Augen. Und ich frage mich heute noch, was geschehen wäre, wenn wir uns zusammengetan hätten. Sie und wir. Die Zweifelnden von ihnen und die Leidenden von uns, die Aufseher und die Häftlinge. Wenn wir dasselbe Ziel verfolgt hätten: ein Leben in Frieden. Aber wir waren so hilflos. Das war die schrecklichste Erkenntnis meines Lebens. Ich möchte nie wieder hilflos sein, Hanna. Ich möchte mein eigener Herr sein. Ich möchte entscheiden, was ich tue. Nie wieder soll ein anderer über mein Leben und mein Schicksal entscheiden. Die Angst war nicht das Schlimmste. Nicht die Angst vor dem Tod, nicht das Entsetzen darüber, was geschah, nicht die Trauer um meine Familie. Das war alles furchtbar, keine Frage. Und nichts davon möchte ich jemals wieder erleben müssen. Aber nie, nie wieder möchte ich dieses Gefühl der Hilflosigkeit spüren. Das Gefühl, der Willkür anderer Menschen vollkommen ausgeliefert zu sein. Das hat mich verändert. Ich möchte, dass wir ein gemeinsames Leben führen, Hanna. Ich möchte mit dir eine neue Familie gründen. Versteh mich bitte nicht falsch, das soll kein Antrag sein, wenn es an der Zeit ist, wirst du den schönsten Heiratsantrag bekommen, den du dir vorstellen kannst, aber ich möchte dir meine Absichten von Beginn an klar offenlegen, damit du dich darauf einstellen kannst. Wenn ich mich getäuscht habe und du dir gar nicht vorstellen kannst, dein Leben mit mir gemeinsam zu verbringen, dann sag es mir bitte gleich. Es würde mir das Herz brechen, aber es würde uns auch vieles ersparen. Denn wenn du mit mir zusammenleben möchtest, dann musst du wissen, wer ich bin, Hanna, mein Stern. Du musst wissen, durch welche Erfahrungen ich zu dem geworden bin, der ich bin. Und ich möchte wissen, durch welche Erfahrungen du zu der Frau geworden bist, die du bist. Auch in dir verbergen sich dunkle Geheimnisse, Hanna, das kann ich in deinen Augen sehen.“

Schweigend hatte sie ihm zugehört. Hatte jedes seiner Worte in sich aufgesogen wie ein Schwamm. In ihrem Innersten ballten sich seine Worte zu einem Knäuel aus Verwirrung, unbeantworteter Fragen, tiefem Vertrauen, Mitleid und einer Liebe, die so glühend war, dass sie das Gefühl hatte, in ihrem Inneren loderte ein Feuer. Mit jedem Wort, das Daniel aussprach, liebte sie ihn noch ein wenig mehr. Er war so tiefsinnig, so klug und verständig. Er war so mutig, tapfer und großherzig. Und er war Jude.

In ihren Augen sammelten sich Tränen. Niemals würde der Vater ihn an ihrer Seite dulden. Niemals. Und schon gar nicht würde er einer Verbindung, geschweige denn Hochzeit zwischen ihnen zustimmen. Oh ja, in ihr schlummerten dunkle Geheimnisse. Vermutlich mehr, als Daniel zu ertragen vermochte. Es schien sein Ernst zu sein, dass er alles über sie erfahren wollte. Doch war sie bereit, ihn mit der Wahrheit zu konfrontieren? Wie wahrscheinlich war es, dass er sie noch wollte, wenn er wusste, wer sie wirklich war? Wie sie wirklich lebte? Wer ihr Vater war und dass der ihm den Tod wünschte, ohne ihn zu kennen? Wie sollte sie ihm nur jemals von ihm erzählen? Nein, das war unmöglich.

„Freiheit ist das Wichtigste", sagte Daniel leise. „Freiheit und Selbstbestimmung. Denn Selbstbestimmung ist Freiheit. Möchtest du ein selbstbestimmtes und freies Leben führen, mein Stern? Ich hoffe es. Denn nur so kann ich mit dir gemeinsam leben."

Zögerte sie zu lange? Eindringlich sah er sie an. Der Blick beunruhigte sie. Was, wenn er in ihr Innerstes blicken konnte? Wenn er ihr ansehen konnte, was sie dachte? Dass sie sich nach einem Leben an seiner Seite in Freiheit und Selbstbestimmung sehnte, davon aber zugleich so weit entfernt war, wie man sich nur vorstellen konnte. Sie war in der Villa gefangen. Gefangen im Willen eines tyrannischen Vaters, der nichts duldete, als die vollständige Unterwerfung. Sie hätte gehen können. Aber zu welchem Preis? Sie hätte Lea und Heinz zurücklassen müssen. Die liebe, freche Lea. Man musste kein Genie sein, um sich vorstellen zu können, wo die Geschichte enden würde, wenn sie als Puffer zwischen Lea und dem Vater wegfiele.

Aber konnte sie Daniel davon erzählen? Er würde sie verlassen. Ganz sicher würde er das tun. Was war die Alternative? Sie konnte ihm nicht vorspielen, dass sie ein anderes Leben führte, als sie es tat, dann hätte sie ihn belügen müssen. Nur wie sollte sie ihm erklären, dass er ihr Zuhause niemals betreten, niemals ihrem Vater gegenübertreten durfte, wenn er nicht bereit war, zu verschweigen, wer er war? Und war Selbstverleugnung nicht das Gegenteil von Freiheit? Wenn es eine Chance auf ein Leben mit Daniel gab, dann nur, wenn sie ihm alles erzählte.

„Freiheit ist nichts Selbstverständliches, Hanna", sagte er ernst, als sie noch immer keine Antwort gab.

„Dafür muss man sich einsetzen. Manchmal muss man sie sich sogar erkämpfen. Sieh mich an. Wenn die Amerikaner nicht gekommen wären, wäre ich heute noch im Lager. Nein, aller Wahrscheinlichkeit nach wäre ich nicht mehr dort, denn ich wäre nicht mehr am Leben. Meine Freiheit hing von anderen Menschen ab. Das darf nie mehr geschehen. Freiheit ist so wertvoll. Bist du frei, Hanna?"

Sie schüttelte traurig den Kopf.

„Willst du es sein?"

Hanna nickte.

„Dann lass mich dir helfen. Lass uns gemeinsam um deine Freiheit kämpfen, mein Stern. Was auch immer dich einschränkt, wir werden es loswerden. Wir werden alles überwinden. Ich habe noch nie so empfunden. Ich würde alles für dich tun. Erzähle mir, was dich bedrückt. Es gibt da etwas. Ich kann es in deinen Augen sehen."

Hanna schluckte. Sie wollte es ihm erzählen, wollte es wirklich. Aber wie hätte sie können? Entweder er würde sie an Ort und Stelle verlassen oder ihren Vater anzeigen. Nein, der einzige Weg in ihre Freiheit führte über den Vater. Er musste endlich seine Überzeugungen ändern. Er musste einsehen, dass er sich irrte, sich ändern. Er musste Daniel akzeptieren. Dann würde alles gut werden.

„Ich muss gehen." Hanna erhob sich und hielt nur für einen Moment inne, als Daniel ihre Hand ergriff.

„Habe ich dich verletzt? Habe ich etwas gesagt, was dein Missfallen erregt hat? Sprich offen mit mir, ich bitte dich. Ehrlichkeit ist die Grundlage einer jeden Beziehung."

„Nein, du hast nichts Falsches gesagt. Deine Worte waren wunderschön, wahr, klug und sehr gut gewählt. Aber ich muss dringend etwas klären. Ich möchte so gern mit dir zusammen sein, Daniel. Aber dieses eine Mal musst du mich gehen lassen."

„Werde ich dich wiedersehen?"

Ein letztes Mal sah Hanna ihm tief in die Augen. Nur zur Sicherheit. „Ich hoffe es."

19

Seerosenvilla, September 2023

Es dauerte nur Sekunden, da sah Emilia Toms rettende Gestalt auf sich zu preschen. Mit einem Satz warf er sich auf den Fremden und stieß ihn zu Boden.

Erneut vernahm sie lautes Kreischen, aber sie war sich sicher, dass es nicht von ihr selbst stammte, auch wenn sie mit der Situation vollkommen überfordert war. Als sie den Kopf drehte, sah sie ihre Mutter in der Tür der Seerosenvilla stehen. Erneut kreischte diese schrill und zeigte auf den am Boden liegenden Fremden, der keinerlei Anstalten machte, Tom von sich zu stoßen oder sich in sonst irgendeiner Weise zur Wehr zu setzen. Er war sehr schlank und mit einer dunkelblauen Hose und einer schwarzen Jacke bekleidet. Dem schmerzverzerrten Gesicht nach zu urteilen, schätzte Emilia sein Alter auf Ende fünfzig, höchstens Anfang sechzig, dafür war er verdammt gut in Form.

„Sie!", keifte Erika schrill. „Was fällt Ihnen ein, meine Tochter zu bedrohen! Na, Sie werden schon sehen, was Sie davon haben. Ich werde jetzt sofort die Polizei rufen."

Warum hatte sie das noch nicht getan? Während der Verfolgungsjagd wäre wahrlich genügend Zeit gewesen, mal zum Telefon zu greifen und den Notruf zu wählen. Das war wieder typisch für ihre Mutter. Wenn sie in Panik geriet, rannte sie entweder aufs Geratewohl los oder sie erstarrte in Angst. Die Möglichkeit des sinnvollen Zupackens gab es bei ihr nicht.

„So, dann wollen wir mal." Mit großer Geste griff Erika zum Handy und tippte. In der Hosentasche des am Boden liegenden Mannes klingelte es. Wenn die Situation nicht so gefährlich gewesen wäre, hätte man über diesen grotesken Zufall vielleicht lachen können, aber niemand gab einen Mucks von sich.

„Geht niemand dran. Was ist denn das für eine Polizei hier? Schließen die nachts, oder was?" Schimpfend legte Erika auf und tippte erneut. Wieder klingelte es in der Hose des am Boden Liegenden.

Dieser verzog das Gesicht. „Schließen tun wir nicht direkt, aber ich habe eine Rufumleitung vom Revier auf mein Handy gelegt", sagte er erstaunlich ruhig. Schwer zu sagen, wer von ihnen länger brauchte, um zu begreifen, was gerade vor sich ging.

„Hätten Sie vielleicht die Güte, mich loszulassen?"

In Anbetracht der Tatsache, dass Tom noch immer auf seinem Rücken kniete, war die Höflichkeit des Fremden wahrhaft beeindruckend. In Toms Gesicht hingegen zeichnete sich der Schrecken der Erkenntnis ab, als ihm bewusst wurde, dass er einen Polizisten auf dem Boden festhielt und ihm die Arme derart verdreht hatte, dass diese Position garantiert schmerzhaft war. Dennoch ließ er nicht sofort los.

„Hätten Sie vielleicht einen Dienstausweis dabei oder ein vergleichbares Dokument?", fragte er stattdessen.

„In meiner Jackentasche", antwortete der Gefangene bedauernd. Aktuell gab es keinerlei Möglichkeit, diese zu erreichen. Emilia konnte förmlich sehen, wie Tom nachdachte.

„Verstehen Sie mich nicht falsch“, sagte er dann zögerlich. „Aber ich bin mir nicht sicher, was ich jetzt tun soll. Wenn Sie wirklich von der Polizei sind, dann wird mir diese ganze Aktion gleich verdammt peinlich sein. Wenn Sie uns allerdings etwas vorlügen, um freizukommen, dann werden Sie mich gleich zu Boden schlagen, sobald ich meinen Griff lockere. So oder so, ich werde meine Entscheidung also bereuen. Ich muss mir nur noch darüber klar werden, auf welche Weise ich das tun möchte. Was meint ihr?“

Die Frage galt Emilia und Erika, die ebenso ratlos wirkten.

Dann hatte Emilia eine Idee. „Ruf doch noch viermal hintereinander auf der Polizeidienststelle an“, schlug sie vor. „Wenn es viermal hintereinander zeitgleich auf seinem Handy klingelt, scheint mir das ein hinreichender Beweis dafür, dass die Angabe mit der Rufumleitung stimmt. Und wenn es viermal klingelt und es nicht stimmt, dann ist es so ein extremer Zufall, dass uns das Schicksal sowieso hasst. Dann wird die Sache so oder so nicht gut ausgehen.“ Sie grinste schief.

„Also ich finde deinen Sarkasmus an dieser Stelle äußerst unangebracht“, tadelte Erika und zückte ihr Handy. „Die Idee ist allerdings gut, das muss ich zugeben.“

„Die Idee ist genial“, korrigierte Tom, als das Handy in der Hosentasche des vorgeblichen Polizisten auch schon zum dritten Mal klingelte. Erika warf ihm einen skeptischen Blick zu, legte auf und wählte erneut. Es klingelte. Denselben Vorgang wiederholte sie zwei weitere Male mit demselben Ergebnis. Sie beschloss die Vorgehensweise mit einem tiefen Seufzer.

Tom hingegen erhob sich und half dem am Boden liegenden Mann beim Aufstehen. Dieser griff direkt in seine Brusttasche, zog einen Ausweis hervor, übergab ihn an Tom und rieb sich dann mit schmerzverzerrtem Gesicht die Arme. Die Position, in der er so lange festgehalten worden war, musste noch unangenehmer gewesen sein, als es ausgesehen hatte.

„Martin Bäumer", las Tom laut vor. „Tut mir leid. Ich hätte niemals gedacht, dass ich mal einen Polizisten verhaften lassen will. Aber die Situation ist höchst eigenartig, das müssen Sie zugeben. Könnten Sie uns freundlicherweise verraten, warum Sie, anstatt den Dienst auf Ihrer Wache zu versehen, durch unseren Garten rennen und meine Frau beobachten? Und was bitte beabsichtigen Sie mit der Schmiererei auf unserem Hof und der fiesen Botschaft in unserem Briefkasten? Sie haben meiner Frau und meiner Schwiegermutter einen riesigen Schrecken eingejagt. Außerdem war es ein enormer Aufwand, die Farbe vom Boden abzuwaschen. Ich hätte gute Lust, Sie wegen Sachbeschädigung und Nötigung anzuzeigen." Beim Gedanken an das Erlebte entfachte sich sogleich wieder die Wut in seinem Inneren.

Mit bewundernswerter Ruhe ließ der Beamte die Vorwürfe an sich abprallen und wartete Toms Wutausbruch ab.

„Was denken Sie sich denn dabei?", wetterte der weiter. „Dass Sie diese Spielchen treiben, ist die eine Sache, aber ich kann es nicht leiden, wenn jemand die Menschen, die ich liebe, in Angst und Schrecken versetzt. Dafür hätte ich nicht nur gerne eine Erklärung, sondern auch eine Entschuldigung."

„Sind Sie fertig?"

Tom schluckte den nächsten Satz hinunter. „Bitte", sagte er kühl.

„Zunächst möchte ich mich in aller Form dafür entschuldigen, dass ich unangemeldet Ihr Grundstück betreten habe", sagte Bäumer ernst. „Aber mit all den anderen Dingen, die Sie eben erwähnten, habe ich nicht das Geringste zu tun. Ihren Ausführungen kann ich entnehmen, dass Sie sich bedroht fühlen? Wenn das zutreffend ist, dann sollten Sie uns, also die Polizei informieren. Wenn ich richtig verstanden habe, haben Sie Drohbriefe erhalten. Das ist keine Lappalie. Ich kann mich dieses Falls gerne annehmen, aber dann bräuchte ich nähere Informationen dazu."

„Wollen Sie damit sagen, Sie hätten uns keine Drohbriefe geschickt?"

„Nein, so etwas würde ich niemals tun. Abgesehen davon, dass mich eine solche Tat meinen Job kosten könnte, hätte ich ja gar keinen Grund, Sie zu bedrohen. Bis jetzt kannte ich Sie ja nicht einmal."

„Ach. Wenn Sie uns die Drohbriefe nicht geschickt haben, warum schleichen Sie dann nachts auf unserem Grundstück herum und beobachten uns durchs Fenster?"

„Wie bitte?" Der Polizist zog eine Augenbraue nach oben. Er schien wirklich nicht zu begreifen.

„Sie können es ruhig zugeben", sagte Erika. „Ehrlich gestanden wäre mir die Tatsache, dass uns ein Polizist beobachtet, wesentlich lieber als ein Verbrecher oder ein Geist. So gefährlich wirken Sie gar nicht."

Die Drogen, schoss es ihr zeitgleich durch den Kopf. Im Kinderzimmer lag noch immer das Päckchen mit dem weißen Pulver. Sie war noch nicht dazu gekommen, es wegzuwerfen. Vielleicht hatte er sie in Verdacht und deshalb bespitzelt. O Gott!

„Ich habe niemanden beobachtet", konstatierte Bäumer sachlich. „Wovon auch immer Sie da reden, ich habe nichts damit zu tun. Ich bin heute Abend hierhergekommen, weil ich mich endlich dazu überwinden konnte, den letzten Willen meines Vaters zu erfüllen. Nicht gerade der beste Zeitpunkt am Abend, das gebe ich zu, aber ich weiß nicht, ob mich der Mut bis morgen wieder verlassen hätte. Weder habe ich Sie beobachtet noch bedroht noch verfolgt. Ich habe Ihr Grundstück betreten, wollte gerade zur Haustür gehen, wurde von Ihnen angeschrien ...", er deutete auf Emilia, „... und dann von Ihnen zu Boden gestoßen, das ist alles. Die letzte Bemerkung galt Tom, der den Fremden noch immer skeptisch betrachtete.

„Aber ich bin Ihnen doch hinterhergerannt", sagte er misstrauisch.

Bäumer hob abwehrend die Hände. „Ich bin überhaupt nicht gerannt. Ich bin wie gesagt, vollkommen in meine Gedanken versunken, auf Ihre Haustür zumarschiert und wurde dann zu Boden gestoßen. Mehr ist hier nicht geschehen."

„Seltsam. Das ist alles mehr als seltsam", murmelte Tom.

„Nur wenn man die Möglichkeit übersieht, dass zwei Personen hier gewesen sein könnten“, gab Emilia zu bedenken. „Wenn Herr Bäumer es nicht war, der uns aufgelauert hat und vor uns fortgerannt ist, dann muss es jemand anderes gewesen sein. Und das bedeutet, dass heute Nacht eine weitere Person hier war. Oder sogar noch ist. Wir haben sie beide gesehen.“

Mit Schrecken sah Emilia, wie der Polizist sich aufrichtete und eine Waffe aus dem Holster an seiner Hose zog.

„Wenn es Ihnen hilft, kann ich den Garten durchsuchen“, bot er an.

„Das ist nett gemeint, aber ich befürchte, das bringt nichts. Wenn der Eindringling, den wir verfolgt haben, Böses im Sinn hatte, ist er längst über alle Berge. Genug Zeit hatte er ja jetzt.“

„Mir wäre trotzdem wohler, wenn Herr Bäumer den Garten durchsuchen würde“, wandte Erika ein und warf Emilia einen so flehenden Blick zu, dass diese einwilligte.

Mit der Waffe in der einen und einer Taschenlampe in der anderen Hand machte er sich auf den Weg, um den Garten zu durchleuchten. Ein mulmiges Gefühl breitete sich in Emilias Magengegend aus. Wie gut, dass Bäumer die Waffe vorher nicht erreicht hatte. Er hätte Tom erschießen können, es wäre Notwehr gewesen.

Bedrückt ging sie zu ihrem Mann und kuschelte sich an ihn. „Zum Glück ist dir nichts geschehen“, sagte sie leise. „Das hätte auch böse ausgehen können.“

Er küsste sie flüchtig auf die Stirn. Seine Augen verfolgten den seltsamen Polizisten auf seinem Weg durch den Garten. „Ich habe leider das dumme Gefühl, dass die Sache noch nicht vorbei ist. Fast wäre es mir lieber gewesen, wenn er derjenige gewesen wäre, der uns bedroht. Wenn er es nicht ist, sind wir keinen Schritt weiter."

Ungefähr zehn Minuten dauerte es, dann musste Bäumer seine Suche nach einem weiteren Eindringling ergebnislos aufgeben.

„Tut mir leid, niemand zu sehen", entschuldigte er sich, während er seine Waffe zurück in das Holster steckte. „Wenn Sie allerdings konkret bedroht werden, sollten Sie das schnellstmöglich zur Anzeige bringen. Ich habe zwar jetzt keinen Laptop dabei, aber über die Diktierfunktion meines Handys kann ich Ihre Aussagen gerne aufnehmen und das Protokoll später auf der Wache abtippen, wenn Sie das wünschen."

„Auf jeden Fall wünschen wir das", rief Erika schnell. „Briefe und Botschaften sind das eine, aber dass jemand hier herumschleicht, empfinde ich als enorme Bedrohung."

Der Polizist lächelte freundlich. „Meinetwegen können wir die Anzeige direkt erledigen, Frau ..."

„Sandberg. Erika Sandberg." Auch Erika lächelte. Zum ersten Mal, seit die Dunkelheit sich über das Grundstück gelegt hatte.

„Wenn Sie bitte hereinkommen möchten ..." Mit einer Geste wies sie ins Haus und ging dann ganz selbstverständlich voran.

Tom und Emilia sahen sich verwundert an. Was war denn jetzt los? Hatte sie das Kommando übernommen, weil ihr die Anzeige so wichtig war, oder war sie von dem Gedanken angetan, einen amtlichen Beschützer im Haus zu haben? Auf jeden Fall wirkte sie verändert.

„Ich habe es auch bemerkt", bestätigte Tom ihren unausgesprochenen Gedanken.

Dann folgten sie den anderen beiden ins Haus.

Keine halbe Stunde später waren die Aussagen der drei auf dem Handy des Polizisten aufgenommen, und er versprach, sie am nächsten Morgen ordnungsgemäß in ein Protokoll zu übertragen. Zwar machte er ihnen wenig Hoffnung, den Täter schnell ermitteln zu können, dafür war die Beweislage zu dünn, aber er versicherte, dranzubleiben und die Sache nicht auf sich beruhen zu lassen. Dankbar nahm er eine Tasse Tee an, den Erika während Emilias Aussage gekocht hatte.

„Lavendeltee", erklärte sie. Die Wut in ihrem Blick, mit der sie die Begegnung mit Bäumer eröffnet hatte, hatte sich in ein sanftes Lächeln gewandelt, das unerschütterlich auf ihren Lippen klebte.

Emilia war froh, dass sich der vermeintliche Angreifer als Freund und Helfer der örtlichen Polizei herausgestellt hatte, und als ein sehr netter noch dazu. Das nahm der Gesamtsituation zwar nicht ihren Schrecken, machte sie aber doch erträglicher. Zumindest wussten sie nun schon einmal die Polizei auf ihrer Seite. Die Tatsache, dass Herr Bäumer eine Waffe bei sich trug, schien Erika sogar vergessen zu lassen, dass sie eigentlich die Nacht im Gasthaus hatte verbringen wollen. Dies oder die offensichtliche Sympathie, die zwischen den beiden herrschte. Sie schienen nicht nur im gleichen Alter, sondern auch auf derselben Wellenlänge zu sein.

Das Einzige, was Emilia massiv störte, war die Tatsache, dass Bäumer ihrer mehrfach gestellten Frage nach dem Grund seines nächtlichen Überraschungsbesuchs immer wieder ausgewichen war. Sie räusperte sich. „Nun, Herr Bäumer, da wir unsere Aussagen jetzt gemacht haben, sind Sie dran. Keine Ausflüchte mehr. Warum sind Sie hier?"

Bäumer trank einen Schluck aus seinem Wasserglas, als wollte er Zeit gewinnen, um seine Gedanken zu sortieren. Emilia musterte ihn skeptisch. Die Tatsache, dass er Polizist war und sich sympathisch präsentierte, bedeutete noch lange nicht, dass er unschuldig war. Nicht auszuschließen, dass er den freundlichen Helfer nur mimte.

Mit ihrem Blick nagelte sie ihn fest. Sie würde nicht von ihm ablassen, bis sie eine glaubwürdige Geschichte von ihm gehört hatte, die seine Anwesenheit hier erklärte.

Endlich stellte er das Glas ab, sah ihr direkt in die Augen und schüttelte dann den Kopf. „Sie werden mir nicht glauben", sagte er prompt. „Es war doch eine dumme Idee, herzukommen. Das Beste wird sein, wenn ich jetzt gehe."

„Das sehe ich anders", blieb Emilia hart und bedeutete ihm mit einer Geste, sitzen zu bleiben. „Ihren Berufsstand in allen Ehren ... aber nur, weil Sie Polizist sind, sind Sie nicht automatisch über jeden Verdacht erhaben. Entweder, Sie präsentieren uns jetzt einen nachvollziehbaren Grund, warum Sie in Wirklichkeit hier aufgetaucht sind, oder ich muss annehmen, dass Sie uns doch nur eine weitere Drohbotschaft hinterlassen wollten."

„Nein, nein." Abwehrend wedelte Bäumer mit den Händen vor seiner Nase herum. „Mit diesen Drohungen habe ich ehrlich nichts zu tun. Ich schwöre Ihnen, ich bin heute überhaupt das erste Mal auf Ihrem Grundstück und das auch ganz privat.“

„Und da haben Sie nicht in Erwägung gezogen, uns vielleicht vorher anzurufen und zu fragen, ob uns Ihr Besuch recht ist? Tauchen Sie immer unangemeldet und zu später Stunde bei Menschen auf, die Sie überhaupt nicht kennen?“

„Nun sei doch nicht so schroff, mein Kind“, mischte sich Erika ins Gespräch. „Du legst ja eine Verhörtaktik an den Tag, als seist *du* hier die Polizistin.“

„Ja, weil dieser Polizist hier ein Verhalten an den Tag legt, als sei er ein Verdächtiger“, konterte Emilia.

Darauf hatte Erika keine Entgegnung mehr parat. Die brauchte sie aber auch nicht, denn Bäumer hob vermittelnd die Hände. „Bitte, meine Damen, ich erkläre Ihnen gern, was ich ursprünglich hier wollte. Aber ich muss Sie bitten, mich unter allen Umständen ausreden zu lassen, auch wenn die Geschichte auf den ersten Blick absurd klingt.“

Emilia formte ihre Finger zu einer Waffe und zielte spielerisch auf ihn. „Schießen Sie los, Herr Polizist. Wir sind ganz Ohr.“

Bäumer holte so tief Luft, als habe er vor, die gesamte Geschichte mit einem einzigen Atemzug zu erzählen. Na das konnte ja heiter werden ...

„Mein Vater ist vor vier Wochen verstorben.“ Er wich Emilias Blick nicht aus.

Auch wenn sie sich vorgenommen hatte, nichts von dem, was er gleich äußern würde, vorbehaltlos zu glauben, ließ die Trauer in seinen Augen vermuten, dass er die Wahrheit sagte. Das, oder er war ein verdammt guter Schauspieler.

„Das tut mir sehr leid für Sie", bekundete Tom und Erika nickte zustimmend.

„Danke. Mein Vater und ich standen uns nie besonders nahe. Wir hatten kein enges Verhältnis. Er war ebenfalls Polizist. Als Kind war das nicht einfach für mich, denn er war oft im Dienst, und mir war intuitiv bewusst, dass sein Beruf gefährlich war, auch wenn er ihn in einem kleinen Ort wie Arlsbach ausübte. Wir lebten damals noch im Nachbarort, ich bin dann später auch Polizist geworden, und da er noch im Dienst war, habe ich mich um einen der drei Plätze auf dem damals noch neuen Revier in Edelsbrunn beworben. Obwohl unsere Einsatzbereiche direkt nebeneinander lagen, hatten wir kaum etwas miteinander zu tun, weder beruflich noch privat. Ich hatte immer das Gefühl, dass er etwas vor mir verbirgt, das ich auf keinen Fall erfahren sollte. Als sich zeigte, dass ich den kriminalistischen Spürsinn von ihm geerbt hatte, war ihm das gar nicht recht. Ich kann Ihnen gar nicht sagen, wie eindringlich er mich beschwatzt hat, auf keinen Fall zur Polizei zu gehen. Meine Mutter hat immer behauptet, er habe Angst um mich, weil der Beruf sehr gefährlich sei, aber seien wir ehrlich: in Edelsbrunn? Das, was ich heute Abend hier in Ihrem Garten erlebt habe, war die gefährlichste Situation, der ich jemals ausgesetzt war." Er lachte kurz auf.

Auch die Frauen konnten ein Schmunzeln nicht unterdrücken. Lediglich Tom wirkte zerknirscht.

„Aber ich bin nicht hier, um Sie mit meiner Lebensgeschichte zu langweilen, bitte verzeihen Sie. Es ist nur so, dass es mit der ganzen seltsamen Sache zu tun hat. Ich glaube nämlich jetzt, dass ich die ganze Zeit recht hatte: Mein Vater hat Zeit seines Lebens etwas vor mir zu verbergen versucht. Und am Totenbett wollte er mir das mitteilen. Es muss ein lange und gut gehütetes Geheimnis sein, das ihn all die Jahre belastet hat."

„Und das hat etwas mit uns zu tun?", fragte Emilia ungläubig.

„Allem Anschein nach ja." Bäumer zupfte unruhig an seinem Fingernagel. „Leider kam mein Vater nicht mehr dazu, mir die ganze Geschichte in Ruhe zu beichten. Ich war auf einer dienstlichen Fortbildung, als mich der Anruf erreichte, dass er im Sterben liege und mich dringend sehen wolle. Ich bin so schnell zu ihm gefahren, wie ich nur konnte, aber als ich endlich an seinem Bett stand, fiel ihm das Sprechen bereits schwer. Trotzdem hat er alle Anwesenden aus dem Raum geschickt. Er wollte mir unbedingt sein Geheimnis verraten, aber ich bin daraus nicht ganz schlau geworden. Immer wieder hat er gesagt, dass ich zur Gleißner-Villa gehen und es ihnen sagen müsse."

„Uns?" Emilia deutete einen Kreis von Tom, Erika und sich an.

„Da Sie hier wohnen, nehme ich das an." Er hob kaum merklich die Schultern. „Du musst zur Gleißner-Villa gehen und es ihnen sagen." Er machte eine kleine Pause, als müsste er selbst nochmals darüber nachdenken. „Diesen Satz hat er immer und immer wieder wiederholt."

Nervös rutschte Emilia auf ihrem Platz hin und her, und auch Erika hatte angefangen, ihre Unterlippe mit den Zähnen zu bearbeiten. „Und was sollten Sie uns sagen?"

„Dass sie noch am Leben sei."

„Wer?"

Wieder hob Bäumer die Schultern und machte ein zerknirschtes Gesicht. „Wenn ich das nur wüsste. Ich hatte gehofft, Sie hätten eine Ahnung, wen er gemeint haben könnte. Mein Vater stammelte und atmete viel zwischen den einzelnen Worten. Ich musste mir den Inhalt mehr oder weniger zusammenreimen. Das Einzige, worin ich mir sicher bin, ist, dass er wollte, dass ich den Menschen in der Gleißner-Villa sage, dass sie noch am Leben sei. Und dass es seine Schuld sei. Irgendetwas hatte er getan, was er sich nicht verziehen hat. Bis zu seinem Tod nicht. Er murmelte irgendetwas davon, dass er mehrfach vorgehabt habe, alles zu gestehen und um Vergebung zu bitten, dass es aber nun zu spät sei und er wohl für immer in der Hölle schmoren würde für das, was er getan habe. Und eben immer wieder, dass ich zur Gleißner-Villa fahren müsse und ihnen unbedingt sagen solle, dass sie noch am Leben ist. Es schien ihm unheimlich wichtig. Da ich nichts damit anfangen konnte und auch keinerlei Bezug zu Ihnen oder zur Gleißner-Villa hatte, habe ich versucht, seine letzten Worte als Fantasie eines sterbenden Mannes abzutun. Ich bin nach Hause gegangen und habe mich bemüht, es zu vergessen. Aber es nagt an mir. Seit vier Wochen versuche ich nun, seine Bitte zu verdrängen ... mir einzureden, dass er nur fantasiert hat. Heute Abend war ich dann zum ersten Mal seit seinem Tod in seinem Haus. Kaum dass ich an seinem Schreibtisch stand, hatte ich das Gefühl, dass er hinter mir steht. Und dann habe ich seine Worte wieder gehört. Immer und immer wieder erklangen sie in meinem Kopf. In einer Kurzschlussreaktion habe ich sein Haus verlassen und bin direkt hierhergefahren, in der Hoffnung, dass mich die Worte nicht mehr quälen, wenn ich Sie Ihnen wie gewünscht übermittelt habe. So, jetzt wissen Sie es. Ich bin hier und habe Ihnen die Botschaft überbracht." Er seufzte tief. „Leider bin ich immer noch ratlos. Haben Sie nicht eine Idee, was oder wen er gemeint haben könnte?"

„Elfie." Erika stieß das Wort hervor, dass es sich anhörte wie eine Mischung aus einem Keuchen und einem tiefen Seufzer. „Sie ist noch am Leben", hauchte sie dann. „Ich habe es die ganze Zeit gespürt."

20

Villa Gleißner, 1957

Genau so musste es sich anfühlen, in Flammen zu stehen. Hanna spürte, wie das Brennen aus ihrem Herzen sich Zentimeter für Zentimeter durch ihren Körper fraß, bis sie nichts mehr spürte als eine große Hitze aus Wut und Enttäuschung.

Sie war nicht so dumm gewesen zu glauben, dass es einfach werden würde. Trotzdem war sie nicht bereit aufzugeben, ohne es zumindest versucht zu haben. Wenn sie den Vater nun betrachtete, kochend vor Wut und mit zornig funkelnden Augen, dann fragte sie sich, wie sie jemals hatte glauben können, er ließe sich überzeugen. Allein der Gedanke war absurd. Heinrich Gleißner war ein Nazi, und er würde es immer bleiben. Keinen Millimeter würde er von seiner kranken Einstellung abweichen, die jeglichen Gesetzen der Menschlichkeit widersprach und doch so viele Jahre lang die vorherrschende Meinung in diesem Land gewesen war. Auch sie hatte an die Parolen geglaubt. Hatte das nationalsozialistische Gedankengut mit der Naivität eines Kindes anerkannt und danach gehandelt, wohl wissend, dass jegliche Infragestellung harte Strafen nach sich zog. Aber selbst sie, der von klein auf die Ideologie eingeimpft worden war, hatte mit Verstand und Herz begriffen, dass das Unsinn war. Brutaler Unsinn, der viele unschuldige Menschen das Leben gekostet hatte. Menschen wie Daniel, seine gesamte Familie. Ausgelöscht von einem Haufen Idioten, zu denen ihr Vater noch immer gehörte.

„Du wirst dich sofort von diesem Abschaum trennen und ihn nie wiedersehen, habe ich mich klar ausgedrückt?“

Hanna senkte den Kopf. Noch nie hatte sie Widerstand geleistet. Aber sie musste es doch zumindest versuchen. Freiheit war das höchste Gut. Sie war nicht selbstverständlich. Man musste darum kämpfen. „Ich kann nicht“, sagte sie kaum hörbar.

„Wie bitte?“ Die polternde Stimme des Vaters erfüllte das gesamte Haus.

„Ich kann nicht“, wiederholte Hanna etwas lauter.

„Ich denke, ich habe mich klar ausgedrückt.“ Er sprach ruhig, beherrscht. „Hanna Gleißner.“ Aus seinem Mund klang ihr Name, als verläse er eine Anklageschrift. „Du wirst dich von diesem Schwein trennen. Sofort. Und du wirst ihn nie wiedersehen. Sollte ich diesen ...“, er überlegte einen Moment und spuckte das Wort dann aus wie einen Batzen Dreck, „... Juden auch nur einmal in unserem Haus sehen, dann wird er es nicht lebend verlassen, das schwöre ich dir, so wahr ich Heinrich Gleißner heiße.“

Tränen schossen ihr in die Augen und vermischten sich mit dem inneren Brennen zu einer einzigen schmerzhaften Glut. „Aber ich liebe ihn, Vater.“

„Du liebst ihn? Du liebst ihn!?“ Heinrich lachte so laut auf, dass Hanna zusammenfuhr. Sein Lachen klang wie das Bellen eines Hundes, der jeden Moment zubeißen konnte. „Du kannst diese Kreatur nicht lieben, Hanna, das ist ja lächerlich. Das wäre, als würdest du mir erzählen, dass du eine Ratte liebst. Oder eine Stubenfliege. Oder den Hundehaufen draußen am Straßenrand."

Freiheit. Sie musste an ihre Freiheit denken. Jetzt oder nie! Freiheit musste man sich erkämpfen.

„Ich liebe ihn. Und du kannst nichts dagegen tun. Daniel ist ein wunderbarer Mensch. Dass er Jude ist, ist mir egal. Nein, nicht nur egal, ich finde es wunderbar. Es macht ihn zu dem Menschen, der er ist. Du hast keine Ahnung, was er in seinem Leben durchgemacht hat. Wegen Leuten wie dir. Und doch ist er ein Mensch geblieben. Einer mit dem größten Herzen, das ich je gesehen habe. Ich liebe diesen Mann. Und ich werde ihn nicht verlassen. Ich bin erwachsen. Du kannst mich hier nicht einsperren. Ich werde jetzt zu ihm gehen."

Erneut wurde Heinrich Gleißner vollkommen ruhig. Als er einen Schritt auf sie zutrat, wich sie vor ihm zurück, doch er lächelte sanft und legte ihr die Hand auf die Schulter. Jeder Muskel in ihrem Körper war angespannt, bereit zur Flucht, sie konnte jedoch kein Messer oder sonst einen bedrohlichen Gegenstand erkennen, mit dem er sie verletzen könnte.

„Hanna, meine brave, große Hanna", sagte er fast zärtlich.

Ungläubig hielt sie seinem Blick stand. Er widersprach dem Tonfall seiner Stimme auf geradezu groteske Weise. In seinem Ausdruck lag die Härte, die sie von ihm kannte, kurz bevor er auf Lea einschlagen oder einen seiner sonstigen Wutanfälle bekommen hatte, die er meist an der jüngeren Schwester abreagierte.

„Meine Hanna." Er tätschelte ihr die Wange. Dreimal zart, dann schlug er mit einem Mal fest zu.

Hanna blieb stehen und befühlte mit der Hand die Stelle, an der er sie getroffen hatte. Fast beiläufig registrierte sie den ertasteten Schmerz, er war nur eine weitere Nuance des Brennens, das von ihrem gesamten Körper Besitz ergriffen hatte.

„Ich kann dich nicht einsperren, da hast du recht, mein Kind. Aber ich kann dich hinauswerfen. Und ich kann dir jeglichen Zugang zur Villa untersagen. Ebenso den Kontakt zu Lea und Heinz. Ich weiß, wie sehr du an ihnen hängst. Aber glaub mir, wenn sie erfahren, dass du sie wegen eines Mannes im Stich gelassen hast, ihnen einen dahergelaufenen Juden vorgezogen hast, dann werden sie sich von dir abwenden. Sie werden es nicht verstehen, Hanna." Sein hämischer Blick durchbohrte sie. „Sie werden dich hassen, Hanna. Deine kleinen Geschwister werden dich für immer hassen. Dafür, dass du sie hier in der Villa zurückgelassen hast. Ganz besonders Lea. Sie wird sich fühlen, als hättest du sie ihrem Schicksal überlassen. Sie wird allein sein mit mir. Du wirst sie nicht mehr beschützen können, Hanna, denn du wirst nicht hier sein. Ich bin ein Monster. So seht ihr das doch, du und deine kleine Schwester, oder? So viel Empathie hättest du mir gar nicht zugetraut, nicht wahr?" Wieder tätschelte er ihre Wange. Dreimal. Beim vierten Mal schlug er zu. Diesmal hatte sie den Schlag erwartet und drehte den Kopf leicht zur Seite, damit er sie nicht mit voller Härte traf. Wieder lachte Heinrich bellend. „Na siehst du, du bist doch ein schlaues Kind, Hanna. Das hast du von mir. Ich durchschaue euch. Und ich weiß genau, was meine Kinder fühlen. Glaub mir, mein Kind, Lea wird dich für den Rest ihres Lebens hassen. Sie wird dich dafür verachten, dass dir ein Mann wichtiger ist als sie. So egoistisch kennt sie dich ja gar nicht. Aber ich verstehe, dass du keine Lust mehr hast, die große Schwester zu spielen. Dass es dir langsam zu blöd wird, sie immer zu beschützen. Geh deinen Weg, Hanna. Geh, verlass diese Villa und verschwinde für immer. Wenn du mit diesem Abschaum zusammen sein willst, dann tu es. Aber lass dich hier nie wieder blicken. Es ist deine Entscheidung."

Wie viel Schmerz konnte ein Mensch ertragen, bis er daran zugrunde ging? Ströme von Tränen quollen aus Hannas Herzen und fanden ihre Freiheit in ihren Augen. Eine Freiheit, die sie selbst nicht erlangen würde. Nicht auf absehbare Zeit. Nicht, solange sie sich zwischen Daniel und ihren Geschwistern entscheiden musste. Ein schmerzhafter Stich fuhr ihr ins Herz, und sie meinte, es brechen zu hören, als sie versuchte, sich mit der Handfläche die Wangen trocken zu wischen. Mit geradem Blick sah sie ihrem Vater in die Augen und versuchte erst gar nicht, den Hass zu verbergen, den seine Worte in ihr entfacht hatten. „Ich muss ihn noch einmal treffen, um mich von ihm zu trennen", sagte sie tapfer.

„Tu das." Das Tätscheln sparte er sich, diesmal schlug er sofort zu. „Fasse dich kurz. Wenn du innerhalb einer halben Stunde zurückkehrst, gehe ich davon aus, dass du diese Kreatur nie wiedersehen wirst. Und glaube mir, ich werde dich beobachten lassen. Eine Begegnung, und ich werde es erfahren. Und dann war es das für dich und deine Geschwister, habe ich mich klar ausgedrückt?"

Hanna nickte. Schweigend nahm sie ihren dünnen Mantel und rannte aus der Villa.

***

Es war schon dunkel, als die Tür aufging, Lea hereinplatzte und sich neben Hanna auf das Bett warf. „Du glaubst nicht, wen ich eben im Park getroffen habe."

„Du wirst es mir sicherlich gleich erzählen."

„Daniel."

Hannas Herz krampfte sich schmerzhaft zusammen. Wie lange war es her, dass sie sich von ihm getrennt hatte? Ein Jahr? Ein Jahrzehnt? Nein, in Wahrheit waren es gerade mal vier Stunden. Und doch kam es ihr vor wie eine Ewigkeit. Beharrlich versuchte sie Leas musterndem Blick auszuweichen, doch der verfolgte sie mit den Augen, egal in welche Richtung sie ihr Gesicht auch zu wenden versuchte.

„Er sagt, du hättest dich von ihm getrennt, stimmt das?"

Die Frage hing vorübergehend unbeantwortet in der Luft. Dann rang sich Hanna zu einem zögerlichen Nicken durch. Lea riss vor Erstaunen Augen und Mund auf. Selbst diese Grimasse entstellte ihr hübsches Gesicht nicht.

„Aber das kann doch nicht sein!", rief sie und schlug sich die Hand vor den Mund. „Ich habe ihm gesagt, er habe es bestimmt falsch verstanden, aber er sagte, da habe es nichts falsch zu verstehen gegeben. Was hast du denn zu ihm gesagt?"

„Das ist meine Sache, Lea. Ich habe mich von Daniel getrennt, bitte akzeptiere das."

„Aber du warst doch so glücklich, Hanna. Was ist denn nur geschehen? Hat er eine andere? Hat er dich betrogen? Wenn er dich verletzt hat, dann werde ich nie wieder auch nur ein Sterbenswörtchen mit ihm reden, das verspreche ich dir. Ich bin auf deiner Seite. Immer. Egal gegen wen oder warum. Ich stehe immer hinter dir. Ich meine, ich finde Daniel wirklich nett, aber wenn er dich betrogen hat, dann ist er ein ganz gemeiner Schuft, der dich einfach nicht verdient hat. Hat er das getan?"

Traurig schüttelte Hanna den Kopf. „Nein, Lea. Bitte unterstelle ihm nicht so etwas."

„O Gott, hat er dir etwa wehgetan? Hat er dich zu etwas gezwungen, was du nicht wolltest?"

„So etwas würde Daniel niemals tun, das weißt du genau."

„Ha!" Triumphierend schlug Lea mit der flachen Hand auf die Bettdecke. „Siehst du, du liebst ihn. Ich sehe es genau. Ich sehe doch, dass du gleich zu heulen anfängst. Gib es endlich zu."

„Ich habe es nie verleugnet."

„Aber warum hast du dich dann von ihm getrennt? Bist du verrückt geworden? Daniel ist so ein wunderbarer Mann, den kannst du nicht einfach gehen lassen, Hanna."

Wie brodelnde Lava hatte der Trennungsschmerz eine glühende Masse in Hannas Innerem gebildet, die nun mit geballter Kraft nach oben drängte. Sie spürte sehr wohl, dass sie im Begriff war, die Kontrolle über sich zu verlieren, aber sie hatte nicht die Kraft, gegen den Ausbruch anzukämpfen.

„Dann nimm du ihn doch!", schrie sie. „Nimm ihn und werde glücklich mit ihm. Haut zusammen ab. Das ist es doch, was du immer wolltest. Weg von hier. Hau ab, Lea, mach dich so schnell wie möglich davon und werde glücklich mit ihm. Er könnte deine Freikarte in ein neues Leben sein. Daniel will sowieso ins Ausland, das kommt dir doch sehr gelegen."

„Warum nicht dir?" Entgegen aller Wahrscheinlichkeit ließ sich Lea diesmal kein Stück auf die Provokation ein, sondern wirkte eher irritiert. „Warum nutzt du denn deine Chance nicht? Warum gehst du nicht mit ihm fort und lebst ein glückliches Leben? Er könnte doch *deine* Freikarte zum Glück sein, warum ..."

„Weil ich nicht kann."

Leas ohnehin schon große Augen weiteten sich ins Unermessliche. „Es ist unseretwegen, hab ich recht?" Ihre Stimme zitterte. In diesem Moment schien sie das ganze Ausmaß von Hannas Lage zu begreifen. „Du willst Heinz und mich beschützen. Du willst uns nicht allein lassen. Und dafür opferst du dein Glück?"

Hanna schwieg. Sah die Schwester nur aus großen, traurigen Augen an und Lea wusste sofort, dass sie voll ins Schwarze getroffen hatte. Sie weinte. Hanna hatte sie oft aus Wut und Verzweiflung weinen sehen. Aber noch nie aus Schmerz. Schweigend nahmen sich die Schwestern in die Arme und hielten sich einfach nur fest.

„Danke, große Schwester. Irgendwann wirst du für dein großes Herz belohnt werden, Hanna", flüsterte Lea in Hannas nasse, tränengetränkte Bluse.

Oder ich werde daran zugrunde gehen, dachte Hanna, hatte aber nicht mehr die Kraft, den Gedanken auszusprechen.

21

Seerosenvilla, September 2023

Seit mehr als einer halben Stunde versuchten sie bereits, Erika davon zu überzeugen, dass Elfie Gleißner unmöglich noch am Leben sein konnte. Mit verschränkten Armen saß sie vor dem Kamin und verweigerte strikt, die Absurdität ihrer Behauptungen zu begreifen.

„Mama", versuchte es Emilia ein weiteres Mal. „Überleg dir doch mal, wie alt sie sein müsste. Über hundert."

„Es gibt durchaus Menschen, die über hundert Jahre alt sind", gab Erika kühl zu bedenken.

„Elfie Gleißner ist tot", kam Tom seiner Frau zur Hilfe. „Wir haben in Hannas Tagebuch damals einen Brief gefunden, in dem steht, dass sie vergiftet wurde. Ich habe den Namen des Giftes recherchiert, das sie offenbar zu sich genommen hat. Das kann sie unmöglich überlebt haben."

„Vielleicht doch. Vielleicht *dachte* man nur, dass sie gestorben sei." Sie deutete auf Martin Bäumer. „Sein Vater hat es doch bestätigt. Sie ist noch am Leben. Vor wem sollte er solche Angst haben, wenn nicht vor ihr? Oder vielleicht ist sie nicht mehr am Leben, und als

Geist unterwegs und sein Vater hat sie gesehen und gedacht, dass sie doch noch lebt. Wisst ihr, was ich meine?"

„Du merkst aber schon, wie verrückt das klingt, oder Mama?"

Erika gab einen protestierenden Laut von sich. „Verrückt oder nicht, wenn jemand im Sterben liegt, will er doch niemanden reinlegen. An Herrn Bäumers letzten Worten muss was dran sein. Vielleicht hat der Geist von Elfie Gleißner den armen Mann ebenso heimgesucht und bedroht wie uns."

Martin Bäumer zuckte hilflos mit den Achseln. Seine Zurückhaltung ließ vermuten, dass er Erikas Ideen für nicht ganz so absurd hielt wie die anderen. Direkt zugeben wollte er das aber nicht. Ein Geisterglaube hätte einem Polizeibeamten zugegebenermaßen auch nicht gut zu Gesicht gestanden. Entweder wusste er nicht genau, was seinem Vater widerfahren war oder er wollte nicht damit herausrücken.

„Was ist denn Ihre Meinung dazu?", überrumpelte Erika den Beamten. „Wenn Sie hier in der Nähe aufgewachsen sind, dann kennen Sie bestimmt den Ruf dieser Villa. Dass es hier spukt und so."

„Tatsächlich bin ich mit den Geistergeschichten, die sich um dieses Anwesen ranken, bestens vertraut", gab der Polizist zögerlich zu.

„Ha, Sie glauben auch daran! Das sehe ich Ihnen an der Nasenspitze an." Wie zum Beweis zeigte Erika mit dem Zeigefinger auf den Gast. „Meine Tochter und mein Schwiegersohn sind restlos davon überzeugt, dass die Hälfte der Gerüchte über die Familie Gleißner nicht stimmen. Ich habe da so meine Zweifel. Irgendetwas war mit dieser Familie nicht in Ordnung.“

„Natürlich nicht, Mama“, wandte Emilia ein. „Aber wegen der Sache mit Großmutter und Heinz heißt es noch lange nicht, dass es hier spukt.“

„Nicht wegen denen. Dass Mutter tot ist, da bin ich mir sicher. Besagte Edith war meine Mutter, Emilias Großmutter“, erklärte sie in Richtung Martin Bäumers, der den Dialog mit steigender Irritation verfolgte. „Aber das ist ja nicht alles. Dieses Grundstück barg über Jahrzehnte hinweg die Leiche einer Frau.“

„Die wir bergen und angemessen bestatten ließen“, fuhr Emilia dazwischen und richtete das Wort dann ebenfalls an den Besucher. „Den Fundort gibt es übrigens nicht mehr, wir haben den entsprechenden Bereich neu anlegen lassen, keine Sorge.“

Warum hatte sie nur das Gefühl, sich immer wieder für das rechtfertigen zu müssen, was vor ihrer Zeit hier geschehen war?

Glücklicherweise winkte Bäumer ab. „Sie brauchen sich nicht zu erklären. Wie gesagt, ich kenne die Schauergeschichten, die man sich über dieses Haus erzählt, mehr als gut.“

Erika sog hörbar die Luft zwischen den Zähnen ein. „Ach ja, meinen Sie? Dann wissen Sie bestimmt auch, dass im Esszimmer eine Tochter der Gleißners gestorben ist? Ermordet. Wäre der Boden hier nicht renoviert worden, könnten Sie den Blutfleck jetzt noch mit ihren – wie nennt man das noch gleich – pathologischen Mitteln erkennbar machen.“

„In Wirklichkeit macht das die Spurensicherung oder später dann die Forensik.“

„Wer auch immer. Fakt ist doch, dass in dieser Villa Verbrechen geschehen sind. Hier sind Menschen gestorben und ermordet worden. Wer könnte ihren Geistern verdenken, dass sie keine Ruhe finden, bis sie Rache genommen haben? Rache an den Nachkommen der Gleißners. Und das sind nun mal wir."

Emilia ächzte. „Mama, du glaubst doch nicht im Ernst, dass hier Geister rumspuken, die sich an dir, an mir oder gar Ellis rächen wollen. Kommt daher deine panische Angst vor Gespenstern? Du fühlst dich verantwortlich für das, was hier geschehen ist?"

Ergeben hob Erika die Hände. „Wenn ich ehrlich sein soll, ja. Es heißt doch immer, dass die Geister der Toten erst ihren Frieden finden, wenn sie sich an denen gerächt haben, die ihnen das Unrecht angetan haben. Die leben zwar nicht mehr, aber wir sind ihre Nachkommen. Ihre Blutlinie. Es wäre nur logisch, wenn sie uns an ihrer statt zur Rechenschaft zögen."

„Nein, das wäre es nicht", sagte Bäumer resolut. „Weil es keine Geister gibt, Frau Sandberg. Ich bin der festen Meinung, dass das, was Ihnen hier widerfahren ist, ausschließlich auf menschliche Bosheit zurückzuführen ist und es wäre mir eine Freude, mit Ihnen gemeinsam den Schuldigen zu überführen. Nicht nur in meiner Verpflichtung als Polizeibeamter, sondern es wäre mir auch ein persönliches Anliegen, nachdem ich Sie an diesem Abend ein wenig kennenlernen durfte."

„Das ist wirklich nett." Erika bedachte Bäumer mit einem dankbaren Lächeln. „Was mich angeht, ich werde heute definitiv in der *Krone* schlafen", insistierte Erika. „Doch gut, dass wir heute Mittag reserviert haben."

„Ich kann Sie gern mit dem Wagen mitnehmen“, bot Bäumer an. „Auf dem Heimweg komme ich ohnehin am Gasthaus vorbei. Wenn Sie sich sicherer fühlen, bringe ich Sie auch bis vor Ihre Zimmertür.“

„Das ist aber ein nettes Angebot.“ Erika strahlte. „Das nehme ich gern an.“

Emilia seufzte. „Nun gut. Wenn du absolut nicht davon abzubringen bist, dann schlaf meinetwegen heute Nacht im Gasthaus. Ich halte das zwar nach wie vor für überzogen, aber wenn es dir dann besser geht … okay. Vielleicht könntest du uns den Gefallen tun und dort nicht unbedingt an die große Glocke hängen, dass du aus Angst vor Geistern nicht in der Villa übernachten willst. Wir haben so hart daran gearbeitet, die Gerüchte im Dorf zum Verstummen zu bringen. Endlich haben wir die Edelsbrunner so weit, dass sie die Villa nicht mehr als Geistervilla bezeichnen, da sollten wir besser kein Öl ins Feuer gießen. Ein falsches Wort und alles war umsonst.“

„Jetzt schau doch nicht so traurig.“

„Emilia hat recht“, sagte Tom leise. „Es hat ewig gedauert, den Edelsbrunnern klarzumachen, dass die Seerosenvilla ein normales Haus ist. Wenn du jetzt mit Polizeibegleitung in der *Krone* ankommst, könnte das ganz schön Gerede geben.“

„Ich verspreche, ich erwähne den Geist mit keinem Sterbenswörtchen, auch Elfie Gleißner und die Drohungen nicht. Ich werde einfach behaupten, Ellis schreie die ganze Nacht so laut, dass ich mal eine Nacht durchschlafen wollte. Und Herr Bäumer setzt mich vor dem Gasthaus ab, sodass niemand etwas mitbekommt.“

Glücklich war Emilia mit dieser Lösung nicht, ihre Mutter zum Hierbleiben zwingen wollte sie aber auch nicht. Die Erleichterung in Erikas Gesicht, als sie kurze Zeit später mit Martin Bäumer die Seerosenvilla verließ, bewies, dass sie die richtige Entscheidung getroffen hatten.

22

Villa Gleißner, Juli 1960

Irritiert ließ Hanna den Stift sinken und legte ihn auf die Zeilen des Briefes, den sie eben verfasst hatte. Sie wollte dem Kinderkrankenhaus in der Stadt eine anonyme Spende übereignen und musste dazu den Rat der Bank erfragen. Sie hatte keine Ahnung, wie man so etwas bewerkstelligte, ohne dass ihr Name auftauchte.

Es klingelte ein zweites Mal.

„Ich komme!", rief sie laut und erhob sich von ihrem Stuhl.

Sie konnte sich schon denken, was geschehen war. Bestimmt hatte der Vater sich bei seinem Stammtisch mal wieder volllaufen lassen und traf das Schlüsselloch nicht mehr. Es war nicht das erste Mal, und es würde auch nicht das letzte Mal bleiben. Seufzend warf sie einen Blick auf die Wanduhr. Ganz schön früh für seine Rückkehr. Hatte er sich mit seinen Saufkumpanen gestritten? Oder war er mal wieder so betrunken, dass der Wirt ihn aus dem Gasthaus geworfen hatte? Auch das war schon wiederholt vorgekommen.

Sie hatte gehofft, länger allein bleiben zu können. Außerdem hatte sie keine Ahnung, wie sie erklären sollte, dass weder Heinz noch Lea zu Hause waren. Ihr Bruder war zum ersten Mal in seinem Leben verliebt. Er hatte

Hanna gebeten, mit der jungen Dame spazieren gehen zu dürfen und versprochen, sich zu nichts Unlauterem verleiten zu lassen sowie sie vorbildlich und ehrenwert zu behandeln. Hanna hatte sie bereits kennengelernt. Sie arbeitete in der Drogerie in der Innenstadt. Ein wirklich hübsches junges Mädchen, sehr höflich und mit liebevollen Augen. Blieb nur zu hoffen, dass die Liebe zwischen beiden auf Gegenseitigkeit beruhte und sie Heinz nicht das Herz brach. Gertrud hieß sie, aber Heinz sprach immer nur von seinem Trudchen. Beneidenswert, das junge Glück. Hoffentlich würde der Vater sich mit der Erklärung zufriedengeben, dass sein Goldjunge spazieren gegangen war. Seinem Liebling unterstellte er niemals etwas, das nicht seinem Sinn entsprach, nein, er konnte es sich vermutlich nicht einmal vorstellen. Ganz anders bei Lea. Auch wenn Hanna jede Minute ihres Lebens unter der Trennung von Daniel litt, war ihr bewusst, dass Lea vermutlich nicht mehr am Leben wäre, wenn sie nicht geblieben wäre. Ja, sie hatte ihr Glück geopfert – für Leas Leben. Das war es wert. Außerdem war es nur noch ein Jahr. Noch ein Jahr, bis ihre Schwester volljährig wurde. Dann war sie endlich frei, konnte die Villa verlassen und ein eigenständiges Leben führen. Dann konnte sie heiraten, wen auch immer, Hauptsache raus hier. Das hatte sie Hanna nicht nur einmal erklärt. Ein Jahr. Es war so eine kurze und zugleich unendlich lange Zeit.

Immer wieder versuchte Hanna, an Informationen über Daniel zu gelangen, aber das war nicht leicht. Als sie sich so unerwartet von ihm getrennt hatte, hatte er sich zunächst völlig zurückgezogen. Später erst hatte sie ab und zu von Lea erfahren, dass sie ihn im Stadtpark getroffen hatte, auf jener Bank, die einmal die ihrige gewesen war. Dort beobachtete er die Enten, als wartete er auf irgendetwas. Hanna wusste sehr wohl auf was. Auf sie. Wochenlang. Monatelang. Aber sie war nicht gekommen. Und sie würde auch nicht kommen, solange Lea nicht volljährig und in Sicherheit war. Nur noch ein Jahr!

Leider saß Daniel mittlerweile nicht mehr auf der Bank. Vor einigen Wochen hatte er aufgehört, sich für die Enten zu interessieren. Vermutlich hatte er jemanden kennengelernt. Eine Frau, die ihn liebte. Eine, die ihn nicht einfach gehen ließ. Eine, die frei war und mit ihm ein gemeinsames Leben führen würde.

Tränen schossen Hanna in die Augen. Sie hatte in den vergangenen Monaten so viele vergossen, dass sie sich wunderte, überhaupt noch welche übrig zu haben.

Lea. Sie durfte das Ziel nicht aus den Augen verlieren. Um jeden Preis musste sie die kleine Schwester beschützen. Noch immer fühlte sie sich schuldig wegen Valentina. Diese kleine Schwester hatte sie nicht retten, sondern nur noch begraben und beweinen können. Das würde ihr nicht noch einmal passieren. Sie würde Lea vor Heinrich beschützen, egal um welchen Preis.

Es klingelte erneut. Lea war nicht da. Wie sollte sie dem Vater bloß ihre Abwesenheit erklären? Blieb nur zu hoffen, dass er zu betrunken war, um überhaupt an sie zu denken oder gar nach ihr zu sehen. Am besten wäre, er ginge davon aus, dass sie in ihrem Bett lag. Schließlich war es kurz vor Mitternacht. Auf keinen Fall durfte er jemals erfahren, dass sie die Freitage, an denen er sich beim Stammtisch befand, dafür nutzte, an Partys der Modebranche teilzunehmen, Kontakte zu knüpfen, neue Aufträge an Land zu ziehen und vor allem im Gespräch zu bleiben. Darum ging es vor allen Dingen, hatte Lea ihr erklärt. Immer wieder Gesprächsthema zu sein, dann blieb man für die Gesellschaft und als Werbeträger interessant. Und Lea war im Gespräch. Als Lolo Geist selbstverständlich, nicht als Lea Gleißner. Und als volljährige, erwachsene Frau. Heinrich würde sie umbringen, so viel war sicher.

Wieder klingelte es. Diesmal in kurzen Abständen.

„Ich komme doch!“, rief Hanna erneut.

Warum konnte der Vater nicht einfach auf der Haustreppe einschlafen? Dann wären all ihre Erklärungsversuche obsolet. Aber so viel Glück hatte sie nicht. Seit Valentinas Tod wurde sie vom Glück gemieden. Wenn sie sich für einen kurzen Augenblick der Versuchung hingeben durfte, an das Glück zu glauben, wurde sie immer wieder eines Besseren belehrt.

Endlich war sie unten angelangt. Tief holte Hanna Luft, bereit, gleich den nach Alkohol stinkenden Vater in Empfang zu nehmen. Dann öffnete sie die Tür.

Vor ihr stand ein junger Mann, vielleicht siebzehn Jahre alt. Er wirkte vollkommen abgehetzt. Haarsträhnen klebten ihm schweißnass im Gesicht. Obwohl sie sich Zeit gelassen hatte, zur Haustür zu gelangen, keuchte er noch immer.

„Sind Sie Hanna Gleißner?“, fragte er und brachte nicht einmal diesen Satz heraus, ohne dass ihm der Atem stockte.

Hanna nickte.

„Sie müssen sofort mitkommen", sagte der junge Mann. „Lolo braucht Sie. Es ist dringend."

Nicht einen Augenblick dachte Hanna daran, einen Mantel mitzunehmen oder Schuhe anzuziehen. Wie in Trance schob sie den jungen Mann rückwärts aus der Tür. Dieser begann zu rennen. Blind vor Angst stolperte Hanna hinter ihm her durch die Dunkelheit, bis er vor dem Tor der Villa auf ein Fahrrad stieg und sie anwies, auf dem Gepäckträger Platz zu nehmen. Sie hätte ihr eigenes Fahrrad holen können, aber dann hätte sie wieder zurück zur Villa und in den kleinen Fahrradschuppen gehen müssen. Das hätte viel zu lange gedauert. Kurzerhand stieg sie auf den Gepäckträger.

Sofort trat der junge Mann in die Pedale. Seine Kraft war übermenschlich. Innerhalb kürzester Zeit hatten sie eine enorme Geschwindigkeit erreicht, und kurz kamen Hanna Zweifel, ob sie diese wilde Fahrt überleben würde. Schnell verbat sie sich den Gedanken, denn hier ging es nicht um sie, sondern um Lea. Die kleine Schwester brauchte sie, war in einer Notlage, sonst hätte sie ganz bestimmt nicht nach ihr schicken lassen.

Die kühle Nachtluft schlug ihr ins Gesicht. Hanna nahm wahr, dass sie durch Edelsbrunn rasten. Quer durch den Ort und dann hinaus. Ihr Hintern schmerzte auf dem harten Gepäckträger von der holprigen Straße, aber auch das war egal, wenn sie nur endlich bei Lea wären. Wo auch immer das war. Sie hatte nicht einmal gefragt.

„Wo ist Lea? Was ist mit ihr?", versuchte sie gegen den Fahrtwind anzurufen.

Der junge Mann keuchte. Er benötigte alle Kraft, um sie vorwärtszubringen. Sicherlich hatte er keinen Atem übrig, um zu antworten. Oder durfte er nichts sagen?

Ein Gedanke durchzuckte Hanna und ließ ihr das Adrenalin durch die Adern schießen. Sie hatte keine Ahnung, wer der junge Mann war oder wohin sie fuhren. Die Nennung von Leas Decknamen hatte genügt, um bei ihr alle Sicherungen durchbrennen zu lassen. Was, wenn das alles eine Falle war? Was, wenn es gar nicht um ihre Schwester ging, diese wohlauf war und sie selbst, Hanna, gerade entführt wurde? Vielleicht von einem der Nazi-Freunde ihres Vaters, der mitbekommen hatte, dass sie Daniel liebte? Aber sie hatte sich doch von ihm getrennt. Konnte es sein, dass sie sie trotzdem entführten? Wegen Hochverrats, wie ihr der Vater an den Kopf geworfen hatte? Schnell versuchte sie ein Bewusstsein für die Umgebung zu erlangen. Sie hatte nicht die geringste Ahnung, wo sie sich befanden. In ihrer Angst um Lea hatte sie kein bisschen auf den Weg geachtet. Längst hatten sie die Ortsgrenze verlassen und fuhren nun auf ein Waldstück zu, das zwischen Edelsbrunn und dem Nachbarort lag. Sie war mehrfach daran vorbeigefahren, aber nun steuerten sie direkt hinein. Wenn der junge Mann sie in den Wald brachte, würde sie endgültig jegliche Orientierung verlieren.

„Halten Sie an!", schrie Hanna. „Halten Sie sofort an, und lassen Sie mich absteigen."

Der junge Mann keuchte irgendetwas, was sich nach „gleich da" anhörte, machte aber keinerlei Anstalten, anzuhalten. Nun wusste sie, warum er so außer Atem gewesen war. Wenn er den langen Weg zur Villa vorhin schon in diesem Tempo zurückgelegt hatte, war das kein Wunder.

Hanna atmete flach. Sie fuhren tatsächlich mitten in den Wald hinein. Ihr Herzschlag beschleunigte sich mit jedem Meter, den sie zurücklegten. Immer tiefer fuhren sie in das Dickicht aus Bäumen. Was auch immer sie dort erwartete, es würde nichts Gutes sein, das spürte sie. Sollte sie versuchen, vom Gepäckträger abzuspringen? Aber was, wenn Lea wirklich ihre Hilfe brauchte? Außerdem waren sie inzwischen so tief in das unbekannte Gebiet hineingefahren, dass sie niemals aus eigener Kraft wieder hinausfinden würde.

Plötzlich lichtete sich der Wald, und Hanna glaubte Musik zu hören. Ja, das war eindeutig Musik, die da zwischen den Bäumen erklang. Ferner Stimmengewirr und lautes Gelächter. Viel zu laut für eine Gruppe von Entführern. Doch es war zu früh, um aufzuatmen, zumal das Fahrrad sich immer weiter in Richtung der Stimmen bewegte.

Als die Bäume sich endgültig lichteten, raubte der Anblick ihr den Atem. Vor ihr ragte ein riesiges hell erleuchtetes Gebäude auf – mitten im Wald. Das musste ein altes Jagdschloss sein. Sie hatte nie zuvor davon gehört, dass ein solches hier existierte. Die Fassade wirkte alt, aber gut in Schuss. Das zweistöckige Gebäude dehnte sich in alle vier Himmelsrichtungen aus und war mindestens doppelt so groß wie die Villa Gleißner. Um das Schloss herum war der Wald sorgfältig zurückgedrängt worden, sodass er, gleich einer antiken Arena, eine kreisrunde Lichtung freigab, in deren Mitte sich das Schloss befand. Mit großen Augen betrachtete Hanna die vielen Fenster, die hell erleuchtet waren und hinter deren Scheiben sich die Silhouetten unzähliger Menschen abzeichneten.

Eine Party. Eine von jenen exklusiven Veranstaltungen, die im Geheimen an ganz besonderen Orten stattfanden. Lea hatte ihr davon erzählt und die Gebäude, Menschen und Feiern in schillernden Farben ausgemalt, aber die Wirklichkeit übertraf alles, was Hanna sich je hätte vorstellen können.

Erschrocken dachte sie an ihre Aufmachung. Auf keinen Fall konnte sie auf diese Party gehen. In ihrem einfachen Hauskleid würde sie sicher gar nicht hineingelassen werden. Zudem waren sie so überstürzt aufgebrochen, dass sie nicht einmal Schuhe angezogen hatte.

Sie kamen dem Gebäude immer näher. Sie musste sich dringend eine Rechtfertigung für ihren seltsamen Aufzug ausdenken. Vielleicht konnte sie einfach behaupten, das sei ein modischer Prototyp. Die Modewelt fiel häufig durch eigenartige Modelle und Provokationen auf. Möglicherweise würde man ihr glauben. Innerlich bereitete sie sich darauf vor, ein besonders provokatives Model zu mimen.

Immer weiter fuhren sie auf das große Jagdschloss zu und dann daran vorbei. Vorbei? Hanna schluckte. Was war hier nur los? Der Fahrer verlangsamte die Geschwindigkeit etwas, dann passierte er das Gebäude und hielt endlich an.

„Das letzte Stück müssen wir zu Fuß gehen. Kommen Sie, schnell!" Er rannte los. Wie konnte er noch rennen, nachdem er die ganze Strecke so gerast war? An seiner Stelle wäre sie erschöpft zusammengebrochen.

Der junge Mann stürmte in den Wald hinein. Nun erst bemerkte Hanna seine Uniform. Er musste hier im

Schloss gearbeitet haben, einer von den Kellnern sein. Aber was hatte er mit Lea zu tun, und wo war sie?

Endlich blieb er stehen, beugte sich nach vorn und stützte sich mit den Händen auf den Oberschenkeln ab. Versagte jetzt seine Kondition?

„Ich wusste nicht, was ich tun sollte. Sie hat Ihren Namen genannt und die Villa Gleißner. Ich sollte Sie holen. Aber ich glaube, ich war zu langsam. Es tut mir leid."

Das Wort langsam erschien ebenso unwirklich wie die gesamte Situation, die Hanna erst allmählich begriff. Der junge Mann ruhte sich nicht aus, er hatte sich über eine zarte Gestalt gebeugt. Die Gestalt einer jungen Frau, die leblos auf dem Waldboden lag. Lea.

„Nein!", schrie Hanna auf, stürmte zu ihrer kleinen Schwester und kniete sich neben sie auf den Boden. „Lea!", rief sie. „Meine kleine süße Lea, komm, wach auf. Ich bring' dich nach Hause. O Lea, was hast du nur getan?"

„Es tut mir sehr leid, Fräulein Gleißner, aber ich denke nicht, dass Fräulein Geist sie nach Hause begleiten kann. Sie sollten besser überlegen, wie wir sie von hier wegbringen und die ganze Sache vertuschen. Dort drin ...", er wies auf das Schloss, „... sind sehr einflussreiche Menschen. Ich wollte nicht, dass sie ihre Leiche einfach verschwinden lassen. Das hätte sie nicht verdient. Sie war wirklich nett. Sogar zu uns Angestellten. Die Menschen hier behandeln uns, als wären wir unsichtbar, wissen Sie? Wir sind nur dazu da, sie zu bedienen und ihren Dreck wegzumachen. Niemand grüßt, niemand beachtet uns. Wir bekommen ein gutes Gehalt, ja, aber diese Jobs sind doch sehr erniedrigend. Wir machen es trotzdem, wegen des Geldes. Sie können sich nicht vorstellen, was man hier an einem einzigen Abend verdient."

Hanna hörte nicht richtig zu. Was schwatzte dieser Kerl von irgendwelchen Geldproblemen, während es Lea so schlecht ging?

„Sie war anders. Ich habe Lolo Geist verehrt. Sie hatte Star-Appeal. Es tut mir so leid, dass ihr Licht so früh verlöschen musste."

„Was in aller Welt faseln Sie denn da zusammen?", schrie Hanna und sah den Diener mit vor Entsetzen geweiteten Augen an. „Holen Sie endlich Hilfe, verdammt!"

„Da ist nichts mehr zu helfen. Ich habe Sie geholt. Das muss genügen. Mit den Leuten im Schloss lege ich mich nicht an. Und das sollten Sie auch nicht. Schade, dass ausgerechnet Lolo an einer Überdosis stirbt. Ich hätte gedacht, sie lässt die Finger von dem Zeug. Aber früher oder später probieren sie es alle. Manchmal geht es gut, manchmal eben nicht. So ist das. Es tut mir leid."

„Hören Sie endlich auf mit Ihrem dummen Geschwätz und holen Sie Hilfe!"

„Hören Sie auf mit Ihren Anweisungen und beruhigen Sie sich. Ich habe Sie geholt, weil Lolo es sich gewünscht hat. Ich habe ihr einen Gefallen getan. Sie sollten mir dankbar sein. Und ich tue Ihnen noch einen Gefallen: Ich gebe Ihnen den dringenden Rat, die Leiche von hier wegzubringen und sich irgendetwas auszudenken, woran sie gestorben ist. Halten Sie diesen Ort und diese Leute hier heraus. Ich weiß nicht, wie gut Sie sich in dem Spiel um Geld und Macht auskennen, aber ich garantiere Ihnen, das würde nicht gut für Sie ausgehen. Sie haben keine Chance gegen die. Das hat niemand. Viel Glück." Er rannte davon.

Er rannte einfach davon.

Der gesamte Wald begann sich um Hanna zu drehen wie ein außer Kontrolle geratenes Karussell. Noch immer saß sie neben Lea und hielt ihre Hand. Sie war eiskalt. Kein Wunder. Die Nachtluft musste sie vollkommen ausgekühlt haben.

„Lea, Lea, Kleines, hörst du mich? Ich bin da. Hanna ist da. Jetzt wird alles gut. Ich bringe dich nach Hause, du schläfst dich aus, und morgen ist alles wieder in Ordnung, verstanden? Und dann erzählst du mir, warum du solche Dummheiten machst."

Vorsichtig schob Hanna ihre Hände unter Leas Schulterblätter und versuchte sie aufzurichten.

„Jetzt mach doch ein bisschen mit", bat Hanna sanft. „Ich kann dich nicht allein tragen, du musst schon ein bisschen mithelfen."

Lea regte sich nicht. Hanna legte sie zurück ins Gras. Sie fühlte sich an wie eine Puppe. Klein und leblos. Die Erkenntnis war wie ein Schlag ins Herz. Hanna schnappte nach Luft. Heiße Tränen schossen ihr in die Augen.

„Lea. Meine liebste, liebste Lea. Das kann doch nicht sein ... das darf doch nicht sein. Du musst leben. Bitte, mein Schatz. Mach die Augen auf, sei ein braves Mädchen. Komm schon, bitte."

Nichts geschah.

Längst war Hanna nicht mehr Herrin ihrer Sinne. Weinend kuschelte sie sich neben Lea ins Gras und starrte in die Baumkronen, die den Himmel vor ihrem

Blick verbargen. Kein Himmel, kein Gott, keine Gnade. Nicht für Hanna Gleißner.

Tränen strömten ihr über die Wangen. Wer konnte Gott verdenken, dass er sie im Stich ließ? Sie hatte die Menschen, die sie liebte, auch im Stich gelassen. Erst Valentina, dann Mutter, dann Lea. Sie hatte versagt. Auf ganzer Linie.

Warum nur hatte Lea sich auf diese Menschen eingelassen? Wie oft hatte sie sie bekniet, sich von dieser ganzen Branche fernzuhalten und ein normales Leben anzustreben? Als Hausfrau und Mutter oder ihretwegen auch als Wissenschaftlerin, das wäre ebenso extravagant gewesen. Lea hatte sich nicht davon abbringen lassen. Sie hatte nur das gewollt. Und Hanna war einfach zu weich gewesen. Hätte sie durchgegriffen und ihr alles verboten, dann wäre sie vielleicht noch am Leben. Sie hätte ihren Traum platzen lassen, aber wenigstens um den Preis ihres Lebens. Hanna hätte es wissen müssen. Sie war die Ältere, die große Schwester. Sie hätte sie schützen müssen.

Sie weinte und weinte, bis sie sich vollkommen leer fühlte. Noch immer drangen Musik und Gelächter aus dem Jagdschloss herüber. Die Party schien in vollem Gange. Wer waren diese Leute? Wie konnten sie sich erlauben zu feiern, während ihre tote kleine Schwester im Wald lag? Wut ballte sich in ihrem Inneren und wühlte sie auf wie ein Tornado. Von einer plötzlichen Kraft erfüllt stand sie auf.

„Ich bin gleich wieder da", sagte sie zu Lea, wohl wissend, dass es keinen Unterschied mehr machte, ob und wann sie zurückkäme. Mit kräftigen, zornigen Schritten marschierte Hanna auf das Jagdschloss zu.

Sie erreichte die Tür und stieß den Diener, der nach einer Einladung fragte, grob aus dem Weg. Unaufhaltsam bahnte sie sich ihren Weg durch den Eingangsbereich, der direkt auf einen großen Saal zuführte. Der Glanz und die vielen Lichter blendeten sie, genau wie die strahlenden Augen der Menschen, die ausgelassen tanzten und lachten. Die Feiernden zu sehen, war ein Schlag ins Gesicht. Es herrschte ausgelassene Stimmung, und nicht einer schien auch nur den geringsten Gedanken an Lea zu verschwenden, die tot draußen im Wald lag. Die glühenden Augen mancher Anwesenden ließen die Erinnerung in Hanna aufsteigen. Was hatte der Kellner gesagt? Lea war an Drogen gestorben? An Drogen, die diese Menschen hier großzügig konsumierten, wie Ausdruck und Stimmung eindeutig verrieten. Sollten sie doch alle tot umfallen.

Endlich schien jemand die kleine Gestalt zu bemerken, die vollkommen zerzaust und verheult den Saal betreten hatte. Die Musik stoppte. Erschrockenes Gemurmel legte sich über die Menge und verstummte, als plötzlich alle Augen auf Hanna gerichtet waren. Einige begannen zu lachen, andere sahen sie fragend an.

„Lea ist tot!", rief Hanna anklagend in die Menge. „Ihr habt sie umgebracht!"

Empörte Diskussionen waberten durch den Saal, bis ein Mann aus der Menge trat, zu Hanna ging und die Hand hob. Sofort schwiegen alle.

„Wir kennen keine Lea", sagte er schlicht.

Als folgten sie einem Drehbuch, bestätigten die Anwesenden seine Behauptung mit einem schweigenden Nicken.

„Lolo Geist“, korrigierte Hanna. „Lolo Geist ist tot. Ihre Leiche liegt draußen im Wald. Sie haben ihr Drogen gegeben. Sie ist daran gestorben, und dann haben Sie sie in den Wald geschafft.“

„Wir kennen auch keine Lolo Geist“, sagte der Mann schlicht. Und wandte sich dann an die Leute. „Kennt jemand von euch eine Lolo Geist?“

Die meisten schüttelten den Kopf, einige legten ironisch den Kopf schief, als dächten sie über die Frage nach, um dann ebenfalls zu verneinen, begleitet von Rufen wie „Nie gehört“, „Nein, wer soll das sein?“, und einem schlichten „Nein, kennen wir nicht.“

Hanna fühlte sich, als sei ihr in einem Theaterstück, ohne ihr Wissen, die Hauptrolle zugewiesen worden. Sie blickte in die Augen der Menschen. Jeder wusste, was er tun und sagen sollte, doch sie hatte keinen Text bekommen. Ihr Kopf war vollkommen leer.

„Ich werde Sie alle anzeigen!“ Ihre Stimme klang schrill und hilflos.

„Du hast ja nicht einmal Schuhe an, Kind“, quittierte der Mann ihren Ausruf und wies auf ihre schmutzigen Füße, an denen noch der Dreck des Waldbodens klebte. Die Anwesenden brachen in schrilles Gelächter aus.

Ein zweiter Mann löste sich aus der Menge. Im Gegensatz zu den anderen Anwesenden waren seine Augen voller Mitleid. Er stellte sich neben Hanna.

„Lachen Sie nicht über das arme Kind“, rief er laut. „Lachen Sie über die Scherze Ihrer Gesprächspartner. Amüsieren Sie sich weiter, lassen Sie sich das Fest nicht verderben. Ich werde mich um die junge Dame kümmern.“

Der Anführer dankte ihm die Worte mit einem Nicken und hob dann die Hand. Auf sein Kommando setzte die Musik wieder ein und die Menschen ihre Party fort, als ob nichts gewesen wäre.

Hanna ließ zu, dass der Mann, der neben sie getreten war, ihr sanft den Arm um die Schulter legte und sie aus dem Schloss schob.

„Kommen Sie", forderte er freundlich. „Ich werde Ihnen helfen. Ich bin Dienststellenleiter der hiesigen Polizei, mein Name ist Otto Bäumer."

23

Seerosenvilla, September 2023

Behutsam legte Emilia Ellis in ihr Beistellbettchen und kroch dann zu Tom unter die Bettdecke. Sein gleichmäßiger Atem verriet, dass er bereits eingeschlafen war. Kein Wunder, sie hatten alle einen emotional anstrengenden Tag hinter sich. Zusätzlich hatte Tom körperlich geschuftet, indem er zunächst die Drohschrift vom Boden geschrubbt, dann einige Renovierungsarbeiten vorgenommen und am Ende den Eindringling quer durch den Garten verfolgt hatte. Er musste vollkommen erschöpft sein.

Sie hingegen war mit Erika und Ellis direkt am Morgen aus der Villa ins Gasthaus geflüchtet, hatte gut gegessen und viel über die Ereignisse geredet, um alles emotional besser verarbeiten zu können. Allein das war anstrengend gewesen, sodass sie sich ausgelaugt und müde fühlte. Bestimmt würde sie sofort in einen tiefen Schlaf fallen.

Nichts dergleichen geschah. Stattdessen zogen die Bilder des vergangenen Tages wie ein Film durch ihr Bewusstsein und machten das Einschlafen unmöglich. Wenn Bäumer nicht die Person war, die sie bedrohte, wer war es dann? Soweit sie wusste, hatte sie keinerlei Feinde im Ort und Tom schon gar nicht. Zugegeben, die

Menschen hatten nicht gerade erfreut auf die Nachricht reagiert, dass sie sich so für den Erhalt der Villa Gleißner einsetzten, und viele hatten sich gewünscht, dass das Gebäude abgerissen würde, aber die Zuneigung für Tom und Emilia war doch größer gewesen als die Abneigung gegen die Seerosenvilla. Tom war ohnehin der Liebling des Ortes. Hier geboren und aufgewachsen, kannte ihn jeder, so wie er jeden kannte. Als er dann das einzige Gasthaus im Ort von seinem Vater geerbt hatte, hatten die Menschen ihn durch ihren Besuch so sehr unterstützt, dass der Gastraum immer zum Bersten voll war. Er war beliebt, die Angriffe mussten also ihr gelten. Dummerweise wollte ihr niemand einfallen, mit dem sie Probleme gehabt hätte. Gut, mit ihrer Kollegin Tina bei Immobilien-Plaschke war sie anfangs ganz schön aneinandergeraten, als sie neu in Edelsbrunn und in der Firma gewesen war, aber diesen Streit hatten sie längst beigelegt. Inzwischen waren sie sogar gut befreundet, auch wenn sie sich seit der Geburt von Ellis noch nicht privat getroffen hatten und sich natürlich während der Elternzeit nicht mehr täglich im Büro begegneten. Aber Tina würde niemals irgendwelche Drohungen gegen sie ausstoßen und sie in Angst und Schrecken versetzen wollen. Warum auch? Ansonsten fiel ihr beim besten Willen niemand ein, mit dem sie in Edelsbrunn aneinandergeraten war. Die Menschen hier kümmerten sich meist um ihre eigenen Angelegenheiten.

Plötzlich formierte sich aus dem Nichts ein Name in ihrem Kopf.

Maximilian.

Schnell versuchte sie, ihn aus ihren Gedanken zu verbannen, wie sie ihn auch aus ihrem Leben verdrängt hatte. Erfolglos. In einem plötzlichen Anfall von Vernunft hatte sie ihn vor dem Altar stehen lassen. Eine tiefe persönliche Demütigung für ihn, auch wenn Emilia ihm nicht absichtlich hatte wehtun wollen. Sie hatte lediglich im letzten Moment begriffen, dass sie mit ihm niemals glücklich werden könnte. Er war anderer Ansicht gewesen. Hatte er mitbekommen, dass sie mit Tom glücklich geworden war und missgönnte ihr das? Möglich wäre es. Unfair zwar, aber durchaus denkbar. Eine späte Rache für die emotionale Verletzung ... irgendwie passte das zu Maximilians berechnendem Verstand. Sein Kalkül, im richtigen Moment die richtigen Fäden zu ziehen, war genau das, was ihn reich und erfolgreich gemacht hatte. Aber war er wirklich der Typ dafür, jahrelang seine Rache zu planen? Nein, eher nicht. Vielleicht wollte er sie nur einschüchtern. Oder sich über ihre Angst amüsieren. Schwer einzuschätzen. Der Maximilian, mit dem sie zusammen gewesen war, hätte sie niemals bewusst verletzen wollen. Aber das war auch jener gewesen, bevor er von ihr verlassen worden war.

Nachdenklich betrachtete Emilia den schlafenden Tom neben sich. Es gab nichts zu bereuen. Sie hatte alles richtig gemacht, die richtigen Entscheidungen getroffen, auch wenn sie nach wie vor bedauerte, dass sie Maximilian so verletzt hatte. Wie gern würde sie ihren Mann um Rat fragen, aber sie wollte ihn auf keinen Fall aus dem wohlverdienten Schlaf reißen. Außerdem kannte er Maximilian nicht, war ihm nie begegnet. Wie sollte er sein Verhalten einschätzen?

Emilia beschloss, sich ein Glas Wasser zu holen. Vorsichtig schälte sie sich aus der Bettdecke, schlüpfte in Hausschuhe und Bademantel und stahl sich aus dem Zimmer. Das kleine Notlicht im Flur genügte, um sich in der Dunkelheit zurechtzufinden. Schließlich lebte sie schon ein paar Jahre hier und kannte das Haus inzwischen wie den Inhalt ihrer Handtasche. Okay, nicht jeden Winkel, wie die unter den Dielen versteckten Geheimnisse bewiesen hatten. Eine Tatsache, die ihrer Handtasche auf ulkige Weise entsprach. Auch das verklebte Hustenbonbon hatte bestimmt Monate darin gelegen, auch wenn ihr dessen Herkunft bisher ein Rätsel war. Gerade hatte sie leise die Schlafzimmertür hinter sich geschlossen, als sie ein leises Kichern hörte. Mitten in der Nacht! Sie musste kurz vorm Überschnappen sein. Für eine Sekunde verharrte Emilia in der Bewegung und lauschte. Doch, da war es wieder. Leise, kaum hörbar. Es hörte sich an wie Gekicher von Kindern, die gemeinsam einen Streich ausheckten oder einen solchen gerade erfolgreich absolviert hatten.

Hanna und Lea? War das möglich? Eine eisige Kälte kroch Emilias Beine hoch und hinterließ auf ihrem gesamten Körper eine Gänsehaut. Nein, das war nicht möglich. Das durfte nicht möglich sein.

Wieder hörte sie das Kichern. Es kam vom Ende des Flurs, wo die Kinderzimmer lagen ... eindeutig.

Mit der Sicherheit einer Schlafwandlerin setzte Emilia einen Fuß vor den anderen und folgte dem Geräusch. Wie ein Lockruf verstummte es mehrfach und brandete dann wieder auf, sobald sie sich sicher war, es sich nur eingebildet zu haben. Albern, unschuldig. Sie musste sich täuschen. So etwas gab es nicht.

Schritt für Schritt durchmaß sie den halbdunklen Flur. Das Kichern verstummte nicht. Es wurde lauter, je näher sie ihm kam. Und es kam aus dem Mädchenzimmer. Aus eben jenem, in dem sie die versteckten Blätter unter den Dielen gefunden hatte. Mit klopfendem Herzen legte Emilia die Hand auf die Türklinke. Dann atmete sie tief ein, gefasst auf alles, was sie gleich sehen würde, und drückte sie hinunter.

Das Zimmer war leer. Einen Augenblick lang überlegte sie, ob sie sich getäuscht hatte. Still stand sie in der Tür und lauschte. Ihre Ohren mussten ihr einen Streich gespielt haben. Hier war definitiv niemand. Kopfschüttelnd zog sie die Tür wieder zu. So langsam wurde sie von Erikas Gruselgeschichten selbst verrückt.

Plötzlich erstarrte Emilia. Da war es wieder. Zartes Kinderlachen. Fröhlich, aber verhalten. Ihre Hand zitterte, als sie sie auf die Türklinke legte und die Tür zum zweiten Mal aufschob. Das Zimmer war immer noch leer, das Lachen verstummt. Tränen schossen ihr in die Augen. Trotzig biss sie sich auf die Unterlippe. Es gab keine Geister. Hanna und Lea waren tot. Das Lachen war reine Einbildung. Sie musste zur Vernunft kommen. Sie schloss die Tür.

Es kicherte erneut leise. Wieder stieß sie sie auf, diesmal schwungvoll und wütend. Wieder nichts. Mit einem Knall zog sie die Tür ins Schloss, wandte sich um und rannte den Gang entlang zurück ins Schlafzimmer.

„Tom!" Sie rüttelte an seinen Schultern, gerade fest genug, um ihn zu wecken, aber leise genug, damit Ellis nicht aufwachte.

„Was ist denn?", brummte er unwillig.

„Da ist etwas im Kinderzimmer."

„Ich schau es mir morgen an. Du solltest lieber schlafen, als mitten in der Nacht den Boden des Kinderzimmers weiter zu malträtieren.“

„Nicht unter den Dielen. Im Zimmer. Da sind Stimmen. Kinderstimmen. Sie lachen.“

„Das ist Unsinn, Emilia. Du hast nur schlecht geträumt.“ Er griff nach ihrem Arm und wollte sie wieder ins Bett ziehen, aber sie widersetzte sich, griff ihrerseits nach seiner Hand und zog ebenfalls daran. „Los, steh auf, bitte. Du musst mitkommen und dir das ansehen. Das ist unfassbar.“

Missmutig erhob er sich und rieb sich die müden Augen. Dann ließ er sich notgedrungen mitschleifen. Als sie vor dem Kinderzimmer standen, befürchtete Emilia, das Geräusch könnte nicht mehr aufbranden, aber sie irrte sich. Aus dem Kinderzimmer drang eindeutig Mädchengekicher. Sie sah zu Tom.

Der war mit einem Schlag hellwach und hatte die Augen weit aufgerissen. In seinem Blick standen förmlich die Fragezeichen, aber sie konnte sich die Stimmen ja selbst nicht erklären.

Er legte seinen Zeigefinger auf die Lippen und bedeutete ihr, leise zu sein. Dann stieß er die Tür mit einem Ruck auf, gerade so, wie sie es selbst getan hatte. Das Gekicher war verstummt. Der Raum leer.

„Das gibt es nicht. Das kann nicht sein!“, keuchte Tom.

„Ich sagte dir doch, da sind Kinderstimmen. Aber immer, wenn man die Tür öffnet, sind sie weg.“

In diesem Moment vernahm Emilia ein leises Flüstern. Dann wieder Gekicher. Sie presste ihr Ohr an das Türblatt. Mit Tom an ihrer Seite war die Angst zu einem winzigen Häuflein zusammengeschrumpft, das bereits von Neugier überstrahlt wurde.

Sie fasste sich ein Herz. „Hanna? Lea?", rief sie leise und klopfte an die Tür. Wieder kicherte es. „Kann ich reinkommen?"

Das leise Flüstern konnte wohl großzügig als Zustimmung gelten. Mit klopfendem Herzen öffnete sie die Tür erneut. Sofort war es still. Der Raum war immer noch leer.

Emilia zuckte ein wenig zusammen, als sie plötzlich eine Berührung an ihrem Rücken spürte, aber es war nur Tom, der sie beiseiteschob und den Raum betrat. Er schaltete das Licht an und ließ seinen Blick prüfend durch das Zimmer schweifen. Dann legte er sich auf den Boden, sodass er unters Bett spähen konnte. Anschließend stand er auf, klopfte die Wände entlang und tastete die Vorhänge ab.

„Hast du das Fenster offen gelassen?", fragte er, während er es schloss und am Griff drehte. „Es war nur angelehnt."

„Nein, ich bin mir sicher, ich hatte es geschlossen", erwiderte Emilia.

So langsam dämmerte ihr, was in Tom vorging. Er hielt die Anwesenheit von Geistern für so unwahrscheinlich, dass er nach einer natürlichen Erklärung für die Geräusche suchte. Auch sie begann sich nun genauer umzusehen. Prompt wurde sie fündig.

„Tom, sieh nur!" Sie deutete auf eine dünne, durchsichtige Schnur, die über der Tür gespannt war. Was auch immer es damit auf sich hatte, die war definitiv am Nachmittag noch nicht da gewesen.

Sofort war er neben ihr und griff danach. Mit der einen Hand hielt er die dünne Schnur, während er mit der anderen die Tür zudrückte. Die Schnur glitt leicht durch seine Finger. Als die Tür geschlossen war, ertönte leises Kichern. Dann Geflüster. Zorn zeichnete seine Gesichtszüge, während er die Finger an der Schnur entlanggleiten ließ. Sie führte quer über die Zimmerdecke bis auf den Schrank. Kurzerhand langte er mit der Hand darauf und tastete auch ihn ab. Das Geräusch, das er von sich gab, als er fündig wurde, war eine Mischung aus Triumph, Wut und Unglauben.

Auf der geöffneten Handfläche präsentierte er ihr ein kleines Gerät. Kaum dass er es vom Schrank nahm und die Spannung in der Schnur nachließ, verstummte das Kichern. Er hielt es in die Luft und spannte die Schnur. Aus dem Gerät drangen Kinderstimmen, Gelächter und Geflüster, eben jenes, das ihnen bisher noch die Anwesenheit von Geistern vorgegaukelt hatte.

„Ich fasse es nicht!", stieß Emilia hervor. Wie in Zeitlupe wich ihre Verunsicherung einer feurigen Wut. Wut auf die Person, die so etwas tat, nur um sie aus der Villa zu vertreiben.

Auch Tom knurrte erbost. „Wer auch immer uns da so ins Boxhorn jagen will, wird eine deftige Anzeige erhalten, das garantiere ich dir. Zumindest kannst du dir nun sicher sein, dass du dich nicht vor Geistern fürchten musst."

„Ehrlich gesagt finde ich den Gedanken, dass jemand in unser Haus eindringen und unbemerkt dieses Ding da installieren konnte, nicht unbedingt weniger gruselig."

„Das stimmt allerdings. Da kommt also direkt noch eine Anzeige wegen Hausfriedensbruchs dazu.“

„Glaubst du, der Unbekannte ist noch hier?“

„Ich hoffe nicht.“ Nachdenklich betrachtete Tom das kleine Gerät in seiner Hand. „Da hat entweder jemand einen sehr schrägen Humor oder hasst uns so sehr, dass …“

„Ellis!“, schrie Emilia auf. Dann rannte sie aus dem Kinderzimmer.

24

Villa Gleißner, 1960

Das leise Klackern hätte Hanna wohl aus dem Schlaf gerissen, wenn sie schon geschlafen hätte. Seit Leas Tod war es ihr unmöglich, auch nur eine Nacht zur Ruhe zu kommen. Die Grenzen zwischen Tag und Nacht waren vollständig verschwommen. Quälende Gedanken hielten sie wach. Wenn ihr Körper vor Erschöpfung doch mal in einen kurzen Schlummer hinüberglitt, dann ließ das kleinste Geräusch sie hochschrecken. Immer wieder fragte sie sich, was sie falsch gemacht hatte. In welcher Situation sie anders hätte denken oder handeln sollen. Ob es möglich gewesen wäre, ihre Schwester zu retten. Noch immer fiel es ihr schwer, zu glauben, dass die Umarmung von Leas totem Körper im Wald die letzte Berührung mit ihrer kleinen Schwester gewesen sein sollte. Und noch immer war sie nicht bereit, zu akzeptieren, dass sie sich mit ihrem Tod abfinden sollte, ohne dass jemand dafür zur Verantwortung gezogen wurde.

Otto Bäumer war der Einzige gewesen, der ihr zu helfen versucht hatte. Er hatte alles in die Hand genommen, geregelt und organisiert. Sie selbst wäre dazu auf keinen Fall in der Lage gewesen und der Vater hatte deutlich zum Ausdruck gebracht, dass er sich nicht damit beschäftigen wollte. Otto Bäumer hatte dafür gesorgt, dass Leas Leiche aus dem Wald abgeholt worden war. Er hatte sich um den Totenschein und alle sonstigen Formalitäten gekümmert sowie die Beerdigung organisiert. Er war es auch gewesen, der ihr so rücksichtsvoll wie möglich mitgeteilt hatte, dass Lea an einem Kokainschock verstorben war, einer Paradoxreaktion des Körpers, die im Herzstillstand endete. Hanna hatte Wörter und Erklärungen schweigend zur Kenntnis genommen. Schweigend und ungläubig, weil sie nicht in der Lage gewesen war, sich vorzustellen, dass ihre Schwester so etwas getan hatte. Irgendjemand musste sie dazu angestiftet haben. Es musste einen Menschen geben, der ihr die Drogen gegeben hatte. Ihn musste sie finden. Er trug die Verantwortung dafür, dass ihr Leben mit nur zwanzig Jahren ein jähes Ende gefunden hatte. Ihn musste sie zur Rechenschaft ziehen, auch wenn Otto Bäumer ihr mehrfach versichert hatte, dass das ein ebenso sinnloses wie unmögliches Unterfangen wäre. Er war selbst Gast auf der Feier gewesen und hatte ihr versichert, dass dort die Drogen für jedermann frei zugänglich wären, so wie das Besteck in einem Restaurant. Man konnte sich jederzeit an allem bedienen, und man schwieg dazu, weil sich unter den Gästen unter anderem auch hohe Tiere aus Industrie, Wirtschaft und Politik befanden, die unter keinen Umständen in ein falsches Licht geraten durften. Eben jene Größen hatten sowohl Geld als auch Mittel, um dies zu verhindern und jeden mundtot zu machen, der sich ihnen in den Weg stellte. Selbst er als Polizist wagte es nicht, sich mit diesen Menschen anzulegen. Er sah weg, wie alle, nahm an den Festen teil und schwieg sich über Details aus. Hanna vermutete, dass er das nicht nur aus Angst tat, sondern selbst auch von diesen Menschen profitierte, aber sie traute sich nicht, ihn danach zu fragen. Sie war ihm für seine Unterstützung viel zu dankbar.

Als sie Vater die Nachricht von Leas Tod überbracht hatte, hatte er überhaupt nicht darauf reagiert. Er hatte lediglich eine Augenbraue nach oben gezogen und gefragt: „Oh, wirklich?" Als habe Hanna ihm verkündet, dass die Mehlvorräte aufgebraucht seien. Dann hatte er sich wieder seinen Dokumenten gewidmet und ohne aufzublicken gesagt: „Kümmere dich um die Beerdigung. Ich werde leider nicht teilnehmen können."

Am liebsten wäre sie in diesem Moment auf ihn losgegangen. Was war er nur für ein Mensch, dass er nicht einmal der verstorbenen Lea irgendeine Art von Liebe entgegenbringen konnte? Er hatte ihren Tod lediglich zur Kenntnis genommen. Eiskalt. Vermutlich war er froh, dass die ewigen Auseinandersetzungen mit ihr nun ein Ende hatten. Insgeheim musste er demjenigen dankbar sein, der Lea die Drogen gegeben hatte, hatte er ihm doch mit der frechen Tochter ein leidiges Problem vom Hals geschafft.

Hanna hatte vor Wut gekocht. Hatte ihren Ärger dennoch tapfer hinuntergeschluckt, einen Knicks gemacht und den Raum verlassen. Ihr Entschluss hatte festgestanden: Der Tag, an dem Heinz seine Volljährigkeit feierte, wäre der Tag, an dem sie die Villa Gleißner für immer verlassen würde.

Am Tag der Beerdigung hatte Heinz ihre Hand gehalten, während der Totengräber Leas Sarg in die Erde hinabließ. Er hatte erstaunlich gefasst gewirkt, während Hanna in ihrem Inneren gespürt hatte, wie ihr Herz in tausend Scherben zersprang, die sie nie wieder würde zusammensetzen können. Sie hatte geglaubt, dass Valentinas Tod das Schlimmste gewesen war, was sie je erleben musste. Aber Leas Verlust hatte eine Wunde in ihr gerissen, die Zeit ihres Lebens bluten würde. Einsam hatten beide Geschwister an Leas Grab gestanden. Weder Otto Bäumer noch der Vater waren gekommen. Bäumer wollte nicht mit den Gleißners in Verbindung gebracht werden und Heinrich Gleißner erachtete es nicht für nötig, den Verlust einer Tochter zu betrauern, die er ohnehin nie hatte haben wollen. Fest hatte Hanna die Hand des kleinen Bruders umklammert, der sie im letzten Moment auffing, bevor ihr die Beine unter dem dünnen Körper weggeknickt waren.

Das erneute Klackern an der Fensterscheibe riss sie aus ihren Erinnerungen. Hagelte es? Wenn der Regen an die Scheiben schlug, erzeugte er andere Geräusche. Klack, klack, klack. Steine. Jemand warf Steine ans Fenster.

Ein warmes Glücksgefühl strömte durch ihre Adern. Sie hatte nur geträumt. Gott wusste, wie lange sie geschlafen hatte, aber sie hatte das alles nur geträumt. Das rauschende Fest, Leas Tod, die Beerdigung. Es war nur ein böser Traum. Unten vor dem Fenster stand Lea und wartete darauf, dass sie öffnete, damit sie erschöpft von der Party und völlig aufgekratzt hereinklettern konnte. Dann würde sie von der rauschenden Nacht erzählen und sich, noch während sie miteinander redeten, in die Kissen kuscheln und mitten im Satz einschlafen. Es war alles in Ordnung. Sie musste nur das Fenster öffnen. Ihre Beine fühlten sich schwer an, als sie durch das Zimmer ging und nach dem Griff tastete.

„Ein Traum, es war nur ein böser Traum", flüsterte sie immer wieder, während sie das Fenster öffnete. Strahlend sah sie hinab und wollte Lea gerade zuflüstern, dass sie leiser sein sollte, da versteinerte ihr Lächeln auf den Lippen. Unten stand nicht Lea, sondern Daniel.

Wortlos schloss sie das Fenster wieder. Daniel. Ihr Daniel. Was machte er hier? Warum war er nicht Lea? Es wäre so einfach gewesen. So schön. Und nun stand er unten im Garten.

Hanna setzte sich stocksteif aufs Bett. Ihr starrer Blick war auf das Fenster gerichtet. Eine ganze Weile lang saß sie still da. Kein Geräusch war zu vernehmen, weder im Haus noch von draußen. Es flogen auch keine Steinchen mehr an die Scheibe. Bestimmt war er wieder gegangen. Dass er überhaupt gekommen war. Was wollte er hier? O Gott, wenn der Vater ihn sähe, würde er ihn an Ort und Stelle umbringen. Er musste verschwinden, sofort!

Eilig schlüpfte Hanna in ihre Hausschuhe und huschte die Treppe hinunter. Sie nahm einen der Mäntel vom Garderobenhaken. Er gehörte Heinz, aber das war in diesem Moment einerlei. Schnell warf sie ihn über, nahm den Schlüssel aus der Messingschale und glitt lautlos durch die Eingangstür. Noch in Hausschuhen bog sie um die Hausecke, wo der Bereich des Gartens lag, zu dem das Fenster ihres Zimmers zeigte. Daniel saß unter dem Fenster im feuchten Gras und sah hinauf.

„Daniel."

Es war das einzige Wort, das sie herausbrachte.

Mit einem Ruck wandte er ihr das Gesicht zu. Er lächelte nicht. Sein Blick war von Trauer gezeichnet, derselben Trauer, die sie empfand. Seine Augen waren zu einem Spiegel ihrer Seele geworden.

Plötzlich schien alles in ihr zu explodieren. Ohne zu wissen, wie ihr geschah oder was sie tat, rannte sie in seine weit geöffneten Arme. Hinter ihrem Rücken schlossen sie sich und hielten sie ganz fest. Hanna spürte, wie er sie in seiner Liebe einhüllte und empfand zum ersten Mal seit einer Ewigkeit wieder jene Geborgenheit, die es nur in seinen Armen gab, und die sie seit der Trennung von ihm so vermisst hatte. Hemmungslos begann sie zu schluchzen.

„Ich weiß, mein Stern, ich weiß." Seine samtige Stimme traf sie im innersten Kern ihrer Seele. Dann spürte sie, wie sie hochgehoben und davongetragen wurde und ließ es einfach geschehen. Als er sie absetzte, hatte sie das Gefühl, eine lange, lange Zeit auf seinen Armen davongeschwebt zu sein und war im gleichen Moment überrascht, den Seerosenteich vor sich zu sehen.

„Hier sind wir weit genug vom Haus entfernt, dass uns niemand sehen oder hören kann, mein Stern."

Kaum dass er sie auf die Beine gestellt hatte, sackte Hanna in sich zusammen. Weil sie sich weigerte, Daniel im Fall loszulassen, riss sie ihn kurzerhand mit zu Boden.

„Hoppla." Überrascht versuchte er sich zu fangen, konnte jedoch nicht verhindern, dass sein Körper auf sie fiel. Sofort entschuldigte er sich und wollte sich wieder aufrichten, aber Hanna zog ihn noch näher an sich. Sie wollte seine Nähe spüren, brauchte ihn, hatte ihn noch nie so sehr gebraucht, wie in diesem Moment. Obwohl sie in seinen Armen lag, spürte sie eine tiefe Sehnsucht, die durch eine bloße Umarmung nicht mehr zu stillen war. Immer näher zog sie ihn an sich, presste ihren Körper an seinen, als könnte sie in ihn hineinkriechen, mitten in sein Herz, das der einzige Ort schien, an dem sie je wieder zur Ruhe kommen konnte. Gierig presste sie ihre Lippen auf seine, spürte seine Überraschung, ließ nicht nach, und er verstand. Innig küssten sie sich wie zwei Ertrinkende, die durch Berührung ihr Leben zu retten versuchten. Von ihm getrennt zu sein war, als hätte man einen Teil ihrer selbst aus ihrem Körper und ihrer Seele herausgerissen und zwei offene Wunden hinterlassen. Als ginge es um ihr Leben, kämpfte sie nun um jede seiner Berührungen, von denen sie sich Heilung erhoffte – für den körperlichen Schmerz und den in ihrem Herzen, jenen Schmerz, den der Verlust von Lea noch verstärkt hatte. Hanna klammerte sich an Daniel und küsste ihn mit einer Heftigkeit, die sie sich selbst nicht zugetraut hätte und die ihr doch so selbstverständlich erschien.

Mit Daniel war alles selbstverständlich. Auch dass ihre Hände über seinen Körper wanderten. Immer fordernder ertasteten sie das Relief seines Körpers. Mehrfach hielt er inne. Er wollte sie warnen, sie zur Vernunft bringen, fragen, ob sie das wirklich wollte, doch dafür hatte sie keine Zeit. Sie wollte nicht mehr nachdenken, nicht mehr fragen, und vor allem wollte sie nicht mehr vernünftig sein. Sie wollte ihn: seinen Körper, seine Nähe, seine Seele. Unnachgiebig drängte sie ihn weiter.

„Hanna, warte", keuchte Daniel, als es ihm für einen Moment gelang, seine Lippen von ihren zu lösen. „Hanna, ich möchte nicht, dass wir etwas tun, was du später bereust."

Sie hielt inne, sah ihm tief in die Augen, in diese schwarzen Augen, die mehr Weite boten als das Weltall und in denen sich nun das Funkeln der Sterne spiegelte.

„Liebst du mich, Daniel?", fragte sie leise.

„Ich liebe dich." Er hatte keine Sekunde gezögert.

„Und ich liebe dich", sagte Hanna mit fester Stimme. „Ich habe nie einen anderen geliebt als dich, und ich werde niemals einen anderen mehr lieben als dich. Meine Seele hat die deine gesucht. Nur mit dir kann ich jemals glücklich werden. Bitte liebe mich, Daniel. Bitte."

Was darauf folgte, behielt Hanna als eine Explosion all ihres Seins in Erinnerung. Der Moment, in dem sie mit ihm zu einem Menschen verschmolz, war ein Versprechen von Glück in seiner schönsten Vollendung. In diesem Moment hielt sie es für möglich, dass alles gut werden würde.

Später lagen sie erschöpft nebeneinander im Gras. Hanna hatte ihren Kopf in die kleine Kuhle zwischen Schulter und Schlüsselbein gelegt, wo er so wunderbar hineinpasste. Sie waren füreinander geschaffen, dessen war sie sich nun so sicher wie niemals zuvor.

„Ich liebe dich, Hanna", sagte Daniel leise und küsste sie zärtlich auf das Haar. „Ich werde dich immer lieben.

Keine andere als dich. Bitte verlass mich nie wieder. Ohne dich zu sein, war die schlimmste Zeit meines Lebens."

„Und das Schrecklichste, was ich je tun musste", ergänzte Hanna traurig. „Aber ich musste meine Schwester schützen, verstehst du? Wenn ich mit dir zusammengeblieben wäre, hätte Vater mich aus dem Haus geworfen, und dann wäre Lea mit ihm allein gewesen. Das hätte sie nicht überlebt."

Traurig sah sie in die Weite des Himmels hinauf. Die Tatsache, dass ihre Schwester nun trotzdem gestorben war, machte ihr Opfer so sinnlos.

„Ich habe es akzeptiert. Aber ich habe es nie verstanden. Du hast mir damals keine Erklärung gegeben, nur gesagt, dass es nicht geht. Dass du nicht bei mir bleiben kannst. Später habe ich Lea getroffen. Sie meinte, es müsse ein Missverständnis sein. Sie hat deine Entscheidung auch nicht verstanden, das machte es mir noch schwerer. Ich habe es nie begriffen. Warum hast du mich damals verlassen, Hanna? Wovor wolltest du Lea beschützen? Warum wähntest du sie in Gefahr? Kannst du es mir erzählen?"

Hanna nickte bedächtig. Mit einem Mal sprudelte alles aus ihr heraus. Nie zuvor hatte sie sich jemandem anvertraut. Seit ihrer frühesten Kindheit war sie mit der Anweisung aufgewachsen, dass alles, was sich in der Villa ereignete, nicht an die Öffentlichkeit gelangen durfte. Nicht einmal in der Schule hatte sie es gewagt, die Wahrheit zu erzählen, wenn alle Geschichten von ihren Ferien, Familienfesten oder ihrem Geburtstag erzählten. Eisern hatte Hanna die Wirklichkeit verschwiegen und eine Art zweites Leben erfunden. Das

Leben einer anderen Hanna Gleißner, das dem der Mitschülerinnen vollkommen ähnelte. Ein Leben, in dem sie mit ihrer liebevollen, freundlichen Familie in einer schönen Villa aufwuchs – dass sie in der Villa Gleißner lebte, ließ sich beim besten Willen nicht vertuschen – und die Familie gern ungestört war, weil die Mutter unter schrecklichen Migräneattacken litt. Die Klassenkameradinnen hatten es ihr nicht ganz abgekauft, aber sie hatten gute Miene zum bösen Spiel gemacht. Trotzdem hatte sich keiner mit ihr angefreundet. Zu eigenartig und unheimlich war der Ruf, der der Familie anhaftete. Niemand hatte etwas mit ihr zu tun haben wollen. Zumindest war sie nicht geärgert worden, weil alle Angst vor ihrer Familie hatten, das ließ sich auch durch ihre Lügen nicht ändern. Hanna war es gewohnt, ausschließlich ihre Familie zu haben. Als Valentina dann ums Leben gekommen war, hatte eine furchtbare Zeit begonnen. Die Mutter war wahnsinnig geworden und schließlich auch gestorben.

All das erzählte sie Daniel als erstem Menschen außerhalb der Familie. Es war ihr schwergefallen, immer alles für sich zu behalten – alle Gefühle, Gedanken und Fragen. Aber sie war der Mutterrolle für ihre kleinen Geschwister verpflichtet gewesen. Niemals hätte sie diese mit ihren schwermütigen Gedanken belastet. Im Gegenteil, sie hatte sich dafür verantwortlich gefühlt, die Kleinen vor allem Bösen zu beschützen. Bis heute hatte sie nicht verwunden, dass sie Valentina nicht hatte retten können. Und nun auch noch Lea.

Mehrfach musste Hanna die Erzählung abbrechen und weinte in Daniels Schulter. Er hielt sie fest, sagte kaum etwas und stellte nur dann Fragen, wenn er nicht verstanden hatte, was sie meinte. Ansonsten ließ er sie einfach reden.

Und wie sie redete. Hanna erzählte und erzählte, als bröckle mit jedem ausgesprochenen Wort ein Stück der dicken Schicht ab, die sich im Verlauf ihres Lebens auf ihrer Seele gebildet hatte.

Kurz zögerte sie. Sollte sie Daniel verraten, dass ihr Vater nach wie vor das nationalsozialistische Gedankengut verteidigte? Brachte sie damit nicht ihre eigene Familie in Gefahr? Nach wenigen Sekunden beschloss sie, dass sie ihm vertraute. Er war der Einzige, dem sie alles sagen konnte, und wenn sie jemals eine Chance auf ein gemeinsames Glück mit ihm haben wollte, dann musste sie ihm alles sagen. Alles. Er würde sie verstehen oder verlassen, aber sie musste ihm die Entscheidung überlassen, auch auf die Gefahr hin, dass er sie dann in einem anderen Licht betrachtete. Auch er hatte gelitten in den vergangenen Monaten. Auch er hatte ein Recht, zu erfahren, warum.

Hanna erzählte. Von der politischen Einstellung des Vaters, von seiner Drohung, sie aus dem Haus zu werfen. Von ihrer Angst, die Geschwister nicht schützen zu können und Lea dem brutalen Vater auszuliefern. Sie schilderte ihre Zweifel und Ängste, Leas Doppelleben als erfolgreiches Model. Beichtete ihm ihre Schuldgefühle und ihre Verzweiflung.

Und Daniel nahm alles auf. Er nahm auf und an, als könnte er den Schmerz allein durch sein Verständnis ein wenig von ihr nehmen.

Als sie ihm alles gesagt hatte, fühlte sie sich vollkommen leer, aber auch eigenartig leicht. Wogen Schuldgefühle wirklich so schwer? Endlich wagte sie, ihm in die

Augen zu sehen. Konnte er ihr verzeihen? Liebte er sie genug, um zu verstehen, warum sie das Leben führte, das sie führte?

„Ich liebe dich, mein Stern", sagte er leise, und an seinem Blick konnte sie erkennen, dass er die Wahrheit sprach.

„Ich liebe dich auch, Daniel", erwiderte sie. Dann küsste sie ihn.

Lange blieben ihre Lippen aufeinander. Als sie sich lösten, sah Hanna ihn ernst an. „Wenn du mich noch willst, werden wir bald ein glückliches Leben zusammen verbringen", sagte sie zärtlich.

Seine Augenbrauen zogen sich leicht zusammen. „Bald? Was meinst du mit bald? Komm mit, Hanna. Jetzt gleich. Meinetwegen können wir unser glückliches Leben sofort beginnen. Komm einfach mit mir. Du brauchst nichts mitzunehmen, wir können alles kaufen. Nichts soll dich mehr an dein altes Leben erinnern. Wir fangen ganz neu an. Ich habe genug Geld, Hanna, es wird dir an nichts fehlen. Wir können nächste Woche heiraten. Es wird endlich alles gut."

Traurig strich sie mit den Fingerspitzen über seine Wangen. „Hast du mir nicht zugehört, mein Liebster?"

Er griff nach ihrer Hand, hielt sie fest. „Doch. Doch, ich habe dir ganz genau zugehört. Du musst nicht einen Tag länger in diesem schrecklichen Haus bleiben. Keine Sekunde länger. Komm, wir gehen. Jetzt gleich."

„Du hast nicht zugehört." Sie entzog ihm ihre Hand. „Ich muss Heinz beschützen. Ich habe bei Valentina versagt. Ich habe bei Lea versagt. Ich kann ihn nicht allein hier zurücklassen, verstehst du? Unser Vater ist unberechenbar."

„Aber dein Vater liebt Heinz. Lea hat er gehasst, aber ihm wird er doch nichts tun, oder?"

„Wer weiß das schon?" Traurig strich Hanna mit der Handfläche über das Gras. „Bis jetzt hat er ihn mit allem verschont. Aber er hat eine Wut in sich, die er regelmäßig abreagieren muss. Ich habe keine Ahnung, was geschieht ... nun, da Lea nicht mehr ist. Er wird einen Ersatz für sie brauchen. Und wenn er der Einzige ist, der da ist ..."

„Aber wenn du glaubst, dass er Heinz etwas tun würde, dann schreckt er doch auch vor dir nicht zurück."

Hanna zuckte mit den Schultern.

„Du willst dich als Prellbock zur Verfügung stellen?"

„Lieber reagiert er sich an mir ab, als an meinem kleinen Bruder. Ich bin die Einzige, die in brenzligen Situationen einen kühlen Kopf behält. Ich bin diejenige, die verhindern kann, dass eine Situation mit meinem Vater eskaliert, wenn er einen seiner Wutanfälle bekommt. Ich habe jahrelange Übung darin, ihn zu besänftigen. Heinz nicht. Er hat keine Ahnung, wie sehr Vater ausrasten kann. Er hat es kaum miterlebt. Aber jetzt, da Lea nicht mehr da ist ... verstehst du nicht? Heinz ist alles, was mir noch bleibt."

„Nein, Hanna, nein. Das kann ich nicht zulassen. Er ist nicht das Einzige, was dir bleibt. Du hast auch mich, und ich würde jeden Tag sterben vor Angst um dich."

„Man kann nur einmal sterben, Daniel. Glaub mir, ich habe da Erfahrung."

„Kein Grund, sarkastisch zu werden, Hanna. Du weißt, was ich meine."

„Und du weißt, was ich meine. Ich dachte, du verstehst mich, Daniel."

„Ich verstehe dich, mein Stern." Nachdem er kurz aufbrausend geworden war, bemühte er sich, seine Stimme wieder sanfter klingen zu lassen. „Ich verstehe dich sehr gut. Und was du tun willst, steigert nur meine Bewunderung für dich. Aber das kann nicht die Lösung sein. Es muss einen anderen Weg geben."

„Und welchen? Ich werde Heinz nicht zurücklassen."

„Dann nimm ihn mit."

„Bitte?"

„Nimm ihn mit. Lass uns gemeinsam verschwinden und nimm ihn mit. Er wird bestimmt einwilligen. Er liebt dich mehr als euren Vater, dessen bin ich gewiss."

„Du kennst Heinz doch gar nicht."

„Ich kenne auch deinen Vater nicht. Dennoch denke ich, dass ich mir aufgrund deiner Schilderungen ein gutes Bild von beiden machen kann. Frag ihn. Nimm ihn mit. Lass uns von hier verschwinden – alle drei."

„Du denkst nicht richtig nach, Daniel. Heinz ist erst neunzehn Jahre alt. Bis zu seiner Volljährigkeit untersteht er meinem Vater. Und der würde ihn niemals gehen lassen."

„Wer spricht denn von lassen. Er soll es einfach tun."

„Mein Vater würde ihn zurückholen und ihn schrecklich bestrafen. Und uns gleich mit."

„Nicht, wenn er nicht weiß, wo er ist."

„Wie meinst du das?"

Daniel holte tief Luft. „Wenn dein Vater ihn nicht gehen lässt, dann lass uns gemeinsam verschwinden. Wir können nach Amerika gehen, ich habe Verwandtschaft dort, und auch das Vermögen meiner Familie wird dort verwaltet.“

„Daniel. Sei doch nicht so naiv. Niemand lässt uns mit einem Minderjährigen ausreisen, wenn Vater ihn bei der Polizei als vermisst oder entführt anzeigt. Und das wird er, da kannst du Gift drauf nehmen.“

„Er wird uns nicht finden, mein Stern. Wir nehmen einen falschen Namen an und tauchen ab. Mit Geld kann man alles kaufen, Hanna. Auch eine neue Identität. Das ist überhaupt kein Problem. Ich werde nur wenige Wochen benötigen, um das alles zu organisieren. Und dann können wir hier verschwinden, verstehst du?“

„Mit Heinz?“

„Mit Heinz. Wir werden endlich glücklich, mein Stern. Und frei.“

„Frei.“ Das Wort hinterließ einen unbekannten Geschmack auf ihrer Zunge. Noch nie hatte sie das Gefühl gehabt, mit den Händen die Freiheit greifen zu können, und nun war sie ihr so nahe. Fest schlang sie die Arme um Daniel und küsste ihn.

25

Auf nackten Füßen tappte Emilia durch die Villa. Der Tag begann gerade erst zu dämmern, aber sie konnte nicht mehr schlafen. Das nächtliche Erlebnis im Kinderzimmer hatte sie emotional vollkommen überfordert. Glücklicherweise hatte sich ihre Angst nicht bestätigt, Ellis hatte friedlich schlummernd in ihrem Bettchen gelegen. Unruhig hatte sich Emilia ein paar Stunden im Bett hin und her gewälzt, Ellis zweimal gestillt und nun beschlossen, dass es keinen Sinn ergab, weiterhin wach und unruhig im Bett zu liegen. Die Zeit ließ sich besser nutzen.

Emilia ging zum alten Kinderzimmer, ließ die Tür offen stehen, damit sie Ellis hören konnte, wenn die aufwachen sollte, und sah sich im Raum um. Die Erlebnisse der vergangenen Nacht hingen noch in der Luft und verliehen dem Zimmer eine eigenartige Atmosphäre. Emilia öffnete ein Fenster und ließ kalte Morgenluft hereinströmen. Der Ausblick auf den Weg, der sich vom Eingangstor bis zur Haustür durch den Garten schlängelte, war fantastisch. Nach Osten ausgerichtet konnte sie sogar die aufgehende Sonne sehen, die den Herbsthimmel erleuchtete und die bunten Blätter des künstlich angelegten Buchenwäldchens in märchenhaften Farben schimmern ließ. Es könnte alles so schön sein. Diese Villa war perfekt. Ihr Leben, einfach alles war perfekt. Es war ungerecht, dass irgendjemand dieses Glücksgefühl durch bedrohliche Aktionen torpedierte. Sie musste dringend herausfinden, was und vor allem wer dahintersteckte. Die Theorie, dass Maximilian etwas damit zu tun haben könnte, erschien ihr heute, im Licht des Morgens betrachtet, noch viel absurder als in der vergangenen Nacht. Da hatte sie es ernsthaft in Erwägung gezogen, inzwischen schien es ihr extrem unwahrscheinlich. Er war ein Mann, der sich wenig für andere Menschen interessierte. An erster Stelle standen für ihn sein Glück und seine Karriere. Schon immer bedacht im Umgang mit seiner Zeit, würde er kaum in eine destruktive Aktion investieren, die keinen weiteren Effekt hatte als die Befriedigung von Rachegelüsten. So war er nie gewesen. Er war ein progressiver Mensch, der vorwärts dachte. Bestimmt hatte er längst eine andere Frau kennengelernt und baute sich mit dieser das Leben auf, das er sich vorstellte. Er hätte es verdient. Vielleicht hatte er selbst sogar schon Kinder, schließlich lag ihre letzte Begegnung vier Jahre zurück. Je mehr sich Emilia das Leben ihres Ex-Freundes ausmalte, desto mehr schien ihr die Idee absurd, dass er überhaupt noch einen Gedanken an sie verschwendete. Aber wenn er es nicht war, wer dann?

Tief sog sie die sauerstoffgetränkte Luft in ihre Lungen. Dann schloss sie das Fenster wieder. Das Kinderzimmer war gut gelüftet, genauso wie ihre Gedanken. Sie musste logisch überlegen. Martin hatte erzählt, sein Vater habe gesagt, sie sei noch am Leben. Sie. Wer war sie? Etwas in Emilia sagte ihr, dass dieser Satz von Martins Vater der Schlüssel war. Schließlich hatte er seinen Sohn gebeten, sie zu warnen. Möglich, dass er sich vor Elfie Gleißner gefürchtet hatte, wie alle hier in Edelsbrunn. Möglich, dass er im Angesicht des Todes fantasiert hatte. Aber war es nicht ebenso möglich, dass er es ernst gemeint hatte? Dass er sie vor jener Person hatte warnen wollen, die sie bedrohte? Dann musste es sich um eine reale Person handeln, denn Geister schrieben keine Briefe oder installierten Tonbandgeräte. Aber was bedeutete der Satz dann: *Sie ist noch am Leben*? Dass die Person sehr alt und es überraschend war, dass sie noch lebte? Oder dass sie verschwunden war und er nun herausgefunden hatte, dass sie noch lebte? Oder gar, dass sie tot sein müsste, aber auf irgendeine Art überlebt hatte? Hatte der alte Bäumer jemanden für tot gehalten und kurz vor seinem Tod festgestellt, dass diese Person noch am Leben war? Und warum musste er sie dann warnen? Emilia schwirrte der Kopf.

Ruhig. Sie musste ruhig bleiben und logisch denken. Die Person, die sie bedrohte, war offenbar eine Frau. Es musste eine sein, die in irgendeinem Zusammenhang mit der Villa stand. Da gab es nicht besonders viele, eigentlich nur Elfie und die drei Schwestern: Hanna, Valentina und Lea. Elfie war vor Jahrzehnten verstorben. Hätte sie überleben können? Vielleicht, aber sehr unwahrscheinlich. Außerdem wäre sie dann ... Emilia sah zur Decke und rechnete. Das genaue Geburtsdatum von Elfie Gleißner wusste sie nicht, aber sie müsste ungefähr hundertzwölf Jahre alt sein. Möglich, dass man mit hundertzwölf noch lebte. Möglich. Aber extrem unwahrscheinlich.

Dann war da noch Hanna. Hanna war vor vier Jahren gestorben. Dass sie die Villa der Stadt vermacht hatte und Emilia den Auftrag erhalten hatte, sie zu verkaufen, war der Ausgangspunkt für ihre jetzige Situation gewesen. Sie wusste nicht, unter welchen Umständen sie verstorben war. Auch nicht, wo sie begraben lag. Vermutlich auf dem örtlichen Friedhof. Emilia hatte ihr Grab nie selbst gesehen. Vielleicht war es an der Zeit, das nachzuholen. Hanna wäre jetzt – wieder rechnete Emilia im Kopf nach – wie Josef neunundachtzig Jahre alt. Valentina wäre sechsundachtzig und Lea dreiundachtzig Jahre alt. Valentina war bereits im Kindesalter verstorben. Oder nicht? Hatte sie überlebt und forderte nun, nachdem die älteste Schwester die Welt verlassen hatte, ihr Haus zurück? Auch Lea war ums Leben gekommen. Zumindest soweit die Todesanzeige vermuten ließ. Rein rechnerisch wäre es durchaus möglich, dass eine der drei Schwestern noch am Leben war, obwohl sie für tot gehalten wurde. Allerdings ... Tom hatte einen Eindringling durch den Garten verfolgt. Sie hatte ihn ja noch gesehen. Konnte der Er eine Sie sein? Und war die dunkle Gestalt identisch mit der Person, vor der Martin Bäumer sie warnen sollte? Oder war da noch jemand?

Angestrengt versuchte Emilia, sich die Gestalt der fliehenden Person ins Gedächtnis zur rufen. Es war dunkel und sie vollkommen in Aufruhr gewesen. Nein, sie vermochte beim besten Willen nicht zu sagen, ob es sich um einen Mann oder um eine Frau gehandelt hatte. Intuitiv war sie von einem Mann ausgegangen, konnte aber eine weibliche Identität nun nicht mehr ausschließen. Hanna, Lea oder Valentina? Moment mal ... der

Eindringling war gerannt. Mit über achtzig Jahren war man doch nicht mehr in der Lage, so schnell zu rennen. Oder doch? Emilia war verwirrt. Angenommen, jemand trainierte sein Leben lang Dauerlauf, wäre er oder sie dann in der Lage, mit über achtzig Jahren einem Mann wie Tom davonzulaufen, der selbst einigermaßen gut in Form war? Nein, das war unmöglich. Oder? Angespannt knabberte Emilia an ihrer Unterlippe. Logisch bleiben. Logisch und sachlich. Wenn sie vollkommen rational dachte und jegliche Wahrscheinlichkeit ignorierte, dann blieb tatsächlich noch eine weitere Möglichkeit: Martin Bäumer hatte gelogen. Es wäre auf jeden Fall die einfachste Erklärung, die zudem ohne irgendwelche Gruselfaktoren wie totgeglaubte Untote oder sprintende Achtzigjährige auskam. Als Tom den Polizisten überwältigt hatte, hatte er behauptet, er sei gerade erst angekommen und bei der Person, die sie verfolgt hatten, müsse es sich um jemand anderen handeln. Eine zweite Person, diejenige, die sie bedrohte. Diese war aber nirgendwo mehr zu sehen gewesen. Stattdessen hatte Bäumer sein Auftauchen damit zu erklären versucht, dass er sie warnen sollte. Was, wenn auch diese Warnung nur erfunden war? Wenn komplett alles gelogen war, was der Polizist ihnen erzählte? Dann wäre er es, der die Drohbotschaften schrieb, um sie aus dem Haus zu vertreiben. Und als sie ihn erwischt hatten, hatte er sich durch die Lüge um seinen Großvater herausgeredet und den Verdacht auf eine andere Person gelenkt. Eine erfundene, für die es keine Erklärung gab, weil sie schlichtweg nicht existierte. Stattdessen hatten sie den Verfolgten in die Villa mitgenommen und eine Aussage gemacht, die ihn nur noch weiter entlastete, weil das Protokoll besagte, dass sie eine fremde Person verfolgt hatten, die entkommen war. Und das alles, während er im Wohnzimmer gesessen und den Freund und Helfer gemimt hatte. Wenn er sich das Haus unter den Nagel reißen wollte, dann hatten sie ihm durch ihr Verhalten zusätzlich den Weg geebnet. Wie unheimlich. Da fürchtete Erika sich vor Geistern und ließ sich zugleich von der wahren Bedrohung ins Gasthaus begleiten. Wie absurd war das denn?

Vollkommen, beschloss Emilia. Martin Bäumer war Polizist. Er hatte sie nicht angelogen. Ihre Fantasie war wieder mal mit ihr durchgegangen. Sie sollte sich besser auf die Suche nach Hinweisen auf eine überlebende Frau machen, anstatt den einzigen Menschen zu verdächtigen, der in der Lage war, sie vor dem Verrückten zu beschützen, der sie bedrohte. Nein, es musste jemand anderes sein.

Seufzend setzte sich Emilia auf das alte Kinderbett und ließ den Blick durch das Zimmer schweifen. „Was ist hier geschehen?“, flüsterte sie.

Die Wand gab ein lautes Knacken von sich, als wollte das Haus mit ihr sprechen. „Verrat mir dein Geheimnis“, bat Emilia. „Gib mir irgendein Zeichen, irgendeinen Hinweis, um mir auf die Sprünge zu helfen. Was ist hier los?“

Wieder knackte es laut. Das Holz schien sich nach der Abkühlung des Raumes allmählich wieder zu erwärmen.

Emilia seufzte. Eine tiefe Ratlosigkeit ergriff von ihr Besitz. Sie hatte keine Ahnung, wie sie diese Problematik lösen sollte, andererseits ließ sich dieser Zustand der Ungewissheit aber auch nicht länger ertragen. Sie wusste ja nicht einmal, wie ernst die Drohungen zu nehmen waren. Erlaubte sich jemand einen dummen Scherz, oder waren sie ernsthaft in Gefahr? Beides war möglich. Beides fühlte sich absolut unwirklich an. Sie wusste lediglich, dass sie es sich niemals verzeihen würde, wenn Ellis etwas geschehen würde.

Es knackte im Schrank. Einen Moment lang saß Emilia stocksteif auf dem Bett. Sie hatte ihn noch nie zuvor geöffnet. Ihm noch nicht einmal richtig Beachtung geschenkt, so wie dem übrigen Kinderzimmer. Nun wunderte sie sich, dass sie nie auf die Idee gekommen war, ihn zumindest einmal zu öffnen.

Langsam erhob sie sich vom Bett und trat vor die hölzerne Tür. Der Schlüssel steckte im Schloss. Emilia drehte ihn herum.

Der Inhalt war wie ein Blick in die Vergangenheit. Kleider reihten sich an Bügeln aneinander. In zwei Regalfächern fand sich sorgfältig zusammengelegte Unterwäsche. Ein kleiner Schuhkarton stand auf dem Boden des Schranks. Bestimmt waren darin besondere Schuhe, die zu einem Abschlussball getragen worden waren oder so.

Neugierig zog Emilia den Karton heraus und nahm den Deckel ab. Ihr Herz machte einen Sprung.

26

Villa Gleißner, 1960

Freiheit. Seit dem Gespräch mit Daniel hatte Hanna es kaum erwarten können, Heinz in ihren Plan einzuweihen. Doch sie musste vorsichtig sein, sehr vorsichtig. Seit Leas Tod war die Atmosphäre in der Villa von einer misstrauischen Anspannung geprägt. Der Vater ließ Heinz kaum noch aus den Augen, was es Hanna nahezu unmöglich machte, einmal vertraulich mit ihm zu sprechen, geschweige denn ihm von ihren Fluchtplänen zu erzählen. Entweder hatte der Vater wie sie selbst Angst davor, Heinz auch noch zu verlieren, oder er spürte, dass sich hinter seinem Rücken etwas zusammenbraute, was ihm nicht gefallen würde.

Endlich war der Augenblick gekommen. Nach Tagen, die sich in die Länge zogen wie Kaugummi, hatte Heinrich es sich nicht nehmen lassen, zu seinem wöchentlichen Stammtisch aufzubrechen. Ungeduldig wartete Hanna, bis er endlich die Villa verließ und verfolgte, wie er den Weg entlangging, der zum großen Eingangstor führte. Auch als er dieses durchschritten hatte, wartete sie noch eine ganze Weile, nur um sicherzugehen, dass er nicht überraschend zurückkehrte – aus welchen Gründen auch immer. Nichts dergleichen geschah. Hanna packte die Gelegenheit beim Schopf und eilte zu Heinz.

Wie so oft saß der kleine Bruder an seinem Schreibtisch, tief über ein Gerät gebeugt, dass er so in seine Einzelteile zerlegt hatte, dass sie dessen ursprüngliche Form nicht mehr bestimmen konnte. Es hätte ebenso gut ein Radio wie ein Toaster sein können, aber das war im Moment nicht wichtig. Nichts war wichtig, außer der Freiheit, die bald ihre Erfüllung finden würde.

Kaum dass der kleine Bruder den Kopf hob, konnte Hanna nicht mehr an sich halten und sprudelte den ganzen Plan heraus. Ihre Augen leuchteten, während sie in schillernden Farben ausmalte, wie sie gemeinsam nach Amerika fliehen und unter falschem Namen ein neues Leben beginnen würden.

„Wir werden frei sein, Heinz, endlich frei! Wir werden so leben, wie es uns gefällt, ohne Angst, ohne Gewalt und ohne absurde Regeln eines unbarmherzigen Vaters.“

Hanna hielt inne, gespannt, wie der Bruder auf diesen Plan reagieren würde. Würde er ihr um den Hals fallen? Sofort mit dem Packen beginnen? Bestimmt würde sie seinen Tatendrang gleich zügeln müssen, denn noch hatte Daniel die falschen Pässe nicht besorgt. Einige Wochen mussten sie noch ausharren, aber das war eine lächerlich einfache Aufgabe im Vergleich zu dem, was sie schon alles ausgehalten hatten.

Heinz wirkte überfordert. Verständlich, sie hatte ihn mit dem Plan vollkommen überrumpelt. Noch war ihre Euphorie nicht auf ihn übergesprungen. Sie musste ihm ein wenig Zeit geben, das alles zu verarbeiten.

Auch sie hatte einen Moment gebraucht, als Daniel ihr den Fluchtplan am Seerosenteich unterbreitet hatte.

Endlich stand Heinz auf. Mit jedem Schritt, den er näherkam, konnte sie die Tränen in seinen Augen deutlicher glänzen sehen und die Freiheit ein wenig mehr greifen. Er umarmte sie, fest und liebevoll. Dann löste er sich, blieb vor ihr stehen und hielt mit seinen Händen ihre Oberarme fest.

„Meine große Schwester", sagte er zärtlich.

Hanna strahlte.

„Ich komme nicht mit."

Sie erstarrte. Was hatte er gesagt? Sie musste sich getäuscht haben. Warum sahen seine Augen so traurig aus? Er sollte sich freuen, strahlen, sich ebenso glücklich fühlen wie sie.

„Was?", fragte Hanna leise.

Heinz schüttelte kaum merklich den Kopf. „Ich kann nicht. Ich habe Trudchen die Ehe versprochen. An meinem einundzwanzigsten Geburtstag werde ich ihr einen Antrag machen, und dann werden wir heiraten. Ich kann nicht nach Amerika."

„Ich verstehe nicht ..." Hannas Stimme brach. Seine Worte brannten auf ihrem Brustkorb, bohrten sich hindurch und durchstachen quälend langsam ihr Herz.

„Liebst du Daniel?", fragte Heinz ruhig.

Sie nickte. „Mehr als mein Leben."

„Dann verstehst du. Du verstehst mich, Hanna. Ich kann Trudchen nicht verlassen. Ohne sie könnte ich niemals glücklich werden. Auch nicht in Amerika. Auch nicht in Freiheit. Sie ist mein Glück. Und Daniel ist deins. Geht. Fangt ein neues Leben an. Das hättest du schon längst tun sollen. Ich kenne niemanden, der das

Glück so sehr verdient hat wie du, meine tapfere, große Schwester.“

Tränen kullerten ihre Wangen hinunter, doch sie war unfähig, sich zu bewegen, um sie wegzuwischen. Wie gelähmt stand Hanna da und weigerte sich zu begreifen. Mit seinen Worten hatte Heinz jegliche Kraft, jegliche Regung aus ihrem Körper gesaugt.

„Ich weiß, dass du nur noch hiergeblieben bist, weil du Lea und mich beschützen wolltest, große Schwester. Aber Lea ist nicht mehr am Leben. Und mich musst du nicht beschützen. Ich komme zurecht. Vater mag mich manchmal schlagen, aber im Grunde seines Herzens liebt er mich. Er wird mir nichts tun. Und das bisschen halte ich aus.“

„Ich werde nicht zulassen, dass er dir etwas tut. Wenn ich dich auch noch verliere, halte ich das nicht aus, Heinz. Bitte komm mit.“

„Ich kann nicht. Ich kann nicht ohne Trudchen leben. Bitte versteh mich, Hanna.“

„Ich verstehe dich.“ Es gelang ihr, die Hände zu heben und ihm über das blonde Haar zu streichen, das sich immer noch so weich anfühlte, als sei er ein kleiner Junge. Und das war er. Für Hanna würde er immer einer bleiben. Niemals würde sie zulassen, dass er dem Vater ausgeliefert war. Dann würde sie eben bleiben müssen. In anderthalb Jahren war er volljährig und konnte sein Trudchen heiraten. Dann würde er mit seiner großen Liebe ein neues Leben beginnen. Und sie mit Daniel. Sie würde warten. Was konnte in anderthalb Jahren schon geschehen ...

27

Seerosenvilla, September 2023

Mit flatterndem Herzen nahm Emilia den ersten Brief aus dem Karton und wollte ihn kurz überfliegen, doch bereits die ersten Zeilen zogen sie vollkommen in ihren Bann.

Liebes Tagebuch,
ich kann dich nirgends finden. Daher werde ich dir heute auf diesen gewöhnlichen Zetteln schreiben und sie einkleben, wenn ich dich wiedergefunden habe. Verzeih einer törichten alten Frau, ich werde immer vergesslicher. In der einen Sekunde trage ich meine Brille noch auf der Nase, und in der nächsten habe ich vergessen, wo ich sie hingetan habe. Ich kann nur hoffen, dass ich nicht dement werde. Es ist niemand hier, der sich um mich kümmern könnte. Meine Geschwister und der Vater sind lange tot und bis auf diese verrückten Geisterjäger, die ich ab und an hereinlasse, um etwas Geld zu verdienen, bin ich allein. Die Einsamkeit schreckt mich nicht, ich habe sie lange herbeigesehnt. Jeden Tag, den ich diesem Ungeheuer von Vater beim Sterben zusah, habe ich gewünscht, endlich von ihm erlöst zu werden. Der Tod hat sich allzu lange geweigert, ihn anzunehmen, ich kann es ihm nicht verdenken. Seither aber erwache ich jeden Morgen mit dem Gefühl von Freiheit. Ich kann in der

Villa singen und tanzen, ich könnte sogar Daniel küssen, wenn er noch am Leben wäre. Ich kann tun und lassen, was ich will. Die Einsamkeit ist für mich kein Alleinsein, sondern Freiheit. Ich liebe sie. Die Reisegruppen kann ich ertragen. Wenn sie mit ihren piependen Gerätschaften durch das Haus wuseln, in der Überzeugung, Kontakt zu irgendwelchen verstorbenen Kindern aus dem Dritten Reich aufnehmen zu können, halte ich mich meist im Garten auf. Es gibt hier keine Geister, mit denen man Kontakt aufnehmen könnte. Ich wünschte, es gäbe sie. Wie gern würde ich mit Valentina sprechen, mit Lea lachen, Heinz bei einer seiner Tüfteleien zusehen oder von Mama in den Arm genommen werden. Frieden ihren Seelen, es ist nicht möglich. Was diese Geisterjäger sich von ihren Untersuchungen versprechen, habe ich bis heute nicht ganz verstanden, aber sie zahlen gut, also kann es mir gleich sein. Ich lasse sie gewähren. Da habe ich wahrlich Schlimmeres in meinem Leben ertragen als ein paar harmlose Spinner. Doch das ist nicht der Grund, warum ich dir schreiben muss, liebes Tagebuch. Der Grund ist, dass du mir von Kindesbeinen an ein geduldiges Gegenüber warst, dem ich alles mitteilen konnte, auch die seltsamsten Begebenheiten. Und genau eine solche trug sich heute zu.

Ich weiß nicht mehr ein noch aus, weiß nicht, was das war, was das sollte oder wie ich es einordnen soll. Ich weiß nur, dass ich in Zukunft das Eingangstor wieder fest verschließen werde, um zu verhindern, dass ungebetene Gäste hier auftauchen. Solche, die keine Achtung und keinen Respekt vor meinem Schicksal haben. Fremde, die sich daran weiden wollen, wie die letzte Überlebende der verfluchten Gleißner-Familie langsam in ihrer protzigen Villa zugrunde geht. Sie können es kaum erwarten, dass ich meiner

Familie in den Tod folge. Das ganze Dorf wartet gespannt und hofft wohl, dass es nicht mehr allzu lange dauern möge. Ich teile ihre Hoffnung. Lange habe ich geglaubt, an der Verzweiflung und dem Schmerz zu sterben, den das Leben mir zugefügt hat. Ich glaubte, dass nur die Tatsache, den Vater leiden zu sehen, mich am Leben hielt. Ich musste sichergehen, dass er tot ist, musste die Gewissheit haben, um selbst in Frieden sterben zu können. Aber dem ist nicht so. Noch immer bin ich am Leben, gesund und munter und darüber mindestens ebenso betrübt wie Edelsbrunn.

Aber jetzt hat unsere Beziehung eine neue Ebene erreicht. Es scheint eine wahnwitzig neue Idee zu geben, Abordnungen vorbeizuschicken, die meinen Kummer und damit mein Ableben beschleunigen sollen. Viel hätte ich den Dorfbewohnern zugetraut. Aber das hat sogar mich schockiert.

Heute Vormittag standen sie vor der Tür. Zwei Frauen. Dennoch war das bedrohlicher als eine ganze Horde mit Fackeln und Messern bewaffnet hätte sein können. Sie wollten mir den Todesstoß versetzen. Den endgültigen. Ohne dafür zur Verantwortung gezogen zu werden, weil man ihnen nichts nachweisen konnte.

„Hanna", sagte die Ältere der beiden. Dann begann sie zu weinen und fiel mir um den Hals. Perplex stand ich da und ließ über mich ergehen, dass sie mich fest an sich drückte. Dann erlangte ich die Fassung zurück und schob sie wortlos von mir. Sie ließ es geschehen. Die Jüngere von ihnen betrachtete die Szene, fühlte sich aber sichtlich unwohl.

„Hanna, ich bin es doch, Lea", sagte die Übergriffige plötzlich. Oh, ich hätte sie ohrfeigen mögen. Was erdreistete sich diese Person, den Namen meiner verstorbenen Schwester in den Mund zu nehmen? Wohl sah ich die Traurigkeit in ih-

ren Augen. Sie spielte ihre Rolle gut. So gut, dass ich wirklich für einen Moment glaubte, die Frau käme mir bekannt vor.

„Meine Schwester ist tot. Sie ist vor neunundfünfzig Jahren gestorben“, sagte ich, konnte aber nicht verhindern, dass meine Stimme zitterte.

„Das bin ich nicht. Ich bin hier, Hanna.“ Sie erhob die Hände wie zum Gebet, doch ich ließ mich nicht täuschen.

„Lea wäre neunundsiebzig Jahre alt, wenn sie noch am Leben wäre.“ Ich brauchte nicht zu rechnen. In jedem einzelnen Jahr meines Lebens war ihr Geburtstag wie eine Dusche mit kaltem Wasser für mich. Die Frau, die da vor mir stand, war allerhöchstens Mitte sechzig, wenn nicht noch jünger.

Als hätte sie meine Gedanken gelesen, strich sie sich übers Gesicht. „Ich habe einiges machen lassen, Hanna“, erklärte sie.

In diesem Moment erkannte ich sie. Vor einigen Monaten hatte ich einen Film mit dieser Frau in der Hauptrolle gesehen. Sie war eine Schauspielerin. Die Edelsbrunner hatten eine Schauspielerin engagiert, um mich emotional zu brechen!

„Verschwinden Sie sofort von meinem Grundstück!“, schrie ich die Fremde an. „Wenn ich Sie noch einmal hier erwische, dann rufe ich die Polizei!“

„Aber Hanna, ich ...“

Rückwärts trat ich einen Schritt ins Haus und griff nach der Schrotflinte, die immer im Eingangsbereich steht. Als alte, alleinstehende Frau muss man sich verteidigen können. Die Augen beider Frauen weiteten sich, als ich die Flinte auf sie richtete.

„Wagen Sie es nicht, noch einmal hier aufzutauchen!“
Meine Stimme klang schrecklicher als ich es je erwartet
hätte. Sie hatte den Tonfall meines Vaters angenommen.
Zufrieden sah ich, wie die Fremde einen Schritt zurück
machte. Dann legte sie der Jüngeren eine Hand auf die
Schulter. „Sie musst du doch erkennen, Hanna“, sagte sie.
Sie war wirklich talentiert. Und hartnäckig, das muss ich
ihr lassen. Im Angesicht einer alten, bewaffneten Frau noch
so penetrant zu sein. Ich kann nur hoffen, die Edelsbrunner
haben sie gut für den Auftrag bezahlt.
„Hanna“, sagte die Fremde eindringlich. „Sieh sie dir an.
Du musst dich doch selbst in ihr sehen. Das ist Ester.“
Der Schuss zerfetzte die Stille. Ich hatte abgedrückt. Aller-
dings nur in die Luft. Endlich hatten die beiden Frauen den
Ernst der Situation verstanden.
„Komm“, sagte die Jüngere. „Diese Frau ist offensichtlich
verrückt.“ Dann rannte sie los, fort von hier, in Richtung
des Eingangstors.
Die andere sah mich noch einmal an. „Ich werde in deiner
Nähe sein, Hanna. Wenn du mich brauchst, werde ich da
sein. Ich bleibe in deiner Nähe. Hör auf dein Herz. Du wirst
die Wahrheit erkennen.“
Ein zweites Mal schoss ich. Diesmal auf den Boden, gerade
so knapp, dass der Schrot sie nicht verletzen konnte. Erschrocken schrie sie auf und rannte dann ebenfalls davon.
Es hat eine ganze Weile gedauert, bis ich mich wieder beruhigen konnte. Seitdem schließe ich das Tor fest ab. Auch
wenn ich zu Hause bin. So etwas möchte ich nicht noch einmal erleben. Ich solle auf mein Herz hören, hatte die
Fremde gesagt. Mein Herz! Dass ich nicht lache! Wenn sie
Lea wäre, dann wüsste sie, dass mein Herz gebrochen ist
und seit vielen Jahren schweigt.

Ich wünschte, es wäre wahr. Ach, wenn ich meine geliebte Schwester noch einmal sehen könnte. All meine Geschwister. Und das Kind. Was würde ich darum geben, sie nochmals zu sehen. Aber die Toten kommen nicht zurück. Es bringt nichts, zu klagen. Das hat noch nie geholfen.
Danke fürs Zuhören, liebes Tagebuch.
Deine alte Hanna
2019 ... Zu spät, viel zu spät.

Emilias Herz krampfte sich zusammen, wie immer, wenn sie Zeilen von Hanna Gleißner las. Vor vier Jahren war sie der alten Frau als junges Schulmädchen erstmals begegnet, als sie ihr Tagebuch gelesen hatte. Jenes Tagebuch, das Hanna beim Verfassen dieses Briefes verschwunden geglaubt hatte. Groteskerweise wusste Emilia, wo es gewesen war: Es hatte in einer Kiste im Keller gelegen. Dort hatte Emilia es vor vier Jahren gefunden. Hanna musste tatsächlich vergessen haben, dass sie es dort hineingelegt hatte. Kaum vorstellbar, dass die Edelsbrunner so grausam mit der alten Frau umgesprungen sein sollten.

Sie musste unbedingt nochmals mit Josef sprechen. Ganz sicher war er an einer solchen Aktion nicht beteiligt gewesen, möglicherweise hatte er jedoch Gerüchte gehört.

Und was, wenn nicht? Es fiel Emilia schwer, den Gedanken zuzulassen, aber was, wenn die Frau, von der der alte Bäumer gesprochen hatte, die Frau, die noch am Leben war, tatsächlich Lea war, die echte Lea? Dann war die Szene entgegen Hannas Vermutung nicht eingefädelt gewesen. Dann hatte sie ihrer Schwester gegenübergestanden. Mit einer anderen Frau, die ebenfalls etwas mit ihnen zu tun hatte.

„Das Kind!", rief Emilia auf einmal laut und schlug sich mit der Handfläche an die Stirn. Schnell suchte sie die Stelle im Brief. Die angebliche Lea hatte gesagt, Hanna hätte sich in Ester erkennen müssen. Emilia sprang auf und lief hinunter ins Wohnzimmer, wo Briefe und Fotos lagen, die sie unter den Dielen des Kinderzimmers gefunden hatte.

Kurz horchte sie in die Stille. Das Haus lag noch immer in friedlichem Schlaf, sehr gut. Rasch öffnete sie den Karton und fand sofort den alten Liebesbrief. Denjenigen, in dem ebenfalls die Rede von einem Kind gewesen war. Hanna hatte also ein Kind gehabt. Eine Tochter. Ester? Aber wo war sie? Und warum war sie nicht bei Hanna? Hatte sie sie weggegeben, wie einst Elfie ihre jüngste Tochter? Oder war sie ihr genommen worden?

Nachdenklich ließ Emilia Briefe und Fotos durch ihre Finger wandern, ohne sie genauer zu betrachten. Wenn diese Ester noch am Leben war, könnte sie es sein, die hier ihr Unwesen trieb und sie bedrohte. Als Kind von Hanna musste sie zwar auch schon um die sechzig sein, so etwa Erikas Jahrgang, aber ihre Mutter war noch sehr gut in Form. Eine Frau ihres Alters wäre durchaus in der Lage gewesen, vor Tom davonzulaufen. Erst recht, wenn sie sich hier auskannte und sich im Dunkeln im Garten zurechtfand.

Emilias Herz flatterte. Auf einmal schienen sich verschiedene Gedanken zu einem Puzzle zusammenzufügen, es war an der Zeit, die letzten Lücken zu schließen.

Ihr wurde fast schwindelig von den ganzen Gedanken
und Fragen. In diesem Moment hörte sie Schritte.

28

Villa Gleißner, Dezember 1960

Erschöpft ließ sich Hanna auf dem Küchenstuhl nieder und wischte sich den Schweiß von der Stirn. Ausruhen, sie musste sich nur einen Moment ausruhen. Durch das Küchenfenster sah sie den Schnee in dicken Flocken herabrieseln und spürte eine tiefe Dankbarkeit. Seit Wochen war es bitterkalt, was es ihr ermöglichte, weite, unförmige Wollkleider zu tragen, unter denen sich der Bauch zumindest notdürftig verstecken ließ. Sie durfte sich gar nicht ausmalen, was sie hätte tun können, wenn es Sommer wäre. Genauso wenig, wie sie sich ausmalen konnte, wie es weitergehen sollte. Lange hatte sie versucht, die Veränderungen ihres Körpers einfach zu ignorieren. Es hatte natürlich nicht geholfen. In ihrem Bauch wuchs ein Kind heran. Daniels Kind. Inzwischen konnte es sogar ordentlich strampeln. Hanna erinnerte sich an das erste zarte Flattern in ihrem Bauch. Es hatte sich angefühlt, als ob sie einen Schmetterling verschluckt hätte. Dann wie ein Kitzeln. Ab diesem Zeitpunkt hatte sie die Tatsachen nicht länger verdrängen können. Sie hatte Daniel informiert. Er hatte sie gebeten, sofort zu ihm zu ziehen. Aber das hätte bedeutet, Heinz allein zu lassen. Sie hatte nicht so lange in der Villa ausgeharrt, nur um jetzt, kurz vor dem Ziel, aufzugeben. Zärtlich strich sie über ihren Bauch. Sie liebte dieses Kind jetzt schon. Sie hatte keine Ahnung, wie alles werden sollte. Wie sie es in der Villa verstecken könnte. Sie konnte nur hoffen, dass der Vater es akzeptieren würde, wenn es erst auf der Welt wäre, zugleich wusste sie, dass dieser Wunsch an Absurdität kaum zu überbieten war. Trotzdem klammerte sie sich an die Hoffnung. Dieses Kind war sein Enkelkind. Wenn jemand das Herz dieses Mannes erweichen konnte, dann vielleicht ein kleines, vollkommen unschuldiges Wesen, ein neugeborenes Kind, sein eigen Fleisch und Blut.

„Wenn du es wagst, auch nur noch eine Kiste Holz zu schleppen, dann sperre ich dich höchstpersönlich in deinem Zimmer ein, große Schwester."

Erschrocken fuhr Hanna herum. Heinz hatte die Küche betreten, kam näher und umarmte sie von hinten. Dann spürte sie seine Hand auf ihrem Bauch.

„Du bist schwanger."

Es war eine Feststellung, keine Frage, und es war sinnlos, es zu leugnen. In der Position, in der er sie vorgefunden hatte, hatte sie jegliche Vorsichtsmaßnahmen schleifen lassen. Es war eindeutig. Sie nickte und konnte dabei nicht verhindern, dass sich ein breites Lächeln auf ihre Lippen legte.

Plötzlich verzog sich das Gesicht des kleinen Bruders vor Schreck, und er zog schnell seine Hand zurück. „Ich glaube, es hat mich getreten."

Hanna lachte. „Das kann gut sein. Mich tritt es die ganze Zeit."

Wieder legte Heinz seine Hand auf ihren Bauch. Eine Weile lang verharrten sie so. Spürten dem neuen Leben nach und sahen aus dem Fenster.

„Ich werde ein perfekter Onkel für dich sein, kleines Baby", sagte Heinz dann. „Ich werde dich so beschützen, wie deine Mama mich immer beschützt hat. Und ich hoffe, du bekommst noch ganz viele Geschwister. Es ist doch von Daniel, oder?"

„Natürlich."

Hinter ihnen schepperte es laut, als ein Teller an der Wand zerschellte und die Scherben auf dem Boden klirrten. Hanna sprang auf, und auch Heinz hatte sich umgewandt. Stocksteif standen beide beieinander und sahen, wie der Vater nach einem weiteren Teller auf der Anrichte griff. Mit vor Zorn rotem Gesicht hob er den Teller hoch und schleuderte ihn auf Hanna. Im letzten Moment hob Heinz die Hand und wehrte ihn ab, sodass er neben seinen Füßen zu Boden fiel und klirrend auf den Fliesen zersprang.

Angestrengt keuchte Heinrich. Es kostete ihn sichtlich Mühe, sich zu beherrschen. Sowohl Hanna als auch Heinz waren in Alarmbereitschaft, denn sie wussten, wenn er seine Wut nicht abreagierte, sondern versuchte ernst zu bleiben, wurde es richtig gefährlich.

„Du wirst dieses Kind wegmachen lassen", sagte er ernst. „Ich dulde kein Judenbalg in meinem Haus. Ich dulde nicht, dass so etwas von meiner Tochter geboren wird. Diese Blutschande. Du wirst dieses Kind wegmachen lassen. Am besten heute noch."

„Dafür ist es zu spät", sagte Hanna leise und spürte, wie froh sie darüber war, dass niemand ihr das Kind mehr wegnehmen konnte. In wenigen Wochen würde es zur Welt kommen, und der Vater konnte nichts dagegen tun.

Kurz blieb es still.

Dann atmete Heinrich Gleißner hörbar ein. „Gut. Bring es zur Welt", sagte er kühl.

Für einen Moment blieb Hannas Herz stehen. Hatte sie gewonnen? Hatte das Kind es noch vor seiner Geburt geschafft, das Herz Heinrich Gleißners zu erweichen?

„Sobald es seinen ersten Atemzug gemacht hat, werde ich es töten." Er drehte sich um und ging hinaus.

Hanna und Heinz standen da wie erstarrt. Erst nach einigen Sekunden begriff sie, dass das keine leere Drohung war, sondern, so sagte es ihr ihre Erfahrung, eine ernstzunehmende Gefahr.

„Das wird nicht geschehen." Fest umarmte Heinz seine stocksteife Schwester und streichelte ihr dann sanft über den Bauch. „Du hast mich mein Leben lang beschützt, große Schwester. Du hast so viele Opfer für mich gebracht. Jetzt bin ich dran. Ich werde euch beschützen. Koste es, was es wolle. Und wenn es das Letzte ist, was ich tue."

29

Beim Anblick ihrer Mutter, die im Türrahmen erschien, platzte ein lautes Lachen aus Emilias Kehle.

„So schlimm?", fragte Erika und strich sich verlegen die zerzausten Haare glatt.

„Schlimmer." Emilia prustete. „Seit Tagen machst du uns hier mit deiner Angst vor Gespenstern irre, aber ganz ehrlich ... in diesem Aufzug würde das schaurigste Gespenst sich vor dir erschrecken."

„Oha. Das ist aber ein hartes Urteil, mein Kind."

„Na ja, das scheint auch ein harter Tag zu werden, liebste Mutter", scherzte Emilia.

„Dein Humor in allen Ehren, aber ich bin fix und fertig. Die ganze Nacht habe ich mich von der einen Seite auf die andere gewälzt. Ich glaube, ich habe höchstens ein paar Minuten geschlafen."

„Dabei hast du doch extra im Gasthaus übernachtet, weil es dir hier zu unheimlich ist."

„Schon. Allerdings musste ich erkennen, dass der Gedanke, euch in der Spukvilla allein zu lassen, mindestens genauso beängstigend ist. Die ganze Nacht habe ich mir Sorgen und Vorwürfe gemacht."

„Vollkommen unnötig, Mama. Wir haben bestens geschlafen." Das war zwar gelogen, aber die einzige Möglichkeit, Erika nicht sofort wieder aufzuregen.

„Soll ich dir eine Tasse Kaffee machen?"

„Du bist die Beste. Mein Goldkind." Erika trat zu ihr, nahm ihr Gesicht zwischen die Hände und drückte ihr einen Kuss auf die Stirn. „Nicht erschrecken, wenn Martin gleich hier auftaucht. Er hat mich freundlicherweise wieder hergefahren und telefoniert noch kurz im Auto. Lass die Haustür einfach offen stehen."

„Martin?"

Verlegenheit zeichnete Erikas Mundwinkel. „Wir haben gestern noch einen kleinen Absacker im Gasthaus eingenommen. Dabei sind wir zum Du übergegangen."

„Aha." Sich einen weiteren Kommentar verkneifend, beschränkte sich Emilia auf ein Grinsen. Sie trat aus dem Wohnzimmer und wäre fast Martin Bäumer in die Arme gelaufen, der gerade zur Haustür hereinkam. Er war ordentlich angezogen, aber Gesicht und Frisur sahen ähnlich derangiert aus wie Erikas.

„Guten Morgen", sagte er freundlich.

„Guten Morgen. Ich bin gerade auf dem Weg, einen Kaffee zu kochen. Möchten Sie auch eine Tasse?"

„Das wäre wirklich nett."

Emilia öffnete die Tür zur Küche und wies hinter sich. „Meine Mutter ist im Wohnzimmer."

Als sie wenig später mit der Kaffeekanne dorthin zurückkehrte, kniete Erika vor den Dokumenten und Fotos, die Emilia auf dem Fußboden ausgebreitet hatte, und las in einem der Briefe. Hinter ihr stand Martin und hatte eine Hand auf ihre Schulter gelegt, zog sie aber sofort zurück, als er Emilia wahrnahm. Die tat, als habe sie nichts bemerkt, stellte die Kanne auf dem Tisch ab und nahm zwei Tassen aus der Vitrine.

„Milch oder Zucker?", fragte sie in seine Richtung.

„Schwarz wie die Seele", erwiderte er und lächelte.

Emilia kannte den alten Scherz, doch in Bezug auf ihn war sie sich nicht sicher, wie ernst sie ihn zu nehmen hatte. Sofort braute sich in ihrem Kopf wieder das Gedankenkarussell zusammen. Er wirkte harmlos, aber taten das nicht alle Menschen, wenn sie sich Mühe gaben?

„Sag mal, irre ich mich, oder wird das immer mehr hier?" Skeptisch zeigte Erika auf die ganzen Unterlagen.

„Ich habe noch eine Schuhschachtel voller Briefe im Kinderzimmerschrank gefunden." Emilia trat zu ihr und zeigte auf die Kiste. „Allerdings bin ich noch nicht wirklich dazu gekommen, den Inhalt durchzusehen. Ich wollte gerade damit anfangen, da ist so ein Gespenst aufgetaucht und hat nach Kaffee verlangt." Sie grinste breit.

Erika lachte. „Nur nicht frech werden, mein Töchterchen."

„Apropos Töchterchen." Mit den Fingern blätterte Emilia die Papiere durch, bis sie zu dem gelangte, das sie eben gelesen hatte. Dann suchte sie nach jenem, in dem sich ein gewisser D. darüber freute, Vater zu werden. Beide reichte sie ihrer Mutter.

„Lies das mal bitte. Meinst du, es könnte sein, dass Hanna Gleißner ein Kind bekommen und dann auch leider wieder verloren hat?"

Erikas Augen wanderten hin und her, als sie die Zeilen in sich aufsaugte. Ihr Gesicht spiegelte die sich verändernden Gefühle von Angst, Verzückung, Ergriffenheit und Schrecken perfekt wider. So ähnlich musste Emilia ausgesehen haben, als sie die Briefe gelesen hatte.

Schließlich ließ sie den Brief in ihrer Hand sinken. „Also wenn das stimmt und Lea und diese Ester noch am Leben sind, dann wird das die Edelsbrunner Schlagzeile des Jahrhunderts."

„Du hältst es also für möglich?"

Ernst zeichnete Erikas Gesichtszüge. „Ich würde es nicht kategorisch ausschließen. Allerdings hoffe ich, dass es nicht wahr ist und Hanna recht hat damit, dass ihr ein Streich gespielt wurde."

Emilia nahm ihr den Brief aus der Hand und ließ die Augen darüber wandern, ohne bewusst nochmals zu lesen. „Wieso? Ich fände es schön, wenn Lea und Ester noch am Leben wären. Oder zumindest eine von beiden."

„Dann müssten wir alle vier wieder hier ausziehen."

Emilia stockte. Daran hatte sie noch gar nicht gedacht.

„Du meinst, weil ihnen als direkten Erben die Villa zustünde?"

„Das würde ein riesiges Chaos geben, das kannst du mir glauben." Erika stand auf, goss den Kaffee in zwei Tassen und reichte eine davon Herrn Bäumer. Die Blicke zwischen den beiden sprachen Bände. In der vergangenen Stunden schienen sie sich nähergekommen zu sein. Wie nah, das galt es noch herauszufinden. Oder besser nicht?

„Ich kann mir nicht helfen, ich fände es trotzdem schön." Emilia ging zu dem kleinen Karton und nahm die einzelnen Papiere heraus. „Es muss doch noch irgendetwas zu finden sein."

Ein kleines Bild löste sich zwischen den Briefen und fiel zu Boden. Sie hob es auf und betrachtete es nachdenklich. Es zeigte Lea Gleißner im Arm eines Mannes mittleren Alters. Ihre außergewöhnliche Schönheit ließ den Herrn neben ihr verblassen, obwohl er deutlich größer und breiter war. Emilia drehte das Foto um. Auf der Rückseite stand etwas geschrieben. Leider war die Tinte verwischt. Emilia kniff die Augen etwas zu und führte das Bild näher an ihr Gesicht. „Lea", entzifferte sie. „Und die Jahreszahl müsste ... 1950 sein. Schau mal, Mama, ist das eine Acht oder eine Null?"

Erika nahm das Foto entgegen. „Eine Acht würde ich sagen. 1958. Lustig. Mein Geburtsjahr."

„Da war Lea gerade mal achtzehn." Nachdenklich tippte sich Emilia mit dem Zeigefinger an die Unterlippe. „Und das andere daneben, kannst du das entziffern?"

„Nein, bedaure." Mehrfach verringerte und erweiterte Erika den Abstand zwischen Bild und Augen. „Sieht aus wie nochmals eine Acht. Oder eine Null. Nein, zweimal Null. Null, Sieben, Sieben, Null. Vielleicht eine Telefonnummer? Hey!"

Der letzte Ausruf galt Martin Bäumer, der die Schrift über ihre Schulter hinweg ebenfalls begutachtet hatte und ihr nun einfach das Foto aus der Hand nahm. Er drehte es so, dass er wieder das Bild vor sich hatte.

„Otto“, stammelte er. „Das sind keine Zahlen, das heißt Otto. Und der Mann auf diesem Bild ist mein Vater.“

30

Villa Gleißner, April 1961

Die Schmerzen drohten sie zu zerreißen, und sie konnte Heinz einfach nirgendwo finden. Er hatte versprochen, in der Nähe zu bleiben. Obwohl es Hannas erstes Kind war, hatte sie ein erstaunlich gutes Gespür für die Anzeichen der nahenden Geburt. Bereits am Vortag hatte sie das Ziehen im Unterleib gespürt, das nach und nach zu einem Schmerz geworden war. Einem leichten zunächst, den sie vor dem Vater noch gut hatte verbergen können, aber inzwischen war er kaum mehr auszuhalten. Kein Zweifel, das waren Wehen. Das Kind würde heute noch kommen. Zumindest hatte es sich einen guten Zeitpunkt ausgesucht, denn Heinrich war nichtsahnend zu seinem monatlichen Stammtisch gefahren. Bei all dem Schmerz war Hanna doch auch ein bisschen stolz, es geschafft zu haben. Sie würde ihr Kind zur Welt bringen. Vater betrank sich mit seinen Nazi-Freunden bei einem von ihnen zu Hause, und sie würde Zeit genug haben, das Kleine verschwinden zu lassen, bevor er es zu Gesicht, geschweige denn in die Finger bekäme. Einen besseren Zeitpunkt als jetzt gab es für die Geburt gar nicht.

Erneuter Schmerz schoss ihr in den Unterleib und ließ sie erbittert aufstöhnen. Sie hatte keinerlei Information darüber, wie sie sich verhalten sollte, hatte keine Hebamme konsultiert, die sie nun rufen könnte. Das war dumm gewesen, das wusste sie jetzt, aber ihre einzige Sorge hatte dem Gedanken gegolten, wie sie das Kind möglichst unbemerkt zur Welt bringen und direkt vor dem Vater verstecken sollte. Dass eine Hebamme nicht nur für die Unterstützung bei der Geburt gut war, sondern ihr auch vorher wichtige Ratschläge hätte geben können, daran hatte sie nicht eine Sekunde lang gedacht. Aber sie hatte auch nie damit gerechnet, dass die Niederkunft so furchtbar werden würde. Natürlich hatte sie davon gehört, dass eine Geburt schmerzhaft war. Sie wusste auch, auf welche Weise Kinder zur Welt kamen, aber nun, da es so weit war, schien ihr allein die Vorstellung absurd, und der Schmerz wurde langsam unerträglich. Vermutlich würde sie gleich in Ohnmacht fallen und sterben und das kleine Wesen mit ihr, da es niemanden gab, der es auf die Welt hätte holen können. Dann war alles umsonst gewesen. Jeder Kampf, jeder Streit, ihr ganzes Leben. Einfach sinnlos. Nein, auf keinen Fall durfte sie das zulassen.

Hanna nahm alle Kraft zusammen und kämpfte sich Schritt für Schritt vorwärts. Sie hatte sich Handtücher unter den Arm geklemmt. Wenn es stimmte, was die Mädchen in der Schule sich damals erzählt hatten, würde es gleich eine ganz schöne Schweinerei geben. Wieder krümmte sich ihr Körper unter dem Schmerz zusammen, und sie erreichte gerade noch so die Türklinke der Küche. Keuchend stand sie die Wehe durch und ging dann so schnell wie möglich hinein, um heißes Wasser aufzusetzen. Es gelang ihr gerade noch, die Handtücher auf den Boden zu werfen, da strömte eine neue Welle des Schmerzes durch sie hindurch. Sie würde es nicht überleben. Ganz sicher würde sie das nicht. Entweder, sie würde am Schmerz zugrunde gehen oder ersticken, weil ihr die Wehen jeglichen Atem nahmen. Wie gerne hätte sie Lea an ihrer Seite gehabt. Die tapfere, starke Lea.

Wo war Heinz, verdammt nochmal? Hanna kniete sich auf den Boden. Auf allen Vieren versuchte sie, die hingeworfenen Handtücher auf dem Boden auszubreiten, sodass eine weiche Fläche entstand und das Kind auf keinen Fall auf den harten, kalten Fliesen zur Welt kommen musste. Auf einmal wurde ihr fürchterlich schlecht. Im letzten Moment zog sie sich an der Kante des Spülbeckens hoch und erbrach sich darin. Wenigstens hatte sie die Handtücher nicht getroffen. Ihr Kind konnte nicht in einer Lache aus Erbrochenem geboren werden, aber um hinaufzugehen und neue zu holen, fehlte ihr die Kraft.

Wieder spürte sie den Schmerz nahen. Inzwischen glaubte sie, ihn zu kennen, aber er war so heftig, dass sie nicht mehr an sich halten konnte. Hanna brüllte vor Schmerz, unfähig, sich zu bewegen. Erschöpft ließ sie sich auf dem Deckenlager nieder. Dann sollte es eben so sein. Dann würde sie eben sterben. Hier und jetzt, in der Küche der Villa. Und das kleine Wesen mit ihr. Wenigstens kämen sie dann gemeinsam in den Himmel. Bestimmt warteten Lea und Valentina schon sehnsüchtig auf sie. Vielleicht war das ihre Bestimmung. Sie hatte keine Kraft mehr zu kämpfen. Vielleicht war es an der Zeit, aufzugeben und sich dem Schicksal zu fügen. Glück war einfach nicht für sie vorgesehen. Nur Schmerz und Leid. Das durfte nun auch ein Ende haben. Es war in Ordnung.

Erneut entfuhr ihr ein lauter Schrei und der Schmerz zerriss ihr fast den Unterleib.

„Hanna, o Gott, Hanna, ich bin da. O mein Gott."

Heinz. Endlich.

Er kam in die Küche gestürzt, sein Gesicht weiß wie Porzellan, die Augen beim Anblick der am Boden liegenden Schwester weit aufgerissen.

Hanna schickte ein flüchtiges Dankgebet zum Himmel. Zumindest musste sie nicht allein sterben. Und falls das Kind irgendwie überlebte, konnte er es an sich nehmen und wegbringen, so wie es geplant war. Es würde alles gut.

Sie brüllte erneut. Dann ergriff sie tiefer Frieden. Wieder ein Schrei. Diesmal stammte er nicht von ihr. Er kam auch nicht von Heinz. Und doch war er hörbar. Ein zarter Schrei, dem weitere folgten, die sich immer mehr steigerten.

Hanna sah zu ihrem Bruder. Sein Gesicht glänzte vor Tränen und Schweiß. Und da war noch etwas anderes, etwas, das Hanna nie zuvor an ihm gesehen hatte. Ein Strahlen in seinen Augen. Noch nie hatte sie ihren Bruder so glücklich gesehen.

Er senkte den Blick und tat irgendetwas mit seinen Armen, was sie aus ihrer liegenden Position heraus nicht erkennen konnte. So gut es ging, richtete sie sich ein wenig auf und stütze sich auf den Unterarmen ab. Da sah sie es. Zum ersten Mal sah sie ihr Kind, das schönste Wesen, das die Welt je gesehen hatte. Winzig klein lag es bei Heinz auf dem Schoß, der gerade versuchte, es in ein kuscheliges Handtuch einzuwickeln, ohne dabei zu sehr an der Nabelschnur zu ziehen.

„Du musst sie durchschneiden", wies Hanna ihn ruhig an. „Gib mir das Kleine und hol die Schere und einen Bindfaden aus der Küchenschublade. Oben links."

Es gelang ihr, sich noch etwas weiter aufzurichten, und Heinz legte ihr das winzige Bündel wie geheißen in den Arm.

„Da bist du ja, mein kleines Wunder", sagte Hanna sanft und streichelte behutsam über die winzige Wange des Neugeborenen. „Das haben wir aber gut gemacht, mein kleiner Schatz. So tapfer warst du."

Heinz war in der Schublade fündig geworden und hielt die benannten Utensilien in die Luft. „Schneide du sie durch", sagte Hanna. „Du musst die Nabelschnur mit dem Faden kurz über ihrem Bauch abbinden und dann ein Stück dahinter durchschneiden." Mit den Fingern zeichnete sie die Bewegungen nach.

Noch immer weinte Heinz vor Ergriffenheit und Aufregung, aber er tat wie geheißen. Hanna war nun vollkommen ruhig. Den kleinen Säugling im Arm zu halten, löste einen inneren Frieden in ihr aus, der die Welt um sie herum ausblendete.

Dem frischgebackenen Onkel war es indessen gelungen, die Nabelschnur zu durchtrennen. Mit feuchten Augen kniete er sich neben Hanna und betrachtete das kleine Menschlein auf ihrem Arm. „Wie soll sie denn heißen?", fragte er leise.

„Ein Mädchen?" Hannas Augen strahlten, als er lächelnd nickte. Sie schmiegte ihre Nase an die weiche Babywange. „Meine Tochter. Meine Ester. Sie soll Ester heißen. Daniel und ich haben den Namen gemeinsam ausgesucht, falls es ein Mädchen wird."

„Ester", wiederholte Heinz. „Ein wunderschöner Name."

„Er stammt aus der Bibel. Ester ist eine jüdische Königin, die ihr Volk vor einem Angriff und Vernichtung rettet. Sie bringt dem jüdischen Volk die Freiheit. So wie unsere Ester uns in die Freiheit führen wird."

„Wunderschön."

„Aber damit sie das kann, müssen wir sie erst einmal in Sicherheit bringen, wie besprochen. Ist alles bereit?"

Heinz nickte. „Alles wie besprochen. Die Geburt kam nun zwar doch etwas früher als erwartet, aber es ist alles vorbereitet."

Hanna spürte den Schmerz, der sie durchzuckte. Diesmal nicht im Unterleib, sondern in ihrem Herzen. Sie würde eine ganze Weile auf ihre Tochter verzichten müssen. Doch sie würde sie wiedersehen. In ihrem neuen Leben. Freiheit. Der Wert der Freiheit würde den Schmerz hundertfach aufwiegen.

Es zerriss ihr das Herz, als sie ein letztes Mal mit dem Finger zärtlich über die Babyhaut strich. Tief atmete sie den süßen Blumenduft ein, der von Ester ausging.

„Nimm sie", sagte sie dann so selbstbewusst wie möglich.

Sie wusste, dass Heinz ihr das Kind niemals selbst wegnehmen würde. Fragend sah er sie an. Er spürte ihre Unsicherheit. Sie musste sich zusammenreißen. Der Plan war gut. Sie durften ihn jetzt nicht ändern, nur weil sie zu rührselig war.

„Nimm sie", wiederholte sie bestimmt.

Endlich regte sich ihr Bruder und ließ sich seine Nichte auf den Arm legen. Auch er war vollkommen verzaubert von dem kleinen Wesen.

„Bring sie weg von hier, schnell", befahl Hanna.

Und er zögerte nicht.

Die Welt um Hanna zerfloss in Tränen, als sie Heinz mit ihrem Kind aus der Tür treten sah. „Bis bald, mein kleiner Engel", sagte sie leise.

Dann kämpfte sie sich auf die Beine. Sie musste alle Anzeichen der Geburt beseitigen. Bis der Vater begriff, dass sie entbunden hatte, musste Ester über alle Berge sein.

Weder sie noch Heinz bemerkten die Gestalt, die schon seit einer ganzen Weile durchs Fenster starrte.

31

Friedhof Edelsbrunn, 2023

Traurig betrachtete Emilia den großen Grabstein vor sich. Offenbar war das Familiengrab der Gleißners von vornherein dazu gedacht gewesen, allen Familienmitgliedern eine letzte Ruhestätte zu bieten, denn es umfasste sechs Grabstellen, die von Carrara Marmor zu einer Einheit eingefasst wurden. Der Stein, der ebenfalls das gesamte Kopfende zierte, war in der Mitte gebrochen, ob künstlich oder mit Absicht war nicht zu sagen. Möglicherweise hatte man ihn auch in zwei Teilen hertransportiert, weil sein Gewicht die Hubkapazitäten von üblichen Einsatzfahrzeugen überstieg. Darauf waren die Namen der verstorbenen Familienmitglieder mit messingähnlichen Buchstaben eingraviert. Oben Elfie und Heinrich Gleißner. Elfie Gleißner, 1911-1945, ein so kurzes Leben. Dann Heinrich Gleißner, der von 1900-1991 gelebt hatte. Ein langes Leben, aber war es auch ein glückliches? Das stand zu bezweifeln. Seinem Namen folgte der Valentinas. Sie war nur sechs Jahre alt geworden. Bei dem Gedanken schossen Emilia die Tränen in die Augen. Lea und Heinz waren ebenfalls viel zu jung gestorben, beide im Alter von jeweils zwanzig Jahren. Die Lebensspannen der einzelnen Familienmitglieder so vor sich zu sehen, war wie eine Mahnung aus Stein, die Vergänglichkeit des eigenen Lebens nicht zu unterschätzen. Verständlich, dass es viele Menschen auf Friedhöfen gruselte. Auch Emilia fröstelte. Keinen dieser Menschen hatte sie persönlich gekannt und doch fühlte sie sich ihnen so verbunden. Einerseits, weil sie ja doch irgendwie Teil ihrer Familie waren und andererseits, weil sie anhand der persönlichen Dokumente von Hanna emotional sehr tief in die Familie eingetaucht war. Wenn sie deren Gedanken auf Papier las, fühlte sie mit ihr, freute sich mit ihr, litt mit ihr und trauerte mit ihr. Nur ihre innersten Geheimnisse teilte sie nicht, die hatte Hanna für sich behalten. Ester. Wer in aller Welt war Ester? In der Reihe der Namen auf dem Grabstein tauchte der ihre nicht auf. Damit war die Hoffnung, mehr über das unbekannte Kind zu erfahren, dahin.

Emilia bückte sich und nahm den kleinen Zweig aus der Metallschale, die zum Besprengen des Grabes mit Weihwasser gefüllt war. Andächtig tauchte sie ihn ein und spritzte dann ein wenig davon auf das Grab. Sollten sie alle in Frieden ruhen. Emilia spürte den zarten Hauch von Traurigkeit, der sich auf ihr Gemüt legte. Vollkommen unabhängig davon, ob man ein gutes oder schlechtes, ein kurzes oder ein langes, ein böses oder herzliches Leben geführt hatte, es endete bei jedem Menschen gleich: mit dem Tod und dem ewigen Frieden in Gottes Hand.

Eine Frau trat neben sie und nickte ihr zur Begrüßung kurz zu. Sie war vollkommen in Schwarz gekleidet und machte keinerlei Anstalten, ein Gespräch zu beginnen. Stattdessen faltete sie die Hände und schloss die Augen.

Rasch wandte Emilia ihren Blick von der Trauernden ab. Dabei streifte ihr Blick das Grab, vor dem die Frau stand. Es schien schon etwas älter zu sein, trotzdem war es hübsch gepflegt und mit frischen Blumen bepflanzt. Neben dem Grabstein brannte eine Friedhofskerze.

Beschämt betrachtete Emilia das Grab vor sich. Sie hatte gar nicht daran gedacht, Blumen oder eine Kerze mitzubringen. Das Grab der Familie Gleißner war von Wildwuchs und Unkraut überwuchert. Ungepflegt und lieblos lag es da und löste bei ihr ein Gefühl der Beklemmung aus. Beschämt ging sie in die Knie und zupfte unbeholfen die gröbsten Efeuranken ab. Unter dem Grün der Zweige kam ein weißer Engel aus Stein zum Vorschein. Das war ja fast symbolisch. Wenn man die oberste Schicht Gestrüpp löste, dann kamen Geheimnisse zum Vorschein, die man so nicht erwartet hätte.

Vorsichtig drückte Emilia die Ranken noch etwas weiter zur Seite. Das Weiß des Engels strahlte regelrecht im Kontrast zum Gestrüpp. Er lag auf einem kleinen Sockel und schlief. Darauf war in goldenen Buchstaben etwas eingraviert. Sie drückte die Zweige noch weiter auseinander und hatte Mühe, das Gleichgewicht zu halten, doch sie wollte den kleinen Engel nicht von seiner Stelle heben. Wer auch immer ihn dort hingelegt hatte, hatte ihn bewusst so platziert. Es stand ihr nicht zu, einzugreifen.

Endlich konnte sie die erstaunlich gut erhaltene Schrift lesen.

In Erinnerung an Ester, 1961, Ruhe sanft, mein kleiner Engel.

O Gott. Es hatte tatsächlich eine Ester gegeben. Und offenbar war sie nicht einmal ein Jahr alt geworden, sonst stünden dort, wie bei den anderen Namen, auch zwei Jahreszahlen: das Geburts- und das Sterbedatum.

Emilia spürte, wie ihr Herz schwer wurde. Wenn Erwachsene starben, war das schlimm genug, aber wenigstens hatten sie ein Leben gehabt. Wenn Kinder das taten, blieb so viel Leben unerfüllt, und Babys hatten nicht einmal die Chance, ihr Leben zu beginnen. Sie war so dankbar, dass mit der Geburt von Ellis alles gutgegangen war. Sie war noch nicht einmal eine halbe Stunde hier, und schon verspürte sie den Drang, wieder nach Hause zu gehen und ihre Tochter in den Arm zu nehmen. Verrückt, was so ein kleines Wesen mit einem anstellte.

Etwas versteift richtete sie sich wieder auf. In diesem Augenblick flog dicht an ihrem Kopf etwas vorbei und landete auf dem Grab. Ein Stein. Erschüttert wandte sich Emilia um, doch in der Richtung, aus der der Stein gekommen war, konnte sie niemanden erkennen. Wut stieg in ihr auf. Drohbriefe waren das eine, aber dieser Stein hatte sie fast am Kopf getroffen. Das war ein tätlicher Angriff. Sie würde ihn mitnehmen und den Vorfall bei Martin Bäumer zur Anzeige bringen. Als sie sich erneut bückte, um den Stein aufzuheben, sah sie sofort, dass ein kleiner Zettel mit einem Gummiband daran befestigt war. Emilia machte ihn ab und faltete ihn auf.

Verschwindet endlich aus der Villa und haltet euch aus Angelegenheiten heraus, die euch nichts angehen. Sonst wird sie brennen und ihr mit ihr.

Emilia schluckte. Sie musste den Instinkt unterdrücken, sofort panisch loszurennen und die Koffer zu packen. Wer auch immer den Stein geworfen hatte, er beobachtete sie bestimmt und weidete sich an ihrer Angst. Diese transformierte sich mit jedem weiteren Gedanken in Wut. Wut, aber gleichzeitig auch Trotz. Sie hatte sich noch nie einschüchtern lassen. Und sie hatte nicht vor, jetzt damit anzufangen. Im Gegenteil. Jetzt erst recht. Sie würde das Geheimnis der Familie Gleißner lüften. Irgendjemand von ihnen lebte noch und wollte sie mit aller Gewalt aus der Villa vertreiben.

„Ester?", rief Emilia laut. „Ester, bist du das? Komm raus und zeige dich. Lass uns reden." Sie ließ ihren Blick über den Friedhof schweifen, aber es regte sich nichts.

Auf einmal packte eine Hand ihre Schulter. Erschrocken fuhr Emilia herum und blickte in das traurige Gesicht der Frau, die eben noch an dem Grab neben ihr gestanden hatte.

„Sie kommen nicht zurück", sagte die alte Dame tröstend. „Ich weiß, wie schwer es ist, glauben Sie mir. Aber wir müssen die Toten ruhen lassen. Auch wenn Sie sie rufen und es sich noch so sehr wünschen, sie kommen nicht zurück."

Traurig senkte die alte Frau den Kopf und legte Emilia erneut die Hand auf die Schulter. Kurz nur, eine tröstende Berührung, aber sie ließ die berührte Stelle vor Scham brennen. Sie hatte das Mitleid der trauernden Dame nicht verdient. Und es war unangemessen von ihr, auf dem Friedhof herumzuschreien, ohne Rücksicht auf Trauernde.

„Es tut mir leid", entschuldigte sich Emilia. „Ich gehe besser nach Hause."

32

Villa Gleißner, April 1961

Hastig verstaute Hanna die Babysachen in dem ledernen Reisekoffer und strich sanft darüber. Er war eine der Erinnerungen an Lea, die erst seit deren Tod schmerzten. Seltsam, dass ein einfaches Gepäckstück so tiefe Gefühle auslösen konnte, aber die Symbolik war niederschmetternd. Lea hatte diesen Koffer vom Gehalt ihres ersten Jobs als Model gekauft, mit der Absicht, am Tag der Volljährigkeit mit eben diesem ledernen Ungetüm die Villa Gleißner für immer zu verlassen. Damals war sie gerade fünfzehn gewesen und dass es noch sechs Jahre dauern würde, bis sie den ersehnten Moment genießen konnte, hatte sie nicht im Geringsten verschreckt. Die nächsten fünf Jahre über hatte Lea den Koffer unter einem Berg von Kleidern im Schrank aufbewahrt. Dort sicher verborgen, war er ihre *Verheißung auf ein freies Leben*, so hatte sie ihn immer genannt. So oft hatte sie Hanna in schillernden Farben ausgemalt, wie sie am Tag ihres einundzwanzigsten Geburtstags die Kerzen auf dem Kuchen ausblasen, dann ihren Koffer nehmen und gehen würde. Er war ihr Symbol für den Triumph über den Vater, den sie so gern feiern wollte. Leider war es nie dazu gekommen.

Langsam ließ Hanna ihre Finger über das unbenutzte Leder gleiten. Bestimmt hätte sich Lea gewünscht, dass Ester den Koffer bekam. So hatte sie wenigstens ein Erinnerungsstück an ihre Tante, noch dazu eines mit so hohem symbolischem Wert. Der Koffer würde seine Bestimmung erfüllen, nur würde er statt Lea nun Ester, Hanna und Heinz in die Freiheit führen. Nur noch ein paar Tage, dann wäre sie fit genug, um die lange Reise nach Amerika körperlich durchzustehen. Die Geburt hatte sie mehr geschwächt, als sie gedacht hatte. Ohne Zeit, sich auszuruhen, hatte sie die Spuren der Geburt beseitigt, gerade noch rechtzeitig, bevor der Vater von seinem Stammtisch nach Hause zurückkehrte. Erschöpft war sie am Abend in ihr Bett gefallen. Erschöpft, aber glücklich, denn sie wusste, dass Ester nun in Sicherheit war. Heinz hatte sie zu Daniel gebracht, und gemeinsam waren sie an einen sicheren Ort gefahren. Daniel würde sich um Ester kümmern, bis die gefälschten Papiere und die Tickets für die Schiffspassage nach Amerika endlich da waren. Aufgrund der verfrühten Geburt waren die Vorbereitungen noch nicht abgeschlossen, aber es konnte sich nur um wenige Tage handeln, bis alles bereit war. Heinz würde mit ihr in der Villa bleiben, während Daniel sich in dem geheimen Versteck um Ester kümmerte. Sobald alles vorbereitet war, würde ihr Bruder sie mit seinem Auto zu Daniel und Ester bringen und dann würden sie alle vier mit gefälschten Dokumenten zu Daniels Verwandten nach Amerika verschwinden. Für immer. Als Heinz begriffen hatte, dass Hannas Kind in der Villa in Gefahr war, sie aber nur gehen würde, wenn er mitkäme, hatte er endlich eingewilligt, mit nach Amerika zu reisen. Zumindest bis zu seinem einundzwanzigsten Geburtstag. Dann würde er nach Deutschland zurückkehren und seinem Trudchen wie geplant den Antrag machen. Bis dahin würden sie alle gemeinsam drüben leben. Erstaunlich, wie wenig der Gedanke an den endgültigen Abschied von der Villa schmerzte. Siebenundzwanzig Jahre lang war sie ein Zuhause gewesen und doch wünschte sich Hanna seit Esters Geburt nichts sehnlicher, als ihr endlich den Rücken zu kehren. Vielleicht konnte sie damit auch einen Teil des Schmerzes zurücklassen, den sie hier erlebt und erlitten hatte. Lea, Valentina und Mutter würde sie im Herzen immer bei sich tragen. Außerdem hatte sie wichtige Fotografien und Briefe unter den Dielen versteckt, so wie Lea und sie es immer getan hatten. Eines Tages, wenn der Vater nicht mehr lebte, würde sie zurückkehren und alles wieder an sich nehmen.

Die Türglocke ertönte. Verwundert sah sie nach der kleinen Standuhr auf ihrem Nachttisch. Es kamen generell sehr wenige Menschen zur Villa und schon gar nicht so früh am Morgen. Es war gerade kurz nach sieben, die Morgenröte begann erst allmählich, sich aufzulösen.

Der Gong ertönte erneut. Vater würde sicherlich nicht aufstehen. Mindestens bis zum Mittag würde er seinen Rausch vom gestrigen Stammtisch ausschlafen. Das war gerade recht. Heinz schlummerte bestimmt auch noch tief und fest. Immerhin hatte er die halbe Nacht im Auto verbracht, um Daniel und Ester in ihre einstweilige Unterkunft zu bringen.

So schnell es ihr in ihrem Zustand möglich war, ging Hanna hinab und öffnete die Tür.

„Sind Sie Hanna Gleißner?"

Sie nickte. Gleichzeitig fragte sie sich, ob es besser gewesen wäre, das zu leugnen. Vor ihr standen zwei Polizisten, die sie mit ernster Miene betrachteten.

„Ist Ihr Vater Heinrich Gleißner?", fragte der zweite Polizist vollkommen ruhig.

Auch diese Frage hätte sie am liebsten verleugnet. Ob es ihr Pflichtbewusstsein war oder die Gewissheit, dass die Beamten es ohnehin herausfinden würden – Hanna nickte erneut.

„Dürfen wir hereinkommen?", fragte der zweite Polizist.

Nun war es so weit. Sie holten ihn ab. Irgendjemand hatte den Vater verraten, seine Gesinnung ausposaunt, und nun würden sie ihn mitnehmen und verhaften lassen. Ging das überhaupt? Konnte man jemanden dafür verhaften? Und für wie lange? Hoffentlich lange genug, um ihnen eine problemlose Flucht zu ermöglichen. Was für ein glücklicher Zufall. Endlich kam das Glück auch in ihr Leben. Mit Esters Geburt hatte sich das Blatt gewendet.

„Selbstverständlich dürfen Sie hereinkommen", sagte Hanna fröhlich und lächelte die Polizisten an.

Sie erwiderten es nicht. Hoffentlich glaubten sie nicht, dass sie die Ideologie des Vaters teilte. Angst durchzuckte sie. Wenn sie auch sie verhaften würden, dann würde die Flucht verzögert oder gar unmöglich. Das durfte nicht passieren. Nein, das würde auch nicht geschehen, beruhigte sie sich selbst. Das Unglück hatte nun endlich ein Ende. Sie musste an ihr Glück glauben, ihm vertrauen. Alles würde gut werden.

„Verzeihen Sie bitte, mein Vater schläft noch. Ich werde ihn wecken. Dürfte ich Ihnen einstweilen eine Tasse Kaffee anbieten?"

Die Beamten bedankten sich höflich und setzten sich auf Hannas Geheiß an den Esstisch. Sie brachte den Kaffee und ging dann hinauf, um den Vater zu wecken. Heinz würde sie ausschlafen lassen. Sie konnte ihm später erzählen, was geschehen war.

Auf leisen Sohlen schlich sie an seiner Zimmertür vorbei und betrat Heinrichs Schlafzimmer. Wie erwartet war dieser von dem ungeplanten Wecken nicht begeistert, aber nach wenigen Flüchen versprach er, sich anzuziehen und nach unten zu kommen. Hanna ignorierte seine Beschimpfungen. Sie wollte es erleben. Wollte unmittelbar dabei sein, wenn die Polizisten ihn festnahmen. Wollte sein Gesicht sehen und sich an seinem Schrecken weiden. Er hatte es verdient. Die Verhaftung war die logische Konsequenz seines Lebens und das faire Ende seiner Tyrannei in diesem Haus. Ein zartes Glücksgefühl wuchs in Hannas Herz und hinterließ das Versprechen einer wohligen Zufriedenheit, wie sie sie nie zuvor empfunden hatte. Endlich würde er seine gerechte Strafe erhalten. Wie hatte sie je an Gott und seiner Gerechtigkeit zweifeln können?

Als sie den Wohnraum betrat, erhoben sich beide Polizisten, doch sie bedeutete ihnen, sich wieder zu setzen.

„Vater kommt gleich herunter", erklärte sie.

In diesem Moment hörte sie schon das laute Poltern seiner Schritte. Jenes Geräusch, das sie so viele Jahre in

Angst und Schrecken versetzt hatte. Es würde ein Ende haben. Endlich!

Wieder erhoben sich die Polizisten von ihren Stühlen. Der Ältere von ihnen trat einen Schritt auf Heinrich zu und gab ihm die Hand.

„Heinrich Gleißner?", fragte er.

„Der bin ich." Keine Spur von Angst, nicht der Hauch von Schuldbewusstsein war ihm anzumerken.

Der Polizist nickte und ließ seine Hand los. „Mein Name ist Braun, das ist mein Kollege Bäumer. Möchten Sie sich vielleicht setzen?"

„Danke nein, ich stehe gut."

„Ich denke, es wäre besser, wenn Sie sich setzten."

„Ich sagte, ich stehe." Der typische Befehlston.

Gut, dass sich die Beamten davon nicht einschüchtern ließen. Herr Braun nickte lediglich und holte dann tief Luft.

„Herr Gleißner, wir müssen Ihnen leider eine traurige Nachricht überbringen. Ihr Sohn, Heinz Gleißner, ist in der vergangenen Nacht tödlich verunglückt."

Die Zeit blieb stehen. Mit einem Ruck hörte die Welt auf, sich zu drehen und zersplitterte in zig Millionen Einzelteile. Hannas Herz wurde taub. In ihren Ohren dagegen brauste und rauschte ein Wasserfall. Vor ihren Augen erstarrte der Vater. „Wie …", stammelte er, unfähig, die Frage zu vollenden.

„Er ist gemeinsam mit einem anderen Herrn und einer Dame in seinem Auto verunglückt. Sie sind von der eisglatten Straße abgekommen und einen Abhang hinuntergestürzt. Die Leichen sind leider vollkommen entstellt, daher können wir Sie nicht zu einer Identifizierung bitten. Allerdings lassen die Papiere und das Autokennzeichen keinen Zweifel daran, dass es sich um Ihren Sohn handelt."

Vor Hannas Augen erstarrte der Vater. Dann verdrehte er seltsam die Augen und stürzte kraftlos in sich zusammen.

Auch Hanna wankte. Ihre Beine fühlten sich an wie Pudding. Durch einen nebligen Schleier nahm sie wahr, wie beide Polizisten zum Vater stürmten und laut auf ihn einredeten.

„Sie lügen", murmelte Hanna. „Sie lügen. Heinz liegt oben in seinem Bett und schläft."

Kopflos rannte sie hinauf, riss Heinz' Zimmertür auf und betrachtete fassungslos das leere, vollkommen unberührte Bett. Sie wankte und taumelte ein paar Schritte rückwärts.

„Heinz?", rief sie leise. Ihre Stimme hörte sich an wie das Kratzen einer Gabel auf Porzellan. „Heinz?", krächzte sie erneut. Dann stürmte sie wieder ins Zimmer und riss die Bettdecke herunter. Er musste hier sein. Er musste doch hier sein und schlafen. Sie war doch extra leise gewesen, um ihn nicht zu wecken. Wie von Sinnen riss sie so lange an Bettzeug und Laken, bis sie nur mehr die blanke Matratze vor sich liegen hatte.

„Wo bist du?", rief sie immer wieder. Ihre Stimme war nun ein Ausdruck bloßer Verzweiflung. Endlich warf sie sich vornüber auf das Bett des Bruders und begann hemmungslos zu weinen.

„Fräulein Gleißner?"

Sie hörte die Stimme wohl, aber sie war nicht in der Lage, sich zu bewegen, geschweige denn zu reagieren. Sie spürte es mehr, als dass sie sah, dass der jüngere der beiden Polizisten den Raum betrat und neben ihr stehen blieb.

„Es tut mir furchtbar leid." In seiner Stimme schwang aufrichtige Ergriffenheit.

Sicher meinte er es gut. Trotzdem hasste ihn Hanna. Sie musste ihn hassen. Wie konnte er es wagen, zu behaupten, dass ihr Bruder tot sei? Ihr Heinz. Und ...

„Sie sagten, es seien zwei Männer in dem Auto gewesen", sagte sie erstaunlich ruhig und hob den Kopf. Herr Bäumer wirkte mitgenommen. Zögerlich nickte er.

„Der zweite Mann ..." Hanna zögerte. Sie wusste, wenn sie die Frage aussprechen würde, gab es kein Zurück mehr. „Der zweite Mann war Daniel Goldstein, habe ich recht?"

Wieder nickte Herr Bäumer.

„Ist er ... ich meine, hat er überlebt?"

Schweigend schüttelte Herr Bäumer den Kopf.

Hanna biss die Zähne zusammen. Ihre Lippen zitterten. Sie hatte die Frage stellen müssen und gewusst, es würde sie umbringen, falls die Antwort das Schrecklichste bestätigte. Warum war sie noch am Leben? Wie konnte sie leben, wenn Daniel tot war? Wie war das nur möglich?

„Die Frau?", flüsterte sie. „Wer war die Frau? Trudchen?"

„Den Papieren nach eine Gertrud Brauning. Kannten Sie sie?"

„Sie ist die Verlobte meines Bruders. Warum war sie im Wagen?"

„Das weiß ich leider nicht."

Hanna schluckte trocken. Dann endlich gelang es ihr, die Frage herauszupressen, vor deren Antwort sie sich mehr fürchtete als alles andere. „Das Kind?"

„Welches Kind?" Der Beamte sah sie ernst an. „Da war kein Kind."

„Das neugeborene Mädchen, Ester." Ihre Stimme war nun kaum mehr als ein Hauchen. „Ist wenigstens sie am Leben?"

Der Beamte betrachtete sie einen Moment. „Da war kein Kind. In dem Auto waren nur die beiden Männer und die junge Dame. Alle drei waren bereits tot, als wir eingetroffen sind. Von einem Neugeborenen höre ich zum ersten Mal."

„Aber sie muss im Auto gewesen sein."

Der Beamte schüttelte erneut den Kopf. „Nein, ganz sicher nicht. Die Unfallstelle ist gut einsehbar, und wir haben alles nach Spuren und weiteren Verletzen abgesucht. Da war kein Kind."

Ein furchtbarer Gedanke entsprang in Hannas Unterbewusstsein und formte sich zu einem schrecklichen Klumpen aus Verdacht und Hass. Mit einem Ruck sprang sie auf, schob den Beamten grob beiseite und stürmte wie eine Furie hinunter ins Wohnzimmer. Der Vater saß auf einem Stuhl und trank gerade einen Schluck Wasser aus einem Glas.

„Du!", brüllte Hanna und stürmte auf ihn zu.

Mit der rechten Hand schlug sie ihm das Glas aus der Hand, das von der heftigen Bewegung über den Tisch hinweggeschleudert wurde und klirrend an der Wand zerschellte. Wie ein wild gewordenes, verwundetes

Tier hatte sie sich vor dem erschrockenen Vater aufgebaut, packte ihn an den Schultern und begann ihn mit aller Kraft zu schütteln.

„Du elendes Scheusal!", fauchte sie vollkommen außer sich. „Du hast das alles eingefädelt. Du! Du Teufel, du Dämon! Wie kann man nur so bösartig sein? Was hast du getan? Wie hast du das angestellt? Hast du ihre Bremsen manipuliert? Hast du jemanden auf sie angesetzt, der sie von der Straße abdrängt? Wie hast du es angestellt? Sag' schon, was hast du getan, du Monster?"

Während Heinrich Gleißner derart vom Wutausbruch seiner Tochter überrascht war, dass er ihn erstaunt über sich ergehen ließ, hatten sich die beiden Beamten wieder gefasst und zogen Hanna gemeinsam von ihm weg. Diese wehrte sich mit allen Mitteln, schlug aus, trat nach dem Vater und den Beamten und hörte gar nicht mehr auf zu schreien. Die Polizisten hatten alle Hände voll zu tun, nicht von ihr getroffen zu werden. Schließlich verließen sie die Kräfte, und eine tiefe Traurigkeit lähmte ihre Bewegungen. Mit herabhängenden Armen stand sie da und sah den Vater voller Hass an.

„Wo ist mein Kind?", fragte sie und betonte dabei jedes Wort einzeln.

Heinrich sah sie an, als sähe er sie zum ersten Mal. Sie war ihm fremd geworden. Kein Wunder. Sie war sich selbst fremd geworden.

„Wo ist mein Kind?", wiederholte Hanna mit fester Stimme.

„Du hast gar kein Kind, Hanna." Er warf den Beamten einen entschuldigenden Blick zu, als brächte ihn der Ausbruch seiner Tochter in höchste Verlegenheit.

Hannas Herz gefror. „Das wirst du büßen! Ich schwöre es, bei allem, was mir heilig ist. Das wirst du büßen."

33

„Mit einem Stein?" Erschüttert schlug sich Erika die Hände vor den Mund.

Emilia zog den Stein aus der Tasche und legte ihn auf den Tisch. „Das lasse ich mir nicht gefallen, das garantiere ich dir. Niemand wirft einen Stein nach mir. Und diese Drohungen haben jetzt auch ein Ende. Ich lasse mich nicht einschüchtern. Ich möchte gerne Anzeige erstatten. Gegen Unbekannt."

Martin Bäumer nickte und zückte sein Handy. Seit er am Morgen mit Erika in die Villa zurückgekommen war, hatte er sie nicht wieder verlassen. Seinen Kollegen gegenüber hatte er den Aufenthalt mit *Gefahr im Verzug* und *Personenschutz* erklärt, wie Erika Emilia stolz verkündet hatte, aber entweder ihre Mutter hatte etwas falsch verstanden oder der Beamte hatte gelogen, um sie zu beruhigen. Emilia kannte sich nicht besonders gut in Polizeiangelegenheiten aus, aber sie war sich ziemlich sicher, dass es für alles eine Genehmigung brauchte, auch für Personenschutz. Das konnte ein einfacher Beamter nicht mal eben so im Alleingang beschließen. Aber sei es drum. Vermutlich wollte er Erika nicht allein lassen, und das war auch gut so. Sie hätte mit ihrer übertriebenen Panik sofort wieder die

Pferde scheu gemacht. Solange Herr Bäumer bei ihr war, wirkte sie erstaunlich entspannt. Bis eben jetzt. Denn mit dem Stein vor ihnen auf dem Tisch kippte die Stimmung gerade bedrohlich.

Er tippte auf sein Handy, hielt es vor Emilias Mund und bedeutete ihr, ihre Aussage aufzusprechen. Gerade weil sie aufgebracht war, konzentrierte sie sich bei ihren Schilderungen der Friedhofsereignisse auf die sachlichen Details.

„Du musst sofort damit aufhören, in den Familienangelegenheiten der Gleißners herumzuschnüffeln", forderte Erika, als der Polizist mit erhobenem Daumen das Ende der Aufnahme anzeigte. „Überlass die Suche nach dem Täter mal lieber der Polizei. Außerdem sollten wir darüber nachdenken, die Villa zu verlassen. Vorübergehend", korrigierte sie sich schnell, als Emilia protestieren wollte. „Nur vorübergehend, bis der Verantwortliche für diese Taten gefasst ist. Warum sperrst du dich denn so sehr dagegen, in eurem Gasthaus unterzukommen? Dort ist es doch auch hübsch."

„Natürlich, aber darum geht es doch gar nicht." Emilia stand auf und nahm Ellis aus ihrem Stubenwagen, die aufgewacht war und begonnen hatte zu quäken. Sanft schaukelte sie sie auf dem Arm.

„Es geht darum, dass wir uns das nicht gefallen lassen dürfen. Ich bin ganz nah dran an der Lösung, ich spüre es. Sonst hätte wohl kaum jemand einen Stein nach mir geworfen. Die Polizei würde doch ewig für die Ermittlungen brauchen. Die müssten ganz von vorn anfangen. Bis die die Zusammenhänge verstehen, habe ich den Fall längst gelöst, nichts für ungut, Herr Bäumer.

Ich bin so tief in der Geschichte drin, auch emotional. Ich werde es herausfinden."

„Was auch immer *es* sein soll", brummte Tom im Hereinkommen. Er gab Emilia einen Kuss und wollte ihr dann Ellis abnehmen, aber sie hielt sie fest und presste sie an sich. Tom lachte. „Was ist denn hier eigentlich schon wieder für eine bedrückte Stimmung? Hatten wir uns nicht darauf geeinigt, dass wir auf die Gespenster pfeifen?" Sein neckischer Blick ging zu Erika, doch die verzog nur das Gesicht. „Nicht, wenn die mit Steinen werfen", wandte sie ein.

In aller Kürze erzählte Emilia erneut die Begebenheit vom Friedhof. Seinem Gesichtsausdruck nach zu urteilen war Tom nicht gerade begeistert von den Ereignissen.

„Also, ich muss deiner Mutter zustimmen, Emilia", sagte er ruhig, als seine Frau ihre Schilderung abgeschlossen hatte. „Das wird jetzt doch einen Hauch zu gefährlich. Ich darf mir gar nicht ausmalen, dass der Stein dich am Kopf getroffen hätte. Du musst doch an Ellis denken. Herumschnüffeln ist das eine, aber verletzt im Krankenhaus zu liegen, wenn man ein Neugeborenes zu Hause hat, ist etwas anderes. Ich bin auf Erikas Seite. Lass die Polizei das erledigen und quartiert euch vorübergehend im Gasthaus ein."

„O Mann, ihr seid solche Weicheier!", schimpfte Emilia. „Ich bin so nah dran, wirklich." Sie führte die Fingerkuppen von Daumen und Zeigefinger zueinander, sodass nur noch ein Blatt Papier in den Spalt dazwischen gepasst hätte. „Herr Bäumer, sagen Sie doch auch mal was."

Der hob erschrocken die Augenbrauen. „Was soll ich denn dazu sagen? Ich werde die Ermittlungen natürlich einleiten. In Ihre persönlichen Angelegenheiten will ich mich keinesfalls einmischen."

„Aber Sie könnten mich bei meinen Nachforschungen unterstützen, beziehungsweise beschützen, oder?"

„Inwiefern?"

Emilia lächelte gewinnend. „Wenn Sie vielleicht mit mir ins Haus Ihres Vaters gehen würden? Offenbar hat er Lea Gleißner doch gekannt. Vielleicht kannte Hanna ihn auch. Vielleicht hat sie etwas bei ihm versteckt."

„Was sollte Hanna Gleißner denn bei meinem Vater versteckt haben?"

Emilia zuckte unsicher mit den Achseln. „Keine Ahnung. Das, was unser *Drohgeist* hier in der Villa vermutet, nehme ich an. Das, was wir nicht finden sollen. Dokumente, Beweisstücke, was auch immer. Vielleicht Fotos. Oder ein weiteres Tagebuch. Ich habe keine Ahnung. Aber hier ist offenbar nichts mehr. Zumindest im Kinderzimmer nicht. Vielleicht ist es im Haus Ihres Vaters."

„Das kann ich mir nicht vorstellen."

„Brauchen Sie auch nicht, wir können doch einfach nachsehen. Kommen Sie schon, seien Sie kein Spielverderber. Außerdem haben Sie eine Waffe. Sie können mich beschützen."

Dem Polizisten schien der Vorschlag gar nicht zu gefallen, das war ihm deutlich anzumerken. Er presste die Lippen aufeinander und wiegte den Kopf hin und her, aber einen Einwand formulierte er auch nicht.

Mit leuchtenden Augen wartete Emilia seine Antwort ab. Es war eine spontane Idee gewesen, aber je länger sie darüber nachdachte, desto besser schien sie ihr. Bestimmt würde sie etwas finden, ganz bestimmt. Vielleicht hatte Otto Bäumer seinem Sohn genau das auf dem Sterbebett vorschlagen wollen und war nur nicht mehr dazu gekommen.

„Also wenn Sie bei ihr sind, habe ich nichts dagegen", unterbrach Tom die Stille. „Ellis bleibt allerdings hier, darauf bestehe ich."

„Natürlich, versprochen. Wir bleiben auch nicht lange. Nur mal ein bisschen wühlen."

„Ein bisschen wühlen", murmelte Herr Bäumer. „Es ist mir ehrlich gesagt nicht besonders angenehm, in den Unterlagen meines kürzlich verstorbenen Vaters herumzuschnüffeln. Ich bin mir noch nicht einmal sicher, ob ich seine Privaträume überhaupt betreten will. Es ist noch nicht so lange her, da hat er dort für immer seine Augen geschlossen."

„Oh, daran habe ich nicht gedacht. Tut mir leid." Beschämt sah Emilia den Polizisten an. Innerhalb eines Tages hatte sie die Trauer zweier Menschen missachtet. Das schlechte Gewissen meldete sich sofort wieder. Andererseits war die Idee einfach zu gut, um sie aufzugeben.

„Ich mache Ihnen einen Vorschlag, Herr Bäumer", begann sie vorsichtig. „Sie kommen mit mir zur Wohnung Ihres Vaters. Wenn Sie dann nicht hineingehen wollen, gehen wir wieder. Sie dürfen ganz spontan entscheiden, okay?"

Er zuckte mit den Schultern.

„Wunderbar, dann lassen Sie uns so bald wie möglich aufbrechen. In einer Stunde? Ich möchte mich noch ein wenig um Ellis kümmern."

„In einer Stunde passt", gab er zurück.

Emilia konnte es zwar kaum erwarten, aber bestimmt war es gut, wenn er ein wenig Zeit hatte, sich emotional auf das Vorhaben einzustellen. Voller Vorfreude ging sie hinauf, stillte Ellis und genoss für eine Stunde die Nähe ihres zarten Kindes.

Anderthalb Stunden später parkte der Streifenwagen vor einem gepflegten Einfamilienhaus. „Hier ist es", sagte Bäumer und stellte den Motor ab. „Das ist das Haus meines Vaters."

„Na dann los." Emilia löste den Gurt und stieg aus, um auf das kleine Haus zuzugehen, aber der Polizist verharrte unbeweglich auf dem Fahrersitz. Irritiert öffnete sie die Autotür wieder. „Was ist? Kommen Sie?"

„Ich habe es unterschätzt", murmelte er traurig. „Ich kann da nicht reingehen. Es ist noch ... er ist noch so präsent, wissen Sie? Ich glaube, wenn ich jetzt da reingehe und er sitzt nicht auf seinem Sofa ... wir hatten ja kein besonders gutes Verhältnis, aber trotzdem ist es irgendwie ..."

„Schon gut, Sie brauchen sich nicht zu entschuldigen. Ich verstehe, was Sie meinen." Traurig ließ sich Emilia wieder auf dem Beifahrersitz nieder.

Wie ein Häufchen Elend saß Herr Bäumer auf dem Fahrersitz, hielt sich am Lenkrad fest und starrte durch die Frontscheibe. Sein Blick war leer, als erwartete er, durch das Haus seines Vaters hindurch ins Jenseits blicken zu können. Emilia kannte diesen Ausdruck. Er war erfüllt von Fragen und Erinnerungen. Oft genug hatte sie selbst auf der kleinen Bank am Seerosenteich gesessen und in die Ferne gestarrt. Deshalb war ihr bewusst, dass es zu nichts führte. Man konnte starren, so weit man wollte, bis in die Ewigkeit reichte der Blick dann doch nicht. Gern hätte sie den traurigen Polizisten getröstet, doch sie kannte ihn zu flüchtig, um sich anzumaßen, in dieser Situation die richtigen Worte zu finden. Wenn er trauerte, musste sie ihm das zugestehen. Und wenn er nicht hineingehen wollte, musste sie auch das akzeptieren. Nur unter diesem Vorbehalt waren sie schließlich hergefahren.

Die Frage, ob sich die Lösung für die beunruhigenden Vorfälle in Otto Bäumers Haus befand, würde sie ewig beschäftigen, dessen war sie sich sicher. Ein wenig konnte sie den Fremden sogar verstehen. Bestimmt wollte er sie verjagen, um selbst in aller Ruhe die Seerosenvilla durchsuchen zu können, ein Drang, der sich nur geringfügig von ihrem eigenen unterschied.

Emilia schielte leicht, um unbemerkt einen Blick auf ihren Begleiter zu erhaschen. Er saß noch immer unbewegt da und starrte in die Ferne. Am liebsten hätte sie ihn in den Arm genommen, so traurig sah er aus.

„Ich spüre, wenn man mich beobachtet." Er wandte ihr den Kopf zu. Dann lächelte er leicht und griff nach dem Zündschlüssel. Emilia bemühte sich um einen verständnisvollen Ausdruck und schnallte sich wieder an. Da seufzte er leicht, zog den Zündschlüssel ab und streckte Emilia den Bund entgegen.

„Soll ich fahren?" Sie nahm den Schlüssel, löste erneut den Gurt, stieg aus und umrundete das Fahrzeug.

Er stieg ebenfalls aus, schloss die Fahrertür und blieb vor ihr stehen. „Sie sollen nicht fahren, Sie sollen da reingehen und nach Ihren Geheimnissen suchen. Beziehungsweise nach den Lösungen. Ich kann es nicht, aber das heißt ja noch lange nicht, dass Sie nicht reingehen können."

Emilia brauchte einen Moment, um zu begreifen. Dann fiel sie Martin Bäumer um den Hals, ohne zu wissen, was sie da gerade tat. Als sie es bemerkte, ließ sie ihn los und sah ihn an. „Entschuldigen Sie bitte. Das hat mich einfach ... danke." Obwohl sie am liebsten losgerast wäre, zögerte sie. „Und ich soll wirklich allein hineingehen?", vergewisserte sie sich.

Er nickte. „Sie können gern alles durchsuchen. Sie müssen ja nicht seine privatesten Unterlagen durchwühlen. Mein Vater hat immer größten Wert auf Ordnung gelegt. Es wäre ihm sicher nicht recht, wenn alles durcheinandergebracht würde. Aber wenn es etwas zu finden gibt, wird das vermutlich leicht der Fall sein."

„Ich werde alles mit Respekt behandeln und seine Privatsphäre so gut wie möglich achten", versprach Emilia schnell.

Der Beamte nickte, und sie machte sich auf den Weg zur Haustür. Erleichterung mischte sich mit Aufregung, und zugleich verspürte sie leichtes Unbehagen. Sie hatte nicht die geringste Ahnung, was sie gleich erwarten würde. Noch einmal wandte sie sich um. Martin Bäumer hatte sich betont lässig gegen den Wagen gelehnt und tippte auf seinem Handy. Dann hob er den Kopf und nickte ihr aufmunternd zu.

Vor Spannung hielt Emilia die Luft an, drehte den Schlüssel im Schloss und trat ein.

Das Innere des Hauses war ordentlich aufgeräumt und verriet die Leidenschaft des alten Polizeibeamten, alles akribisch zu ordnen. Der kleine Hausflur wirkte einladend, und Emilia widerstand dem Drang, ihre Jacke an einen der freien Kleiderhaken zu hängen. Trotz ihrer Aufregung zwang sie sich, einen kühlen Kopf zu bewahren. Ihre Erfahrung, die sie jahrelang in der Immobilienbranche gesammelt hatte, machte sich nun bezahlt. Innerhalb weniger Minuten hatte sie sich einen Überblick über Anzahl und Anordnung der Räume verschafft. Das kleine Einfamilienhaus verfügte nur über ein Geschoss und einen Dachspitz, der bis auf eine aufgebaute Weihnachtskrippe und eine durchsichtige Plastikkiste voller Osterdekoration leer war. Im Erdgeschoss befanden sich ein Schlafzimmer, ein Badezimmer, eine Küche und drei weitere Räume. Einer davon war vollkommen leer geräumt, einer war wohl als Gästezimmer genutzt worden, in ihm standen immerhin noch ein Bett, ein Schrank und ein Schreibtisch. Der letzte Raum war der interessanteste, zudem auch der größte. Er hatte offenbar gleichzeitig als Büro und als Wohnzimmer gedient. Offenbar hatte Otto Bäumer beiden Lebensbereichen gleich viel Bedeutung zugestanden.

Durch ihre Erfahrung mit Immobilien war Emilia eine Meisterin darin geworden, den Lebensstil, teilweise sogar den Charakter der Menschen aus deren Wohnstil zu interpretieren. Bei Otto Bäumer hatte es sich offenbar um einen Menschen gehandelt, der keinen Wert darauf legte, Beruf und Privatleben voneinander zu trennen, sondern der beides miteinander vermischt hatte, ohne dabei den Blick dafür zu verlieren, wann er sich in welchem Bereich befand.

Der große Raum war nahezu perfekt in zwei Hälften geteilt. Links befand sich ein breiter Schreibtisch, an dem beidseitig große Regale vom Boden bis zur Decke ragten. Jedes Fach war ordentlich mit Ordnern befüllt, die nach Farben und Größen sortiert sowie sorgsam beschriftet waren. Der Schreibtisch selbst war bis auf einen zugeklappten Laptop leer. Auf der anderen Seite des Raumes standen zwei Sofas und zwei Sessel, angeordnet in vollkommener Symmetrie und entweder selten benutzt, neu oder extrem gut gepflegt. Die Wände zierten auf der Wohnseite Kunstwerke mit Stillleben, beruhigend und unaufdringlich, in schlichten Holzrahmen. Auf der Büroseite ließen die Regale an den Wänden keinen Platz für Urkunden oder Bilder. Einen solchen Minimalismus hatte Emilia in Wohnungen älterer Leute selten erlebt. Der überwiegende Teil der Menschen, der ein gewisses Alter erreicht hatte, genoss es, die lieben Angehörigen, Kinder, Enkel oder auch verstorbene Eltern als Fotos an der Wand in der Nähe zu wissen, auf diese Weise konnten sie Besuchern mit Stolz präsentiert werden. Hier allerdings war kein einziges Foto zu finden. Auch nicht im Schlafzimmer oder in dem leerstehenden Zimmer, wie Emilia zuvor schon aufgefallen war. Dabei musste es doch denkwürdige Momente in Otto Bäumers Leben gegeben haben. Er hatte einen erfolgreichen Sohn, Martin, der es zum Revierleiter der örtlichen Polizei gebracht hatte. Darauf war man als Polizist doch stolz, oder? Außerdem existierte dieses Bild, auf dem Otto Bäumer mit Lea Gleißner oder auch Lolo Geist zu sehen war. Viele Menschen würden mit so einem Bild angeben. Warum stellte Otto Bäumer es nicht einmal in seinem eigenen Haus aus? Er hatte sein Privatleben scheinbar geradezu rigoros verheimlichen wollen.

Eine Erinnerung durchzuckte Emilia. Damals, vor vier Jahren, als sie die Seerosenvilla zum ersten Mal betreten hatte, war ihr auch aufgefallen, dass es dort keine Fotos gab. Wie sich später herausgestellt hatte deshalb, weil Hanna sich ihrer Vergangenheit und der ihrer Familie so sehr schämte, dass sie alles in Kartons verstaut hatte, bevor sie starb. War es bei Otto Bäumer ebenso gewesen? Und welche Verbindung bestand zwischen ihm und den Gleißners? Gab es womöglich noch eine engere Bindung zu der berüchtigten Familie als nur die Bekanntschaft mit Lea, die auf seltsame Weise auch als Lolo gelebt haben musste?

Emilia schüttelte sich. Die Zeit rann ihr durch die Finger, und sie hatte in dieser Wohnung noch nichts weiter gefunden als ihre eigenen Gedanken. Sie musste dringend anfangen zu suchen. Und zwar genau hier, im Bürobereich. Otto Bäumer hatte seinem Sohn am Sterbebett aufgetragen, zu Emilia und Tom zu gehen und ihnen zu sagen, dass *sie* noch am Leben sei. Es war ihm so wichtig gewesen, dass er es unbedingt noch hatte loswerden wollen. Er hatte seine letzten Atemzüge dafür gegeben. Wer war sie bloß?

Strategisches Vorgehen war hier unerlässlich. Wenn Otto Bäumer der organisierte Mann gewesen war, wie es den Anschein hatte, dann musste sie sein System nachvollziehen und daran ihre Suche orientieren. Mit dem Zeigefinger fuhr Emilia an den Ordnern entlang und las die Aufschriften:

Anna Albers, Berchthold, Brunner, Dach, Durchschläge, Ehlers, Exit-Fall, Finanzamt.

Rechts unten hatte sie schon eine Reihe entdeckt, die komplett mit *Sokos* beschriftet war. Emilias Augen leuchteten. Das war ja einfach. Otto Bäumer hatte alles alphabetisch sortiert. Etwas eigenartig, da die privaten Versicherungen neben den Ordnern mit den Fällen *Veltins*, *Valler* und *Vester-Mord* standen, aber idiotensicher, wenn man nicht wusste, zu welcher Kategorie das, was man suchte, gehörte.

In rasender Geschwindigkeit wanderten Emilias Augen zu *F* wie *Fotos*. Nichts. Der Begriff *Fotos* schien ebenso wenig zu existieren wie entsprechende Abzüge an den Wänden. Als hätte der kriminalistische Spürsinn Otto Bäumers von ihr Besitz ergriffen, hielt sie sich nicht länger mit der Enttäuschung auf, sondern suchte weiter. *G* wie *Gleißner* oder *Geist*.

Ein schriller Freudenschrei entfuhr ihr, als sie einen Ordner mit der Aufschrift *L.G.* entdeckte. Spontan wandte sich ihr Blick nach oben, um Otto Bäumer im Himmel für sein leicht zu durchschauendes System zu danken. Ihre Finger zitterten leicht vor Aufregung, als sie den Ordner aus dem Regal zog. Schnell schlug sie ihn auf.

Direkt auf der ersten Seite waren zwei Fotos zu sehen: Lea Gleißner in anzüglicher Pose, lediglich bekleidet mit einem schwarzen Petticoat und einem entsprechenden Spitzen-BH. Gut, dass sie den Ordner gefunden hatte und nicht Tom. Auch wenn Lea längst tot war, hatte das Bild nichts von seinem Reiz verloren.

Emilia blätterte weiter, zunächst ohne genau zu lesen, da sie sich erst einmal einen Überblick verschaffen wollte, ob das überhaupt der passende Ordner war, doch die folgenden Seiten ließen keinen Zweifel. Es gab weitere Fotos sowie Zeitungsartikel und sogar zwei Todesanzeigen. An ihnen blieb Emilias Blick hängen. Es handelte sich einmal um die Traueranzeige von Lea Gleißner, die sie aus der Villa schon kannte. Zum anderen aber um einen Nachruf auf Lolo Geist. Und dann war da seltsamerweise ein Platz für eine dritte Anzeige. Ein dunkler Rahmen in der Größe der beiden darüberstehenden Anzeigen war eingezeichnet, als hätte jemand den Platz für eine weitere Todesanzeige ausgespart. In der Mitte des freien Platzes im Rahmen stand mit winziger Bleistiftschrift etwas geschrieben. Emilia rückte ihr Gesicht ganz nah an das Papier, um die winzige Schrift entziffern zu können. *Lilly*, las sie gerade noch. Im selben Augenblick spürte sie einen heftigen Schmerz auf ihrem Hinterkopf, dann wurde die Welt um sie herum schwarz.

„Frau Krone?"

Die Stimme klang vertraut, aber sie hatte so ein seltsames Echo.

„Frau Krone, Emilia, sind Sie okay?"

Jemand rüttelte an ihrer Schulter. Sie schlug die Augen auf. Sie lag auf dem Boden, neben dem Schreibtisch und sah direkt in das besorgte Gesicht von Martin Bäumer. „Was ist denn passiert?"

„Das wollte ich Sie gerade fragen. Sie wissen es nicht?"

Sie wusste nur, dass ihr Kopf schmerzte und ihr plötzlich die Lichter ausgegangen waren, während sie den Ordner über Lea inspiziert hatte.

Mit einem Ruck setzte sie sich auf. Kurz wurde ihr schwindelig, aber das musste sie ignorieren. Sicherheitshalber hielt sie sich an der Schreibtischkante fest, während sie sich auf die Füße zog.

„Sie müssen ohnmächtig geworden sein. Haben Sie zu wenig gegessen?", fragte Martin Bäumer gerade, als Emilia mit der Handfläche den leeren Schreibtisch abtastete.

„Der Ordner. Wo ist der Ordner?", murmelte sie und bückte sich. Vielleicht hatte sie das Dokument mit zu Boden gerissen, als sie ..."

„Welcher Ordner?", fragte er.

„Ich bin nicht ohnmächtig geworden, sondern niedergeschlagen worden." Sie betastete die Stelle an ihrem Hinterkopf, von der der Schmerz ausging. Eine kleine Beule konnte sie bereits ertasten. „Jemand hat mich niedergeschlagen, als ich gerade einen Ordner anschauen wollte, in dem Ihr Vater offenbar Dokumente über Lea alias Lolo gesammelt hat. Wir hatten recht. Lea Gleißner und Lolo Geist waren ein und dieselbe Person, und Ihr Vater war ihr offenbar auf der Spur. Er hat einen kompletten Ordner über sie angelegt, in dem er Fotos, Berichte und sogar die Todesanzeigen der beiden Frauen gesammelt hat. Also von Lea und Lolo, welche ja eigentlich ein und dieselbe ist, aber es gab eben zwei Anzeigen, eine für Lea und eine für die Schauspielerin Lolo. Das ist jetzt ein bisschen schwer zu erklären, aber Sie verstehen schon, was ich meine."

Er musterte sie nachdenklich. „Davon wusste ich gar nichts. Ein solcher Ordner ist mir nie aufgefallen. Allerdings habe ich auch nie bewusst danach gesucht."

„Tja, irgendjemand anders dagegen schon."

„Wie meinen Sie das?"

Emilia stemmte beide Hände in die Hüften. „Derjenige, der mich niedergeschlagen hat, hat es genau auf diesen Ordner abgesehen, wenn Sie mich fragen. Und er hat ihn mitgenommen. Offenbar will er entweder die Informationen haben, die darin sind, oder er will nicht, dass wir sie haben."

„Und was stand da drin?"

Sie trat zum Regal, blieb vor dem Buchstaben *L* stehen und fuhr mit dem Zeigefinger über die Etiketten. „Das weiß ich leider nicht, das ist ja das Problem. Ich wollte mich gerade intensiver einlesen, da sind mir die Lichter ausgegangen. Leider gibt es auch keinen weiteren Ordner mit den Buchstaben *L.G.* Er scheint der einzige gewesen zu sein. Mist, Mist, Mist."

„Wirklich schade." Bäumer trat zu ihr. „Aber wichtiger ist, dass Ihnen nichts passiert ist. Zumindest nichts Schlimmeres. Darf ich mal die Beule sehen? Oder soll ich einen Krankenwagen rufen? O Shit, Ihr Mann wird mich umbringen. Oder Ihre Mutter. Auf jeden Fall bin ich erledigt, weil ich Sie nicht beschützt habe."

Als er die Hand ausstreckte, duckte sich Emilia weg und sah ihn empört an. „Mit mir ist alles in Ordnung, ich habe nur ein wenig Kopfschmerzen. Dass uns jemand den Ordner vor der Nase weggestohlen hat, finde ich aber ganz und gar nicht in Ordnung. Und dass er mich niedergeschlagen hat, erst recht nicht. Ich möchte bitte Anzeige erstatten. Bestimmt war das derselbe, der uns in der Villa beobachtet."

„Puh", entfuhr es dem Polizisten. „So viele Anzeigen wie in den vergangenen vierundzwanzig Stunden nehme ich sonst nicht mal in einer Woche auf."

Sie runzelte die Stirn und schnupperte. „Sagen Sie mal, haben Sie geraucht?"

„Ja, vorhin am Auto, während ich auf Sie gewartet habe."

„Seit wann rauchen Sie denn?"

„Seit meinem achtzehnten Lebensjahr genaugenommen. Aber nur, wenn ich nervös bin."

„Aha." Emilia musterte ihn skeptisch. „Eigentlich wollten Sie ja auch am Auto warten. Warum sind Sie eigentlich hier?"

„Sagen Sie mal, verhören Sie mich gerade?"

„Ich will ein paar Ungereimtheiten klären."

„Frau Krone, ich bin Polizist, ich merke, wenn mich jemand verhört. Also was ist los?"

Das kurze Zögern war unnötig. Sein stechender Blick drang so tief in sie ein, dass sie alle Informationen herausgesprudelt hätte, die er wollte.

„Nehmen Sie es mir nicht übel, aber das sind mir einfach ein paar Zufälle zu viel. Wir verfolgen jemanden, der uns beobachtet, im Garten. Wen überwältigt Tom? Sie. Ich werde in der Wohnung Ihres Vaters niedergeschlagen, wer steht vor mir? Sie. Wir finden eine verdächtige Zigarette unterm Fenster, wer raucht? Sie. Das muss doch auch in Ihren Augen verdächtig klingen, oder nicht? Sind Sie derjenige, der uns aus dem Haus haben will? Seien Sie bitte ehrlich. Warum sind Sie hier?"

Er runzelte die Stirn. „Ich muss zugeben, wenn Sie das so darstellen, klingt es tatsächlich etwas eigenartig. Aber alles, was ich bisher sagte, ist wahr. Und dass ich hier bin, hat auch einen einfachen Grund. Verstehen Sie das bitte nicht falsch, aber irgendwie hatte ich doch kein gutes Gefühl dabei, Sie allein in der Wohnung meines Vaters zu wissen. Ich meine ... ich kenne Sie auch erst seit gestern. Sie können viel versprechen, aber wer garantiert mir, dass Sie hier nicht alles durchwühlen oder am Ende sogar noch etwas mitgehen lassen? Nichts für ungut, wie gesagt, aber dreißig Jahre Polizeidienst hinterlassen ihre Spuren im Charakter."

„Ach, jetzt bin ich es, der misstraut werden sollte?"

„So habe ich das doch gar nicht gesagt. Ich meinte nur ... was ist das?"

Mitten in seinem Verteidigungsversuch hatte Emilia sich gebückt und ein weißes Blatt unter dem kleinen Schränkchen hervorgezogen, das neben dem Schreibtisch stand. Strahlend hielt sie es in die Luft.

„Ich bin mir nicht sicher, aber als ich eben den Ordner durchgesehen habe, da hat ein weißes Blatt zwischen den Seiten herausgeragt. Ich wollte gerade nachsehen, warum es breiter ist als die anderen Seiten, aber wenn Sie mich fragen, ist das hier der Grund." Sie strich mit dem Finger über die Löcher. „Ausgefranst, sehen Sie? Entweder, jemand hat das Blatt mal herausgerissen, oder es wurde so oft umgeblättert, dass die dünnen Lochränder nicht mehr standgehalten haben. Vermutlich ist es aus dem Ordner gefallen und unter das Schränkchen gerutscht, als der Fremde abgehauen ist."

„Das wäre aber ein seltsamer Zufall."

„Mich wundert nichts mehr." Wie einen Schatz presste Emilia das Blatt an sich. „Das nehmen wir mit. Es muss auf jeden Fall genauer untersucht werden."

„Ein weißes Blatt? Was wollen Sie denn damit?"

„Keine Ahnung." Traurig zog Emilia einen Schmoll-
mund. „Aber es ist alles, was wir aus dem Ordner haben, oder? Also behalte ich es vorerst. Wenn das für Sie
okay ist, natürlich."

„Ja klar. Dann können wir jetzt zurück zur Villa fahren?"

„Ich denke schon. Es sei denn, wir wollen noch alle
Dielen aufstemmen, um zu sehen, ob Ihr Vater ein ähn-
liches Versteckssystem hatte wie die Gleißner-Schwestern."

Bäumer prustete los. „Das können Sie vergessen.
Mein Vater war so ein Pedant, der hätte es nicht ausgehalten, wenn auch nur ein Dielenbrett ein wenig lose
gewesen wäre. Da hätte er sofort einen Handwerker
her zitiert, der einen neuen Fußboden verlegt."

„Okay, dann lassen Sie uns gehen. Ich hoffe, ich kann
Ihnen vertrauen."

„Ich hoffe, ich kann *Ihnen* vertrauen. Immerhin handelt es sich um ein Stück aus dem Privatbesitz meines
Vaters, auch wenn es nur ein leeres Blatt ist."

„Touché."

34

Villa Gleißner, 1962

Schweißgebadet fuhr Hanna in ihrem Bett hoch. Wenn diese schrecklichen Träume nur endlich ein Ende finden würden. Als ob das Leben ihr nicht genug Schmerz zugefügt hätte, suchten sie die Geister ihrer Lieben jede Nacht in ihren Träumen heim. Mal war es Valentina, die mit blutenden Handgelenken und mit vor Angst geweiteten Augen um Hilfe schrie. Mal war es die Mutter, die das Glas mit Gift in der Hand hielt und Hanna einen verklärten Blick zuwarf. Dann versuchte Hanna, zu ihr zu eilen, ihr das todbringende Getränk aus der Hand zu schlagen, doch kaum dass sie sich in Bewegung setzte, wurde die Luft zu einer zähen Masse, durch die sie sich jeden Schritt in Zeitlupe erkämpfen musste. Noch bevor sie die Mutter erreichte, hatte diese getrunken und fiel leichenblass auf das Laken zurück, wo sie regungslos liegen blieb. Am harmlosesten waren noch die Träume von Lea. Dann lag Hanna neben ihr, spürte den Körper der Schwester und strich ihr übers Haar, auch wenn sie wusste, dass sie nicht mehr zu retten war. Am schlimmsten aber war der Unfall, der sich immer und immer wieder in ihren Träumen wiederholte. So oft schon war ihr Herz gebrochen, als sie Heinz, Daniel, Trudchen und Ester mit dem Wagen, den Heinz so sehr liebte, in den Abgrund fahren sah. Er hatte ihn sich zum achtzehnten Geburtstag gewünscht und natürlich auch bekommen. Er war ein hervorragender Autofahrer gewesen. Bis heute fiel es ihr schwer, zu verstehen, dass ausgerechnet er von der Fahrbahn abgekommen war. Der Vater musste auf irgendeine Weise seine Finger im Spiel gehabt haben. Auf der anderen Seite war es kaum vorstellbar, dass er billigend in Kauf genommen haben sollte, seinen Sohn zu verlieren. Seit Heinz tot war, war Heinrich Gleißner ein gebrochener Mann. Sein Tagesablauf bestand aus dem gleichmäßigen Wechselspiel von Alkohol und Schlaf. Das Wenige, was er aß, genügte erstaunlicherweise, um ihn am Leben zu halten. Mehrfach hatte er nachts betrunken auf dem kalten Fußboden gelegen. Einmal hatte er sogar zuvor das Fenster geöffnet, sodass die kalte Winterluft eingedrungen war und das Wasser in den Blumenvasen gefror. Auch er hätte dabei erfrieren müssen. Das war aber nicht geschehen. Einmal hatte Hanna ihn mit einem Messer in der Hand vorgefunden. Sie hatte es sofort erkannt. Es war das Messer, mit dem Valentina damals umgebracht worden war. Sie hatte ihn angesehen, fragend, doch er hatte nur den Kopf geschüttelt. Erst beim Abendessen hatte sie den zarten Kratzer an seinem Hals gesehen, an dem er das Messer angesetzt hatte. Feigling.

Hanna holte tief Luft. Sie musste dringend duschen. Der Schweiß ihrer Albträume klebte an ihrem Körper. Sie warf sich einen Bademantel über, schlüpfte in ihre warmen Pantoffeln und stieg die Stufen hinunter. Zuerst brauchte sie ein Glas Wasser. Als sie durch den Flur ging, hörte sie leises Wimmern. Lautlos folgte sie dem

Geräusch und sah den Vater am Esstisch im Wohnbereich sitzen. Er weinte leise. Mit der rechten Hand hielt er sich einen Revolver an die Schläfe. Er zitterte und wimmerte wie ein Hund. Aus seinen Augen strömten die Tränen. Wie versteinert stand Hanna im Türrahmen und betrachtete ihn schweigend. Nicht eine Sekunde lang verspürte sie den Drang, ihm den Revolver aus der Hand zu nehmen – im Gegenteil. Vollkommen ruhig wartete sie auf den Schuss, der sie endlich von diesem Mann erlösen würde, der sie und ihre gesamte Familie ins Unglück gestürzt hatte, der ihre drei Geschwister und die Mutter, Daniel und weiß Gott wie viele unschuldige Menschen auf dem Gewissen hatte. Wenn es irgendjemand verdient hatte zu sterben, dann dieses wimmernde, zitternde Häufchen Elend vor ihren Augen.

Die Zeit verging. Noch immer wartete sie. Noch immer geschah nichts. Schließlich ließ der Vater die Hand mit dem Revolver sinken.

„Feigling", entfuhr es Hanna.

Erschrocken wandte Heinrich ihr den Blick zu. Eine Weile lang sah er sie stumm an. Dann erhob er sich mit der Waffe in der Hand, streckte den Arm aus und zielte auf sie.

Hanna spürte nichts. Seit dem verdammten Unfall war sie nicht mehr in der Lage, irgendetwas zu spüren außer Verzweiflung und Hass. Von der Angst hatte sie sich längst verabschiedet. Ruhig stand sie da und wartete erneut. Diesmal auf den Schuss, der sie erlösen würde.

Aber auch diesmal blieb er aus. Stattdessen trat Heinrich immer näher zu ihr und stoppte erst, als der Lauf des Revolvers ihre Brust berührte.

Hanna rührte sich noch immer nicht. Sie war vollkommen ruhig. Endlich würde sie zurückkommen – zurück zu Ester, Daniel, Lea, Valentina, Heinz und Mama.

Der Schuss kam noch immer nicht. Der Vater ließ die Waffe sinken und berührte damit Hannas Hand, versuchte, ihr den Revolver zwischen die Finger zu schieben. Sie ließ es geschehen. Wenig später stand sie vor ihm, genau in derselben Position, wie er vor ihr gestanden hatte. Allerdings zielte sie nicht auf seine Brust, sondern auf seinen Kopf. Aus dem wimmernden Bündel wurde wieder ein erwachsener Mann. Heinrich Gleißner straffte die Schultern und hob den Blick. Dann streckte er die rechte Hand zum Hitlergruß aus.

Hanna ließ die Waffe sinken. So einfach würde sie es ihm nicht machen. Das hatte er nicht verdient. Er sollte leiden. Er sollte mit seinem Schmerz leben, so, wie sie es auch musste.

Schweigend legte sie die Waffe auf den Boden vor seine Füße. Dann ging sie wortlos hinaus und stellte sich unter die eiskalte Dusche.

35

Seerosenvilla, September 2023

Kaum in der Seerosenvilla angekommen, wurden Emilia von einer nervös auf- und abgehenden Erika empfangen, die die schreiende Ellis auf ihrem Arm wippte. Schnell ging sie zu ihr und nahm ihr die Kleine ab.

„Was ist denn? Ist etwas passiert?" Mit besorgtem Blick betrachtete Emilia ihre Tochter von oben bis unten, konnte aber keinerlei Verletzung feststellen. Sie umarmte Ellis fest, die prompt aufhörte zu weinen.

„Gar nichts ist passiert, keine Sorge", beruhigte Erika schnell. „Sie ist nur gerade nicht gern bei mir, habe ich das Gefühl. Entweder sie fremdelt, das wäre allerdings sehr früh, oder sie spürt, dass ich unruhig bin. Natürlich überträgt sich das auf die Kleine. Tut mir leid."

Sanft kuschelte Emilia ihr Gesicht an das ihrer Tochter. „Muss es nicht. Mir tut es leid. Ich habe sie dir in den vergangenen Tagen sehr oft abgegeben, das ist nicht richtig. Sie sollte mehr bei mir sein. Diese ganze Situation vereinnahmt mich immer mehr. Ist denn Frau Martens hier? Sie wollte eigentlich um acht hier sein, ich habe sie vollkommen vergessen."

„Oh, sie hat angerufen. Sie ist leider heute Morgen gestürzt und noch beim Arzt, meldet sich aber, sobald sie dran war. Ich habe ihr gesagt, dass der Fensterputz auch noch ein paar Tage warten kann. Ich hoffe, das ist okay für dich."

„Klar, kein Problem. Blöd, dass das ausgerechnet jetzt passiert. Ich hoffe, es ist keine Ausrede. Ich hatte sie eigentlich als sehr zuverlässig eingeschätzt."

„Ach, sie hat sich tausendmal entschuldigt und angeboten, als Entschädigung für die Umstände zwei Stunden gratis zu arbeiten. Sie ist wirklich nett, ich muss mich bei dir entschuldigen, ich habe mich in ihr getäuscht."

„Kein Problem."

„Habt ihr bei eurer Tour denn wenigstens etwas gefunden?"

„Eigentlich schon."

Erika hob eine Augenbraue.

So knapp wie möglich fasste Emilia den Fund des Ordners, den groben Inhalt sowie den schmerzhaften Überfall zusammen. Dann griff sie mit der freien Hand in ihre Handtasche. „Das Einzige, was wir retten konnten, ist das hier."

„Hm." Erika nahm ihr das Blatt aus der Hand und drehte es ein paar Mal hin und her. „Ein weißes Blatt."

„Ja, ich weiß. Nicht gerade spektakulär. Aber es ist aus dem Ordner gefallen, und ich habe so sehr gehofft, dass es irgendeinen Hinweis enthält. Vielleicht winzig klein geschrieben oder so. Aber da ist nichts. Während der Rückfahrt habe ich mir jeden Millimeter dieser leeren Seite angeschaut, da ist überhaupt nichts, außer ein paar zarten Kratzern. Vielleicht können wir mit Bleistift vorsichtig darüberfahren, um zu sehen, ob es ein Durchschlag ist. Das ist meine letzte Hoffnung, sonst kann es ins Feuer."

„Feuer!“, rief Erika so laut, dass Emilia und Martin Bäumer sich automatisch umsahen, ob es irgendwo brannte.

Aber Erika lachte. „*Feuer*. Das ist die Lösung.“

Emilia verzog die Mundwinkel. „Also wenn ich nicht sicher wäre, dass du bei klarem Verstand bist ... wie umfangreich war denn der Absacker gestern?“

Ihre Mutter verdrehte die Augen. Dann richtete sie sich auf und straffte die Schultern. „Ihr werdet schon sehen. Vertrau‘ mir. Wir brauchen Feuer.“

Trotz intensiver Nachfragen seitens Emilia und Bäumer verriet Erika nicht, was sie vorhatte. Mit einem breiten Grinsen auf den Lippen marschierte sie in die Küche und nahm ein Teelicht aus dem Schrank. Schnell hatte sie die Streichhölzer gefunden und entzündete den Docht.

„Willst du jetzt Geister beschwören, oder ...“

„Warte.“ Mit der einen Hand winkte Erika die beiden zu sich, mit der anderen griff sie nach dem weißen Blatt, das sie auf dem Tisch abgelegt hatte, um die Kerze anzuzünden. Nun hielt sie es mit beiden Händen schräg vor die Flamme.

„Nicht anzünden!“, rief Emilia erschrocken und wollte ihr das Blatt aus der Hand reißen, doch die zog es weg, schob die übergriffige Hand zur Seite und schnalzte mit der Zunge.

„Ich werde es nicht anzünden, warte ab. Du bist aber auch ungeduldig.“

Betont langsam brachte Erika das Blatt wieder vor die Flamme. Kurz schielte sie zur Seite, ob sie wieder einen Eingriff zu befürchten hatte, aber diesmal blieb Emilia geduldig. Es zahlte sich aus. Wie von Zauberhand erschienen braune Linien auf dem Papier, die ineinanderflossen und sich zu Buchstaben und Wörtern formten. Vor Staunen blieb Emilia der Mund offen stehen.

Flüsternd las sie: „Lilly Ghost. Lilienweg 83, Erdmannsweiler."

Sie sah auf. Erika gebärdete sich wie eine Kaiserin nach einer siegreichen Schlacht. „Geheimschrift mittels Zitronensäure", erklärte sie triumphierend. „Habe ich dir das als Kind nie gezeigt?"

„Nicht dass ich wüsste."

„Schande über mich." Erika hielt sich eine Hand vor die Augen. Dann wies sie auf die Schrift. „Das war früher ein allgemein beliebter Trick, gerade zwischen meinen Freundinnen und mir. Wenn man mit Zitronensäure schreibt, wirkt das Blatt weiß und die Schrift wird erst vor einer Kerzenflamme sichtbar. So haben wir uns immer geheime Briefchen geschrieben."

„Da hätte ich auch drauf kommen können", murmelte Martin Bäumer.

„Interessant." Emilia nahm das Blatt in die Hand und betrachtete die Schrift. „Viel interessanter finde ich aber, wo dieses Erdmannsweiler liegt. Und wer Lilly Ghost ist. Ich habe da so einen Verdacht."

36

Villa Gleißner, 1991

Einundneunzig. Die Zahl war das Erste, was Hanna an diesem Morgen durch den Kopf ging. Heute wurde Vater einundneunzig Jahre alt. Ein langes Leben. Ein schreckliches Leben, das heute vor einundneunzig Jahren begonnen hatte. Wie konnte es sein, dass dieser Mann so lange am Leben bleiben durfte, während er den frühen Tod so vieler Menschen zu verantworten hatte? Es war so unfair, so ungerecht. Längst war der Vater von körperlichen Gebrechen gezeichnet. Der langjährige Alkoholkonsum hatte sein Übriges getan. Seit elf Jahren war er bettlägerig und pflegebedürftig, weigerte sich aber zu sterben. Oder Gott und der Teufel konnten sich nicht einig werden, wer ihn im Falle des Ablebens aufnehmen musste. Hanna hätte dafür volles Verständnis. Sie wäre auch dankbar, ihn endlich los zu sein. Nicht nur einmal hatte sie sich ausgemalt, seinem Leben ein Ende zu setzen. Sie hätte ihn verhungern oder verdursten lassen können. Sie konnte sich selbst nicht erklären, warum sie es nicht übers Herz brachte.

„Hanna?" Die Stimme des Vaters klang so schwach, als sei er nur noch zur Hälfte auf dieser Welt. In aller Seelenruhe zog sie sich an und ging dann zu ihm in sein

Schlafzimmer. Er lag in derselben Position im Bett, wie sie ihn gestern hineingelegt hatte.

„Morgen", sagte sie schlicht.

Sie hatte sich angewöhnt, die Unterhaltung mit ihm auf das Notwendigste zu beschränken. Ihr Umgang mit diesem Mann war grausam, das war ihr sehr wohl bewusst. Doch sie hatte vom Besten gelernt. Er musste stolz auf sie sein, dass es ihr gelang, ihn über all die Jahre mit solcher Gefühlskälte zu behandeln. Sie versorgte ihn mit dem Lebensnotwendigen, die Gespräche fielen karg und emotionslos aus. Auf eine liebevolle Bemerkung oder gar Berührung wartete er vergeblich. Hanna schämte sich für ihr Verhalten, für die Art, wie sie mit ihm umging und doch konnte sie nicht anders. Es war ihre Art der Bestrafung für alles, was er ihr und den Menschen, die sie geliebt hatte, zugefügt hatte.

„Ich habe heute Geburtstag, Hanna." Aus hellen Augen sah er sie an. Das Blau seiner Iriden war mit den Jahren verblasst, sodass seine Augäpfel fast vollständig weiß wirkten. Genau das Gegenteil von Daniels Augen. So, wie die beiden Männer in allem einen extremen Kontrast gebildet hatten. Daniel war liebevoll gewesen, der Vater grausam. Daniel war weich gewesen, der Vater hart. Daniel war Licht gewesen, der Vater Schatten. Daniel war tot, der Vater lebte.

„Glückwunsch", brummte Hanna gleichgültig und half ihm, sich im Bett aufzusetzen. Dann wollte sie das Tablett mit seinem Haferbrei holen. Im letzten Moment packte er sie am Handgelenk. Sein Griff war überraschend fest. So viel Kraft hätte sie dem gebrechlichen Mann gar nicht zugetraut. Erschrocken sah sie ihn an.

„Du fragst dich sicherlich, warum ich nicht sterbe, habe ich recht, mein Kind?"

Hanna nickte. Was sollte es bringen, zu lügen.

Der Vater nickte ebenfalls. „Ich mich auch, Kind, ich mich auch. Seit Jahren wünsche ich mir nichts sehnlicher, als endlich meine Augen zu schließen und von dieser Welt zu scheiden, kannst du dir das vorstellen?"

Gleichgültig zuckte sie mit den Schultern. Es war ihr vollkommen einerlei, was dieser Mann wollte oder wünschte.

„Ich verstehe dich. Ja, ich verstehe dich, Hanna." Eine einzelne Träne rollte ihm aus dem Augenwinkel. „Ich möchte dich nicht um Verzeihung bitten, denn ich weiß, dass du mir nicht verzeihen kannst. Das ist in Ordnung. Ich brauche deine Verzeihung nicht. Alles, was ich in meinem Leben getan habe, wollte ich so tun. Jede Entscheidung habe ich bewusst getroffen. Ich bereue nichts."

Hanna regte sich nicht, sah ihm lediglich in die traurigen Augen und hoffte, dass er ihren Hass spüren konnte.

„Nein, ich bereue nichts", wiederholte er. „Trotzdem bin ich traurig über das, was geschehen ist. Ich habe mir nicht gewünscht, dass Valentina stirbt. Auch nicht Lea. Und schon gar nicht Heinz. Aber es waren die unabdingbaren Folgen des Geschehens. Lea hätte keine Drogen nehmen müssen. Heinz hätte nicht mit diesem Judenschwein in ein Auto steigen dürfen."

Um ein Haar hätte Hanna ausgeholt und einen todkranken alten Mann geschlagen. Sie riss sich zusammen, spürte in sich hinein und fühlte die Kälte in ihrem

Inneren. Dankbar nahm sie wahr, dass keine Verletzung sie mehr treffen konnte. Der jahrzehntelange Schmerz hatte sie unverwundbar gemacht.

„Und ich wollte nie, dass du so traurig bist, Hanna. Du warst immer eine gute Tochter. Du hast alles gegeben, alles versucht, um die Familie zusammenzuhalten. Das habe ich auch. Wir sind beide gescheitert.“

„Ich will mir dieses Gewäsch nicht länger anhören.“ Hanna versuchte, sich loszureißen, doch er hielt ihren Arm unerbittlich fest. Durch den Verlust seiner linken Hand, hatte er in der rechten offenbar eine geradezu unmenschliche Kraft entwickelt.

„Hör mir zu, Hanna. Heute ist der Tag, an dem du mich loswirst. Einundneunzig Jahre sind eine lange Zeit. Es ist genug. Ich kann nicht mehr, und ich will nicht mehr.“

„Ich will auch nicht mehr“, entgegnete Hanna. „Ich will schon lange nicht mehr.“

Wie oft hatte sie gehen wollen. Wie gern hätte sie ein neues Leben begonnen. Unzählige Male hatte sie es in Gedanken durchgespielt. Jedes Mal war sie an der Umsetzung gescheitert. Etwas hielt sie in der Villa und beim Vater. Es war, als sei die Pflege dieses Mannes ihre selbst auferlegte Buße. Die Strafe für das Versagen, weil sie ihre Geschwister nicht gerettet hatte.

„Ich möchte, dass du mir einen letzten Gefallen tust, mein Kind.“ Ein Hustenanfall schüttelte den geschwächten Körper. „In meiner Schreibtischschublade, links oben, befinden sich zwei kleine Kapseln. Bring sie mir. Und ein Glas Wasser dazu.“

Endlich ließ er ihr Handgelenk los.

Ohne nachzudenken ging Hanna ins Büro des Vaters und fand in der linken oberen Schublade sofort die beiden Kapseln. Sie lagen in einer kleinen Dose mit einem Totenkopf darauf.

Hannas Herz machte einen Sprung. Dann dachte sie an die Pistole, das Messer. War das nur Täuschung gewesen, um ihr Mitleid zu erregen? Wäre es so einfach gewesen? Die ganze Zeit schon?

Hanna nahm das Döschen aus der Schublade und brachte es ins Schlafzimmer. Der Vater nickte. Aus dem Waschbecken ließ Hanna Wasser in das Zahnputzglas und reichte es ihm. Er nahm einen Schluck, behielt ihn im Mund, gab ihr das Glas zurück und streckte die Hand wieder aus. Ohne zu zögern legte Hanna die beiden Kapseln hinein.

Er sah ihr in die Augen. Was erwartete er von ihr? Dass sie ihn aufhielt?

Hanna presste die Lippen aufeinander und verschränkte die Arme vor der Brust. Er hatte viele Entscheidungen im Leben getroffen, sollte er auch diese treffen.

Ohne den Blick von ihren Augen abzuwenden, steckte er sich beide Kapseln in den Mund und schluckte. „Es tut mir leid, Hanna", sagte er leise. Dann löste er seine Augen von ihren, schloss sie und ließ sich nach hinten in die Kissen sinken.

Hanna hielt die Luft an. Was sollte sie tun? Musste sie Hilfe rufen? Sollte sie versuchen, ihn zum Erbrechen zu bringen? Konnte sie ihn einfach sterben lassen? Durfte er einfach so gehen? So leicht?

Ihre Gedanken waren vergebens. Die Zeit zerfloss im Raum, und Heinrich Gleißner regte sich nicht mehr.

Hanna wartete still. Irgendwann tastete sie mit Zeige- und Mittelfinger an seine Halsschlagader. Es war vorbei.

Sie kniete sich vor das Bett ihres toten Vaters und betete. Dann legte sie den Kopf auf seine kalte Hand und weinte.

37

Neugierig presste Emilia ihre Nase an die Autoscheibe und spähte hinaus. Beim Lilienweg 83 in Erdmannsweiler handelte es sich um ein hübsches kleines Häuschen mit weißer Fassade und dunkelblauen Fensterläden. Das Dach war etwas schief, und auch die Linien der Fenster missachteten jegliche Symmetrie. Ein kleiner Schornstein aus bunten Ziegeln ragte aus dem Dach. Den Vorgarten hatte jemand mit bunten Blumen und allerlei kuriosen Figuren und Gegenständen in eine Art Kunstpark verwandelt. So in etwa hatte Emilia sich als Kind immer ein Hexenhäuschen vorgestellt – bunt, schief und wild, trotzdem auf eine anziehende Art gemütlich. Ein richtiges Spukhäuschen, was hervorragend zum Namen Ghost passte. Vielleicht lebte hier doch nur eine Amerikanerin mit schrägem Humor? Verglichen mit ihrem ursprünglichen Verdacht wäre das mehr als enttäuschend.

Emilias Herz pochte, als Martin Bäumer seinen Wagen in die endgültige Parkposition brachte und den Motor abstellte. Sie kletterte als Erste heraus und verzog das Gesicht, als Erika beim Aussteigen zögerte. Bäumer ließ sich ebenfalls Zeit, lehnte sich dann an die Autotür und zog eine Zigarettenschachtel aus der Brusttasche.

„Ich warte hier auf euch." In aller Ruhe zündete er sich eine an. „Erstens will ich mit dieser ganzen Geschichte nicht wirklich etwas zu tun haben, und zweitens kann ich von hier draußen besser absichern und eingreifen, falls etwas sein sollte."

„Ich wünschte, Tom wäre mitgekommen", brummte Emilia, machte sich aber ohne weitere Diskussion mit Erika auf den Weg zur Eingangstür, die im selben Blauton gestrichen war wie die Fensterläden.

Tom war mit Ellis in der Seerosenvilla geblieben. Zum einen, weil er der Meinung war, dass man das kleine Baby nicht zu solchen Abenteuern mitschleifen sollte, zum anderen, weil er es in Anbetracht der Drohungen als sinnvoll erachtete, wenn jemand im Haus war, der notfalls die Polizei rufen konnte. Herr Bäumer hatte ihm eine entsprechende Direktwahl zu einem Kollegen vermittelt und diesen darüber informiert, dass er im Falle des Falles keine Sekunde zögern sollte, zur Seerosenvilla zu fahren. Blieb zu hoffen, dass alles ruhig verlief und der einzige Zwischenfall darin bestand, dass Frau Martens doch noch zum Saubermachen kam.

Emilia konnte verstehen, dass Tom Ellis aus der Sache heraushalten wollte, aber wenn sie der Bedrohung ein Ende machen wollte, hatte sie keine andere Wahl, als das Geheimnis zu lüften, das noch immer an der Seerosenvilla haftete wie die rote Sprühfarbe der Drohbotschaft. Wegen Ellis hatte sie selbst ein schlechtes Gewissen, aber sie konnte einfach nicht aus ihrer Haut.

Ihr Instinkt sagte ihr, dass sie auf der richtigen Spur war. Für einen Rückzieher war es längst zu spät.

Statt eines Klingelknopfs prangte auf Augenhöhe ein goldener Löwenkopf an der Tür. Emilia griff nach dem goldenen Ring, der in dessen Maul befestigt war und schlug ihn laut gegen das Holz. Unmittelbar hörte sie Schritte im Inneren des Hauses. Ihr Herz raste. Für weitere Gedanken blieb keine Zeit.

Die Tür öffnete sich und eine alte Dame erschien vor ihnen. „Ja bitte?"

Die Bezeichnung *Frau* hätte diese Erscheinung zu plump beschrieben. Sie trug ein elegantes, hochgeschlossenes Kleid in tiefem Schwarz mit weißem Spitzenkragen. Über diesem lag eine Kette aus verschiedenen bunten Steinen, die in allen Farben leuchteten. Das Gesicht war von tiefen Falten durchzogen, verfügte aber über feine, ebenmäßige Züge, die von hauchdünnem Make-up betont wurden. Die tiefen blauen Augen erkannte Emilia sofort wieder. Sie hatte sie auf unzähligen Fotos gesehen, und sie hatten sich trotz des gealterten Gesichts nicht verändert.

„Lea", hauchte Emilia.

Rums.

Mit einem Knall wurde die Tür vor ihrer Nase zugeschlagen.

Eine Schrecksekunde lang verharrte Emilia regungslos. Dann sah sie irritiert zu Erika, deren Miene im Schock versteinert war.

„Sie ist es", flüsterte Emilia. „Sie ist es wirklich. Sie mag alt geworden sein, aber ihre Augen sind dieselben geblieben. Sie ist es."

„Kann ich Ihnen helfen?"

Gleichermaßen erschrocken fuhren Emilia und Erika herum.

Hinter ihnen, auf dem zart geschlungenen Weg, der zur Haustür führte, stand eine Frau, ungefähr in Erikas Alter. Sie trug ein langes graues Kleid, das von Erde beschmutzt war, eine grüne Schürze und Gartenhandschuhe. In der rechten Hand hielt sie eine Gartenschere. Sie hatte ebenfalls weiße Haare, im Gegensatz zu Lea aber tiefschwarze Augen, bei denen die Pupille nur mit Mühe von der Iris zu unterscheiden war.

„Was wollen Sie denn von Mrs Ghost? Vielleicht kann ich Ihnen weiterhelfen. Sie scheut die Öffentlichkeit, wissen Sie. Sind Sie von der Presse?"

Die freundliche Art der Fremden ermutigte Emilia, sich zu regen. „Nein, wir sind nicht von der Presse, ganz bestimmt nicht. Und wir wollten auch gar nicht zu Mrs Ghost." Sie deutete auf die verschlossene Tür. „Wir wollten zu Lea Gleißner."

Als hätte sie ein Gespenst gesehen, riss die Frau die Augen auf. Ihr Gesicht wurde aschfahl, während ihr die Schere aus den Fingern glitt und nur knapp neben ihrem Fuß zu Boden fiel. Plötzlich kehrte Bewegung in ihren Körper zurück. Aufgebracht drehte sie sich einmal um sich selbst und wandte den Blick in alle Richtungen. Währenddessen stürmte sie mit zur Seite ausgebreiteten Armen auf Emilia und Erika zu und scheuchte sie nach vorn. Wegen der verschlossenen Haustür konnten sie nicht weiter, doch die Frau fasste kurzerhand an Emilia vorbei und drückte die Tür auf. Sie war nicht verschlossen. Schon wurden sie weiter ins Innere des Hauses gedrängt, wo die Frau die Haustür von innen zuschob und den steckenden Schlüssel zweimal umdrehte. Mit dem Rücken lehnte sie sich ans Türblatt.

„Schicken Sie die Polizei wieder weg. Bitte!"

„Die Polizei?" Emilia runzelte die Stirn. Dann lachte sie auf. „Ach, Sie meinen den Streifenwagen? Der ist gewissermaßen privat unterwegs. Der Beamte ist ein Freund von uns. Er ist zwar Polizist, aber gerade nicht im Dienst. Er ist nur noch nicht dazu gekommen, den Streifenwagen zurück aufs Revier zu bringen. Aber wenn wir ihm kein Zeichen geben oder um Hilfe rufen, dann wird er ganz friedlich draußen auf uns warten, keine Sorge. Wir wollen Ihnen auch gar nichts Böses. Wir wollten nur mit Lea Gleißner sprechen." Allein beim Aussprechen des Namens glühte Emilias Herz. Sie hatten sie gefunden. Unfassbar.

„Lea Gleißner ist vor dreiundsechzig Jahren gestorben." Wie auf ein unsichtbares Zeichen hin erschien die alte Dame von vorhin im Türrahmen am Ende des Flurs.

Emilia lächelte unsicher. „Und doch steht sie vor uns. Genauso wie Lolo Geist, die ebenfalls seit dreiundsechzig Jahren tot ist, habe ich recht?"

„Vor Ihnen steht Lilly Ghost, Schauspielerin, Model und Stilikone. Ich habe meine Karriere allerdings vor vier Jahren endgültig an den Nagel gehängt und mich hierher zurückgezogen. Es wäre mir sehr recht, wenn Sie meine Privatsphäre achten würden. Lea Gleißner und Lolo Geist sind tot. Ich habe keine Ahnung, was Sie von mir wollen."

„Die Wahrheit. Wir wollen Ihre Geschichte hören. Wir wollen erfahren, was damals geschehen ist, in der Seerosenvilla, vor über sechzig Jahren. Wir wollen Sie kennenlernen. Die echte Lea Gleißner. Und erfahren, warum sie sterben musste.“

Erika räusperte sich. „Und ich würde ehrlich gesagt furchtbar gerne meine Tante kennenlernen. Meine Mutter, Edith, war Leas Schwester. Ich weiß allerdings nicht, ob sie je von ihr erfahren hat.“

Nun war es an Lilly Ghost, die Augen aufzureißen. Stumm stand sie da und musterte die beiden Eindringlinge skeptisch.

Die jüngere Frau mit den schwarzen Augen hingegen wirkte nachdenklich. Sie betrachtete Erika und Emilia lange.

„Wenn das deine Nichte ist“, sie deutete auf Erika, „dann ist sie meine Cousine.“ Keine der Frauen sagte ein Wort. Zu unwirklich erschien die gesamte Situation.

Lilly Ghost seufzte tief. Dann atmete sie hörbar ein und wies auf den Durchgang am Ende des Flurs. „Kommen Sie doch herein. Das ist Ester, die Tochter meiner Schwester Hanna. Es ist wahr, Sie haben mich gefunden. Ich war einmal Lea Gleißner. Und ich vermute, wir haben uns viel zu erzählen.“

Das taten sie. Während Ester noch den Kaffee zubereitete, saßen Lea, Erika und Emilia sich gegenüber und musterten sich schweigend, als hätte jede von ihnen Angst, die falschen Worte zu wählen. Es war Emilia, die das Eis brach, indem sie begann, von Edith zu erzählen. Mit großen Augen hörte Lea die Geschichte ihrer kleinen Schwester, die als Baby von der Mutter weggegeben worden war und im Gegensatz zu den übrigen Gleißner-Kindern ein wunderbares Leben geführt hatte. Als Emilia ihre Frage danach, ob Edith noch lebte, verneinen musste, kämpfte Lea sichtlich mit den Tränen. Dann begriff sie, dass Erika und Emilia die nächsten beiden Generationen waren und lächelte zum ersten Mal aufrichtig.

Eine ganze Weile lang schwiegen alle. Die Wahrheit über die verlorene jüngste Schwester und die Tatsache, dass Lea und Edith sich nie begegnet waren, wühlte alle gleichermaßen auf. Wieder schwiegen sie für eine Weile. Erst als Ester aus der Küche kam, die dampfenden Tassen auf einem Tablett abstellte und jede von ihnen einen Schluck genommen hatte, kam wieder Leben in Lea Gleißner.

„Lea Gleißner musste sterben, damit ich leben kann", begann sie ihre Erzählung, und es klang wie eine Entschuldigung. Erika und Emilia kommentierten die Aussage nicht. Als habe sie lange Jahre auf den Moment gewartet und nun bräche ein mit letzter Kraft aufrechterhaltener Damm, sprudelte plötzlich alles aus Lea heraus. Ihre unglückliche Kindheit, in der sie von klein auf unter ihrem tyrannischen Vater gelitten hatte, der nach wie vor am nationalsozialistischen Gedankengut festgehalten hatte. Sie berichtete nicht nur von körperlichen Misshandlungen, sondern auch von den psychischen Verletzungen, die in ihrer Kinderseele schweren Schaden angerichtet hatten. Erst im Nachhinein, so berichtete sie, habe sie begriffen, warum ihr das Leben im Rampenlicht, die Aufmerksamkeit und Anerkennung der Männer in der Branche so viel bedeutet hatten. Es war der erbitterte Versuch gewesen, Liebe zu finden, eine Liebe, die der Vater ihr versagte und Hanna ihr nicht geben konnte, so sehr sie sich auch bemüht hatte. Bedenkenlos und leichtsinnig hatte sie sich Fotografen,

Agenten und männlichen Models an den Hals geworfen, in einer verzweifelten Sehnsucht, die sie bis heute nicht hatte stillen können. Rasch war sie an die falschen Leute geraten, was in dieser Branche schneller ging, als man sich vorzustellen vermochte. Sie war mit Geld, Lügen und Drogen in Berührung gekommen, hatte sich in ihrem kindlichen Übermut in jedes Abenteuer gestürzt, auch wenn es selten gut für sie ausgegangen war. Näher wollte sie auf diese Fehltritte nicht eingehen, aber an ihren traurigen Augen war abzulesen, wie sehr sie diese Erfahrungen bis heute belasteten.

„Warum haben Sie Ihre große Schwester nicht um Hilfe gebeten?", fragte Emilia. „Ihr Vater mag ein Tyrann gewesen sein, aber so, wie ich es verstanden habe, hat ihre große Schwester Sie immer geliebt und beschützt."

Traurig starrte Lea in ihre Kaffeetasse. „Das hat sie. Hanna hat mich immer geliebt. Und sie wollte mich immer beschützen. Sie hat sich nicht benommen wie eine Schwester, sondern wie meine Mutter. Dabei hätte ich so sehr eine Schwester gebraucht. Verstehen Sie mich bitte nicht falsch, das soll nicht undankbar klingen. Hanna hätte alles für mich getan. Sie hätte sich für mich vor einen Zug geworfen, wenn es notwendig gewesen wäre. Aber ich wollte das nicht. Ich wollte nicht beschützt werden. Ich bin seit jeher ein Freigeist. Ich wollte mein Leben leben, gerade weil das in der Villa nicht möglich war. Ich wollte die Welt sehen, Menschen kennenlernen, lachen, lieben, verrückte Dinge tun, unvernünftig und unbekümmert sein. Zu Hause war ich immer wie tot, habe nichts gespürt. Ich glaube, ich habe sehr früh gelernt, meine Empfindungen einfach auszuschalten, sobald ich die Villa betrat. Dort musste ich nur funktionieren. Funktionieren, aushalten und alles über mich ergehen lassen. Aber sobald ich das Tor passiert und unser Grundstück verlassen hatte, war ich ein anderer Mensch. Das große Eisentor war für mich das Tor zur Freiheit. Ich fühlte mich leicht, gut, selbstständig und lebendig. Alles war möglich. Ich spürte, wie groß, wild und schön das Leben sein konnte. Und ich wollte mehr davon, immer mehr, es war wie eine Sucht. Aber Hanna hat das nicht begriffen. Sie war von Kindheit an die Gehorsame. Sie war so erzogen, und ich glaube, ihr Charakter entsprach dem auch perfekt. Sie wollte brav sein, nicht anecken, nicht auffallen. Ich hingegen wollte genau das: provozieren, anecken, auffallen. Vielleicht ein wenig zu viel, denn es ging gewaltig schief. Als Hanna ihren Freund Daniel kennenlernte, hatte ich zum ersten Mal die Hoffnung, sie würde begreifen, dass es mehr gab als Pflichten und Gehorsam. Dass es für sie auch eine große Liebe gab, die über alles hinausreichte, was sie sich je hätte vorstellen können. Dass sie ihre wilde, leidenschaftliche Seite entdeckte. Aber ich glaube, sie hatte gar keine."

Sie sah zu Ester, mit einem Blick voller Sanftheit und Trauer. „Dein Vater war ein wunderbarer Mann. Der Gedanke, dass du ihn nie kennenlernen durftest, ist einer der wenigen, die mich noch zum Weinen bringen können." Verstohlen tippte sie sich an den Augenwinkel und wandte sich wieder Emilia und Erika zu.

„Es hätte alles gut ausgehen können, wenn dieser blöde Unfall nicht gewesen wäre. Aber ich sehe, dass ich Sie verwirre, also langsam und der Reihe nach." Sie holte tief Luft.

„Es ist nicht leicht, den Staub von den alten Erinnerungen zu wischen." Entschuldigend lächelte sie. „Ich habe nur einmal über all das gesprochen – mit Ester. Ich fand, dass sie die Wahrheit verdient. Aber als sie alles wusste, haben wir gemeinsam beschlossen, für immer über diese Geschichten zu schweigen und unser eigenes Leben zu leben."

„Und das war gut so, Lil." Ester griff nach Leas faltiger Hand und drückte sie leicht. „Soll ich die Geschichte für dich weitererzählen?"

Lea zögerte. Dann schüttelte sie den Kopf. „Nein. Ich schaffe das. Vielleicht ist es an der Zeit. Auf eine wundersame Art macht es mein Herz leichter." Sie seufzte tief.

„Ich geriet an die falschen Leute, habe Dinge gesehen, die ich nicht hätte sehen sollen: Deals mit Drogen, Frauen, Glücksspiel. Immer öfter wurde ich verfolgt, beobachtet und bedroht. Da bekam ich es mit der Angst zu tun. Ich war zwar schon zwanzig, fast erwachsen, aber durch meine Vergangenheit in der Villa sehr kindlich und naiv. Ich hatte niemanden, den ich hätte fragen können, was ich tun soll. Vater hatte die falschen Vorstellungen, Heinz war viel zu sensibel und selbst auf der Suche nach Orientierung, und Hanna hätte gesagt, dass das Richtige wäre, in der vorgegebenen Spur zu laufen. Tja, dann lernte ich Otto Bäumer kennen."

„Martins Vater", entfuhr es Emilia.

„Ich weiß, dass er einen Sohn hat. Aber ich habe ihn leider nie kennengelernt."

„Wollen Sie das?"

In Leas Blick spiegelte sich Verwirrung.

Emilia lächelte. „Es wäre ganz einfach, er steht draußen am Auto und wartet auf uns."

„Wie meinen Sie das?"

„Soll ich ihn holen?"

„Otto Bäumers Sohn?"

„Ja. Er tauchte vorgestern Abend bei uns an der Villa auf und sagte ... ach, ist nicht so wichtig."

Vielleicht war es besser, Lea nicht zu sagen, dass Otto Bäumer seinen Schützling auf seinem Sterbebett doch noch verraten hatte. Auf keinen Fall wollte sie Leas Gefühle verletzen. Vielleicht war er der einzige Mensch, dem sie je vertraut hatte.

„Ich ..." Lea neigte den Kopf hin und her. Dann klatschte sie entschlossen mit den Handflächen auf ihre Oberschenkel. „Doch. Doch bitte, holen Sie ihn herein. Er soll die Wahrheit über seinen Vater erfahren."

Wenig später saß Martin Bäumer im Kreis der vier Frauen und lauschte ebenfalls der Schilderung von Lea. Was sie zu erzählen hatte, hörte sich eher wie aus einem Agentenfilm als aus dem realen Leben einer jungen Frau an.

„Nachdem ich zu tiefe Blicke in fragwürdige Kreise geworfen hatte, wusste ich, dass ich verschwinden musste", setzte Lea ihre Erzählung fort. „Spätestens als ich einen ranghohen Mann dabei beobachtet habe, wie er eines der Models unter Drogen gesetzt und vergewaltigt hat. Er hat bemerkt, dass ich es gesehen hatte. Es war schrecklich. Ich hatte fürchterliche Angst, dass mir das Gleiche droht und zugleich Panik, dass er mich beseitigen lässt, weil ich ihn verraten könnte. So oder so, es war verdammt brenzlig. Da ich Daniel kennengelernt hatte und dieser mir von seinen Plänen erzählt hatte, mit Hanna nach Amerika auszuwandern, beschloss ich, heimlich mit ihnen auszureisen. Allerdings musste ich dazu meine Identität ändern, denn die Männer, die mich wegen meines Wissens suchten, würden mich unter meinem echten Namen immer und überall finden. Ihre Arme reichten bis ins Ausland. Als Lea Gleißner würde ich nie wieder zur Ruhe kommen, das war gewiss. Otto Bäumer war es schließlich, der sich bereiterklärte, mir beim Verschwinden zu helfen. Als Polizist verfügte er über hervorragende Kontakte und die notwendigen Mittel, um mir ein neues Leben zu verschaffen. Ich habe ihm blind vertraut. Er war vielleicht der einzige Mensch außer Hanna, der mich jemals bedingungslos unterstützt hat. Warum, weiß ich bis heute nicht. Vielleicht war er ein bisschen in mich verliebt, aber im Gegensatz zu vielen anderen hat er sich mir nie unangemessen genähert."

Sie sah kurz zu seinem Sohn, doch der schwieg. Verständlich, dass er bei diesen Erzählungen über seinen Vater seine eigenen Gedanken erst einmal ordnen musste. Emilia hätte nicht mit ihm tauschen wollen.

„Als Lea Gleißner in einer Sommernacht 1960 an einer vermeintlichen Überdosis Kokain verstarb", erzählte Lea weiter, „wurde Lilly Ghost geboren. Bis heute lebe ich ein glückliches Leben, das ich Otto Bäumer verdanke."

„Aber Sie wurden für tot erklärt", platzte Emilia heraus. „Das wird man doch nicht einfach so. Wie haben Sie das angestellt?"

Ein zartes Grinsen legte sich auf die Lippen der alten Frau und bewies, dass sie sich noch heute über den gelungenen Betrug freute. „Ich bin eine verdammt gute Schauspielerin", sagte sie stolz. „Den Rest hat Otto geregelt. Der Arzt, der meinen Tod festgestellt hat, war ein sehr guter Freund von ihm. Der hat nicht genau hingesehen, wenn Sie verstehen, was ich meine ..."

„Otto Bäumer hat einen befreundeten Arzt bestochen, Ihre Sterbeurkunde zu fälschen?", fasste Emilia ihren Gedanken zusammen.

„Nennen Sie es, wie Sie wollen. Es hat mir das Leben gerettet."

„Aber wie haben Sie das denn überlebt? Sie wurden doch beerdigt."

Lea schüttelte den Kopf. Nein, wurde ich nicht. Ein Sarg wurde beerdigt. Ich habe keine Ahnung, wer oder was da drin war, ich jedenfalls nicht. Otto hat mich hierher gebracht, in dieses kleine Häuschen. Er hat mir geholfen, mein Erscheinungsbild zu ändern, mich mit Nahrungsmitteln und allem versorgt, was ich brauchte. Für ein halbes Jahr habe ich dieses Häuschen nicht verlassen, nicht für einen Tag. Otto war der beste Freund, den ich je hatte." Verträumt sah sie zum Himmel auf und bekreuzigte sich. Dann wandte sie sich an Martin Bäumer. „Möge Ihr Vater in Frieden ruhen. Er war ein guter Mann. Und er hat mich nie verraten."

„Wie kam Ester zu Ihnen?", fragte Emilia schnell, bevor jemandem herausrutschen konnte, dass Otto Bäumer auf dem Sterbebett den entscheidenden Hinweis gegeben hatte, sie zu finden.

Lea seufzte. Ester rückte ein Stück näher an sie heran und nahm sie in den Arm.

Mit einem Räuspern klärte sie ihre Stimme. „Es hätte alles gut ausgehen können, das sagte ich schon. Der Tag hätte der schönste unseres Lebens werden können. Hanna war schwanger von Daniel. In einer verzweifelten Nacht nach meinem vermeintlichen Tod hat er sie besucht, und da ist es passiert. Heinz hat es mir erzählt. Otto Bäumer hat nach meinem Tod Kontakt mit ihm gehalten und ihm dann eine Nachricht überbracht, als er von den Fluchtplänen hörte. Ich wusste, dass er mich nicht an Vater verraten würde. Hanna hingegen wäre viel zu emotional gewesen. Sicherlich wäre ihr irgendetwas herausgerutscht, was Vater stutzig gemacht hätte. Ich wollte sie in der Hütte überraschen, wenn sie die Villa für immer verlassen hatte.“ Musternd betrachtete sie ihre Zuhörerschaft.

„Okay, der Reihe nach. Hanna hatte so große Angst um ihr Kind, dass sie, Daniel und Heinz gemeinsam einen Plan schmiedeten. Heinz wusste ja, dass Otto Bäumer mir eine neue Identität verschafft hatte. Als Hanna schwanger wurde, war allen klar, dass es nur die Möglichkeit gab, aus der Villa zu fliehen: Hanna, Daniel, Heinz und Ester wollten unter falschem Namen nach Amerika auswandern, zu Daniels Verwandten. Heinz bat Otto, gefälschte Ausweispapiere für alle zu beschaffen und der willigte ein. Daniel übernahm dankenswerterweise die Organisation und alle Kosten. Leider kam Ester ein paar Wochen zu früh auf die Welt, und die Papiere waren noch nicht fertig. Nun musste schnell reagiert werden. Nach der Geburt nahm Heinz Ester mit, holte Daniel ab und wollte beide in eine einsame Berghütte bringen, wo niemand sie vorerst finden würde. Sobald die Papiere fertig wären, wollte mein Bruder mit Hanna nachkommen, und sie wollten gemeinsam nach Amerika ausreisen. Was keiner außer Heinz wusste, war, dass ich ebenfalls in der Berghütte wartete. Endlich würden wir alle wieder zusammen sein und ein neues Leben in Amerika beginnen. Ich konnte es kaum erwarten. An seinem einundzwanzigsten Geburtstag wollte Heinz nach Deutschland zurückkehren und wie versprochen sein Trudchen heiraten. Hanna war immer für uns Geschwister da gewesen. Sie hat uns ihr ganzes Leben geopfert, uns zu beschützen war ihr höchstes Ziel. Aber sogar Heinz hatte begriffen, dass sie sich und Ester in Gefahr bringen würde, wenn er sich weiterhin weigerte, mit ihnen aus der Villa zu fliehen. Hanna zuliebe hat er die Verantwortung übernommen. Dieses eine Mal wollte er seine große Schwester beschützen.

Ich hatte schon einige Tage in der Berghütte gelebt und sie wohnlich hergerichtet, da sah ich eines Abends überraschend Heinz' Auto herannahen. Ich weiß noch genau, dass mein Herz sich vor Freude fast überschlug, als mir klar wurde, dass ich gleich meine Nichte, meinen großen Bruder und endlich meine Schwester wieder in den Arm schließen durfte. Es war zwar viel früher als erwartet, aber das war eindeutig Heinz' Auto, daher war ich mir sicher, nun würden sie kommen. Stattdessen kamen sie nie an. Ich musste zusehen, wie das Auto ins Schlingern geriet. Es war eiskalt für Anfang April, die Fahrbahn spiegelglatt. Heinz war ein hervorragender Autofahrer, er hätte es wissen müssen. Vielleicht war er zu aufgeregt, vielleicht zu sehr in Eile, wir werden es nie erfahren. Was ich sah, war nur, wie er die Kontrolle über den Wagen verlor, das Auto von der Fahrbahn abkam und meterweit den Abhang hinunterstürzte, während es sich mehrfach überschlug." Lea verstummte und legte sich die Handfläche über die Augen.

Niemand sagte ein Wort. Erst nach einigen Sekunden andächtiger Stille löste sie die Hand von ihrem Gesicht und verschränkte die Finger in ihrem Schoß. Ein tiefer Seufzer zeugte vom Schmerz ihrer Erinnerungen.

„Ich weiß noch, dass ich schrie. Und dass ich wie von Sinnen den Hang hinunterrannte. Immer wieder stolperte ich, fiel, rutschte, überschlug mich. Als ich unten ankam, war ich so von Schrammen und Dreck übersäht, als hätte ich selbst im Unfallwagen gesessen. Es war mir egal. Wichtig war nur, dass sie lebten. Schreiend vor Schmerz und Wut riss ich an den Autotüren. Bis heute weiß ich nicht wie, doch es gelang mir, eine der Türen aufzureißen. Ich kroch ins Innere und bekam zuerst Heinz zu fassen. Das Adrenalin verlieh mir übermenschliche Kräfte. Ich zog ihn heraus, als sei er eine Puppe. Er war blutüberströmt, so schwer verletzt, dass man seine Gesichtszüge nur noch erahnen konnte, und er atmete nicht mehr. Vorsichtig legte ich ihn ab und zog Daniel heraus. Auch er hatte schlimme Wunden. Dann begann etwas in seiner Jacke zu weinen. Ich schlug sie zurück. Daniel hatte seine Arme um ein kleines Baby geschlungen und hielt es noch im Sterben fest. So fest, dass ich es fast nicht herauslösen konnte. Ich erinnere mich an seinen Blick. ‚Ester‘ sagte er. ‚Liebe sie‘. Bis heute weiß ich nicht, ob er sagen wollte, dass er sie liebte oder ob er es als Auftrag gemeint hat. Ich denke, beides war richtig. Daniel hustete Blut. Dann wurden seine flehenden Augen leer und sein Kopf fiel zur Seite. Ich nahm das kleine Baby aus seinen erschlafften Armen. Da erst sah ich eine weitere Person auf dem Rücksitz, beziehungsweise deren Beine bis zur Hüfte. Den Oberkörper konnte ich nur erahnen, er war im Fußraum eingequetscht und die Frau klemmte in seltsamer Verrenkung zwischen Vorder- und Rücksitz und regte sich nicht. Im gleichen Moment roch ich Rauch. Es knallte. In instinktivem Bewusstsein der Gefahr umklammerte ich das kleine Baby in meinem Arm und kämpfte mich mit ihm den Berg wieder hinauf, während direkt hinter mir das Auto – oder das, was von ihm übrig war – in Flammen aufging. Erst in diesem Moment wurde mir bewusst, dass die eingeklemmte Person auf dem Rücksitz eine Frau gewesen war. Sie hatte definitiv ein Kleid und Damenschuhe getragen. Hanna. Wie auch immer sie das hinbekommen hatte, sie war direkt nach der Geburt mitgekommen und hatte gemeinsam mit Daniel und Heinz den Tod gefunden. Ich schrie wie am Spieß, wollte zurück, meine Geschwister und Daniel aus dem Feuer retten, aber beim Anblick der Flammen war mir war klar, dass das keinen Sinn mehr ergab. Sie waren für immer fort. Was zählte, war das Kind in meinem Arm, das ich retten musste. Um jeden Preis. Und das habe ich.“

Alle sahen die Frau mit den schwarzen Augen an, die sich vorhin als Ester vorgestellt hatte. Dreiundsechzig Jahre war sie also alt. Die Tochter von Daniel und Hanna. Tränen glänzten in ihren Augen.

Nun drückte Lea Esters Hand und strich ihr dann mit der anderen liebevoll über den Kopf. Ein seltsames Bild. Obwohl Lea über achtzig und Lea über sechzig Jahre alt war, wirkten sie vertraut und jung. Jung wie damals, als sich das alles ereignet hatte.

„Es tut mir so leid, dass du deinen Vater nicht kennenlernen durftest", sagte Lea sanft zu der Jüngeren.

Emilia räusperte sich. „Haben Sie denn Ihre Mutter mal kennengelernt? Hanna? Sie hat ja bis vor vier Jahren noch gelebt."

Mit einem Ruck richtete Ester sich auf. „Sie hat auf uns geschossen."

Sofort erinnerte sich Emilia an die Aufzeichnung von Hanna. „Sie waren dort", sprach sie dann ihre Erkenntnis aus. „Sie waren dort und haben Hanna besucht. Und die hat Ihnen nicht geglaubt."

„Ganz genau", bestätigte Lea. „Zu erfahren, dass Hanna noch am Leben war, war ein absoluter Schock für mich. Ich war ja der Überzeugung, dass sie im Auto mit Heinz und Daniel verunglückt war. Zugegeben, ich hatte nur ihre Beine gesehen, aber für mich stand außer Frage, dass es Hanna gewesen war. All die Jahre über habe ich meine Schwester für tot gehalten, genauso wie sie mich und Ester."

„Und wie haben Sie erfahren, dass sie doch noch lebt?", fragte Emilia leise. Die Grausamkeit der Situation, die Lea durchlebt hatte, mochte sie sich nicht einmal im Ansatz vorstellen.

„Das war reiner Zufall." Lea strich sich mit den Fingern über die Augen, als könnte sie die Erinnerung verwischen. „Prompt einen Tag nach dem Unfall brachte mir ein Bote die von Daniel bestellten Papiere. Otto Bäumer habe ich nicht mehr gesehen oder gesprochen. Noch unter Schock wanderte ich sofort mit Ester nach Amerika aus. Laut Unterlagen waren wir waschechte

Amerikanerinnen, es war ein Kinderspiel. Wir haben dann viele Jahre in den USA gelebt. Ich habe dort in verschiedenen Filmen mitgespielt. Nicht so erfolgreich, dass ich es zum Weltstar gebracht hätte, aber es hat für ein gutes Leben gereicht. Uns beiden hat es an nichts gefehlt. Und wir haben unsere Träume gelebt und unser Leben gefeiert, stimmt's, mein Mädchen?" Lea lachte und Ester stimmte ein. Die Innigkeit zwischen den beiden war mit den Händen zu greifen.

„Ich hätte mir kein schöneres Leben vorstellen können", sagte Ester an Emilia gewandt. „Tante Lil hat mir alles ermöglicht. Ich durfte alles sagen, alles denken, alles tun und sein, was ich wollte. Sie hat mich in allem unterstützt und sogar jeden Blödsinn mitgemacht. Meine Freundinnen haben mich immer um meine verrückte Tante beneidet. Wir haben behauptet, dass sie mich großzieht, weil meine Mutter gestorben sei, was wir ja wirklich glaubten. Ich habe nichts vermisst, Lil, du hast mir das Beste vom Besten gegeben."

Verträumt und dankbar betrachtete Lea ihre Nichte bei deren emotionaler Schilderung. Dann wurde sie wieder ernst.

„Ein Freund von Ester war Geschichtslehrer. Nach dem überraschenden Tod seiner Frau wandte er sich immer mehr dem Übersinnlichen zu. Esoterik, Geisterbeschwörung und so ein Quatsch, ich kann mit alldem nicht viel anfangen." Sie machte eine wegwerfende Handbewegung und atmete tief ein. „Auf jeden Fall hat James eines Abends beim Essen verkündet, dass er für drei Wochen nach Deutschland reisen werde, um an einer Séance in einer alten Spukvilla teilzunehmen. Angeblich hätten verschiedene Menschen schon erfolgreich Kontakt mit Verstorbenen aus dem Dritten Reich aufgenommen, die mit der Villa in Verbindung stünden und auf diese Weise könne er sein historisches Interesse mit dem Wunsch, den Geist seiner Frau zu kontaktieren, verbinden. Im ersten Moment dachte ich, jetzt sei er vollkommen übergeschnappt und wollte darüber lachen, aber dann erwähnte er den Namen *Villa Gleißner*. Da blieb mir das Lachen im Hals stecken." Lea schluckte trocken.

„James hatte keine Ahnung, dass Lil und ich deutsche Wurzeln haben", erklärte Ester für ihre Tante weiter. „Zum Glück dachte er, Lil sei deshalb schockiert von seiner Erzählung, weil sie die Geisterbeschwörungen so bescheuert fände."

Lea nickte. „Ja, zum Glück. Nicht auszudenken, wenn wir aufgeflogen wären. Unter dem Vorwand, ihm nachweisen zu wollen, dass das Betrug ist, fragte ich ihn weiter über sein Vorhaben aus und dachte, ich höre nicht richtig. Als sei es das Normalste der Welt, erzählte James, dass die Villa der Familie Gleißner gehöre, die maßgeblich an Verbrechen des Nationalsozialismus beteiligt gewesen sei. Die älteste Tochter, Hanna Gleißner, sei die einzige Überlebende der Familie und öffne sie mitunter für esoterische Interessenten und Forschungsgruppen. Die Erwähnung meiner Schwester trieb mir die Tränen in die Augen. Ester fand glücklicherweise schnell eine Ausrede. Ich sei so ergriffen von den Schicksalen der Opfer des Hitler-Regimes, erklärte sie und als Historiker hatte James dafür volles Verständnis. Wie auch immer. Ich beschloss, so schnell wie möglich nach Deutschland zu fliegen, um herauszufinden, was an der Geschichte dran war. Das taten wir dann. Im Frühjahr 2019 betrat ich zum ersten Mal nach Jahrzehnten wieder Edelsbrunner Boden. Bis ich vor der Villa stand und Hanna uns leibhaftig die Tür öffnete, war ich von einem Missverständnis überzeugt. Ich konnte nicht fassen, dass sie vor mir stand. Dass ich sie noch einmal in den Arm nehmen konnte. Dass Ester endlich ihre Mutter kennenlernen durfte. Dass wir uns wiederhatten und den Rest unseres Lebens zusammenbleiben konnten. Frei und glücklich. Das war ein Wunder.

Wir standen uns gegenüber, sahen uns in die Augen. Ich wollte sie umarmen, halten, ihr alles erklären. Ihr ihre Tochter vorstellen. Aber sie hat mir kein Wort geglaubt. Nicht einmal richtig ausreden hat sie mich lassen. Sie hat uns für Schauspielerinnen gehalten. Dummerweise war ich ja sogar eine. Das muss sie in ihrer Meinung bestätigt haben, dass wir Betrügerinnen sind.“

„Und dann hat sie auf uns geschossen.“ Esters Gesichtszüge verhärteten sich. Lea legte den Arm um sie und zog sie an sich.

„Das hat sie nicht so gemeint. Du darfst ihr deswegen nicht böse sein.“ Sie wandte sich wieder an die Runde. „Hanna muss genauso schockiert gewesen sein wie ich. Sie starrte mich an. In dem Augenblick, als wir vor ihr standen, muss sie uns auf jeden Fall für Betrügerinnen gehalten haben. Oder sie war stinksauer auf mich. Ich vermag bis heute nicht einzuschätzen, was in ihr vorging. Ich wusste nur, dass sie ein verdammt hartes Leben geführt haben musste und ganz sicher auf uns schießen würde, wenn sie uns nicht glaubte. Als sie das zweite Mal abdrückte, rannten wir davon. Dann nahm ich Kontakt zu Otto Bäumer auf. Er vermittelte mir dieses Häuschen hier, damit wir in der Nähe bleiben konnten, bis Hanna sich beruhigt hätte und wir einen neuen Kontaktversuch aufnehmen könnten. Leider starb sie, bevor es dazu kommen konnte." Sie senkte traurig den Kopf. „Bis heute fühle ich mich schuldig. Wenn ich nur mal auf die Idee gekommen wäre, mich nach der Villa zu erkundigen, dann hätte ich viel früher gewusst, dass Hanna noch lebt. Ich hätte ihr Ester vorstellen können und wir hätten als Familie zusammenleben können. Es ist alles meine Schuld. All die vergeudeten Jahre, die ungenutzte Zeit."

„Ich weiß nicht, ob es ein Trost für Sie sein kann", sagte Emilia ruhig. „Aber ich bin selbst Mutter. Und als solche wäre mir das Leben meiner Tochter immer wichtiger als mein eigenes. Ich bin mir sicher, wenn Hanna Ihnen letztendlich geglaubt hätte, dann wäre sie dankbar dafür, dass Sie Ester ein schönes Leben geschenkt haben."

Schweigen breitete sich im Raum aus und spannte die Atmosphäre. Niemand wagte es, die Stille mit einem falschen Wort zu zersprengen.

Letztendlich beschloss Emilia, ins kalte Wasser zu springen. „Es gibt eine Notiz ihrer Schwester, in der sie Ihren Besuch beschreibt", sagte sie leise.

Sofort starrte Lea sie an. In ihrem Blick glomm Hoffnung. „Eine Notiz?"

„Ja, eine Art Tagebucheintrag. Er hat uns auch auf die Idee gebracht, dass Sie noch am Leben sein könnten."

„Ah. Ich habe mich schon die ganze Zeit darüber gewundert, dass Sie mir auf die Schliche gekommen sind."

Kurz überlegte Emilia, ihr die ganze Geschichte zu erzählen, entschied sich dann aber dagegen. Vielleicht ein andermal. Jetzt war nicht der passende Zeitpunkt dafür.

„Ich werde Ihnen den Brief natürlich geben", versprach sie stattdessen. „Genauso wie alles andere, was von Ihrer Schwester noch in der Villa ist. Sie dürfen alles sehen und mitnehmen, was auch immer Sie wollen. Es gehört ja Ihnen. Genau genommen gehört die ganze Villa Ihnen. Wir müssten natürlich sehen, wie ..."

„Mit dem Haus will ich nichts mehr zu tun haben", unterbrach Lea. „Ich habe damit und mit meiner Vergangenheit abgeschlossen, da brauchen Sie sich gar keine Gedanken zu machen. Ich bin nicht Lea Gleißner, sondern Lilly Ghost. Und als solche stelle ich keinerlei Ansprüche. Allerdings kannte und liebte ich eine Hanna Gleißner und würde sehr gerne ihre persönlichen Sachen sehen."

„So gern", erwiderte Emilia. „Sie sind uns jederzeit willkommen. Und Sie natürlich auch", wandte sie sich an Ester.

Die verzog die Mundwinkel. „Danke. Kein Interesse. Diese Frau war vollkommen verrückt und aggressiv. Ich meine, sie hat ihre eigene Schwester nicht erkannt. Nicht mal mich, ihr eigenes Kind! Das muss man sich mal vorstellen. Ich finde es nicht schlimm, dass ich sie nicht kannte. Da war ich mit dir viel besser dran, Tante Lil."

Noch immer nannte Ester Lea mit ihrem falschen Namen. Vermutlich war er in ihren Augen der richtige. Mit ihm war sie aufgewachsen.

„Der Kummer hat sie zu der verbitterten alten Frau gemacht, die sie war, Ester. Du hättest deine Mutter früher kennen sollen, als wir noch jung waren. Sie hatte für alles Verständnis, war liebevoll und fürsorglich. Sie hatte so ein großes Herz. Aber der Kummer hat es versteinert. Bitte mach ihr keinen Vorwurf daraus."

„Mache ich gar nicht. Aber es tut mir auch nicht leid, dass Sie gestorben ist. Sie hat auf uns geschossen, ich sag es noch mal. Das muss man erst mal bringen. Sie hätte zumindest mal zuhören können, uns eine Chance geben, alles zu erklären. Nein, ich habe weder ein Interesse an dieser Frau noch an dieser verdammten Villa."

„Sie sind es, nicht wahr?", äußerte Emilia einen plötzlichen Verdacht. „Bedrohen Sie uns, Ester? Wollen Sie uns aus der Villa verjagen?"

Ester zog die Augenbrauen hoch. „Was will ich?"

„Die Drohbriefe", fuhr Emilia fort. „Der Drohbrief, die Botschaft auf dem Boden, das Tonbandgerät. Wozu das alles? Wollen Sie die Villa haben? Ich könnte es verstehen, es ist das Erbe Ihrer Mutter. Aber dann können Sie doch mit uns sprechen. Sie müssen uns doch nicht bedrohen."

„Von was reden Sie denn da bloß?" Ester wirkte irritiert. „Ich sagte doch eben, die Villa kann mir gestohlen bleiben." Stirnrunzelnd sah sie von einem zum anderen.

„Oder sind Sie es?" Überrascht richtete Emilia ihren Blick auf Lea. „Wollen Sie uns aus dem Haus vertreiben? Weil Sie so viele schlechte Erfahrungen damit verbinden? Weil Ihr Schmerz doch tiefer mit dem Haus verbunden ist als Sie zugeben wollen?"

Lea hob abwehrend die Hände. „Ich war seit einer Ewigkeit nicht bei der Villa. Seit diesem Vorfall im Jahr 2019 nicht mehr."

Emilia glaubte ihnen. Sie wusste nicht wieso, aber sie glaubte beiden Frauen. Seltsam. Wenn sie es nicht gewesen waren, wer dann? Sollte sie Martin Bäumer doch noch mal in den engeren Kreis der Verdächtigen aufnehmen? Vielleicht war es das Beste, die beiden Frauen vor Ort zu beobachten. Ihre Reaktionen zu sehen und einzuschätzen.

„Hätten Sie vielleicht Lust, nochmal in die Villa zu kommen?", preschte sie vor. „Wir planen, das Kinderzimmer zu renovieren. Vielleicht möchten Sie es sich vor dem Umbau noch einmal ansehen. Und möglicherweise finden Sie ja auch noch ein paar Verstecke aus Ihrer Kindheit. Unter den Dielen vielleicht?"

„Die Briefe", flüsterte Lea. „Sind sie noch da?"

38

Mit Tränen in den Augen packte Hanna den ersten der kleinen Stapel. Es hatte sie Stunden gekostet, alle Dokumente, Bilder und Briefe in kleine Häufchen zu sortieren. Nun sollten sie für immer verschwinden. Am liebsten hätte sie alles ins Feuer geworfen, doch das brachte sie nicht über sich. Zu viel war ihr genommen worden, als dass sie auch nur ein einziges weiteres Stück freiwillig herzugeben bereit war. Sollten die Dinge unter den Dielen vergammeln und verrotten oder die Ewigkeit überdauern. Es war ihr vollkommen egal. Sie wollte sie lediglich nicht mehr sehen, nicht mehr in den Händen halten und nicht mehr daran denken müssen. Nicht mehr darüber nachgrübeln müssen, was gewesen war und was hätte sein können. Zärtlich strich sie mit den Fingern über ein Foto von sich und Lea. Wie sehr hätte sie sich gewünscht, dass es wahr wäre. Dass diese Betrügerin Lea wäre, ihre Schwester. Dass sie nicht gestorben wäre und sogar Ester überlebt hatte, durch welches Wunder auch immer. Seufzend legte sie die Briefe unter die Diele und nagelte das Brett darüber fest. Nein. Sie wollte den Schmerz nicht erleben. Wollte sich nicht mehr belügen lassen. Sie hatte recherchiert, sogar einen Privatdetektiv auf sie angesetzt. Die Fremde war eine Schauspielerin namens Lilly Ghost. Sie war geboren und aufgewachsen in Iowa und dann durch eine überraschend erfolgreiche kleine Filmproduktion zu mäßiger Berühmtheit gelangt. Diese Frau war durch und durch Amerikanerin, der Privatdetektiv hatte ihr sogar eine Kopie ihrer Geburtsurkunde geschickt. Bedauernswert, dass manche Menschen so viel Energie darauf verschwendeten, andere Menschen zu täuschen. Und wozu? Vermutlich hatte sie mitbekommen, dass es im Vermögen der Gleißners noch etwas zu holen gab. Aber da würde sie vergeblich suchen.

Mit Schwung schlug Hanna den letzten Nagel ein. Nun war alles in dieser Villa verborgen, ihrer treuen Gefährtin, die ebenso alles hatte miterleben müssen wie sie selbst. Wenn Mauern sprechen könnten ...

Sie las das vorbereitete Testament ein letztes Mal durch und legte es zufrieden auf den Wohnzimmertisch. Dann ging sie hinaus in den Garten, setzte sich an den Seerosenteich und ließ ihre Füße ins kalte Wasser hängen. Es war alles erledigt. Der Tod konnte kommen. Und er würde kommen. Sie spürte ihn. Sie hatte geschafft, was sie nie für möglich gehalten hatte. Nach all den Jahren der Einsamkeit hatte sie es geschafft, sich selbst zu vergeben. Sie konnte es wieder spüren, das weiche, warme Gefühl in ihrem Herzen. Glück.

Hanna lächelte. Zum ersten Mal, seit sie sich erinnern konnte, war sie vollkommen im Reinen mit sich selbst. Hanna Gleißner schloss die Augen und ließ sich fallen, mit ihrem Körper rücklings ins Gras und mit ihrer

Seele in den ewigen Frieden, nach dem sie sich so sehr gesehnt hatte.

39

Stocksteif stand Lea im Türrahmen des Kinderzimmers und betrachtete den vor ihr liegenden Raum. Tränen standen in ihren Augen, während sie Winkel für Winkel für die Ewigkeit festzuhalten schien. Niemand sagte ein Wort, niemand wollte die alte Frau dabei stören, Erinnerungen aus ihrer Kindheit aufleben zu lassen und für immer in ihrem Herzen zu sammeln wie in einem Album des Lebens. Mit langsamen Schritten trat sie ans Fenster und befühlte den dünnen Stoff der Vorhänge.

„Unglaublich, dass sie noch hier sind", murmelte sie leise.

Emilia trat neben sie. „Ich fand sie so hübsch. Besonders die kleinen Blümchen. Sie haben sie draufgestickt, nicht wahr?"

„Nein, das war Hanna." Vorsichtig legte Lea eine der Stickblumen zwischen Daumen und Zeigefinger und hielt sie fest. „Wenn ich nachts unterwegs war und sie auf mich gewartet hat, dann war sie oft so nervös, dass sie ihre Finger beschäftigen musste. Meistens hat sie dann unsere Kleidung geflickt oder Socken gestopft. Aber wenn es tatsächlich mal nichts auszubessern gab, dann hat sie begonnen, diese Blumen in die Vorhänge zu sticken." Wieder strich sie sanft über den Stoff. „Seltsam. Erst jetzt, mit dreiundachtzig Jahren wird mir bewusst, welch großen Kummer ich meiner Schwester bereitet habe." Sie ließ den Vorhang los, sah kurz aus dem Fenster.

Sie hatten so lange bei Lea gesessen und ihren Erzählungen gelauscht, dass es draußen schon dunkel geworden war. Wenn sie später hinunterkämen, würde Tom ihnen ein leckeres Essen servieren, das er gerade in der Küche zubereitete. Seit er nicht mehr täglich im Gasthaus kochte, bereitete es ihm umso mehr Freude, das ab und zu in der Villa zu tun.

„Vielleicht hat sie mich nicht erkennen wollen, 2019, als wir vor ihrer Tür standen."

„Als Hanna auf Sie geschossen hat?"

Lea nickte. „Vielleicht hatte sie es einfach satt, noch mehr Kummer zu ertragen."

Emilia runzelte die Stirn. „Das kann ich mir nicht vorstellen. Es wäre doch schön gewesen, wenn Sie beide sich wiedergefunden hätten. Und sie hätte ihre Tochter kennenlernen können. So ein Happy End wünscht sich doch jeder."

Lea legte den Kopf schief. „Ich bin mir nicht sicher. Hanna hat in ihrem Leben so viel durchmachen müssen. Ich glaube, der Tod unseres Vaters war für sie eine Art Schlusspunkt. Für mich war er es. Damit war alles abgeschlossen, was er an Leid und Schmerz in unser Leben gebracht hatte. Ich habe ihm zwar bis heute nicht verziehen, aber ich habe damit abgeschlossen. Hanna vielleicht auch. Ich könnte ihre Reaktion verstehen. Wenn sie nach all den schlimmen Jahrzehnten endlich an einem Punkt war, an dem sie Frieden mit sich und dem Leben schließen konnte ... Dann hätten wir alles wieder aufgewühlt. Mich zu erkennen, hätte bedeutet, dass sie all die Jahre umsonst getrauert hat. Ester kennenzulernen, hätte das Bewusstsein wachgerüttelt, dass sie die Liebe ihres Lebens verloren hat. Neuer Schmerz. Neue Trauer. Die ganzen verpassten Jahre im Leben ihrer Tochter. Verstehen Sie, was ich meine?"

„Ich bin mir nicht sicher."

„Ich glaube, nach all den Jahren hatte Hanna endlich ihren Frieden gefunden. Sie war zufrieden mit ihrem Schmerz, weil er das Einzige war, was sie hatte. Sie hat gelernt, damit umzugehen. Deshalb hat sie auch so zurückgezogen gelebt. Sie hat einfach niemanden mehr in ihr Leben gelassen, weil sie Angst vor neuem Unglück hatte, neuem Schmerz. Wer nichts hat, der hat nichts zu verlieren, verstehen Sie?"

„Das klingt furchtbar traurig."

„Ist es auch."

Emilia schluckte. „Ich glaube nach wie vor, dass Sie sie nicht erkannt und für Betrügerinnen gehalten hat. Ihre Theorie schmerzt mich allein schon in der Vorstellung."

„Keine weiteren Fragen", sagte Lea leise und grinste. Doch so richtig lachen konnte niemand über diesen Scherz.

Plötzlich rümpfte Erika irritiert die Nase. Auch Emilia roch es deutlich. Rauch. Es roch verbrannt. Seit sie Tom kannte, hatte er noch nie etwas anbrennen lassen. Zumindest nicht in der Küche.

„Entschuldigt mich einen Augenblick", sagte sie schnell und lief in den Flur. „Tom?", rief sie die Treppe hinunter. „Alles in Ordnung? Ist dir was angebrannt?"

Über die Brüstung spähte sie hinab in den Flur und sah, wie er aus der Küche trat, lachend, den Kochlöffel noch in der Hand. „Machst du Witze? Als ob mir jemals etwas …"

Er verstummte mitten im Satz. Sein Gesicht versteinerte. Dann verzog er vor Schreck das Gesicht und fuchtelte panisch mit dem Kochlöffel. „Es brennt! Schnell. Es brennt! Ruf die Feuerwehr! Nein, kommt runter da, schnell, bevor die Treppe in Flammen steht. Raus hier, raus!"

Noch ehe Emilia begreifen konnte, was los war, sah sie dichten Qualm, der aus dem Wohnzimmer in den Flur des Erdgeschosses drang. Wie versteinert stand sie da und beobachtete die dichten Schwaden – unfähig, sich zu rühren.

Feuer! Der Unbekannte hatte tatsächlich Feuer gelegt. In Toms Gesichtsausdruck lag blanke Hilflosigkeit. Dann rannte er zurück in die Küche und kam kurz darauf mit Ellis auf dem Arm zurück. Als er Emilia noch immer an der Treppe stehen sah, kam er die Stufen heraufgerannt. „Feuer, verdammt! Alle raus hier!", schrie er wie von Sinnen.

Ellis weinte. Emilia spürte, wie sich von hinten eine Hand auf ihren Rücken legte und sie vorwärts drängte, während Tom näherkam. Endlich hatte er sie erreicht, packte ihre Hand und zog sie mit sich. Ihre Beine bewegten sich von selbst. Hinter sich hörte sie Stimmen: Lea, Ester und Erika.

Endlich schlug ihr die kühle Nachtluft entgegen. Sie waren im Freien. Mit einem schnellen Blick betrachtete sie die Umstehenden, die genauso aufgelöst wirkten wie sie selbst. Tom übergab ihr Ellis.

„Wo ist Herr Bäumer?“, rief Emilia und sah sich irritiert um.

„Er war gerade noch neben mir“, antwortete Erika aufgebracht und drehte sich ebenfalls suchend einmal um sich selbst.

„Hier draußen?“

„Nein, im Kinderzimmer. Martin? Martin!“ Angst weitete Erikas Blick. „Er muss noch oben sein.“ Sie begann in Richtung des Eingangs zu rennen, aber Tom packte sie an der Schulter und hielt sie fest.

„Auf keinen Fall gehst du da rein“, sagte er mit fester Stimme.

Erika begann zu weinen. „Aber Martin ist …“

„Ich mache das.“ Er rannte schneller zurück zum Haus als jemand hätte reagieren können.

„Tom, nicht“, schrie Emilia, aber es war zu spät. Er war bereits im Inneren des Hauses verschwunden. Der Qualm stieg in dichten schwarzen Säulen in den Himmel auf. Mit einem klirrenden Knall zersprangen die Glasscheiben der Wohnzimmerfenster. Emilia schossen die Tränen in die Augen. Die Hitze brannte in ihrem Gesicht. Schützend presste sie Ellis an sich, und wich wie die anderen noch einige Meter weiter zurück. Wilde Flammen schlugen aus den Fensterhöhlen des Wohnzimmers. Neben ihr hustete Lea. Wo blieb Tom? Wenn er nur endlich wieder herauskam. Warum musste er auch den Helden spielen? Natürlich musste Martin Bäumer gerettet werden, aber Tom durfte nichts geschehen. Sie brauchte ihn und Ellis brauchte ihren Vater. Verzweifelt sah sie zum Himmel hinauf, dessen Blau von dichtem Rauch überlagert war. In diesem Moment trat Tom aus dem Hauseingang. In der

Hand hielt er ein nasses Handtuch, dass er sich vor Mund und Nase presste, während er endlich zu ihnen rannte. Seine Haut zeichneten dunkle Schlieren. Vor Angst und Erleichterung heulte Emilia laut auf. Er nahm sie in den Arm und keuchte.

„Keine Chance", sagte er und die Verzweiflung in seiner Stimme spiegelte die Befürchtungen der anderen. „Ich bin nochmals hoch ins Kinderzimmer gerannt, aber da war er nicht mehr. Auf meine Rufe hat er auch nicht reagiert. Die Flammen drücken sich bereits durch den Fußboden ins Kinderzimmer. Ich musste runter, bevor das Treppenhaus brennt und die Flammen mich oben einschließen, es tut mir leid." Er sah zu Erika, die laut schluchzte.

Endlich hörten sie Feuerwehrsirenen. Emilia nahm das Geschehen wahr, als sähe sie einen Film. Schläuche wurden ausgerollt und Kommandos gerufen. Unzählige Männer rannten in Einsatzkleidung über das Gelände. Wasser spritzte aus dicken Schläuchen und drängte die Flammen, die aus den scheibenlosen Fenstern des Wohnzimmers schlugen, zurück. Gott sei Dank war die Feuerwehr so schnell vor Ort. Aber wer hatte sie gerufen?

„Da ist Martin", schrie Erika plötzlich und zeigte nach rechts.

Tatsächlich tauchte er hinter einem Löschfahrzeug auf und kam langsam auf sie zu. Seine Haare waren zerzaust, sein Gesicht mit schwarzem Ruß verschmiert und er humpelte, aber er war am Leben, konnte gehen und lächelte sogar. Vor sich her schob er eine schwarz gekleidete Gestalt, die ihr Gesicht mit einem dunklen

Strumpfband verhüllt hatte, was ihre Züge seltsam surreal erscheinen ließ. Ihre Arme waren hinter ihrem Rücken fest im Griff von Martin Bäumer, der sie unerbittlich vorwärts stieß.

„Da haben wir euren Drohgeist", verkündete er stolz. „Ich habe gesehen, wie er sich ins Gebüsch gedrückt hat. Also bin ich kurzerhand aus dem Fenster geklettert und habe ihn doch tatsächlich erwischt."

„Aus dem Fenster?", schrie Erika schrill. „Ich dachte, du wärst hinter mir. Um Gottes willen, du musst dir doch alle Knochen gebrochen haben."

Lea lachte. „Ach was, das habe ich früher oft gemacht. Wenn man weiß, wie man landen muss, ist das gar nicht so hoch."

Ein schiefes Grinsen entstellte Martins Triumph. „Ehrlich gesagt habe ich mir vermutlich den Knöchel gebrochen. Aber das war es wert. Ich denke, damit hat die Bedrohung ein Ende. Ich hätte ihn ja gern demaskiert, aber ich wollte euch diese Freude überlassen."

Mit schnellen Schritten trat Tom auf die Gestalt zu und zog ihr den Strumpf vom Gesicht.

„Frau Martens!", schrie Emilia entgeistert. „Das ist Cora Martens, unsere neue Haushaltshilfe", erklärte sie den anderen. „Ich fasse es ja nicht. Warum bedrohen Sie uns? Was haben Sie mit dieser Villa zu schaffen? O Gott, wie konnten Sie nur?"

Martin Bäumer ließ seine Gefangene mit einer Hand los, hielt aber mit der anderen weiterhin ihre Handgelenke zusammen. Dann trat er einen Schritt zur Seite, sah die Frau im Profil und erstarrte. „Tabea!", entfuhr es ihm.

Grimmig verzog die Enttarnte das Gesicht. „Ja, na und? Irgendjemand muss dieser ganzen Geschichte doch mal ein Ende setzen. Sei ehrlich, das ganze Dorf will die Villa brennen sehen. Ich bin lediglich die Einzige, die den Mumm hatte, es durchzuziehen."

„Tabea, ich … also ich bin wirklich sprachlos." Fassungslos schüttelte Bäumer den Kopf, dann richtete er seinen Blick entschuldigend auf die anderen. „Das ist meine Nichte", erklärte er zerknirscht. „Tabea Bäumer. Die Tochter meines bereits verstorbenen Bruders."

„Nein, Sie müssen sich irren", protestierte Emilia. „Das ist definitiv Cora Martens. Ich habe sie erst gestern probeweise als Haushaltshilfe eingestellt."

Vehement schüttelte Martin Bäumer den Kopf. „Nein, glauben Sie mir, das ist meine Nichte. Tabea, verdammt, was soll das? Was machst du denn hier?"

Emilia wollte einen Schritt auf die schwarz Gekleidete zugehen, aber Tom hielt sie zurück.

„Warum haben Sie das getan?", empörte sie sich. So lange hatte sie sich erhofft, Antworten zu bekommen. Um zu verstehen, warum jemand sie so sehr hasste, dass er drohte, ihr Haus anzuzünden. Und nun stand ausgerechnet Cora Martens, nein Tabea Bäumer vor ihr, der sie nicht die geringste Boshaftigkeit zugetraut hätte. Unter falschem Namen hatte sie sich Zugang zu ihrem Zuhause verschafft, um ihnen zu schaden. Darüber hinaus war sie auch noch die Nichte ausgerechnet des Polizisten, den sie um Hilfe gebeten hatten. Was war hier nur los?

Tabea zeigte sich unbeeindruckt. „Diese Villa muss verschwinden und mit ihr alles, was mit den Gleißners zu tun hat", sagte sie kühl. Dann verrenkte sie ihren

Kopf und versuchte, Martin Bäumer in die Augen zu sehen. „Du verstehst überhaupt nichts, Martin!", keifte sie. „Du hast doch keine Ahnung, was es bedeutet, wenn der Ruf erst einmal ruiniert ist. Alle hier im Dorf hassen die Gleißners. Wir dürfen niemals mit ihnen in Verbindung gebracht werden, sonst sind wir gesellschaftlich erledigt, begreifst du das nicht? Als Hanna Gleißner gestorben war, haben doch insgeheim alle gefeiert. Alles wäre gut geworden. Niemand hätte je erfahren, was Großvater getan hat und unsere Familie durch den Dreck ziehen können, wenn diese dumme Ziege hier bloß nicht angefangen hätte, in der Vergangenheit zu wühlen! Ich wusste, dass sie Großvater früher oder später auf die Schliche kommen und die Wahrheit über ihn und Lea Gleißner herausfinden würde."

„Du hast davon gewusst?" Vor Erstaunen ließ Martin Bäumer seine Nichte los. Sofort drehte sie sich zu ihm um, sodass sie sich gegenüberstanden wie zwei Boxer im Ring.

„Viel zu spät erst", keifte Tabea. „Als Großvater im Sterben lag, bat er mich, dich anzurufen, weil er dir unbedingt noch etwas sagen müsse. Er wollte sein Gewissen erleichtern, wie er es so schön nannte. Aber ich habe dich nicht erreicht. Da Großvater gespürt hat, dass ihm die Zeit davonläuft, hat er beschlossen, es mir zu erzählen. Wir hatten immer schon ein sehr enges Verhältnis, das weißt du. Enger, als das zwischen euch je war." Tränen sammelten sich in den Augen der jungen Frau. Der Verlust des Großvaters hatte sie schwer getroffen.

„Trotzdem wollte er es dir unbedingt persönlich erzählen, nur dir! Warum auch immer", fuhr sie dann fort.

„Seine Kraft hat nicht mehr gereicht." Bäumer senkte traurig den Kopf. Dann sah er Emilia an. „Das Einzige, was er mir noch sagen konnte, war, dass sie noch am Leben sei und dass ich zur Villa Gleißner gehen sollte, um es Ihnen zu sagen."

„Und das hast du getan." Erika löste sich aus der Gruppe, trat zu ihm und ergriff vorsichtig seine Hand. „Es ist alles gut, Martin. Du hast den letzten Willen deines Vaters erfüllt. Lea konnte nochmal herkommen."

Tabea lachte schrill auf. „Ihr versteht gar nichts! Genau wie ich es mir gedacht habe. Ihr begreift nicht das Geringste. Es geht doch nicht darum, dass hier eine verlorene Tochter zurückkommt, ihr Erbe annimmt, ein Happy End herbeiführt oder so einen Blödsinn. Es geht darum, dass verhindert werden muss, dass die Geschichte auffliegt. Großvater war sein guter Ruf enorm wichtig. Er war ein vorbildlicher Polizist – sein Leben lang. Wenn herauskommt, dass er einer minderjährigen Gleißner-Tochter beim Untertauchen geholfen hat, dabei Behörden betrogen und falsche Papiere beschafft hat ... was glaubt ihr, was dann los ist? Dann bekommt unsere Familie denselben Shitstorm ab wie die Gleißners. Und *unsere Familie*, das bedeutet, auch wir. Du und ich, Martin. Für den Rest unseres Lebens werden die Leute mit dem Finger auf uns zeigen. Du wirst deinen Beruf nicht mehr ausüben können, weil dich emotional alle als den Sohn des korrupten Polizisten abgespeichert haben. Du glaubst doch nicht ernsthaft, dass dir hier noch irgendjemand vertrauen wird. Schon gar nicht, wenn die Gleißners auch noch in die Geschichte verwickelt waren. Das waren Nazis, verdammt! Will das denn keiner hier begreifen?"

Mit jedem Wort wich mehr Farbe aus Martin Bäumers Gesicht. „Aber wir haben doch gar nichts getan", verteidigte er sich. Vater hat nicht legal gehandelt, gut, aber das hat er doch nur getan, um eine junge Frau zu schützen. Ich finde das sehr ehrenwert. Die Edelsbrunner müssten ihm nachträglich einen Orden verleihen."

Wieder lachte Tabea laut auf. „Das glaubst du doch selbst nicht! Glaubst du, dass die Wahrheit hier irgendjemanden interessiert? Bei den Menschen werden verschiedenste Häppchen der Geschichte ankommen, und in der Gerüchteküche brauen sie dann ihr eigenes Süppchen daraus. Du kannst mir glauben, das willst du nicht serviert bekommen. Ich bin PR-Managerin. Sei versichert, wenn sich jemand mit der Entstehung von Gerüchten auskennt, dann bin ich das. In dem Moment, wo nur der kleinste Fetzen dieser Geschichte an die Öffentlichkeit gelangt, ist der Ruf unserer Familie über Generationen hinweg ruiniert."

Stille.

Dann schnappte Emilia empört nach Luft. „Das alles ist noch lange kein Grund, unsere Villa anzuzünden. Wir waren im Haus. Wir hätten alle sterben können. Sie wissen doch, dass wir ein kleines Baby haben."

„Ellis, ja, sehr süß. Ich wollte Sie auch nicht in Gefahr bringen. Ich habe doch extra darauf geachtet, dass niemand im Wohnzimmer war, als ich den Molotowcocktail durchs Fenster geworfen habe. Außerdem habe ich genau auf die Fliesen gezielt und mich vergewissert, dass da kein Teppich liegt. Ich wollte ja die Villa nicht abfackeln, ich wollte lediglich ein Zeichen setzen, damit Sie Angst bekommen und endlich von hier verschwinden. Meine Botschaften wurden ja bedauerlicherweise ignoriert, sonst hätte ich gar nicht bis zum Äußersten gehen müssen. Ich wollte ehrlich nicht, dass jemand verletzt wird, aber ich musste doch meine Familie schützen, verstehen Sie das nicht?"

„Das versteht hier niemand, das kannst du mir glauben. Ah, da kommen ja die Kollegen." Martin Bäumer wirkte sichtlich erleichtert, seine Nichte in andere Hände geben zu können.

Zwei junge Polizisten kamen etwas außer Puste angerannt und stürmten auf das Menschengrüppchen zu.

„Sorry, Chef. Hatten noch eine Schlägerei an der Bushaltestelle zu schlichten. Ist aber noch Platz im Streifenwagen. Dürfen wir?"

Er übergab seine Nichte an die Kollegen. Sein Mienenspiel verriet, dass er nicht besonders glücklich darüber war, aber er erfüllte seine Pflicht.

Beim Klicken der Handschellen atmete Emilia innerlich auf. Endlich war die Bedrohung vorbei. Endlich durften sie ein glückliches Leben in der Villa führen. Leider blieb ihr keine Zeit zum Nachdenken, denn ein Feuerwehrmann trat auf sie zu.

„Das Feuer ist gelöscht und die Brandstelle soweit unter Kontrolle. Die Nachlöscharbeiten werden aber noch ein paar Stunden andauern", vermeldete er. „Brandmeister Gerschka ist mein Name. Sie hatten großes Glück. Die massive Bauweise der Villa hat eine schnelle Ausbreitung des Brandes verhindert. Es sind lediglich das Wohnzimmer der darüber liegende Raum und das Treppenhaus betroffen. Eine Einsturzgefahr ist eher unwahrscheinlich, muss aber noch geprüft werden. Allerdings wird der Brandgeruch noch einige Wochen anhalten, und durch Wasser und Schaum sind ebenfalls Schäden entstanden. Sie werden um eine Renovierung nicht herumkommen. Wie ich sehe, haben Sie ein kleines Baby. Deshalb würde ich Ihnen empfehlen, vorerst woanders unterzukommen. Vielleicht haben Sie ja im Gasthaus noch Zimmer frei."

„Danke", sagten Emilia und Tom gleichzeitig. Dann seufzte sie ergeben. „Wir wollten ohnehin renovieren."

Der Brandmeister verabschiedete sich, und die Feuerwehrleute packten zusammen. „Tja, dann sollten wir wohl auch packen, oder?", fragte Emilia.

„Wenn Sie möchten, können Sie auch bei uns unterkommen", sagte Lea. In ihrem Ausdruck spiegelte sich Mitleid.

Schnell schüttelte Emilia den Kopf. „Nein, nein. Das ist nicht notwendig. Tom gehört das Gasthaus *Krone*, da kommen wir wunderbar unter. Aber vielen Dank."

„Nichts zu danken." Mit einer Handbewegung deutete Lea zum Tor, wo sich eine Menge von Schaulustigen versammelt hatte. „Was werden Sie denen erzählen?"

Emilia überlegte einen Moment. Dann tauschte sie einen vielsagenden Blick mit Tom. Sie brauchten keine Worte, um sich zu verständigen. Nicht in dieser Sache.

„Wir sagen ihnen, dass wir Besuch von einer lieben Freundin hatten, Lilly Ghost und ihrer bezaubernden Nichte Ester. Wir erklären, dass eine Frau, die mit den Gleißners noch eine Rechnung offen zu haben glaubte, die Villa in Brand stecken wollte, die Feuerwehr diesen aber schnell löschen konnte. Und wir laden sie herzlich ein, an einer Gartenparty teilzunehmen, sobald die Renovierungsarbeiten abgeschlossen sind. Damit sich jeder selbst davon überzeugen kann, dass diesem Gebäude nichts, aber auch gar nichts Böses anhaftet, sondern es einfach nur ein wunderschönes Haus ist, das mit Leben und Liebe gefüllt werden muss.“

Martin Bäumer schluckte. „Das würden Sie wirklich tun? Dann bleibt die Tat meines Großvaters ein Geheimnis?“

„Und meine wahre Identität bleibt ebenfalls ein Geheimnis?“, fragte Lea.

Und Ester ergänzte: „Und meine Herkunft auch?“

„Ich denke …“ Emilia sah von einem zum anderen und machte eine kurze Pause. Dann griff sie nach Toms Hand und sah ihm in die Augen. Er nickte.

„*Wir* denken“, korrigierte Emilia, „wenn dieses Haus eines besonders gut kann, dann ist es, Geheimnisse zu bewahren.“ Verschmitzt zwinkerte sie Lea zu. „Und ich bin gespannt, wie viele davon noch unter den alten Dielen schlummern.“

Epilog

Seerosenvilla, März 2024

„Emilia? Ach hier bist du." Tom kam in den Raum und trat belustigt zu seiner Frau. „War ja klar, dass ich dich hier finde. Dein Perfektionismus in allen Ehren, aber die Gäste sind da. Kommst du raus?"

„Ich bin gleich so weit", antwortete sie und rückte einen weiteren Bilderrahmen zurecht.

Wie gewohnt unterzog sie jedes Detail einem letzten Kontrollblick. Es sollte alles perfekt sein, wenn die Edelsbrunner zum ersten Mal die neu renovierte Villa sahen. Knapp sechs Monate hatten sie geschuftet, und schließlich hatte Emilias Idee, den Abschluss der Renovierungsarbeiten als Anlass für eine Einweihungsparty zu nehmen, immer mehr Gestalt angenommen. Ganz Edelsbrunn hatten sie eingeladen. Da nicht alle im Haus verköstigt werden konnten, war das Buffet im parkähnlichen Garten über das gesamte Grundstück verteilt. Hier sollte gegessen, getrunken und gelacht werden. Eine riesige Party, bei der das Dorf gemeinsam feiern und die Edelsbrunner ihre letzten Ängste vor der ehemaligen Geistervilla vergessen sollten. Da es noch recht kalt war, hatten sie überall Feuerschalen, Heizpilze und Fackeln aufgestellt, die nicht nur für

Wärme, sondern auch für eine wunderbare Atmosphäre sorgen sollten. Als Höhepunkt durften die Dorfbewohner die Villa betreten. In ihr hatten Emilia, Tom und Erika mit Hilfe von Martin, Josef, Lea und Ester eine Art Ausstellung aufgebaut: *Die Seerosenvilla im Verlauf der Jahre von 1932 bis heute.*

Sogar jetzt noch pochte Emilias Herz heftig, wenn sie daran dachte, wie sie nach und nach die ganzen Verstecke gefunden hatten. Wie sich herausstellte, war Hanna Gleißner eine wahre Meisterin darin gewesen, Dinge unter den Dielen der Villa zu verstecken. In allen Räumen hatten sie Dokumente und Fotos gefunden, die sie ehrfürchtig Stück für Stück zutage befördert hatten. Es waren wahre Schätze dabei. Besonders aus dem Leben der Gleißner-Kinder.

Emilia wusste inzwischen, dass die Kinder der Seerosenvilla ein alles andere als leichtes Leben gehabt hatten, aber sie hatten es verstanden, sich trotz allem auch glückliche Momente zu schaffen. In unzähligen Fotos waren die schönsten Augenblicke ihres Lebens festgehalten. Einige der Bilder waren sogar noch von Elfie Gleißner geschossen worden. Sicherlich hatte es ihr große Freude bereitet, die Kinder beim Herumtollen und Toben im Garten für die Ewigkeit festzuhalten. Es hatte sein Gutes, dass man Fotos immer nur in den guten Momenten des Lebens machte. Niemand wäre wohl auf die Idee gekommen, Heinrich Gleißner dabei zu fotografieren, wie er seine Kinder verprügelte.

Die dreiundachtzigjährige Lea, die weiterhin als Lilly Ghost lebte, wusste zu fast jedem Bild eine Geschichte zu erzählen. Viele davon waren so heiter, dass sie den düsteren Geschehnissen in der Villa einiges an

Schwere nahmen. Das war das Privileg der Kinder, dass bei allem Leid und Schmerz ihre Fröhlichkeit doch immer in der Lage war, die Dunkelheit zu überstrahlen. Was blieb, wenn man die Fotos betrachtete, war schallendes Kinderlachen. Und das tat gut. So unendlich gut.

Im Kinderzimmer von Heinz hatte Lea so viele von ihm geschriebene Gedichte gefunden, dass sie gemeinsam beschlossen hatten, diese als Gedichtband zu veröffentlichen. Seine Gedichte waren von einer Schlichtheit und Tiefe, dass sie beim Leser sofort Ergriffenheit erzeugten. Wäre er nicht so früh gestorben, wäre er bestimmt ein großartiger Schriftsteller geworden.

Liebevoll berührte Emilia das Foto von Heinz und rückte es dann schnell wieder zurecht. Das Bild zeigte den jungen Mann an seinem achtzehnten Geburtstag, stolz in jenem Wagen sitzend, mit dem er nur zwei Jahre später verunglückt war. Wie gern hätte sie ihn kennengelernt.

Den Abschluss der Bilderreihe bildete jedoch ein Foto, das offenbar gänzlich schiefgegangen war. Hübsch herausgeputzt waren alle vier Kinder vor ihren Eltern platziert. Während Heinrich Gleißner mit ernster Miene in die Kamera stierte, spielte um Elfie Gleißners Mundwinkel ein zartes Lächeln, was bewies, wie sehr sie an sich halten musste, um nicht laut loszuprusten. Vor ihnen bogen sich Heinz, Hanna und Valentina vor Lachen. Lea war im wahrsten Sinne des Wortes aus der Reihe getanzt, balancierte auf ihren Händen und hatte die Füße weit in die Luft gestreckt, wodurch ihr Kleidchen heruntergeklappt war und sie ihr mit Rüschen verziertes Unterhöschen präsentierte. Lea hatte das Leben der Familie Gleißner von Anfang an ganz schön auf den Kopf gestellt.

Emilia seufzte tief und ging dann hinaus zu ihren Gästen. Sofort verstummten die Gespräche, und alle Augen wandten sich ihr zu.

„Liebe Gäste, was soll ich sagen …“, begann sie und streckte ihre Hand Tom entgegen, der sofort neben sie trat und den Arm um sie legte. „Ich habe mich so in der Dekoration des Hauses verloren, dass ich komplett vergessen habe, eine Rede vorzubereiten. Willst du, Tom?“

„Nein, lass mal. Ich bin für das Essen zuständig.“

Die Leute lachten schallend, aber herzlich.

„Na schön.“ Emilia hob ergeben die Hände. „Dann improvisiere ich mal. Wird vermutlich wirr, aber dafür von Herzen.“

„Ich freue mich wahnsinnig, dass Sie heute alle gekommen sind. Ist zwar noch nicht das ganze Dorf, aber den Rest überzeugen wir schon, nicht wahr? Wie Sie wissen, haben Tom und ich vor viereinhalb Jahren diese wunderschöne alte Villa gekauft. Wir waren uns der Gerüchte um das Haus wohl bewusst, trotzdem wollten wir es unbedingt haben. Es hat gewissermaßen zu uns gesprochen, insofern spukt es hier also wirklich.“

Das fröhliche Gemurmel bewies, dass niemand ihre Äußerung zu ernst nahm. Wunderbar. Das klappte ja besser als gedacht.

„Zudem haben wir tatsächlich Geister der Vergangenheit gefunden.“ Sie machte eine dramatische Pause, doch bevor die Irritation der Bürger überhandnehmen konnte, lachte sie laut auf. „Keine Angst. Sie spuken nicht und wollen nichts Böses. Wir haben sie in den verschiedenen Räumen an die Wand gehängt. Sie werden es nicht glauben, uns ging es ebenso, aber Hanna Gleißner, die letzte Besitzerin vor uns, hat sich die Mühe gemacht und uralte Zeitdokumente unter den Dielen verstaut. In nahezu jedem Zimmer haben wir bei den Renovierungsarbeiten etwas gefunden. Zeitgeschichtliche Dokumente von 1933 bis heute, aber auch private Zeugnisse, Bilder und Briefe. Wir haben vieles davon in den Räumen ausgestellt und laden Sie herzlich dazu ein, all dies zu begutachten.“

Ein Raunen ging durch die Menge. Dann begeisterter Beifall. Der Plan ging auf. Es war nicht leicht gewesen, das Vorhaben so lange vor den Edelsbrunnern geheim zu halten, insbesondere mit dem schwatzhaften Josef im Team, aber letztendlich war es gelungen und jetzt die Überraschung umso größer.

„Allerdings ...“, Emilia hob die Hand, „... allerdings würden wir Sie bitten, die bereitgelegten Schonbezüge über die Schuhe zu ziehen, wenn Sie das Haus betreten. Wir haben frisch renoviert.“

Wieder herzliches Gelächter. Erstaunt sah Emilia zu Tom. Der lachte ebenfalls und nickte ihr ermutigend zu.

„Noch ein Außerdem: Außerdem bitten wir Sie herzlich, nichts zu durchwühlen und keine Dielen aufzustemmen. Glauben Sie uns, wir haben alles abgesucht. Die gefundenen Millionen haben wir eingesteckt, es gibt nichts mehr zu entdecken.“

Gespielte Enttäuschung auf einigen Gesichtern, die übrigen lachten wieder nur.

Emilia grinste. Sie hatte ihren Unterhaltungswert unterschätzt.

Von der Seite reichte Josef ihnen zwei Sektgläser. Emilia nahm ihres und sah Tom wieder an. Dann richtete sie den Blick direkt ins Publikum.

„Und nun: Bedienen Sie sich an den kulinarischen Köstlichkeiten, trinken Sie und feiern Sie mit uns die Renovierung der Seerosenvilla. Und tun Sie uns einen Gefallen: Fallen Sie nicht in den Seerosenteich, sondern ertränken Sie lieber ihren Aberglauben darin. Prost.“

Sie erhob ihr Glas und sah, wie eine begeisterte Menge ihr zuprostete.

„Das hast du toll gemacht. Perfekter hätte die Rede gar nicht sein können“, lobte Tom und küsste sie fest auf den Mund.

„Du hast es auch toll gemacht“, antwortete Emilia. „Wir sind einfach ein verdammt gutes Team.“

„Das kann ich nur bestätigen.“ Lea trat mit Ester zu ihnen und sie stießen an.

„Ich kann noch immer nicht fassen, was ihr aus der Villa gemacht habt.“ Leas Augen strahlten. „Es ist dasselbe Haus und doch vollkommen anders. Danke. Danke für alles.“

„Nichts zu danken“, antwortete Emilia und umarmte beide Frauen herzlich.

In den vergangenen Monaten hatten sie fast jeden Tag zusammen in der Seerosenvilla oder in dem kleinen Häuschen von Lea und Ester verbracht. Dabei hatte sich, trotz des unterschiedlichen Alters, eine enge Freundschaft zwischen den Damen entwickelt. Und nicht nur zwischen ihnen. Sie wollten es zwar noch nicht zugeben, aber wenn Emilia richtig gesehen hatte, dann hatte es zwischen Josef und Lea enorm gefunkt. Außerdem hatte der sich schon ewig nicht mehr mit verschiedenen Damen sehen lassen, sondern jede freie Minute mit Lea verbracht. Verständlich. Die alte Dame war mit Abstand die schönste und eleganteste Frau in dieser Altersklasse, die Emilia je gesehen hatte. Josef hingegen der humorvollste Junggeselle. Die beiden passten wunderbar zusammen.

Gemeinsam setzte sich das heitere Grüppchen an einen Tisch am Seerosenteich: Emilia, Tom, Ellis, Erika, Martin, Josef, Lea und Ester. Sie erzählten, lachten und hinterfragten, ließen die gesamte Renovierung und ihre Erlebnisse in der Seerosenvilla Revue passieren.

Auf einmal wurde Lea still. Ihre Augen ruhten gedankenverloren auf der Seerosenvilla, in der noch immer Menschen ein- und ausgingen, um die Vergangenheit des Hauses und der Familie Gleißner kennenzulernen.

Nachdenklich betrachtete auch Emilia das Haus. Über all die Jahrzehnte hatte es so viele Geheimnisse bewahrt. Und sie hatten ihm bereits neue gegeben, die es in seinen schweigenden Mauern verbergen würde, bis jemand käme und sie zutage förderte.

„Alles in Ordnung?", fragte Emilia leise.

Lea nickte. „Ich hätte nie gedacht, dass ich einmal freiwillig hierher zurückkehren würde. Und noch weniger hätte ich gedacht, dass ich hier glücklich sein könnte. Aber ich bin es. Was hier geschieht, macht mich glücklich. Es ist alles gut so, wie es jetzt ist."

„Das freut mich", entgegnete Emilia. Fest drückte sie die Hand der alten Dame.

Das Schicksal war nicht immer fair. Manchmal war es brutal und gemein und entglitt dem eigenen Willen so weit, dass es kaum zu fassen war, und doch konnte man es selbst in die Hand nehmen. Lea hatte es getan. Mit Mut und Durchhaltewillen hatte sie sich aus einem riesigen Scherbenhaufen ein glückliches Leben zusammengeklebt.

„Wenn man es so ansieht, meint man fast, es zu hören, oder?", fragte Emilia.

Lea runzelte leicht die Stirn. „Was meinst du?"

„Das Flüstern. Das Lachen. Die Geheimnisse der Kinder der Seerosenvilla."

„Kinder der Seerosenvilla", murmelte Lea. „Ich bin ein Kind der Seerosenvilla. Genau wie Ester. Aber du auch, ist dir das bewusst?"

Emilia hielt inne. Es war die Wahrheit. Elfie Gleißner war Ediths Mutter, jene die Mutter von Erika und ihre Großmutter. Sie selbst war ein Kind der Seerosenvilla. Und Ellis auch.

„Die Kinder der Seerosenvilla", murmelte Lea erneut. „Hört sich an wie ein Romantitel von Heinz." Grinsend nahm sie einen Schluck Sekt. „Weißt du, es ist eigenartig, ich habe hier so viel Schreckliches erlebt. Aber je länger ich wieder hier bin, desto ferner scheint mir das. Als wäre es Teil eines früheren Lebens."

„Das ist es genaugenommen ja auch, Mrs Ghost." Verschwörerisch zwinkerte Emilia ihr zu.

Wieder nippte Lea an ihrem Sekt. „Wenn ich morgen sterben würde, dann wäre das Letzte, was ich in Erinnerung hätte, dieses Fest. Lichter. Glück, Freude, Lachen."

Auf einmal wurde sie von Josef in seinen Arm gezogen. „Untersteh dich, morgen zu sterben. Das Leben liegt noch vor uns, junge Frau."

Typisch Josef. Er war im Herzen immer ein Kind geblieben. Mit einem Mal küsste er Lea fest auf die Lippen.

Emilia johlte überrascht auf, Tom und Erika taten es ihr gleich.

„Ich wusste es!" Ester klatschte in die Hände. „Ich wusste es."

Tatsächlich sah Lea Josef strahlend in die Augen. Dann lachten beide lauthals los und küssten sich erneut.

Das war es, dachte Emilia. Das war es, was für immer bleiben sollte, egal was auch geschehen mochte: Lachen, Liebe und das Vertrauen in eine wunderbare Zukunft.

Zerbrechliches Leben aus Glas.
Trag es sanft in deinem Herzen.
Und wenn es bricht,
verzweifle nicht.
Beginn die Scherben zu kleben
zu einem neuen Leben,
einem schönen,
reichen,
herzensweichen.
Stück für Stück,
mit Kitt aus Glück.
Vertraue,
es hält
deine Welt.
(Heinz Gleißner 1961)

Danksagung

Ich möchte an dieser Stelle allen Personen danken, ohne die es meine Geschichten so nicht gäbe:

Johanna, mein Schwesterherz, ohne deine Unterstützung, deine Kommentare, deine konstruktive Kritik, deine Ermunterung und dein endloses Vertrauen in meine Kreativität wäre ich vielleicht nie so weit gekommen. Danke für dich und alles, was ein eigener Roman wäre, wenn ich es aufschreiben würde.

Denny, du feierst mit mir die Erfolge und bedauerst mit mir die Tiefschläge. Du kritisierst, motivierst, diskutierst, hinterfragst, lachst und liebst – und das alles im richtigen Moment. Ich liebe dich.

Ich danke von Herzen meinen Töchtern Rosalie und Viola. Eines Tages werdet ihr verstehen, wie ihr dazu beigetragen habt, meinen Traum zu verwirklichen. Ich liebe euch.

Ich danke meiner geliebten Mama. Ich weiß, dass die himmlischen Geistesblitze von dir kommen. Ich liebe dich über alle Grenzen hinaus und vermisse dich unendlich.

Ein riesiges Dankeschön geht an meine wundervollen Testleserinnen: Johanna Kugler, Daniela Bertram, Rosi Hund, Anja Maier und Kathrin Jüchter. Eure konstruktive Kritik ist für mich unbezahlbar. Vielen Dank für eure Zeit und die Leidenschaft, mit der ihr euch auf die

Geschichte eingelassen habt. Ich bin so dankbar, dass ich von euren individuellen Stärken profitieren darf. Ihr seid ein Geschenk.

Ein Dankeschön an den Feuerwehrmann Thomas Bäuerle für den fachmännischen Blick auf die Brandszene. Ohne deinen Hinweis auf die Rauchfarbe hätte ich einen neuen Papst proklamiert, statt ein Wohnzimmer abzufackeln.

Herzlichen Dank an meine unvergleichliche Lektorin Astrid Rahlfs (und auch ihren Ehemann). Mit dir macht das Überarbeiten riesigen Spaß. Ich liebe unsere Randkommentar-Diskussionen, deinen Blick fürs Detail, dein Gespür für winzige Veränderungen, die aus achtundneunzig volle hundert Prozent machen. Danke, dass ich an deinen Tipps und Korrekturen lernen und reifen darf. Deine Genialität steht außer Frage.

Des Weiteren danke ich meiner engagierten Agentin Alisha, sowie dem wunderbaren und immer hoch motivierten Team von *Digital Publishers*. Tausend Dank für euer Vertrauen in meine Geschichten und die tolle Zusammenarbeit. Es ist mir immer wieder ein Fest.

Zum Schluss möchte ich natürlich von Herzen Ihnen danken, meine lieben Leserinnen und Leser.

Jede und jeder von Ihnen ist für mich unglaublich wertvoll. Ohne Sie wäre ich nicht, was ich bin. Danke!

Jede gelesene Seite, jedes Lächeln, Knobeln, Jauchzen und Stirnrunzeln während des Lesens, jeder Kommentar und jede Rezension machen mich unfassbar glücklich. Vielen Dank, dass meine Geschichten in Ihren Händen und Herzen ankommen dürfen.

Allen Menschen, die mich und mein Schreiben unterstützen, danke ich von Herzen. Jede Bewertung auf Internetportalen erhöht die Sichtbarkeit meines Romans und hilft Bücherliebenden, meine Geschichten zu finden.
Wenn ihr Lust habt, besucht mich gern auf Instagram unter gisela.b.schmidt_autorin.
Bis dahin: Haltet die Ohren steif und die Seiten geschmeidig.

Eure Gisela B. Schmidt